MESTEÑOS ROJOS
Ovejas, brujas y cinabrio

Rafael Mata Sánchez

MESTEÑOS ROJOS
Ovejas, brujas y cinabrio

BIBLIOTECA DE AUTORES MANCHEGOS
DIPUTACION DE CIUDAD REAL

Primera edición: 2024

Edita: Servicio de Cultura. Diputación Provincial
Biblioteca de Autores Manchegos (BAM)
Plaza de la Constitución, 1. 13001 Ciudad Real
Tlf.: 926292575
Web: www.dipucr.es

Cubierta: BAM. Ilustración de Federico Delicado.

Coordinación editorial: Jesús Reviejo
Colección General, número 238

Imprime: Raggio Comunicación, S.L.
ISBN: 978-84-7789-408-7
Depósito Legal: CR-107-2024

Impreso en España

«Cada uno ama su tierra no porque sea grande.
sino porque es la suya».
SÉNECA

Para Emma y Aser.

ÍNDICE

I
EL VIAJE DESDE SORIA
A TIERRAS MANCHEGAS

Sebastián Sampedro fue llamado a Soria por el posesionario de las hierbas de Alcudia en el término de Almodóvar del Campo y Daimiel de ese año de 1662. Los propietarios habían depositado la gestión de invernadero de los rebaños sorianos para su traslado a los pastos manchegos en don Juan Mediavilla, un hermano de la Mesta que sumaba varios años de experiencia. La gestión incluiría dos desplazamientos estacionales, en otoño a las dehesas de Alcudia, en primavera el regreso a las sierras. Ambos viajes vertebraban la vida de los mesteños y proporcionaban a los animales las mejores condiciones de alimentación que garantizaban la reproducción y la producción de lana.

El contrato de invernada para el aprovechamiento de los pastos del Valle de Alcudia, en las lejanas tierras de Ciudad Real, tendría efecto desde el día 29 de septiembre, día de San Miguel, hasta el 30 de abril, fecha en que comenzaría el agostadero. Sebastián, estaría inicialmente al cargo de mil ovejas, aunque conforme avanzara el trayecto irían incorporándose a la cabaña otros rebaños de menor envergadura, normalmente propietarios con hatajos de menos de quinientas ovejas. Posiblemente, a la llegada a tierras manchegas, la cabaña se habría incrementado hasta las dos mil cabezas, considerando para los arriendos el aumento del tercio permitido.

Debía reunirse en Oncala con los rebaños que bajaban desde Almansa, tras cruzar por primera vez el río Duero. Aquellos primeros rebaños procedían de pueblos sorianos con gran tradición ganadera. Rebaños que habían recorrido el cordel sobre la sierra de Alba, entre los puertos de Piqueras y Oncala. Cabaña reunida desde Yanguas, Santa Cruz de Yanguas, San Pedro Manrique, Almarza, Gallinero, Castilfrío o Aldeaseñor y conducidos desde los fértiles pastos de las montañas sorianas y riojanas para reunirse con los rebaños provenientes del ramal oriental de la cañada en Almazán. Desde ahí se iniciaría un nuevo período de más de seis meses. Su grupo se quedaría en tierras manchegas, aunque otros continuarían hasta pastos andaluces en Los Pedroches. La Cañada Real continuaba por tierras cordobesas hasta finalizar en Sevilla.

Sebastián había participado durante años en las campañas trashumantes desde Soria. Su padre había liderado rebaños prácticamente desde que él recordaba. Desde niño había acompañado al grupo de pastores que cada año regresaba al Valle de Alcudia durante el invierno. Allí, observaba cómo, ante la escasez de tierras de labor, existían abundantes terrenos, montes y pastos baldíos. Por entonces, en aquellas tierras el cultivo era exclusivo de cereal de secano; trigo y cebada. El viñedo no estaba muy desarrollado y las legumbres rara vez se cultivaban. El olivar no existía. Sebastián había observado con curiosidad las diferencias entre sus tierras de origen y aquellas duras tierras manchegas. Sus posteriores visitas al Valle coincidirían con el crecimiento de las labores agrícolas y el nacimiento de los regadíos, primero aplicados sobre el cereal y más tarde sobre pequeñas plantaciones de frutales, como el naranjo en la población de Mestanza. Conoció el desarrollo agrícola de la región con la expansión del viñedo, el avance del olivar y la introducción del cultivo de la patata, junto a las primeras leguminosas.

El contrato de aprovechamiento de pastos en el Valle de Alcudia, y más específicamente el invernadero, fue específico de la trashumancia, regulado por un contrato entre la Corona y los ganaderos, a través de la Contaduría General de la Orden de Calatrava y sus arrendatarios de derechos. El agostadero y la montanera se reservaba para los ganaderos locales, aunque siempre provocaba continuos conflictos que mayormente acababan en la Chancillería de Granada, pues siempre se hacía mención a los contratos de arrendamiento de las dehesas que prohibían varear la bellota antes del día de San Lucas, el 18 de octubre, por lo que la bellota debía considerarse como un fruto de invernadero, de aprovechamiento exclusivo de los ganados mesteños. Era evidente, pues, el enfrentamiento entre los ganaderos serranos y los riberiegos por el aprovechamiento de los pastos, desde los impedimentos de la entrada de los rebaños locales en las dehesas, al cobro abusivo de derechos e impuestos considerados ilegales. En la resolución de aquellos conflictos los serranos contaban con el respaldo de la Mesta; Sebastián recordaba los continuos conflictos con los pastores y concejos locales.

Los ganaderos locales se apoyaban en las comunidades de pastos para poder competir con los serranos en el aprovechamiento de los baldíos de muchas villas que permitían el uso comunal para el ganado de los vecinos. En su memoria guardaba los comentarios de su padre sobre los continuos enfrentamientos con las comunidades de Almodóvar, Puertollano y Abenójar, por la prioridad de los ganados locales en el acceso a los pastos. Los enfrentamientos acababan asiduamente en los tribunales, pues los concejos municipales ofrecían excesiva resistencia a los beneficios que obtenían de los ganados extraños, figurando casi siempre localidades como Almodóvar y Almadén en casi todos los procedimientos judiciales. Entre ambas poblaciones existió una comunidad de pastos, cuya propiedad se pleiteó durante largos años, conocida como Entredicho de la Atalayuela, cuyos límites discurrían desde la Venta de la Cruz, en el Camino Real que iba desde Chillón a Córdoba, tocando el camino de Santa Eufemia y el camino de Sevilla donde se situaba la divisoria entre Castilseras, Alcudia y Almadén. Almodóvar mantenía su supremacía sobre el valle con setenta y cuatro mil seiscientas fanegas dentro del mismo, una tercera parte de la extensión total, seguida de Mestanza con treinta y cuatro mil doscientas fanegas. Estas confrontaciones se habían extendido desde tiempo atrás hasta el Valle de los Pedroches, tal como recordaban los pastores más viejos. La relación entre ambos valles se remontaba a la época musulmana, cuando formaban una comarca común que renombraban como la Balálita.

Cuando los grandes rebaños procedentes de Soria, Cuenca, Segovia y Guadalajara se reunían en el valle ya se había procedido a los arrendamientos de invernadero por la Real Hacienda, distribuyéndose el precio con arreglo a las dehesas ocupadas por cada ganadero. La renovación de los arrendamientos era casi automática, gestionadas por la figura de los *posesioneros* de Alcudia. Esta figura, normalmente residente en las capitales de origen de los rebaños, gestionaba el alquiler de las mismas dehesas cada año, llegando a crear un derecho tácito de posesión, tantas veces reclamado, lo que hizo que los ganaderos agrupados bajo la protección de la Mesta ocuparan los pastizales de Alcudia, impidiendo el acceso de los ganados locales durante el invierno. Los derechos adquiridos por los rebaños de aquella posesión tan solo se perdían por la muerte del ganado o porque el *herbajero* abandonara libremente las dehesas; *irse a su mejoría,* que llamaban. También se perdía la posesión por no pagar la renta al propietario, o bien que este precisara su dehesa para pastarla con ganado propio.

Aquel año, el posesionero soriano don Juan Mediavilla, que llevaba gestionando el arrendamiento de los pastos desde 1654 para algunos ganaderos de la cabaña castellana, insistió en que Sebastián encabezara el desplazamiento de aquel rebaño soriano que sumaría dos mil cabezas y gestionara en destino todos los conflictos que se sucedieran ese ejercicio. Las condiciones económicas no eran desdeñables, pues se convinieron cuatrocientos ducados por los servicios, al que uniría la ganancia de la *excusa.* Ocuparía el lugar de los propietarios del ganado a todos los efectos por la autoridad transferida, y debería reclamar la observancia de las leyes en caso de abuso o incumplimiento de los contratos.

Del total de la cabaña invernante en Alcudia, que oscilaría en torno a las cien mil cabezas en la confluencia de las cañadas Segoviana y Soriana, la aportación soriana rondaría las setenta mil. Sebastián sabía que tendría que compartir e imponer en muchas ocasiones divergencias con los representantes de los nueve grandes ganaderos del valle, entre ellos, los más importantes, con cabañas que iban desde las doce mil a las veinte mil ovejas: la familia Salazar, de Medinaceli, y la Casa del Infantado, de Madrid, así como la ganadera Catalina de la Torre y la familia Muñoz, de Ciudad Real. Don Juan se ocuparía de resolver todos los aspectos económicos que el desplazamiento supondría, sobre todo los importes del arrendamiento de los pastos. El valor de los pastos de Alcudia y lo que los ganaderos pagaban por el aprovechamiento de los ciento cuarenta y siete millares, pertenecientes a la Orden de Calatrava, variaba cada año. Igualmente, variaban los derechos sobre los aprovechamientos a los que no podían acceder los ganaderos, entre ellos destacaba la reserva de siete millares para el servicio de las minas de Almadén, que anualmente generaban más conflictos tanto por el aprovechamiento de pastos como por la leña y la madera gruesa necesaria.

Más dificultad suponía el abono de las tasas por el control del número de ovejas que componían los rebaños. Y eran varios los pasos de control del ganado. Una de las responsabilidades de Sebastián consistiría en abonar dichas tasas, para lo cual debía obtener de un contacto del posesionario en algunas ciudades por donde estaba previsto el tránsito de los rebaños la cantidad necesaria. Estas cantidades deberían justificarse al regreso mediante los recibos de pago emitidos por las agencias encargadas del impuesto.

Sebastián tendría la difícil misión de representar a los ganaderos sorianos durante el tránsito hasta tierras manchegas, y de resolver durante su estancia en aquellas todos los conflictos que pudieran surgir, tanto con arrendatarios, concejos o propietarios de rebaños locales. No había duda de que las cuadrillas mesteñas más importantes en cuanto a la tradición trashumante al Valle de Alcudia eran las del partido de Soria, importancia resultante de la antigüedad de la pastoría soriana, tanto que estos ganaderos tenían el privilegio de sentarse a la derecha del presidente en las juntas del Honrado Concejo de la Mesta.

En la localidad de Oncala, Sebastián se incorporaría al rebaño inicial junto a las primeras cuadrillas provenientes de las tierras altas de Soria, bañadas por el rio Linares y el Alhama, ambos afluentes del Ebro. Estas tierras, situadas entre la sierra del Alba y la de San Miguel, eran testigo de la importancia económica de su tradición ganadera, la Mesta y la trashumancia. Desde el siglo xv miles de ovejas merinas representaban la riqueza de la comarca y cada invierno bajaban por las cañadas a los pastos del sur peninsular, regresando a aquellos más frescos en verano. Allí, en la gran explanada, y tras oficiar en la antigua iglesia de San Millán, se comenzaban a reunir los rebaños de los ganaderos menos representativos de la cabaña, a los que se unirían los originales, dirigidos por Sebastián desde Soria capital. Los rebaños de doña María Josefa García, don Miguel de Salazar, don Juan Leonardo Arias o don Simón Moreno agrupaban algo más de dieciocho mil cabezas. Aquellos pastores, que dejaban sus casas, debían acostumbrarse a compartir vivencias y medios con sus compañeros, dejando sin duda su impronta por los caminos y poblaciones que recorrían. Esos primeros días en la dehesa de Oncala, el ganado buscaría cobijo en las densas formaciones de acebo hasta que se diera la orden de inicio de la marcha.

Una vez comenzado el camino, los rebaños se dirigirían hasta Gómara, donde se incorporarían los primeros grandes rebaños, las casi veintisiete mil ovejas propiedad de la familia ganadera Salcedo. El mayoral mayor, responsable de la cabaña, recibiría de manos del menor de los Salcedo, don Pedro, el documento por el que se responsabilizaba del rebaño y de los pastores puestos a su disposición. Las familias, de acuerdo con don Juan, en Soria, habían dispuesto el capital necesario para el abono de los portazgos, pontazgos y arrendamientos. El acuerdo cerrado en la ermita de la Virgen de la Fuente de Gómara se mantendría vigente hasta su regreso ocho meses más tarde, donde daría cuenta de la situación del rebaño y de los pastores, así como de las vicisitudes vividas durante aquel período y se acordaría la renovación de los contratos para el ejercicio siguiente.

La dificultad de comunicaciones entre los pueblos origen de los rebaños y su destino final tras el puerto de Niefla en Ciudad Real suponía la total confianza sobre las personas responsabilizadas del cuidado de hombres y ovejas, al igual que de todo el equipo que acompañaba la marcha: carretas, caballerías y enseres.

Más adelante, en Almazán se completaría la cabaña con los rebaños de la familia ganadera Torres, con más de quince mil cabezas, y de la familia De la Peña, que sumaría otras siete mil cabezas más. En total, ese año de 1662, los rebaños sorianos sumaban a la partida de Alcudia alrededor de setenta mil ovejas. La orden de inicio del recorrido se dio a comienzos del mes de septiembre, una vez reunida toda la cabaña, arreglados los sueldos y las condiciones de trabajo, y a razón de cuatro leguas diarias, el viaje les conduciría a través de la serranía y la estepa manchega hasta los pastos del Valle de Alcudia. El viaje de vuelta, a partir de mayo coincidiendo con la esquila.

Sebastián, en los días previos a la partida, aprovechó para despedirse de la familia. Su padre, al que tantas veces había acompañado, le miraba ahora con nostalgia de mejores tiempos pasados, de una juventud que se le había escapado sin darse cuenta. Confiaba en su hijo, en su prestigio ganado a pulso entre los pastores primero, y entre los rabadanes más tarde. Había trasmitido sus cuarenta años de oficio por medio de un leguaje claro y sencillo, exponiendo la composición y funciones de cada uno de los integrantes del rebaño, la división en rediles de las cabañas, el papel de los perros, los métodos de construcción de los chozos, los cuidados del ganado tras el esquileo o en los temporales, la elección de *moruecos* o la curación de las enfermedades. El ciclo pastoril arrastraba un cúmulo de experiencias recogidas sobre la adecuación a la naturaleza y nada se hacía por azar, cualquier faena estaba prediseñada, sin improvisación y solo se hacía sitio a la pericia en marchas, esquileos, descansos o paridera. Toda esa experiencia la había adquirido Sebastián a base de ciclos repetitivos de actividad y le hacían merecedor de la confianza de los propietarios de rebaños. Al mismo tiempo disponía de la suficiencia económica para hacer frente con sus bienes a la mala gestión ante los propietarios que habían hecho *mayoralía*. Esta agrupación empleaba la forma jurídica de la *compañía* como única forma de acceder a los grandes pastizales.

La invernada era motivo de alegría para muchos, pero también de tristeza para las familias que se separaban un largo período. Los jóvenes marchaban y las tareas se harían más duras ahora que faltaban brazos. Sebastián tenía veinticinco años y aún estaba soltero. Sus largas estancias en la sierra o en el valle le alejaban de las ciudades donde podría haber conocido mozas casaderas. No obstante, su posición de ese año le permitía disponer de más tiempo libre que aprovecharía cada vez que debiera ausentarse hasta la ciudad para gestionar algún asunto. Desde su recién estrenado puesto de mayoral, sus quehaceres eran menos comprometidos, dejando en manos de sus rabadanes el verdadero peso del trabajo. Pastores, *careas* y zagales, muchos de ellos niños, yegüeros y carreros, mastines, cinco por rebaño, completaban un equipo que no tendría mucho tiempo libre. El responsable de los mayorales, que oportunamente viajaba en carreta la mayor parte de los tramos, depositaba en Sebastián suficiente confianza y responsabilidad para unirle a su grupo a pesar de su juventud.

Los rebaños que accedieron desde Soria, desde el término de Lubia, habían tenido que elegir entre dirigirse por tierras de Miranda de Duero o por Velacha, donde una barca de maroma ayudaba a cruzar el Duero. El rebaño de Sebastián atravesaba pinares y baldíos comuneros por el término de Fuentelcarro, aún en el partido de Almazán, donde los resineros del señorío del marqués de Almazán y conde de Altamira coincidían con los pastores en su regreso a tierras altas. Los guardas del señorío se ocupaban de vigilar los rebaños a su paso por el descansadero de la tejera de los Donicines y el abrevadero de las márgenes del río Duero. En este punto se unían los rebaños que venían de Ribarroya, Almarail y Viana. La anchura en este punto de la cañada, cuarenta y cinco varas, permitía la incorporación de otros ramales de la vía. La cañada proseguía camino de Cobertelada, bajo el nombre de cordel de Tierra Madrid hasta el sitio de Escarreta-caballos.

Descansado el rebaño, la ruta proseguía por Almántiga por el sitio del Vallejo de la Tía, a una legua de Almazán. Desde aquí se desprendía un importante ramal que comunicaba con la Cañada Real Soriana Occidental, el conocido ramal merinero de Madrid por Lodares del Monte, Fuentegelmes y Baraona. Un pequeño descanso en el abrevadero de Balluncar y el ganado continuaba el trayecto por tierras de vegetación pobre, con poco más que abulagas y tomillos. De ahí al descansadero de la fuente de la Bragadera en la localidad de Torremadiana donde había una explanada con una anchura de noventa y ocho varas. Los animales podían pastar en el cerro de Peñas Blancas y en los llanos de la Sierra. Los pastores aprovechaban este descanso para adquirir algunas provisiones de los vecinos, bautizados como *los mediatorre*.

Tocaba vadear el río Bordecorex en los términos de Hontalvilla y Jodra hasta el sitio de los Valles, donde la cañada cruzaría el camino real y se abandonarían las tierras de Almazán, y en este punto se repetían, año tras año, a la luz de las hogueras las historias de algaras musulmanas en todo el valle, conocido por el *camino de la yacija*, valle que hubo de remontar Almanzor moribundo hacia Medinaceli. Contaban los pastores más viejos que en tiempos pasados tuvo lugar la batalla de Calañatazor, que enfrentó al rey moro con los ejércitos cristianos de Castilla (conde Sancho García), de León (Alfonso V) y de Navarra (Sancho Garcés III de Pamplona). El caudillo cordobés, siguiendo su costumbre anual, dirigió sus ataques a tierras castellanas, en esta ocasión con el objetivo de tomar el monasterio de San Millán de la Cogolla. Para esta algarada, Almanzor sumó a su ejército una considerable suma de tropas norteafricanas con las se encontró en Toledo, causando estragos y devastación en las tierras a su paso hasta la ribera del Duero. Un enorme ejército cristiano le sorprendió acampado en el castillo de las Águilas, y las tropas árabes sufrieron una gran derrota. Almanzor enfermó tras la batalla y se refugió en Medinaceli, donde falleció la noche del día diez de agosto de 1002. Relataban los pastores, que su última frase fue la que anunciaba la decadencia del califato cordobés.

Con solo la anchura de un cordel el rebaño enfiló el Praderón confinando con la dehesa de Jodra, cruzando el camino real y el vado del río por el sitio de Caraminera. Sebastián tomó la decisión de acceder hasta Pinilla del Olmo remontando el valle de Canto Blanco, por la falda del monte y las dehesas, después de cruzar la Raqueposera de Arriba, Valdeamarguillo, los Navajuelos y el Hornillo. Al sur, los rebaños disponían de abrevadero en la fuente de la Caracita y los pastos de la dehesa de Romanillos de Medina, después de cruzar por el sitio de las Cigüelas, la solana de la Navazuela, al sur por el Torrejón y el portillo de Cara-valdevacas. Al paso por la ermita de la Soledad, los pastores se veían obligados a rezar una plegaria. Desde este punto la calzada romana servía de soporte al tránsito de las ovejas. Su perfecta conservación, sus cunetas labradas en la roca y su cajero perfectamente asentado habían soportado el paso de muchas legiones que marcharon sobre ella hacia el norte.

A estas alturas de la marcha, el rebaño bajo la responsabilidad de Sebastián no había sufrido muchas bajas. Las condiciones diarias, dado el tamaño del mismo, hacía que los cinco pastores que lo acompañaban se quejaran del aumento de trabajo que suponía hacerse cargo de dos mil cabezas, cuando lo habitual era que un equipo como aquel se ocupara tan solo de un millar de ovejas. Así que planteaban a Sebastián la incorporación de algunos pastores más al grupo. En concreto, algún *sobrado* y *ayudadores* más, puesto que eran los que realizaban las tareas más duras. Algún zagal también sería bienvenido bajo el mando del yegüero del grupo. Daniel se ocupaba de las caballerías, que transportaban todas las pertenencias necesarias para el camino: herramientas, útiles, ropas de abrigo y prendas contra la lluvia. Daniel contaba con una reata de seis mulas y un asno pequeño, animales de patas cortas y fuertes, corpulentos y musculosos, de cuello corto, lomo plano, pelo largo y lanudo, y muy dóciles, claros distintivos serranos, tales que merecían precios muy elevados en los mercados y ferias, pues demostraban docilidad, energía y resistencia. Las mulas cargaban con redes y estacas para los apriscos provisionales nocturnos, así como el preciado cargamento de sal.

Viendo la realidad de las demandas de sus compañeros, Sebastián dedujo que tendría ocasión de justificar al soriano el aumento del gasto por la contratación de nuevo personal, gasto que añadiría al resto de cuentas a liquidar en el libro de *apiaradero*. Además, uno de los pastores de avanzada edad mostraba menos eficacia en sus labores, por lo que una ayuda aumentaría el cuidado del ganado, pero esto tendría que esperar a cruzar tierras madrileñas.

La incorporación de nuevo personal al equipo haría necesaria la revisión de los ajustes de las condiciones del convenio para esa temporada. En primer lugar, los salarios, estimando la antigüedad y la experiencia, veinte ducados para el rabadán, dieciocho al compañero, quince al primer ayudador y yegüero, doce para el segundo y ocho para los zagales, igualmente bautizados como rochanos, morillos, chulos, requedadores o rochanejos según los términos municipales recorridos. A este salario se añadiría el habitual en especie; dos libras de pan por persona y dieciséis reales por rebaño para el *cundido,* comida que acompañaba al pan y carne de las reses sacrificadas, en invierno, y nueve reales en verano. La *excusa* del mayoral quedaría establecida como de costumbre, libramiento de cien ovejas a cambio de entregar los vellones de lana, pero no las crías. Entre las ovejas acogidas a la excusa se incluirían algunas churras para garantizar el consumo de leche. Después se aclararían los deberes, la mayoría de ellos conocidos de todos por leyes y ordenanzas sobre la permanencia en el hato y el cuidado de los animales. Por último, acordarían las sanciones y cautelas al objeto de disuadir de fraudes y abusos, a la vez de compensar por daños y muertes del ganado.

Alcanzaron el término madrileño de Brea de Tajo, situado en la Alcarria de Chinchón cruzando los sitios de Valondo y Valuengo, el portillo de Armuña, el hoyo de Valdeormeña, o la Peña Grande o Peña Gorda, donde se incorpora el ramal que viene del monte de Guadalajara por el puente de Ambite, continuando unidos por los sitios de la Cabeza del Concejo y los corrales de Campeño. En este punto, la atención del grupo debía centrarse en los robos ocasionales de ganado. En tiempos, se habían producido muchos conflictos entre los ganaderos castellanos del Concejo de la Mesta y el concejo de Almoguera y sus aldeas. Tales conflictos surgían de las acusaciones que, con motivo de ataques y robos de ganado al paso por aldeas como Brea, Almoguera o Valdeolmeña, se habían producido. Estos enfrentamientos quedaron resueltos tras el pago de las demandas mesteñas. Aquellas historias habían trascendido hasta entonces y se aumentaba la vigilancia especialmente en estas zonas. No sería hasta cruzar el río en Fuentidueña del Tajo, en el límite con tierras de Toledo, cuando Sebastián retomó las demandas de sus compañeros y marchó a la ciudad para buscar personal que incorporar al grupo. En su mente llevaba contratar un segundo que ayudara al rabadán, algún ayudador y un par de zagales de corta edad. La estancia del ganado en el abrevadero de la fuente salobre o de la Dueña, en recuerdo de doña Urraca, y más tarde en el descansadero del remanso de la Tejera, le permitiría disponer del tiempo necesario para tales gestiones. El rebaño había recorrido el Horcajo a dar al camino de Valdecaracete, el valle y el pradillo de Santa Elena. El paso por el río Tajo se hacía en barca para descansar en un abrevadero. Continuarían entre la ribera del río y los sitios de la Veguilla y los Toriles, hasta el descansadero y abrevadero ubicados en el Morrón.

Hacía pocos días que se había celebrado en Fuentidueña la romería en honor de la Virgen de Alarilla. El segundo fin de semana del mes de septiembre se celebraba una romería en la que los vecinos portaban la imagen de la virgen hasta la ermita de Alarilla, conmemorando la aparición de la misma a un pastor. Al anochecer, la romería se transformaba en procesión a la luz de las antorchas. Finalmente se procedía a embarcar la imagen sobre el río Tajo. Con los humores todavía recientes de la fiesta, Sebastián acudió al lugar de reunión de los habitantes, la explanada de la iglesia de San Andrés Apóstol. Tras los saludos de rigor, las respuestas de los vecinos le dirigieron hacía una majada cercana al pueblo, donde una familia de pastores vivía. Sebastián pudo reunirse con el patriarca, Eusebio, con el que trató la posibilidad de contratar a alguno de sus hijos para unirse al grupo. Eusebio propuso contratar a sus tres hijos para ocupar los puestos que demandaba a cambio de incorporar su rebaño a la cabaña y disfrutar de los pastos manchegos sin coste alguno, quedando disuelto el contrato a su regreso en primavera. Obviamente era una buena solución para todos, solo eran poco más de cien ovejas, así que le ordenó que los mozos se unieran al grupo a la mañana siguiente. Sebastián aprovechó para comprar algunos víveres que le habían encargado y tomar algún vino en el mesón de la plaza. Antes de la cena estaba de vuelta en el descansadero.

La nueva incorporación de personal le pareció a Sebastián muy oportuna para repasar con el grupo el código pecuario exigido a los pastores. Este código obligaba al cumplimiento de diez normas en el gobierno del rebaño. Primera, pasturar todos los días. Segunda, no permitir paradas salvo en cercados y en el cuartel de turno. Tercera, frenar la entrada y daño en tierras sembradas, apostando perros y hombres a los lados. Cuarta, impedir el acceso a los humedales, pues provocaban enfermedades y reblandecían las pezuñas. Quinta, sujetar el consumo con rocío, helada o escarcha. Sexta, recoger el ganado a la sombra en lugar fresco al mediodía en verano. Séptima, dirigir por las mañanas hacia poniente y en la tarde hacia levante, así los animales tendrían el sol por detrás y la testuz protegida. Octava, apartar el ganado de herbazales nocivos. Novena, trasladarlo despacio y unido, principalmente a la subida de cuestas o con calor. Décima, permanecer en abrigo con nieve, lluvia y viento, a excepción del abrevadero.

A la mañana siguiente, con el nuevo equipo al completo, ahora nueve hombres, se adentraban en el distrito de Toledo, por el término de Santa Cruz de la Zarza por el sitio de las Hermosillas y continuar por el cerro Teresa, el carril de las Carretas y la senda de Ocaña, la Cuesta Blanca, los llanos del Concejo para cruzar el puente sobre el arroyo Cedrón. Desde la cañada se desprendía una vereda que se internaba en territorio perteneciente a la encomienda de Montealegre, donde el ganado podía aprovechar los pastos y utilizar el abrevadero de los Hundimientos tras el abono pactado de unos veinticuatro maravedíes por rebaño. El trayecto se hacía más sencillo una vez alcanzadas las tierras manchegas, los grandes llanos del Campo de San Juan y de la Mancha de Criptana. En esta zona tenía enclave uno de los controles de portazgo de entrada de ganado a Alcudia, exactamente en el Puerto Real de Toledo.

Incluso la velocidad aumentaba considerablemente, llegando hasta las seis leguas en una sola jornada. El camino hasta las dehesas manchegas sería tranquilo, como hecho a medida de la personalidad propia de los pastores; calmado, austero y de pocas palabras. La lentitud de los rebaños obligada por las ovejas preñadas alargaba los días, pero al tiempo la ausencia de siembra y la finalización de la siega permitía rezagarse en alguna finca sin temor a destrozar los cultivos.

En aquel punto se unía otra cañada que provenía de Cuenca, por Cabezamesada, que contaba con las tierras del baldío de la Ensancha del Llano, ya en tierras de Villamayor y Villanueva. Se adentraban en la gran planicie del término de Corral de Almaguer, donde el rebaño faldearía el cerro y bordeando el término de Lillo adentrarse en tierras de Villacañas, siguiendo la ribera del río Riánsares. Aquí podría disfrutar los pastos de la encomienda de Monreal y Montealegre. A poniente el rebaño podría esparcirse por los terrenos de Aloyón donde los ganados podían pastar en los lugares que no estuvieran sembrados. La cañada se dirigía hacia la falda del cerro de San Antón. Estaban pisando la Mancha húmeda, con buenas yerbas y juncales. El ganado había descansado y abrevado en los terrenos baldíos alojados en la linde del camino de Villacañas a la Puebla. Los rebaños reunidos al inicio en Yanguas llevaban recorridas más de setenta leguas. En este nudo debía tomarse la decisión de avanzar hacia Alcudia por un ramal que transita por términos de Villacañas y Madridejos, a reunirse en Alcolea con una de las cañadas que vienen de la provincia de Segovia, o proseguir más al sur por otro ramal que partía de las casas de los Romanos, que por la localidad de Quero se dirigía norte-sur hacia Manzanares por tierras del conde de Cabezuelas.

En esta zona se ubicaban las lagunas salinas, en el límite de Toledo con Ciudad Real. Y a este respecto se hacía necesario la revisión de las cantidades de sal necesarias para el rebaño. La sal resultaba imprescindible en la cultura de la trashumancia, a la vez que fue generadora de infinidad de conflictos fiscales. La sal lograba la revitalización de las ovejas concluida la paridera, fortaleciendo y estimulando los procesos metabólicos. Constituía un ceremonial obligatorio por la hierba tierna, fresca, poco nitrosa y apenas nutritiva de los terrenos atravesados. Las proporciones variaban según la calidad de los prados, las condiciones climáticas o la época del año, por lo que los mayorales permanecían en constante alerta ante las señales de debilidad de las reses adultas y las crías para aumentar la dosis, tasada en una fanega cada cien cabezas de vientre y algo menos en borras o moruecos. En la cultura local estas prácticas se improvisaban tomando la sal requerida en *lambederos* naturales localizados en el tránsito del ganado.

Aquí se hallaba un conjunto de lagunas de elevada concentración salina promovidas por procesos de precipitación asociados a los depósitos de sales: Tírez, Peña Hueca, Lagunilla de la Sal y laguna Grande de Quero, localizadas entre las poblaciones de Villacañas, Villafranca de los Caballeros y Quero, todas ligadas a la explotación comercial de la sal. Sebastián decidió desplazarse hasta la localidad de Quero, a poco más de cuatro leguas de Villacañas para adquirir la cantidad demandada de sal. Esta población a la que accedió tras superar el cerro de San Cristóbal está atravesada por los ríos Riánsares y Cigüela, y como era habitual en los desplazamientos de los pastores resultaba obligada una visita a la iglesia de Santa María de la Asunción donde orar y agradecer la fortuna del viaje. Coincidiendo con la época del año, la laguna grande, situada al suroeste de la población se abastecía de las precipitaciones de otoño e invierno, y durante generaciones había sufrido la explotación de las bondades y beneficios de sus sales y salmueras, que siempre fueron recursos económicos de primera magnitud, para diferentes usos, desde el propiamente alimenticio para personas y animales, a la fabricación de pólvora y la decoloración de la lana. La familia Suarez llevaba varias generaciones dedicándose a la explotación de la laguna y la obtención de la sal. La cubeta de la laguna había sido compartimentada en balsas por canales y diques de explotación, de los cuales se extraía la sal para su comercialización. Sebastián cargó las dos mulas que le acompañaban a razón de un quintal por rebaño, cantidad a la que los mesteños tenían derecho, y emprendió el camino de regreso al descansadero. Recibió como regalo media arroba de sal para el cocinero del grupo.

Ya en tierras manchegas, los rebaños acudían al sistema de *igualas*. Estas igualas se producían en la campiña bajo la supervisión de los guardas, encargados de señalar las tierras, generalmente las *pámpanas* de la viña. En Soria, a Sebastián le habían entregado una lista con las igualas a las que podía acogerse durante el trayecto manchego. Igualmente, se le indicaban las fincas colindantes con la cañada que permitían que el ganado aprovechara la llamada *derrota de las mieses*, previo pago de un precio más bien simbólico que recibían sus dueños. Este aprovechamiento era conocido como *la contenta*.

Sebastián estaría pendiente de estas negociaciones a su llegada, en tanto, debía adelantar la información sobre las fincas que permitieran el aprovechamiento de los pastos. Para ello pensó en enviar a uno de los nuevos, José, el mayor de los recién incorporados. El pastor, buen conversador, podría informarse en la zona de las condiciones de las fincas y de la disposición de sus dueños a permitir el acceso del rebaño a los pastos. Él negociaría el importe de la nueva iguala. Como todos los días, al amanecer, Sebastián estableció quien ocuparía las faenas de la jornada, según el riguroso cuadrante temporal de asignaciones, lo que le permitía valorar las cualidades del equipo, así como su disposición y actitud. Estas rotaciones muchas veces estaban condicionadas por acontecimientos como las heladas, las lluvias abundantes o el adelanto de los partos. Al inicio de la jornada, Sebastián, como veterinario-curandero improvisado, se aseguraba de que hombres y ganado estuvieran bien para la jornada. Para cuidar de todos, disponía de hierbas, emplastos, productos paliativos y curativos, así como tablas, correas y material veterinario, cuchillos, lancetas, etc.

Tras desayunar un menú bastante monótono, migas acompañadas de manteca, pimentón y ajos, el grupo se puso en marcha. Para el día se preparó merienda, embutido o queso. El yegüero acompañaría al grupo hasta primera hora de la tarde, momento en que se adelantaría junto con uno o dos de los zagales hasta el punto previsto para pasar la noche, donde prepararía cena caliente, patatas, legumbres o sopas, y si alguna res resultaba muerta, podrían acompañarse con carne fresca. Una de las especialidades de Daniel era la fabricación del queso, fresco evidentemente. Cuando escaseaba, Daniel guardaba leche recién ordeñada de la mañana o del día anterior, unos cuatro litros que colaba cuidadosamente con varios paños. Después añadía el cuajo obtenido del estómago de un cordero fallecido, lo dejaba reposar alrededor de una hora al lado de las ascuas de la lumbre, alrededor de treinta o treinta y cinco grados. Después de removerlo tras el reposo, lo echaba en una esterilla y lo ceñía con una plita de esparto trenzado, y colocado entre dos tablas desprendía el suero sobrante. A la mañana siguiente, retiraba tablas y las piedras de sobrepeso, lo salaba y lo dejaba reposar antes del consumo un día completo. Nunca faltaba el queso pues las ovejas churras que acompañaban al rebaño se ocupaban de que no faltase leche.

También era muy aficionado Daniel a los juegos de fuerza o habilidad, su corpachón le permitía aprovecharse de sus compañeros. Eran habituales, tras la cena, los juegos de *arrimapalo* y el *tiragarrote*. El primero de ellos, de habilidad, consistía en intentar acertar con la curva del garrote en una estaca de los rediles lanzándolo desde varias varas de distancia. El segundo, algo más violento, era un juego de fuerza, los dos contendientes, sentados y con los pies enfrentados por la planta y los brazos extendidos, agarraban un bastón con el objetivo final de levantar del suelo a su contrincante. Daniel era el seguro ganador de estos juegos que daban paso al descanso o a las tareas nocturnas.

Durante la noche, los pastores debían velar al ganado para evitar los ataques de los lobos, en cuatro o cinco turnos. El último turno de vela, como era habitual, correspondía al mayoral, quien aprovechaba para preparar fuego y despertar al resto del grupo. Las jornadas variaban bastante respecto del estado de los caminos, la anchura, la presencia de ocupaciones y sembrados o la existencia de pastos en los márgenes para alimentar los rebaños. El tiempo y la distancia recorrida variaba pues según todos estos aspectos, y al mismo tiempo impedían la rutina en los desplazamientos.

En aquella mañana fría, Sebastián se propuso revisar las provisiones y desplazarse al pueblo para reponer las necesarias. Las recuas portaban lo indispensable en alimentos, ropa y enseres. La estricta composición de los avíos marcada por la necesidad de aliviar el peso del transporte no impedía un recuento de mínimos: sal, comestibles (carne o harina), costales de harina, caldero, un pellejo con sebo de comer o cundido, dos o tres cuernos con aceite de enebro contra la roña, cayados, cuchillos de monte, navajas de sangrar o degollar, tijeras limpiadoras de roña o de arreglar lana, jergones, capas de cuero y hachas. La ropa de abrigo cargaba en una de las mulas. Por lo general un pastor debía llevar un calzón de lana hasta la rodilla, una faja que protegía los riñones, una zamarra fabricada en piel o un chaleco en su defecto, calcetines, polainas o peales, abarcas de piel y correas que se anudaban a la pantorrilla, y una manta o *condujón* que cosida en un extremo hacía las veces de capucha. Completaban el atuendo, gorros de piel de oveja, sombreros de fieltro, boinas, zurrones y bastones o cayados.

La ruta entraba en Madridejos desde donde se divisaba a la derecha Consuegra y sus molinos, acercándose a las estribaciones de los Montes de Toledo. Acompañaba al rebaño un paisaje de olmos en medio de campos de viñas, transformándose en terrenos duros a medida de su proximidad con los montes toledanos. Muchos rebaños mesteños habían entrado en tierras de la Orden de San Juan en aquel Contadero Viejo. De vuelta al terreno llano en las Casas de Plata y el Herradero y cruzando el puerto del Reventón accedieron a la llanura de Urda, donde el grupo permanecería un día, aprovechando el descanso para visitar la iglesia de San Juan Bautista y acudir a las misas al santísimo Cristo de la Vera Cruz en sus fiestas de finales de septiembre.

Tal como estaba pactado, José se ocuparía de las averiguaciones y negociaciones sobre las fincas dispuestas a la *contenta*. Sebastián no era conocedor de la afición al vino del de Fuentidueña, quien evidentemente, aprovechó para festejar el Cristo en tabernas y prostíbulos. De tal guisa que después de ocasionar varios tumultos con parroquianos locales fue arrestado y multado por la autoridad. José había inquietado a varios ganaderos locales alegando la negativa a permitir el derecho de paso y pastos. En ese sentido, los concejos no facilitaban el aprovechamiento de hierbas gratis a los rebaños mesteños, de tal manera que los trashumantes estorbaban los deseos e intereses de una mayoría de vecinos, nobles y oligarcas que pretendían beneficiarse del control del uso de los suelos, y actuaciones como las de José en poco ayudaban a cambiar la opinión de los locales. La autoridad local exigía que el responsable del rebaño acudiera en garantía del arrestado y pagara las sanciones impuestas.

Sebastián extrañó la tardanza de José y después de hablar con sus hermanos fue consciente de lo que podía haber sucedido y las repercusiones que aquello iba a provocar. De sobra conocía la oposición de los concejos a la libertad de tránsito, el privilegio de paso y pastos que los miembros de la Mesta disfrutaban como componentes de la Cabaña Real. Los rebaños eran calificados de invasores por alcaldes, subdelegados, procuradores y agrimensores, pues en ausencia del alcalde entregador podían sancionar o tomar prendas. Algunos concejos llegaban a cobrar hasta doce maravedíes por hato de día y el doble de noche por cruzar términos de libre aprovechamiento, alegando tratarse de cotos y cercados con disposición exclusiva del concejo y sus vecinos, o alegando que se trataban de *las cinco cosas vedadas: panes, viñas, huertas, dehesas boyales y prados de guadaña*. En ausencia de alcalde entregador, dos vecinos tasadores valoraban el perjuicio y debía producirse el abono inmediato o, por el contrario, se tomaba en prenda un número indeterminado de cabezas. El temor de Sebastián sobre el estado de José, posiblemente agredido por los vecinos, así como de las condiciones sancionadoras impuestas por el concejo iba en aumento conforme se acercaba a la población.

Estos alcaldes entregadores que protegían los intereses de la Cabaña Real de la Mesta estaban supeditados a un juez conservador nombrado por la Corona. En aquellas fechas el puesto lo ocupaba un tal Francisco Montero, cuyo nombramiento había sido apoyado por dos grandes arrendadores del Valle, don Gabriel Niño de Guzmán, caballero de Calatrava y regidor de Toledo, y don Juan Francisco Sanguineto, del hábito de Santiago y también vecino de Toledo, puesto que se obtenía a cambio del pago a la Hacienda Real de treinta mil reales de vellón. Las villas de Almodóvar del Campo, Almadén y Mestanza solicitaron la retención del título privativo debido a la intrusión en las competencias de los alcaldes mayores de las villas de aquel magistrado. Como ayuda directa, el juez disponía de la figura del guarda mayor de la Dehesa y Monte del Valle de Alcudia, personificado en Isidoro de Castro Ochoa, nombrado hacia mediados de 1635, y que venía de la casa del serenísimo cardenal Infante, donde había ocupado el puesto de *macero*.

Un alguacil recibió a Sebastián en la entrada del Consistorio y primeramente lo acompañó hasta el calabozo donde José dormía la borrachera. Tras observar que su estado de salud no revestía gravedad, excepción hecha de algunos moratones y chichones, lo acompañó a la casa del que debía ocuparse de la justicia trashumante en ausencia del alcalde entregador; el *alcalde de corral*, o en su defecto el *alcalde de cuadrilla*. Estos estaban establecidos cada diez leguas, y se ocupaban de la custodia de las *mostrencas*, la orden de venta de aquellas y el depósito en la tesorería de la Hermandad. Tanto uno como otro se hallaban fuera de la ciudad revisando algunas comunidades de pastos y aprovechamientos comunales. En ese sentido, Sebastián sabía que no podrían acusarles poco más que de escándalo público y la sanción quedaría en algunas monedas, que convenientemente descontaría del sueldo de José. Después pensaría que hacer al respecto de su continuidad en el grupo.

Tras la puesta en libertad del pastor, ambos regresaron al descansadero, uno cabizbajo y avergonzado, y el otro pensativo y preocupado por las repercusiones que podría traer aquella aventura. Sebastián era consciente de las dificultades que cada vez más encontraban al atravesar concejos con tierras comunales, pues la negativa de estos al aprovechamiento de los pastos por los rebaños mesteños acababa siempre en pleitos que debían resolverse en las asambleas ordinarias de la Hermandad, en marzo, junio o noviembre, lo que producía retrasos en la recuperación de las sanciones y las prendas. Los concejos buscaban resarcirse a base de sanciones económicas del llamado *Servicio de los ocho millones* de ducados que Felipe II había impuesto a la nación y aún se mantenía vigente. Sebastián había acudido a algún conclave, acompañando a su padre en las muchas ocasiones en las que aquel había intervenido en ellos, ya fuera para apalabrar contratos, informar, testificar o denunciar. La Mesta pleiteaba continuamente con los recaudadores de alcabalas de las yerbas del Campo de Calatrava. Estos exigían impuestos en las dehesas del Valle de Alcudia y perseguían y prendaban las manadas cuando marchaban por cañadas y ramales. A esta arraigada costumbre se opuso un decreto de Felipe II, por el que la Mesa Maestral de la Orden dejaría de cobrar el medio diezmo de los ganados mesteños, muchas veces pleiteado desde su imposición.

En defensa de la Mesta, la Corona había determinado la creación del cuerpo de alcaldes entregadores, cuya dirección recayó en el conde de Buendía, al que la Cabaña Real compró el oficio en 1568. Los alcaldes entregadores se ocupaban de vigilar la entrada del arado en las cañadas y los adehesamientos de tierras baldías, operaciones que eran sancionadas con mil maravedíes por fanega sembrada o adehesada hasta un máximo de cincuenta mil maravedíes cualquiera que fuera la superficie afectada. A los infractores abonar estas sanciones les compensaba las tierras añadidas a sus propiedades. Pronto estos alcaldes entregadores caerían en la prevaricación, los sobornos, los abusos de poder, la indolencia y la apatía, pues se ocuparían tan solo de fiscalizar las infracciones y no de evitarlas, convirtiéndose en el cáncer de la trashumancia, hasta el punto de que el oficio acabaría suprimido. Tales desvíos se personificaban en los *guardas de partícipes*, nombrados por los alcaldes para la vigilancia y denuncia de los animales, y que cobraban su salario en base a un tercio de las denuncias realizadas, por lo que era evidente el abuso de poder que normalmente se producía.

Tras la experiencia festiva de Urda, el rebaño se dirigió faldeando la sierra de Enmedio durante algo más de dos leguas para tomar el camino viejo de las carretas desde la Venta de la Serna, y bajando por una larga vaguada acceder al término de Fuente el Fresno a la altura del Cortijo de los Hoyos, monte de San Juan y proseguía por la cañada de Guerrero, el puerto de la Tejera, los Cañamales, Navaquejada, el cerrillo de los Bielgos y cruzar el arroyo de los Diezgos. Sebastián había decidido no despedir a José ya que sus habilidades en el trabajo superaban su desliz con el vino. En este punto la cañada cruzaba el Guadiana, pero antes debía pasar por Malagón, donde se separaba una cañada hacia el sur que va a cruzar el río en el molino de Volga, ya en dirección a Ciudad Real. Frente a Fernán Caballero, el rebaño transitaba por un altozano que dominaba unos cascajares cuaternarios, y atravesando cultivos y olivos cruzarían el río Becea, afluente del Bañuelo. El rebaño seguiría la cañada paralela al cauce del río Guadiana durante casi un cuarto de legua, para marchar después por el valle hasta Picón, donde crece la verdolaga, el lino amarillo, la malva, el gordolobo, el cenizo y el hinojo, tapizando el seco suelo de Ciudad Real. En este término la cañada entra por el cerro de las Cencebras y continua por el sitio de las Zorreras, los Callejares, la cañada del Puerto hasta el Mojón de los Carneros. Dejaron atrás Picón entre lomas y bosques, y un puertecillo entre sembrados. No muy lejana quedaba la laguna de Don Diego o de la Camacha, que corresponde por mitad a los términos de Picón y Alcolea, e inmediatamente un cerro denominado Los Castillejos. En la laguna confluye la Cañada Real Segoviana, que traía rebaños de la zona occidental castellana.

Entre montes de cuarcita remontando una vaguada quedaba a la derecha Alcolea de Calatrava, pasando al lado de Valverde y del histórico Alarcos, donde contaban los lugareños que Alfonso VIII tuvo que escapar hacía Calatrava la Vieja dejando a don López de Haro en defensa del castillo ante el ataque de las tropas de Yusuf II, quien finalmente tomó la defensa. La cañada entraba en el término de Alcolea por la citada laguna continuando hasta el lugar de La Posadilla, donde confluye otra cañada que viene desde Malagón por Fernán

Caballero. Cruzaron el pueblo por el norte, por la Tejera y el sitio de Valdehermoso. El rebaño continuó su camino por un pequeño valle cercano a la Galiana, entre pinares, hasta llegar a Valtravieso, donde las ovejas encontrarían buen pasto, hasta los descansaderos y aguaderos de la gran dehesa de Herrera. Una vega fluvial, desde el Martinete a Suso, con casi ciento veinte varas de anchura y más de media legua de largo, que resultaba un descansadero de ganados, de hombres y de bestias. Proseguía el rebaño hasta llegar a la casa de Matute y desde aquí hasta la encomienda de Herrera y el quinto de Acebuchal.

En término de Corral de Calatrava se encontraba el Puente de las Ovejas, sobre el río Guadiana, donde la Orden disponía un pontazgo y un canon sobre los herbazales. El puente se estrechaba en un verdadero callejón de casi dos varas de vano libre, que permitía el conteo de los rebaños. En este punto, tras descansar lo suficiente, Sebastián tomó la decisión de revisar los herrajes del ganado antes de cruzar el puente. Las ordenanzas de la Mesta obligaban al herraje y señalización del ganado al objeto de identificar las reses de un rebaño con un triple objetivo: el reconocimiento en los extravíos, el reparto de contribuciones y tasas, y el abono por cabida de los arriendos. Con normalidad se producían abusos y hasta delitos con las cabezas perdidas, muchas veces envueltas en hatos y no depositadas en el corral de los concejos. Hasta tal punto era importante el herraje que se tipificó el delito de hurto castigado con grandes penas y multas. Los alcaldes de cuadrilla debían controlar los hierros, muescas y almagre, y actualizar continuamente sus libros de matrícula, al objeto de que ayudasen en la clarificación de los pleitos por daños en los cotos.

Al descansadero acudió el alcalde de cuadrilla destinado en Los Pozuelos, y junto a sus dos ayudantes se dispusieron a identificar las marcas del ganado. Estas consistían en cortes en la oreja en forma de zarcillo, horquilla, arpón, muesca o escuáter tipo V, incluso se utilizaban los despuntes. También eran importantes las marcas sonoras: cencerros para las ovejas más gordas, grilletes para las cabras, grilletes más grandes llamados mediana, ruzas o cencerros algo mayores que un vaso de vino; por último, los piquetes algo mayores que las ruzas. Todo el conjunto de marcas sonoras se denominaba alambre y algunos rebaños eran reconocidos por este sonido.

Al mismo tiempo, debían asegurarse de que no existían animales enfermos que pudieran producir contagios. Revisados los herrajes del rebaño y contabilizado el número de cabezas que a cada cual correspondían, los dos ayudantes del alcalde acompañados de Sebastián y José procedieron a revisar los animales para comprobar posibles enfermedades. Durante la revisión fueron detectados una treintena de animales afectados de roña. Debido al férreo protocolo ante los contagios, estos animales fueron separados del rebaño y realojados en un prado específico alejado de los sanos a más de doscientas varas, donde debían ser bañados en aguas corrientes, saneados y medicados. Con ellas se aislaban personas, perros y utillaje en contacto con los animales enfermos. A diario debía ser recogido el estiércol de la zona de cuarentena para quemarlo. Los mayorales y alcaldes mantenían un férreo control contra las enfermedades más comunes entre los rebaños; fiebre de malta, ubrera, diarreas o partos fríos, así como la rotura de extremidades que resolvían entablillando el miembro con cañas y paños.

Durante el plazo de confinamiento, normalmente ocho días, Sebastián visitó a diario el aprisco, con el propósito de observar el comportamiento de los animales, detectar síntomas, garantizar el resguardo del frío y la lluvia y comprobar el estado de redes y vallados. Algunos animales, que no mostraban mejoría alguna, fueron sacrificados y enterrados en hoyos profundos. Las noticias sobre estas cuarentenas se extendían como la pólvora por la comarca, alertaban al resto de mayorales y se inmovilizaban las cabañas hasta constatar la realidad y localizar los focos. Nadie compraba o vendía animales durante esos días, y los tratos ya pactados esperaban a superar los plazos de cuarentena.

El grueso del rebaño de Sebastián cruzó el Puente de las Ovejas, de *las mil ovejas* o simplemente de *las Merinas* desde el norte, donde existía una gran zona de estacionamiento del ganado. Este puente siempre había estado asociado a la trashumancia como el más notable legado histórico de la Cañada Soriana. Un puente sustentado por pilas con tajamares y cuatro grandes arcos de piedra. Sobre ellos se situaba una estrecha calzada empedrada con pretiles que se utilizaba como contadero del ganado. La zona producía un efecto de embudo, de forma que los animales debían pasar de uno en uno, lo que facilitaba su conteo. Después, en el extremo sur la calzada volvía a ensancharse dando continuación a la cañada. El puente unía dos caminos paralelos al río, el camino del Martinete a Los Pozuelos y el camino de Luciana a Corral de Calatrava. A este puente principal, acompañaba otro de origen medieval construido sobre un canal del río Guadiana, y un tercero al sur, sobre el canal del Martinete. Los tres puentes facilitaban el cruce del río Guadiana, pero el más utilizado por los rebaños era el primero de los descritos. Ante la atenta mirada del alcalde de cuadrilla y sus ayudantes, el rebaño fue cruzando el puente permitiendo el conteo que calcularía el importe final del pontazgo a abonar a la Orden. El alcalde anudaba en su cuerda cada diez ovejas y uno de sus ayudantes pintaba con almagre una marca en una de cada diez ovejas. El conteo final debía coincidir, aunque evidentemente, si no lo hacía no se volvían a contar los animales.

La cifra final de animales que pasaban al otro lado del Guadiana fue de mil novecientas setenta y seis ovejas, el resto había quedado confinado y se unirían más tarde al grupo, una vez superada la cuarentena. El arancel se establecía en dos maravedíes y medio por cada cien ovejas, que serían satisfechas a la Mesa Maestral mediante abono en las arcas de Almagro. Para su liquidación debían presentar los recibos emitidos por los alcaldes de cuadrilla. Como era habitual que los mayorales no dispusieran de esa cantidad en efectivo, solían guardar pagarés emitidos por el posesionario en origen, que eran entregados a las autoridades para liquidar los impuestos.

Superado el vado del río, la cañada volvió a los habituales suelos áridos. La dehesa de Herrera finalizaba en la fuente del Piojo. Superada la Sierra

Gorda habían de divisar la laguna de Cabezarados que cruzaba un llano de olivos y cereal. En este punto el rebaño se dirigiría hasta término de Los Pozuelos, desde la citada fuente hasta el cerro de San Gregorio, y pasaría por el centro del pueblo a desembocar en el cerro de las Veredas o de las Bellotas. Se encontraban muy cerca ya de Cabezarados, donde recorrerían desde la Fuente del Álamo a la laguna, donde nace un cordel con dirección a Almadenejos que pasaba por la encomienda de Villagutiérrez. Desde la laguna la cañada se dirigía hasta el sitio de las Navazuelas, y desde allí un ramal este-oeste buscaba el Valle de la Serena por Abenójar, Saceruela y Agudo.

Ya en término de Villamayor de Calatrava, el rebaño recorrería terrenos montuosos por los sitios de Chaparrales y Jarales hasta el río Tirteafuera. El rebaño proseguía por los terrenos mineros de San Quintín. Unas tres leguas lo separaban de Viñuela, para cruzar el río Tirteafuera y subir hasta el puerto de los Carnereros, donde se ubicaba otro de los puntos de portazgo de entrada de ganado en el Valle. Por la izquierda se incorporaban los rebaños que habían optado por el ramal izquierdo de la Cañada Oriental Soriana, que se había abandonado en la casa de los Romanos. La bajada de Viñuela se hacía sobre terreno quebrado y desigual. Avanzando hacia la umbría llegarían a Veredas de Abajo, donde la cañada se difumina en diferentes cordeles, también recordados según los territorios transitados como azagadores, cabañeras, caminos ganaderos, correderas, galianas, ramales o traviesas. Desde el puerto de Veredas la cañada empalmaba con la Cañada Real Segoviana, en la que vienen reunidas la Leonesa con la Soriana, y la de Cuenca, que enlazó en la villa de Quero, entrando en termino de Almodóvar por el caserío de la Viñuela.

La cañada llega por fin a su destino final formando ahora una amplia vereda de trescientas varas; el Valle de Alcudia. Los rebaños procedentes de Yanguas habían recorrido casi cien leguas. El recorrido medio considerado de cuatro leguas diarias se había cumplido, y tras veinticinco días ponían fin a su viaje. Ahora muchos rebaños continuarían hacia Córdoba, hacía el condado de Belalcázar y a Extremadura, cruzando el puente de Cantalobos sobre el río Guadalmez, en término de San Benito, para acceder a tierras andaluzas. Este paso exigía un pontazgo que los arrendatarios del puente cobraban a los rebaños que por allí cruzaban, a razón de diez o doce reales por manada. Considerando que más de quinientos rebaños cruzaban a tierras cordobesas, era natural que el Concejo de la Mesta pleitease con el de Almodóvar del Campo por tales pagos, pleitos que se repetían cíclicamente cada varios años. La Chancillería de Granada consideró en varias ocasiones tales demandas y obligó al concejo de Almodóvar a devolver el dinero cobrado a los ganaderos.

La cabaña soriana se repartiría por el extenso valle en las diferentes dehesas que ya hubieran contratado, a través de las siete vías pecuarias principales que recorren el Valle de Alcudia en todas direcciones: Cañada Real Segoviana, Cañada de Puerto Suelta, Cordel de Tres Ventas y Almadenejos, Cordel de Alamillo, Cordel de la Sardina, Cordel de Pozo Medina y Cordel del Burcio.

El Campo de Calatrava tenía el pleno dominio de ciento catorce dehesas, con una superficie total de más de cuatrocientas mil fanegas. El grupo de Sebastián permanecería en Veredas un par de jornadas, en tanto resolvía los millares arrendados ese año, concretamente los correspondientes a las dehesas de la encomienda de Almodóvar del Campo, concentradas alrededor y dentro del Valle de Alcudia, pues al disponer de posesión sobre varias dehesas de Alcudia, no conocía hacia cuál de aquellas debía dirigirse. Sebastián recordaba perfectamente las dehesas más habituales de escuchar repetidamente a su padre las temporadas pasadas en ellas. La base de pastos de la zona era la dehesa de Maqueda, con más de nueve mil seiscientas fanegas repartidas en catorce millares. Le seguía en importancia la dehesa de Villalba dedicada por completo a tierra de labor, por la calidad de las mismas. Otras dehesas de menor superficie también habían alojado a los rebaños sorianos, como la dehesa del Quintillo y otros quintos; Caracollera, el Rincón, el Alto, Encinarejo, la Tabla y el Madroñal.

La recomendación de su padre había sido que mostrara interés por los tres millares de La Ballestera, y en su defecto la dehesa de El Garbanzal, a poniente de Almodóvar del Campo y cercana al macizo de Navacerrada, tierras pobres para la labranza, pero adecuadas para los pastos tan apropiados para sus ovejas, y además contaba con una majada y varios chozos construidos en temporadas pasadas, a la vez que disponía de varios abrevaderos, descansaderos y sesteaderos. La dehesa de La Ballestera estaba incluida en la Encomienda de Almodóvar del Campo, emancipada de la de Caracuel en el siglo XIV y dirigida por el X marqués de Astorga, don Antonio Pedro Sancho Dávila y Osorio, marqués de Velada y de la villa de San Román, conde de Trastámara y de Santa Marta, dos veces grande de España, señor de los estados de Guadamora, del estado de Villanueva, de los estados de Poula, Refoxos y Milmanda, gentilhombre de cámara de Carlos II, embajador en Roma, capitán general de Valencia, y con residencia en la Corte. Tan solo se preocupaba de recibir las rentas de la encomienda, sin saber tan siquiera dónde estaba enclavada.

Contaba la encomienda como principal posesión con la dehesa de Maqueda, a cuyo norte lindaban tanto La Ballestera como la dehesa del Chiquero. Las tres constituían el núcleo fundamental del territorio de la encomienda y suponían más de dos tercios de las rentas de la encomienda. La Ballestera englobaba los millares de las Casas, Navalagrulla, Encinarejo y el Lentiscar, que se arrendaban de invernadero y de agostadero, aunque la montanera era escasa y no se labraban por estar destinadas únicamente a pastos. La bonanza de aquellos pastos, donde una oveja podía disponer de media fanega, era debida a que la temperatura media anual era superior a las de las zonas manchegas y de transición entre la Mancha y el Campo de Calatrava. Aquel interés se había extendido hasta el posesionario soriano, quien había gestionado arrendar aquellas y comunicaría a Sebastián a través del alcalde entregador de Almodóvar la consecución final. En este año, las hierbas del término de Almodóvar serían compartidas con otros treinta y cinco posesionarios, que sumarían casi veinte mil cabezas de pasto.

Como era costumbre los pagos se realizaban coincidiendo con las ferias castellanas: los de la feria de mayo de Medina del Campo, del quince de julio al diez de agosto, aunque acabó estableciéndose a finales de julio; los de la feria de octubre, concretándose en el último día del mes de diciembre, y los de la feria de Villalón, desde mediada la semana de Cuadragésima hasta Pascua, aunque se acostumbraba a liquidar a finales de marzo, fecha en la que nuestro soriano debía abonar el arriendo de los pastos de las dehesas de Almodóvar.

El incremento en el precio del arriendo de pastos rondaba una décima parte aquel año, lo que hacía que el precio de las yerbas de invernadero supusiera cerca de dos tercios del total de los gastos de la cabaña. Precios que se habían incrementado con motivo de la disputa de los *riberiegos*, que mediante pujas encarecían los pastos. El coste de yerbas se había triplicado en poco más de medio siglo. La renta anual establecida para aquel año sobrepasaba los noventa y tres mil maravedíes por millar, desde San Miguel a finales de abril, para los pastores serranos y forasteros que pastaban y esquilaban en el Campo de Calatrava, precio que se veía incrementado en una décima parte correspondiente a la alcabala real. El incremento de la cabaña inducido por el alto valor de las lanas afectó proporcionalmente al precio de los pastos, y la brutal competencia entre serranos y riberiegos ya había producido hacia mediados del siglo XVI un incremento en el precio de las hierbas, el de las carnes y las lanas, por lo que fue necesaria una provisión real que ordenaba reducir a pasto todo lo roturado en terrenos públicos, baldíos y concejiles, prohibiendo igualmente el acceso de los pastores riberiegos a las dehesas en las que los mesteños tuviesen ganada la posesión. Por lo que la Mesta amenazaba con repetir amparo real y pleitear para obtener una provisión similar que redujera los costes de alimentación de los rebaños.

Como en otras ocasiones, el incremento de los precios de los arriendos de aquel año habría de repartirse entre todos los posesioneros del Valle, como venía sucediendo desde tiempo inmemorial. De tal forma que inicialmente los mayorales del término de Almodóvar debían indicar el número de cabezas desplazadas y contrastar con el número de cabezas de pasto, sobre las que se repartiría el incremento económico. Se reunieron primeramente en la venta de a Bienvenida, en la ermita de Santiago del Valle, y una vez aclarado, con la autorización de los ganaderos, se repartiría tal incremento levantando el correspondiente documento en el Palacio de los Maestres de Almagro. En aquel año, la Mesa Maestral decidió el amillaramiento de sus dehesas en unidades de superficie. Ya lo había hecho con anterioridad en 1589, y desde entonces se establecía con aquel criterio el número de cabezas de pasto que se debía liquidar en impuestos.

El mayor problema a resolver era dilucidar cuál cantidad de tierra necesitaba una oveja para pasar el invierno en las dehesas maestrales. Los posesioneros aseguraban que cuatro cuerdas, aproximadamente media fanega, pero el juez nombrado al efecto entendía que eran suficientes dos cuerdas y media menos cuarenta varas, casi la mitad de lo estimado por los ganaderos.

De tal forma que se obtenía una demasía a favor de la Real Hacienda de casi cincuenta y nueve cabezas de pasto, que valoradas alrededor de cincuenta y cinco maravedíes cada una suponían un incremento anual de tres millones doscientos mil maravedíes en las rentas. Pero en realidad, los posesioneros del Valle o, mejor dicho, sus mayorales, eran los únicos que sabían realmente cuántas cabezas se sustentaban en las dehesas. Solo el que había pastado una finca continuamente durante años sabía su verdadera capacidad, en número de cabezas, pues solo ellos eran expertos en esta medida ganadera y, por supuesto, no iban a hacer partícipes de esa información a jueces y arrendadores.

En tanto Sebastián recibía noticias de su destino, y se determinaba el reparto de pagos, durante los días establecidos en Veredas el grupo aprovecharía para inventariar el rebaño, valorado en medio millón de maravedíes, incluidos animales y derechos de posesión, y al tiempo provisionar lo necesario. Reunificado el rebaño con las ovejas que habían quedado en cuarentena, habían sido cuarenta y tres las que habían muerto durante el camino. Junto a ellas habían muerto también cuatro mansos, aliados de los pastores durante las marchas entre prados y en los cambios de hato, empujando los rebaños hacia su destino. Estos animales eran seleccionados por sus aptitudes físicas y sus cualidades, para convertirlos en guías después de castrarlos al concluir su etapa como sementales. Generalmente eran animales de aspecto imponente que conocían a la perfección caminos, cañadas, abrevaderos, majadas y descansaderos, acostumbrados a recorrer los pastos habituales. Su comportamiento dócil aumentaba la estima de los mayorales y pastores, que los consideraban imprescindibles en sus cabañas. Los mansos encencerrados, a razón de veinticinco por rebaño, ocupaban el frente y los laterales de las manadas, escoltando y sujetando al ganado. Junto a ellos los perros resultaban insustituibles en los desplazamientos, formando un tándem eficaz y compenetrado. Los primeros guiaban el hato y los segundos lo mantenían controlado, vigilando a los rezagados y a los apartados del grupo. Los perros, generalmente mastines, eran elegidos por sus cualidades pastoriles, gran porte, docilidad, resistencia, fuerza o mansedumbre. Estos servían especialmente para luchar contra lobos, y se protegían con collares de hierro con puntas o *carlancas*. Cada pastor contaba con dos o tres perros, entre los que destacaban los careas cuya función principal era reunir las ovejas que se apartaban del hatajo y se introducían en sembrados. Al recuento, una de las mastinas había parido seis crías, que se incorporarían al trabajo conforme fueran creciendo.

A la mañana siguiente, Sebastián recibió la visita del alcalde de cuadrilla quien le confirmó el destino de sus rebaños. La dehesa de La Ballestera y Lentiscar habían sido adjudicadas para disfrute de sus pastos. De tal manera que animales y hombres iniciaron la última jornada de aproximación a la dehesa. Yegüero y mulas se adelantaron para preparar la majada y revisar los apriscos. Con la llegada de los animales las rutinas se establecerían con claridad. Una vez finalizado el acoplamiento, lo primero era sentar la majada, que serviría de vivienda y almacén de los pastores, y realizar las empalizadas que circundaban esta con diferentes utilidades, descansaderos, encierro de bestias, depósitos, lazaretos para reses heridas, aisladas o enfermas. La majada se levantaba como epicentro para desde allí disponer las tareas. Los animales permanecían a la intemperie hasta que eran encerrados al anochecer en corrales de redes aseguradas con estacas, para evitar el extravío, el ataque de lobos y alimañas y el pasto con rocío.

El alcalde comentó a Sebastián que ese año el comendador de Almodóvar no había conseguido arrendar sus dehesas de Chiquero, Tabla y Caracollera, a pesar de haber realizado numerosas ofertas a través del *pitancero* del convento calatravo, quien fue enviado a pregonar las dehesas sin pujas por toda la comarca y llegó hasta Toledo, de tal manera que estaba pensando en hacerse señor de ganado como años antes había hecho el comendador de Mestanza con la dehesa de los Barrancos. Comentaban por la zona que posiblemente se tratara de un acuerdo tácito entre ganaderos para no entrar en pastos de los que hubiera sido expulsado un hermano por agravios, con el fin de forzar al propietario a que admitiera de nuevo a los posesioneros anteriores. Poco tiempo le quedaba al cargo de comendador, pues desde la segunda mitad de siglo se consolidaba la Alcaldía Mayor, a la que acompañaría en su instauración la afluencia de gran cantidad de hidalguías forasteras. De ahí que el comendador estuviera pensando ya en su futuro alejado de las rentas sobre las hierbas de las dehesas calatravas. El alcalde también recordó a Sebastián que, en un par de semanas, una vez que estuvieran instalados en la majada, habría de personarse para liquidar el medio diezmo de los ganados.

No sin algún encuentro con ganaderos y agricultores locales, Sebastián y sus rebaños bajaron desde Veredas hasta los millares de La Ballestera, salvando con varios enfrentamientos las pretendidas prendas de los guardas concejiles. Uno de aquellos guardas, acompañado de varios vecinos, amenazó con arrestar a los pastores, llegando a realizar un disparo de arcabuz con el objeto de espantar el ganado y poder prender los que entraran en las tierras colindantes con la vereda. Afortunadamente el rebaño no se disgregó, y los perros hicieron a la perfección su trabajo, reagrupando inmediatamente a las ovejas que se alejaron. Sebastián y José se enfrentaron al guarda y sus ayudantes con intención clara de utilizar sus cayados si fuese necesario. La llegada de Daniel a lomos de la yegua arroyando a varios vecinos intimidó lo suficiente al grupo para que se alejaran y dejaran en paz a pastores y ganado. Aceleraron el ritmo del rebaño con la intención de llegar cuanto antes a su destino, pues era claro que aquel incidente no se iba a quedar así, pues el guarda intentaría remediar su indignación. Una vez instalados en la majada, estarían amparados por el derecho de posesión y en situación de poder rechazar cualquier amenaza, y los guardas no tendrían competencia en aquellas tierras arrendadas.

II
LA PARIDERA EN LA BALLESTERA
Y EL NUEVO DUEÑO DEL REBAÑO

El Campo de Calatrava, que resultó tener la menor densidad de población de toda Castilla, pronto sufriría un incremento demográfico al que la agricultura tradicional no podía responder, de ahí la necesidad de intensificar los cultivos. Al mismo tiempo aumentaba el deseo de muchos señores de mejorar la rentabilidad de sus propiedades. A estos deseos se unió también la política fiscal de la monarquía, que propició la roturación de fincas, ya fuesen particulares o colectivas, concediendo licencias para labrar bienes de propios y comunales provocando el cambio de titularidad jurídica de grandes extensiones de tierras a la vez que aquellas cambiaban de uso, por lo que incluso perdían su reconocimiento como posesión al tiempo que se perdían los derechos de antigüedad en los arriendos. Junto al incremento poblacional, causa principal de las roturaciones, se hizo patente el deseo de los labradores por mejorar sus rendimientos con tierras descansadas. Estas noticias corrían como la pólvora de boca de los alcaldes entregadores y sus ayudantes. Normalmente las gentes no entendían las repercusiones que tales políticas pudieran tener sobre sus rutinarias vidas.

Los cambios se producían con gran rapidez, hasta el punto de no haber establecido una norma cuando esta ya era sustituida por otra. La Corte Maestral, que antes disponía sobre las peticiones de roturación, había declinado en el Consejo de Órdenes, una vez incorporados los maestrazgos a la Corona. Muchas peticiones fueron atendidas cediendo tierras a censo enfitéutico y otras en arriendo. El medio diezmo recibido de los ganados serranos desaparecería, al igual que los diezmos de los esquiladeros, de tal manera que ahora resultaban más interesantes los diezmos sobre cosechas que los del ganado. Los conflictos de la Mesta pasaban ahora de pleitear con labradores desamparados y concejos ávidos de impuestos, que ahora exhibían licencias reales, a hacerlo contra señores interesados en los diezmos, en las rentas o en ambas cosas a la vez, y entre ellos el propio rey, ahora como maestre de todas las órdenes, que como un señor más estaba interesado en aumentar la rentabilidad de sus tierras.

El mismo señor ganadero, miembro de la Mesta, que defendía el libre paso de los ganados por terrenos baldíos y dehesas, ahora prefería roturar aquellas tierras cuando recibía una encomienda con dehesas. Y esta nueva disposición afectaba no solo a esta oligarquía rural, sino también a la recién estrenada burguesía agraria; administradores, mayordomos o arrendatarios de los comendadores. Y a esta nueva clase social emergente pertenecía quien en lo sucesivo iba a marcar las directrices de la vida de Sebastián: don Diego de Jijón, sobrino nieto del que fuera alcalde entregador de Almodóvar del Campo, quien requería a Sebastián a su vivienda de la calle Corredera de Almodóvar. Este había recibido ahora de la Corona, por los servicios prestados en Flandes a principios de 1640, veinte años más tarde, los diezmos de varias dehesas del Valle de Alcudia, entre ellas las beneficiadas por los ganados bajo la responsabilidad del mayoral soriano. También recibió la propiedad de algunas tierras de monte con licencia para adehesar y otras en las umbrías de las sierras cercanas a Almodóvar. El nuevo señor pretendía emular a los antiguos ganaderos del siglo XVI con residencia en Ciudad Real, Almagro y Almodóvar. En esta villa se recordaban los rebaños de la viuda del bachiller Rueda, que agrupaba más de 3.500 cabezas de ganado estante que disfrutaba algunas dehesas del término. Igualmente pretendía incluso superar a los ganaderos de Almodóvar con posesión en la serranía de Cuenca: los herederos de la familia De Toledo, don Luis Gutiérrez, los nietos del bachiller Rueda, la familia Martín de Valderas, los primos Gonzalo y Hernando Rico, o los nietos de don Andrés Martín Galán, ganaderos que agrupaban más de cuatro mil cabezas de pasto en aquellas tierras.

Esta ganadería estante, de carácter local y comarcal, con aprovechamiento de tierras comunales, protagonizaría la economía de villas y aldeas generando por derecho propio una vía paralela a la trashumancia en el Valle. Los repartimientos de tierras, necesarias para aquellos rebaños, se contemplaron como *donadíos* de la Corona de parte de los terrenos concedidos a las órdenes militares, con un régimen de jurisdicción especial que representaba un margen de movimiento muy amplio, prácticamente sin intervención real, de tal manera que los concejos obtuvieron muchas tierras bajo este sistema para el disfrute y explotación por los vecinos, sosteniendo así rebaños y gastos, y continuar asistiendo con tributos a la Orden y a la Corona. Para el caso concreto de los donadíos de Almodóvar, la diferencia estribaba en la existencia de zonas de cultivo que los agricultores arañaban a los ganaderos. El donadío almodoveño se extendía al norte de la población, próximo a la zona minera de Villagutiérrez, al noreste de Navacerrada, formado por nueve quintos: Cerro del Horno, Hornillo, Manjón, Palancar, Mesa de Puerto, Carbonales, Mata Velarde, Quebrada y Mohedaborno. Por aquellos años las dificultades que la villa pasaba para enfrentar los pagos a la Real Hacienda, originadas por las plagas de langosta, forzaron el arrendamiento de su producto a la Administración y Superintendencia General de las Minas de Almadén, gestionando el alcalde de estas los remates de invernadero y también agostadero y montanera durante diez años, pero liberando para aprovechamiento de los vecinos las rastrojeras tras la recolección.

De los problemas de la agricultura a mediados del siglo XVII se responsabilizó a la Mesta durante mucho tiempo. No obstante, en su defensa debemos considerar que tales males se debían más a la presión fiscal, a la elevación de los costes de producción, a la falta de mano de obra, a la descapitalización del campo y a la carencia de incentivos para la vida campesina, pero sobre todo a la negativa a la liberalización del precio de los granos. Los estudios reformistas aportaban cifras más cercanas a una utopía matemática que a la realidad de las tierras calatravas. Algún reformista se atrevía a demostrar las ventajas de la agricultura frente a la ganadería, en términos demográficos:

> *en mil fanegas pastaban mil ovejas, guardadas por cuatro o cinco pastores; para cultivar ese mismo terreno hacían falta ciento cincuenta personas, dando cincuenta fanegas de tierra a cada par de bueyes, de lo que pueden vivir cinco personas.*

Un planteamiento fuera de contexto para quienes conocían aquellas tierras y su falta de suelo.

Resultaba evidente el malestar que los ganados serranos producían en los concejos locales y en los rebaños riberiegos, y por tal los pastores locales se enfrentaban en pleitos continuos con los ganaderos foráneos y los posesioneros de las dehesas arrendadas. Pleitos que se generaban por multitud de motivos: por cortas y talas de madera de los pies de encina, por enfrentamientos continuos con los guardas de las dehesas, por la usurpación de pastos y el aprovechamiento de la bellota antes de San Juan. La justicia local pretendía sin duda sentar primera instancia por faltas o delitos cuya responsabilidad era mínima, pues conseguía solventar estos con penas pecuniarias de escasa importancia, a la vez, que conseguía de la Chancillería granadina la revisión de aquellas sentencias que sentarían jurisprudencia para conflictos posteriores. Era tal el acoso que sufrían los ganaderos mesteños, que muchos evitaban los pleitos y las prendas, permitiendo la intrusión de los ganados locales en los pastos arrendados. El paso de los ganados originaba continuos enfrentamientos, con mayor incidencia en la vereda mayor que desde la aldea de Veredas, jurisdicción de Almodóvar del Campo, atravesaba el Valle de Alcudia hasta el puerto de Mochuelos para llegar a tierras cordobesas. A pesar del nombre, se trataba de una cañada con anchura muy superior a las demás: contaba con una longitud de cinco leguas y superaba las tres mil doscientas fanegas, aunque la mayor parte de esta superficie se encontraba ocupada por monte bravo.

Por la posesión de esta vereda pleitearon con el concejo de Almodóvar tanto la Corona como los posesioneros de las dehesas de Alcudia, constituyendo, por la tenacidad del concejo en defender sus derechos, un capítulo importante del enfrentamiento entre serranos y comarcanos por tal privilegio que aseguraba pastos baratos, seguridad en el arriendo y ausencia de competidores. Mucha superficie de aquella cañada estaba ocupada, por iniciativa individual o del propio concejo, por ventas, posadas, zahúrdas o colmenas, aunque el problema mayor no eran aquellas construcciones, sino el uso y aprovechamiento sistemático de la vereda. Para los ganados, no poder aprovechar las hierbas durante sus desplazamientos suponía un grave problema que, unido al fuerte incremento en las rentas, la segregación de algunas dehesas y la acción del arado, ponía en cuestión los derechos de paso de los trashumantes.

En su defensa el concejo de Almodóvar reivindicaba la vereda como término propio de la villa, con la única servidumbre de dejar pasar los ganados, aprovechando los agostaderos:

> *pesca y caza y maderas y carbón, cendras y cenizas, corchos y cortezas, ventas y colmenares y huertas y molinos que están en el dicho Valle.*

Resultaban claras las sentencias de la justicia local en favor de los vecinos, siendo necesaria en cada ocasión la apelación de tales resoluciones. En la visita girada por el alcalde entregador nombrado al efecto de un pleito a mediados del siglo XVII se hallaron ciento siete zahúrdas, veintiún pedazos de labor, tres casas, una de ellas posada, y un pajar. Los tribunales fallarían a favor de los posesioneros ordenando la demolición de las construcciones y la devolución a pastos de lo levantado, aunque no se falló sobre la propiedad de la vereda, es decir, si resultaba término baldío y común de Almodóvar o estaba incluida en el arrendamiento de las dehesas maestrales.

Era tal el enfrentamiento entre unos y otros que incluso se llegaron a producir situaciones verdaderamente terribles. Y para muestra un ejemplo: el día veintiséis de agosto de 1601 un incendio devastó las dehesas de Maqueda y Ballestera, propiedad de la encomienda de Almodóvar, extendiéndose a otras partes y destruyendo más de diez mil pies de encina. El fuego duró dos días y dos noches. Las sospechas recayeron sobre una serie de ganaderos riberiegos, entre los que destacaban distinguidos miembros del patriarcado urbano de Ciudad Real y también serranos que mantenían un pleito ante la Chancillería de Granada con el comendador de Almodóvar, pues este les había despojado de sus posesiones en aquellas dehesas para pastarlas con sus propios ganados.

Hacía días que Sebastián y su grupo se hallaban en la dehesa de Ballestera. Junto a Daniel y el menor de los zagales, se habían establecido en la majada. El yegüero y el chico dispusieron un cuarto en la planta baja, junto a los corrales y la cocina. Sebastián tomó una habitación junto a la cocina, en la entrada del edificio. Pastores y zagales se habían repartido con los rebaños por los tres millares de la dehesa, revisado y reconstruido los chozos y apriscos fijos. Sebastián había ordenado aprovisionar de madera en los montes y bosques cercanos para la revisión de los apriscos. Los rebaños trashumantes no estaban jamás bajo techado, salvo dos o tres días durante al esquileo. Estos apriscos de invernadero era una destreza exigida a los pastores mesteños y era valorada a la hora de la contratación, pues de ella dependía el éxito de la trashumancia.

Era habitual la disposición de corrales móviles con el doble objetivo de proteger las ovejas y al tiempo ir majadeando el suelo. Por lo general, los cambiaban todos los días húmedos y cada dos en los días cálidos y secos. Debía buscarse siempre la comodidad de los animales, sin cama ni paja, para impedir que enfermaran de las pezuñas, la lana conservara la esponjosidad requerida, facilitara la limpieza y el pasto se regenerase a los pocos días.

Debían considerar también para su ubicación la ventilación con temperaturas altas, y el resguardo con los fríos, eligiendo indistintamente zonas altas o partes arboladas. Se le requería al pastor el conocimiento suficiente para presagiar las variaciones en la situación del rebaño, los apriscos debían aumentar en época de paridera o en el confinamiento de animales enfermos, construcción de encerraderos para aumentar la alimentación de algunos animales débiles o para distribuir los grupos antes del inicio de la marcha a las sierras.

Los pastores más viejos eran verdaderos especialistas en el montaje de apriscos, que durante varios días cobijarían al ganado. Los zagales aprendían y se responsabilizaban de su desmontaje y preparación para el transporte a otra ubicación. Primero se revisaban las redes, fabricadas con cuerdas de esparto entrelazadas y cosidas de tal forma que formasen una malla muy tupida por la que no cupiese la cabeza del animal, evitando de esta forma las estrangulaciones y el atrapamiento de patas, tampoco debían caber los corderos, al tiempo que debían evitar la entrada de zorros, gatos monteses o garduñas. Por lo tanto, era necesario revisarlas todos los días, y esa labor se la atribuyó directamente Sebastián, no delegándola, como era costumbre, en el rabadán del grupo. Caso de detectar roturas se ordenaba su reparación a ayudadores y zagales instruidos en remiendos maestros. Su transporte se destinaba a varias mulas hateras. En la mente de Sebastián y de todos los mayorales estaba cómo resolver de inmediato la reposición por pérdida, confiscación o deterioro en la marcha o estancia en las dehesas.

Los pastores elegían la ubicación de los apriscos por la experiencia acumulada, evaluando primeramente la morfología del terreno, pues debía instalarse en zonas inclinadas que drenaran fácilmente. Y en tiempo record debía montarse el aprisco: tras un replanteo rápido por la rutina, se clavaban las estacas de sujeción de las redes, estas de una vara y media de longitud, iban a soportar el armazón a modo de pilares, distanciadas una vara unas de otras. Entre ellas, bien horizontalmente o a modo de cruz de San Andrés, se montaban las estacas más delgadas y largas. El resto de estacas, de un pie de altura, se clavaban cosiendo la red al suelo. En último lugar, una empalizada espesa, partida y desplegable confeccionada con ramas, consolidada con pellejos que hacía las veces de muro protector del viento, la lluvia o la solanera. Al exterior se tapizaba con espinos, de tal forma que daba robustez al conjunto para evitar estampidas y ahuyentar lobos, alimañas y ladrones.

La tarea de montaje diario suponía una pequeña obra de ingeniería, y hacía necesaria la habilidad de los pastores. Era obligado calcular en función de las inclemencias climatológicas, y en particular del viento, la tensión de las redes y sus soportes. Con las ovejas protegidas dentro del aprisco, fuera permanecían los mastines, patrullando los corrales. Cada red disponía dos perros, uno atado junto a la red y otro se dejaba suelto, de tal manera que se evitaba que ambos perros salieran corriendo tras parte de la manada de lobos, mientras el resto podía operar tranquilamente en la red.

Con los primeros apriscos montados y supervisados por Sebastián, debía analizarse con detalle el estado de salud del ganado. Las heridas y las enfermedades eran muy habituales en los rebaños. Las más comunes, las roturas de patas que resolvían con un simple entablillado con palos y un trapo. Se adiestraba a los zagales en este cometido, pues era muy común que, a lo largo de la jornada, algún animal sufriera una fractura. Antes de la salida del rebaño cada mañana, el pastor y su zagal revisaban a los animales para detectar la presencia de alguna enfermedad. La más grave, la modorra, estaba causada por la presencia de larvas en el cerebro. Se detectaba con la presencia de una *nube en los ojos*. La tarea de *empajar* era tan delicada que debía realizarla alguien con mucha experiencia. El rabadán, Pascual, lo había estado realizado durante años, y Sebastián confiaba en su destreza para resolver el problema. Con el animal sujeto, Pascual introducía una paja desde el hocico hasta el ojo, y la nube salía sola. Afortunadamente, esta tarea no era habitual, pero sí aparecían algunos casos en la temporada. En zonas de rastrojeras, era habitual que espigas se introdujeran en los ojos de los animales, por lo que algunos pastores eran especialistas en extraerlas con la punta de la navaja.

Ocasionalmente aparecían algunas ovejas afectadas de *roña o sarna*, una afección cutánea contagiosa provocada por un ácaro que horadaba bajo la piel del animal, provocando graves lesiones cubiertas por una costra amarillenta y escamosa, que terminaba dañando la lana y el cuero del animal. Una vez detectada debía actuarse con prontitud y determinación: aquellos animales afectados debían ser aislados, pues se corría el riesgo de que en poco tiempo se cayera la lana de todo el rebaño. Las tareas veterinarias se completaban con la revisión de las pezuñas, pues la humedad provocaba una enfermedad denominada *patera*, que necesitaba de gran destreza para recortar la pezuña del animal. En la jerga pastoril se denominaba *basquilla* a la enfermedad adquirida por el consumo de malos pastos. Un dicho popular entre pastores animaba a prevenir este daño: «pastor, suéltame por la solana y ciérrame por la umbría». Pero lo que más preocupaba a los ganaderos, en cuanto a enfermedades de las ovejas, era el carbunco y las *fiebres de malta,* pues podían transmitirse a los pastores y zagales. Estos animales debían sacrificarse y enterrarlos con un tratamiento de cal.

Poco después de establecidos en el Valle, comenzó la paridera. Sebastián y el resto del grupo esperaba con ansiedad que se iniciara cuanto antes. Los próximos dos meses, noviembre y diciembre, serían los meses de más trabajo. Coincidía con la montanera, con las ovejas corriendo como locas de una encina a otra en busca de bellotas. Los pastores permanecían alerta para poder ahijar sin dudas, poner a cada cordero con su madre. Los que nacían muertos eran desollados y con su piel se cubría a otro cordero desechado por su madre, así lo amamantaba la que acababa de perder su cría. Por esta fecha se realizaba la liquidación del medio diezmo de los ganados mesteños. Sebastián recordó cómo el alcalde le había avisado de que pasaría para marcar los corderos del año pasado que correspondían al impuesto, por lo que en compañía de los pastores debía elegir los que serían destinados como sementales del rebaño, alrededor de cincuenta. Una vez elegidos serían desprovistos de cuernos y castrados para su uso como mansos.

El medio diezmo a pagar a los recaudadores de la Mesa Maestral, se cobraba así:

> *de cada cincuenta borregos, el recaudador recibía un borrego primal de la cría del año anterior, y de no haberlo, una oveja.*

Una sentencia de 1555 permitía elegir a los ganaderos los corderos que se convertirían en moruecos. Aprovechó Sebastián para liquidar el impuesto de montazgo que se cobraba en un solo lugar de Castilla o de León. En tierras castellanas de la Orden de Calatrava se pagaba en la encomienda de Guadalerza, a la entrada en tierras manchegas, y en Villagutiérrez a la salida de estas. Como en ningún caso los rebaños al cargo de Sebastián habían pasado por Los Yébenes en su acceso a tierras de Ciudad Real, deberían pagar el impuesto a la salida del rebaño al cruzar por la aldea de la Viñuela, donde se ubicaba uno de los tres lugares de portazgo de la cabaña ganadera trashumante a su paso para Alcudia. El impuesto consistía en dos carneros por cada mil ovejas. También debía abonarse el llamado derecho de asadura, impuesto municipal por el paso del ganado mesteño a través de las tierras de Ciudad Real. La Santa Hermandad Vieja de Ciudad Real había obtenido una sentencia favorable al pago del impuesto firmada por Juana I de Castilla, ante la demanda interpuesta contra el Concejo de la Mesta.

Después de un tiempo prudencial llegó el momento de separar a los corderos de sus madres, una vez concluido el periodo de crianza y de preparar los hatos independientes. Durante este periodo las ovejas de vientre tenían un trato especial. Las ovejas se separaban para reposar y fortalecerse con vistas a la próxima gestación. Primaban los hatajos de paridas y preñadas y se trasladaban a las mejores zonas de la dehesa, tanto por el resguardo como por la mejor hierba. El ritmo lo marcaban las madres, las tempranas, seguidas de las primalas y las corderas. Las preñadas o tardías, las últimas. Los carneros iban en un hatajo aparte, no podían juntarse con las ovejas hasta finales de enero, para asegurar las fechas de la próxima paridera. Un último hatajo pequeño lo conformaban las madres que no querían criar su cordero, lo cual se evitaba atando juntos a ambos animales. Las ovejas, durante la paridera, nunca estaban solas y durante todo el mes de noviembre era necesario ayudar a la lactancia de los corderos descarriados.

Considerando que la paridera de 1662 se había producido a mediados de octubre, la lactancia se alargaría hasta finales de noviembre, fecha en la que los corderos comenzarían a comer hierba. Con los sementales apartados hasta inicios del mes de febrero para dar descanso a las ovejas, el rebaño entraría en una nueva fase de cubrición y preñez desde febrero hasta finales de junio, comenzando de nuevo la fase de parto y lactancia, de tal manera que la siguiente paridera ocurriría en el mes de enero del año siguiente. En general con este sistema un rebaño tenía en conjunto tres parideras al año: una en octubre, coincidente con el inicio del invernadero, que correspondería además a la mayor parte del rebaño; otra en junio, ya iniciado el agostadero, y una tercera en enero, de tal manera que en torno a las dos terceras partes del rebaño tenía dos crías al año y el resto una o ninguna.

Y en estas tareas, el grupo fue sorprendido por la Navidad de aquel frio invierno. Como era habitual, los pastores apagaban la nostalgia de su tierra y sus familias con villancicos y vino, que acompañaban de algunas viandas reservabas para la fecha; jamón y embutidos, queso y pan recién horneado en la majada. El año nuevo requería todavía de la atención de pastores y zagales sobre los corderos nacidos, y a primeros de febrero comenzaba la *chicada,* el rebaño de corderos nuevos necesitaba de más atenciones, tras su primera salida al campo y comenzar su alimentación con pastos y se separaban de sus madres.

Sebastián había disculpado su presencia ante el señor Jijón Pacheco a través del alcalde de Almodóvar, primero en la revisión de Veredas, y más tarde durante el pago del medio diezmo del ganado, basando su ausencia en la cantidad de trabajo que le esperaba recién llegado a la dehesa, la instalación en la majada, la revisión de apriscos y el reparto del ganado por los distintos millares y, finalmente, la paridera. Ahora estaba en disposición de poder atender el requerimiento de aquel terrateniente. Acompañado por Daniel y varias mulas, con el objetivo de reabastecer al grupo, se aproximaron a Almodóvar del Campo por el antiguo camino de Adamuz, que directamente los dirigió a la calle Corredera, donde tenía su vivienda don Diego. Desde el camino de Córdoba se accedía a la calle Postas y desde el camino de Andújar a la calle de Pérez, las tres calles más antiguas de la ciudad. Otras vías de circunvalación de la ciudad eran la calle Real de los Mesones y la calle del Altozano.

La primera imagen que obtuvieron de Almodóvar fue la silueta del castillo de origen medieval sobre una loma, el cerro de los Molinos. Una fortaleza con cuatro torres de cal y canto, amurallado y con una cava alrededor. Aquel castillo formaba parte de la línea fortificada de Fahs Al-Balut, junto con los de Caracuel y Calatrava la Vieja, frontera con los cristianos hasta la toma de Toledo.

Ambos se dirigieron a la fuente de la villa, centro de reunión de la gente del pueblo coincidiendo con el mercado semanal. De todas las poblaciones de alrededor acudían comerciantes con el objetivo de vender sus productos: paños, quesos, vino, hortalizas, carnes y objetos de cerámica y marroquinería. Daniel, después de dejar los animales en la posada, donde los cuidarían y alimentarían, marchó al mercado para hacer las compras necesarias para la majada. Tras consultar con varios vecinos asuntos de su solicitante, recorrió algunas calles de la ciudad. Sebastián subió a lomos de la yegua hasta el castillo, y desde allí pudo divisar perfectamente la renombrada laguna que dio nombre a la ciudad; *Al-mudawwar*, que no era otra cosa que el cráter abierto de un volcán. El cerro estaba compuesto por la lava en estado sólido. La generosidad del caudal de la laguna garantizaba la pervivencia de la población que denotaba la posición económica de sus habitantes.

De la importancia de la población daban cuenta sus dos ferias anuales, una celebrada en San Martín y la otra en San Juan, ambas eximidas de impuestos. Y de la bonanza de esas ferias, los dos hospitales que atendían enfermos de toda la comarca: el hospital de Nuestra Señora Santa María, situado a los pies de la iglesia mayor, y el hospital de San Miguel, construido para atender a los pobres, junto a la plaza mayor. La formación católica de Sebastián le llevó a visitar la iglesia mayor de Nuestra Señora de la Asunción, construida sobre una antigua mezquita y por tanto orientada hacia La Meca. Le sorprendió la techumbre mudéjar por su tamaño, construida en una sola pieza. La arquitectura del edificio mostraba tres naves edificadas con mampostería y sillares de caliza, con arcos ligeramente apuntados. Una bóveda de crucería cubría su ábside y su crucero. Sebastián pudo admirar con detalle el hermoso retablo barroco detrás del altar. Su torre exterior, situada en el lienzo norte ostentaba un escudo imperial bajo alfiz. Almodóvar tenía una gran resonancia religiosa, pues en ella nacieron algunos de los representantes más importantes de la iglesia castellana: Juan de Ávila, sacerdote y escritor ascético, el maestro jesuita Martín Gutiérrez y los imagineros Miguel y su hijo Alonso Cano.

Quedó anotado en su mente visitar en otra ocasión los demás edificios religiosos de la ciudad, la iglesia de Nuestra Señora del Carmen, que formaba parte del convento de carmelitas y la capilla de la Santísima Trinidad, con fachada de tapial y decoración interior barroca. Continuó su paseo hasta la hora en que había sido citado, las doce de la mañana. Por lo que pudo apreciar, varias casas blasonadas daban fe de la presencia de familias hidalgas, pertenecientes a la nobleza no titulada, que presentaban los escudos familiares: Girones, Quílez.

Destacaba en la calle Corredera la casa de don Diego Jijón, de fachada de tapial encalado sobre sillares de mampostería careada con argamasa. Casi treinta varas de fachada se abrían por un gran portalón de madera de pino y dos accesos menores, uno de ellos de menor calado, seguramente para acceso del servicio. El otro permitía el paso a través de una puerta de cuarterones de dos hojas, con herrajes y clavos de hierro forjado. La puerta encuadrada por dos columnas de granito sobre basas y capiteles corintios, adintelada con un frontón de pequeño tamaño que protegía un escudo al que inicialmente Sebastián no prestó atención; en los cuartos superiores de una cruz de calatrava, una espada y una rama de olivo. Una pequeña ventana integrada en la puerta permitía conocer al visitante antes de permitir el acceso. Un sonoro aldabón jalonaba la puerta, Sebastián lo golpeó con fuerza, y varios minutos después apareció en la pequeña ventana la cara de un hombre mayor que preguntó el motivo de la visita. El criado le introdujo en la casa a través de

un distribuidor que discurría hasta una gran sala. A su derecha había quedado el despacho del dueño de la vivienda, donde más tarde sería recibido. A
la izquierda, una amplia escalera accedía a la planta alta que posiblemente
dispusiera los dormitorios familiares.

Desde la estancia principal, un gran ventanal se abría a un enorme patio interior, donde varios carros descansaban sin arreos. Una galería discurría
sobre pilares de madera creando una planta alta que alojaba los dormitorios
de los empleados de la vivienda. Bajo aquellos pórticos se adivinaban las
cuadras para las caballerías. Aves de corral y ganado porcino se intuían tras
una puerta más tosca que se abría en el pórtico hacía la trasera de la casa.
Más de media hora pasó hasta que Sebastián fue llamado por don Diego, y
en ese espacio de tiempo pudo ver cómo deambulaban por la vivienda varios
criados. Una puerta centrada en la gran sala daba paso a lo que posiblemente
serían las cocinas de la casa, y por ella salieron varias mujeres. Una de ellas
llamó especialmente la atención de Sebastián. Una mujer joven, acompañaba
a una mujer de mediana edad con moño cargada de verduras. La chica, de
pelo moreno y piel tostada sonreía a las instrucciones de la cocinera. Escuchó
como aquella la llamaba Martina y ambas se perdieron hacia el patio interior.

Sebastián salió de su abstracción cuando el hombre mayor le llamó para
ser atendido por el señor. Sebastián vestía su tradicional ropa de pastor, pues
no disponía de ninguna otra. Se había ocupado de que estuviera limpia y que
trasmitiera una buena imagen de su persona. El criado le acompañó hasta el
interior del despacho de don Diego. Este esperaba sentado tras una mesa de
madera oscura de patas torneadas y refuerzos de hierro forjado. Tras la mesa,
un gran sillón y una librería repleta de ejemplares de una antigüedad manifiesta.
Delante de la mesa otro sillón de menor calado permitía recibir a sus visitas.
Las otras paredes estaban adornadas con cuadros con motivos florales y pastoriles. También dos grandes retratos se colgaban a ambos lados de la puerta
de entrada. Don Diego, vestido totalmente de negro, tenía aspecto de hombre
cansado, de mediana edad. Con veintitrés años había acompañado a su padre
en las batallas que el monarca mantenía en Flandes. Ahora tenía cuarenta y
seis y mostraba un semblante sereno en el que destacaban unos ojos pequeños
que mostraban desconfianza, el pelo raído y un fino bigotito muy cuidado.

Se levantó de su asiento, y sin mediar palabra le alcanzó a Sebastián un
documento plegado. De inmediato le puso en antecedentes. Don Diego había
mantenido correspondencia con don Juan, en Soria, al objeto de conseguir un
contrato de compraventa del rebaño que aquel año había bajado a pastar al Valle
bajo la supervisión de Sebastián. Había encargado al soriano que gestionara
con los ganaderos la venta del ganado y la cesión de los derechos de pasto
del mismo. Su oferta pretendía un negocio justo para todos. Los ganaderos
serranos se evitaban el gasto de agostadero de sus rebaños, y podrían hacerse
con ganado más nuevo con el dinero obtenido de la venta. El manchego cubría
sus necesidades de inmediatez de rebaños y, sobre todo, obtenía los derechos de

posesión sobre las dehesas pastadas por aquellos rebaños, y al mismo tiempo podría combinar los pastos estantes de la zona. Había autorizado al soriano a tratar la compra con un precio razonable para todos; por cada oveja, borras o corderas estaba dispuesto a pagar hasta doscientos veinte maravedíes, y ciento noventa y cinco por las ovejas viejas. Los derechos de posesión los abonaría a sesenta y cinco maravedíes por oveja de pasto. Efectivamente, don Juan consideraba un precio justo y con esa consideración estuvo gestionando la venta desde el mes de octubre. Varios meses le llevó la gestión, pero a finales de febrero ya pudo informar sobre la aceptación de las cláusulas del contrato de venta del rebaño. Los ganaderos tan solo ponían una condición, la liberación para la venta de los corderos en Ciudad Real y Almagro y el abono de los gastos de regreso de los pastores y zagales a tierras castellanas. A estos gastos habrían de añadirse los honorarios del tratante soriano.

Con todos los documentos formalizados ante los notarios castellanos y manchegos, el rebaño había pasado a ser propiedad de don Diego, y con ello los derechos de posesión de aquel ante los arrendatarios de la dehesa de La Ballestera. La misiva que Sebastián recibió venía firmada por don Juan, y en ella le comunicaba la venta del rebaño y la condición de su nuevo dueño, así como su obligación de concluir su contrato con él. Debía comunicar al resto de personas del grupo la nueva noticia, y hacerlos sabedores que en San Miguel quedarían liberados de su contrato, y podrían, si lo así lo deseaban, regresar a sus tierras de origen, cubiertos todos sus gastos o, por el contrario, podrían negociar sus contratos con el nuevo dueño. Para Sebastián había una noticia más; él recibía una oferta muy tentadora para mantener su contrato dos años más. Don Diego dio por terminada la reunión y le remitió a una nueva visita pasadas dos semanas, en la que hablarían sobre la decisión final del grupo. Acto seguido hizo pasar a su administrador, un viejo enjuto y entallado, de aspecto serio y miserable que ocupó el centro de la estancia. En lo sucesivo Sebastián debería tratar con él cualquier aspecto relativo al ganado hasta su próxima reunión.

Ya fuera del despacho, el administrador se presentó como Damián, un sirviente de la familia que llevaba en ella más de treinta años. Había adquirido su condición de administrador a la muerte de su padre, que lo fue hasta entonces. El administrador autorizó a Sebastián a continuar la gestión del ganado como venía haciéndolo con anterioridad, y le emplazó en la majada al tercer día para revisar el estado de los corderos y preparar su venta a los carniceros locales. Se despidió cortésmente y Sebastián abandonó la casa por donde había llegado. Caminaba pensativo en lo que había ocurrido, pero su mente estaba más obcecada en el recuerdo de Martina que en su futuro más próximo. Se reunió en el mercado con Daniel, y pasearon hasta la taberna para relajarse, comer algo y beber alguno de los renombrados vinos almodoveños. Sebastián le contó lo que había ocurrido durante la reunión y cómo el rebaño había pasado a otras manos. Le hizo partícipe de la oferta de don

Diego respecto de mantener sus puestos después de San Miguel. A su llegada a La Ballestera debería reunirlos a todos para comunicarles la nueva noticia.

Llegaron a la dehesa con las últimas luces del día. Tras limpiar y preparar la *pastura* de las bestias, se retiraron a la cocina de la majada donde acabaron con los restos de un queso que guardaban en la alacena y pan que habían traído del pueblo. No hablaron mucho. Ambos pensativos se retiraron a descansar con idea de levantarse temprano. Daniel atendería sus tareas y pensaría en su decisión final, aunque desde que Sebastián le había puesto al corriente de la propuesta, había tomado una determinación. Sebastián no durmió mucho, pues la propuesta era complicada y necesitaba de la valoración de muchos aspectos: su familia, su futuro y su compromiso profesional. Pero la mayor parte de la noche sus pensamientos se desviaban hacia Martina. Una y otra vez, su mente volvía a recordar a la muchacha, su pelo negro, sus grandes ojos y su contorneada figura. Se prometió buscar una excusa para volver a verla muy pronto.

Madrugó más de lo acostumbrado. Daniel ya preparaba el desayuno cuando llegó a la cocina. El pequeño zagal aún dormía. Sebastián tomó un tazón de leche de oveja y una rebanada de pan y preguntó a Daniel si había pensado en la propuesta de don Diego. Daniel, soltero viejo, prácticamente sin familia, le respondió sin dudar. Él se quedaría con Sebastián al menos el tiempo que este permaneciera en tierras manchegas. Una sonrisa de complicidad surgió de los labios de Sebastián, pues este también tenía tomada una decisión. Escribiría a sus padres y les mostraría su interés por permanecer en el Valle aquel periodo, reunir algo de dinero y pensar más adelante qué hacer con su vida. Nunca había pensado acabar sus días de mayoral ni siquiera como propietario de rebaños. Con la yegua lista, se encaminó al primero de los chozos, donde su rabadán, pastor y zagal cuidaban de las ovejas recién paridas. Poco más de media hora tardó en llegar, cuando los encontró revisando el ganado y apartando varias a las que habían detectado algún malestar. Descabalgó y reunió al personal. Les trasmitió lo escuchado de don Diego y esperó a que asimilaran la noticia. El zagal, un muchacho espigado de alrededor de doce o trece años, quedó boquiabierto. No alcanzaba a asimilar cómo había cambiado de señor sin enterarse de nada. Los demás, de mediana edad, rondando la treintena, no entendían lo que había ocurrido. Todos tenían familias en Soria, por lo que su decisión fue inmediata. Ellos mantendrían su compromiso hasta San Pedro, el veintinueve de junio, fecha en que se renovaban los contratos de los pastores. El mozo los acompañaría. Sebastián les indicó que no habrían de preocuparse por su liquidación y por los gastos de regreso a sus hogares, tan solo les pedía quedarse hasta que encontrara sustitutos de valía similar.

Sebastián montó y se despidió de los pastores. Había imaginado la decisión que tomarían. Volverían con sus familias y encontrarían de inmediato trabajo, posiblemente para acompañar a algún rebaño de vuelta a las tierras castellanas. No tardó en llegar a la zona donde el nuevo ganado estaba repartido, corderos y corderas para reposición y moruecos pastaban en los mejores pastos. A su cargo se encontraban los hermanos de Fuentidueña. Encontró a José en el chozo. Sus hermanos más pequeños estaban al cuidado del rebaño. Como responsable del trio, José escuchó con interés la propuesta de Sebastián. Se quedó un tiempo pensativo, y prometió contestar a Sebastián aquella misma noche, en cuanto hablara con sus hermanos. Sebastián le comentó que sus ovejas no habían entrado en el trato, pues se habían añadido como condición para la incorporación de los pastores. Tampoco sería un problema incluirlas en cualquier rebaño que regresara por sus pasos hacia tierras sorianas.

Le quedaba resolver a Sebastián lo que creía sería el mayor problema. Amadeo, el mayor de los pastores, era viudo y sus hijos se habían establecido en Salamanca hacía años. El pastor había estado con su padre durante más de veinte años, y él se sentía responsable de su futuro. Amadeo estaba al cargo del rebaño de las ovejas más viejas y las machorras, lo ayudaban los perros más viejos, y para compensar tenía a su cargo a dos zagales que lo aliviaban en sus tareas. No obstante, compensaba su edad con su experiencia, su buen humor y sus dotes de cocinero, por lo que los chicos estaban encantados con él. Al tratarse del rebaño más viejo, siempre podían disponer de la carne de alguna oveja, aunque algo dura siempre era mejor que nabos, patatas y coles. Amadeo masculló la información de Sebastián y lo miraba como si fuera a ser abandonado a su fortuna en su vuelta a casa. Una casa vacía donde nadie lo esperaba, y con su edad sería difícil negociar sus nuevos contratos. El mayoral salió al paso ofreciéndole quedarse con él, al igual que había permanecido con su padre tantos años. Él velaría por su futuro y su salud. Los chicos podrían volver con algún rebaño vecino.

Después de comer en el chozo de Amadeo conejo con patatas, regresó a la majada con las ideas mucho más claras. Contaba con Daniel y Amadeo para iniciar su nuevo proyecto en Alcudia. Tenía dos años garantizados, con buen sueldo para él y sus compañeros. Podría encontrar buenos pastores en la zona. Aunque no podía asegurarlo le había dado la impresión de que José podría unirse al grupo. Poco más tarde de las cinco de la tarde ya estaba en la majada, desmontó y quitó la silla al animal. La llevó a la cuadra y la limpió con un manojo de paja. Daniel salió al paso y se ofreció para terminar la tarea y darla de comer. Sebastián le contó las nuevas noticias, que alegraron a Daniel pues contaba con ese resultado. Había aprendido a confiar en el mayoral igual que lo había hecho en su padre años atrás, y estaba convencido de que el nuevo proyecto resultaría ventajoso para todos. Sabía que Sebastián velaría por sus intereses igual que por el suyo propio.

Poco después de anochecido, se presentó José a lomos de un pequeño borrico. Tras desaparejarlo y dejarlo comiendo en la cuadra, se incorporó al grupo que estaba en la cocina preparando la cena. Un vaso de vino recibió a José a la mesa. Este le indicó a Sebastián que después de hablar con sus hermanos habían decidido que ellos volverían a casa, en tanto él se quedaría para participar del nuevo proyecto. José había descubierto en las tierras manchegas nuevas propuestas que habían despertado su interés. Ayudaría a Sebastián a encontrar rebaño donde integrar las ovejas de su familia y a los pastores y zagales que regresarían al norte. Cenaron gachas con tocino, y la conversación se extendió hasta bien entrada la noche apurando algún vaso de aguardiente. José madrugaría para regresar con sus hermanos.

Con la mente puesta en el nuevo proyecto, Sebastián pasó los días esperando la presencia del administrador, y así buscar la excusa para desplazarse a Almodóvar y tener oportunidad de volver a ver a Martina. Sus pensamientos se alejaban del trabajo e imaginaban mil formas de entablar conversación con aquella chica. Debía obtener información sobre ella sin despertar el interés del viejo sirviente: su familia, su edad, si estaba comprometida, qué iglesia visitaba, cualquier información iría descubriendo y completando su ideario sobre ella.

Los últimos días había visitado el rebaño de José en interés de observar de primera mano el estado de los corderos. Aquel rebaño agrupaba más de mil corderos que pronto estarían en disposición de incrementar la cabaña o por el contrario ser sacrificados. Los mercados locales y provinciales debían absorber aquella carne y a Sebastián le interesaba mucho aprender a gestionar la oferta, conocer las *tablas* y los carniceros, y todos los pormenores de aquel acontecimiento, pero pronto descubrió que aquel era un sector vedado y dominado por una oligarquía noble que no permitía la intromisión externa.

Los concejos municipales tenían aprobados unos reglamentos que regulaban los animales destinados al aprovechamiento en las carnicerías locales. A los animales procedentes de los propios concejos, generalmente cerdos, se unía la oferta de ganado trashumante pastando en el Valle de Alcudia. Miles de cabezas de ganado ovino se postularían en los mercados y completarían la demanda junto a las aves de corral, cerdos, cabras y vacas, como una importante salida hacia el mercado local y comarcal y un considerable componente de ingresos para los ganaderos. Los mercados locales atendían la necesidad de los sectores más modestos, y sus carniceros adquirían pequeñas cantidades de ganado. No obstante, el Campo de Calatrava generaba un mercado de animales fuertemente desarrollado. Las carnicerías eran los únicos establecimientos que podían dedicarse a la venta de carne, y formaban parte del monopolio de los señores, incluido el rey. Derechos que pasaban a los notables de las ciudades por módicos censos enfitéuticos o arriendos a corto plazo, incluso algunos eran gestionados por los propios concejos. En ciudades como Almagro o Ciudad Real podía haber hasta tres tablas de carnicería.

El administrador, acompañado de dos criados de la casa, se presentó tal como estaba previsto a primera hora de la mañana. En su mente llevaba terminar cuando antes la tarea de revisar el rebaño de corderos y regresar a la ciudad. Otros asuntos reclamaban su atención. Sebastián lo esperaba a la puerta de la majada. Lo invitó a pasar para comunicarle la decisión que el grupo había tomado respecto de la oferta de don Diego. Damián declinó la invitación y le indicó que aquel asunto debía comunicarlo directamente a su señor. Ahora debían revisar el rebaño. Los tres se dirigieron al millar que agrupaba corderos y moruecos. José, al tanto de la llegada del administrador, esperaba impaciente junto a sus hermanos, que momentos antes habían reunido una parte del rebaño en un aprisco preparado al efecto. Unos trescientos corderos, machos y hembras, esperaban su destino.

No daba la impresión de que el administrador supiera mucho de ovejas, y de tal conocimiento dio muestras delegando en sus dos acompañantes la elección de las corderas que se integrarían en los rebaños. Y la elección no tardó en producirse: todas las corderas, sin excepción. Las hembras de ese grupo fueron marcadas y registradas en el libro correspondiente. El resto de animales fueron pasando por el aprisco con el mismo criterio. Al final de la mañana, habían sido elegidas cuatrocientas setenta nuevas integrantes de la cabaña de don Diego. Los machos serían enviados a los mercados de Almagro y Toledo, donde ya estaban comprometidos. Unos pastores dependientes de las tablas de Toledo recogerían el nuevo hato y lo trasladarían a su destino final. Damián dejó a criterio de Sebastián la elección de las ovejas viejas que debían abandonar el rebaño, estas se destinarían al mercado local. Con la misma premura que el administrador había llegado, se marchó, emplazando a Sebastián para el próximo día de mercado, donde daría cuenta del estado del rebaño y de la decisión del grupo.

Con el grupo de corderas elegido, el mes de marzo se iniciaba con una fiesta: el raboteo, unido al marcado del hocico y señalamiento de los nuevos animales. La eliminación del rabo de las ovejas mantenía limpia la lana e identificaba al animal como incorporado al rebaño. Muchos animales entraban en fase de sustitución, y la pericia y experiencia de los pastores calibraban la edad de estos. Los rasgos anatómicos de carneros y ovejas facilitaban a los pastores datos básicos para la compra, la selección de reproductoras o renovación de sementales. La edad estaba escrita en los dientes incisivos de la mandíbula inferior, conocidos como *palas*. En las *borras* de un año su aspecto es puntiagudo y sobresalían un poco de la encía. Las *primalas* mudaban los dos del medio y los nuevos emergían largos y anchos. En el tercer, cuarto y quinto año, cambiaban otros dos, uno de cada lado, quedando los ocho restantes en el centro. Sucesivamente se catalogaban como *andoscas*, *trasandoscas* y *reviejas*. Los pastores eran capaces de leer el lenguaje corporal de los animales, incluso algunos aventuraban las dotes de predicción meteorológica de las ovejas:

> *si por la mañana la oveja andaba un poco y luego se quedaba parada, era síntoma de lluvia, y si la oveja, metida en la red, se sacudía, agua más segura todavía.*

El lunes siguiente, Sebastián abandonó temprano la majada y se dirigió hacia Almodóvar. No sabía a qué hora lo podría recibir don Diego, pero en su mente llevaba varios asuntos que debía resolver, entre ellos deseaba con ansiedad ver a Martina. Pasó por la fuente de la villa donde comenzaba a instalarse el mercado. Adivinó entre el gentío un alguacil al que se dirigió para interrogarle sobre algunas cuestiones. El alguacil agradeció la invitación de Sebastián a una copa de aguardiente en la posada de la plaza mayor, y allí se dispuso a contestar las preguntas del soriano. Necesitaba saber qué grupos serranos abandonarían el Valle hacia tierras castellanas, y si estarían dispuestos a agregar a su grupo unas cien ovejas y algunos pastores y zagales, sin cargo alguno, por supuesto.

El alguacil, bien informado, le indicó que eran varios los grupos que marchaban a principios de mayo, para aprovechar la esquila en tierras tole-danas. Él se ofreció para hablar con los mayorales, pues eran habituales en la posada muchas noches. En su próxima visita, le informaría al respecto. Fue necesaria una segunda copa para continuar su interrogatorio. Le habló de Martina y le apremió sobre su familia y condición en la casa de don Diego. De inmediato, el alguacil completó la información requerida. Martina era la menor de una familia de carboneros establecidos en Navacerrada, una aldea cercana. Trabajaba como criada en la casa a las órdenes de María, la cocinera. Solía frecuentar el mercado y la iglesia, siempre del brazo de una sobrina de don Diego. Quedaron en reunirse nuevamente el siguiente día de mercado, en el mismo lugar, y el alguacil le informaría sobre la posibilidad de incorporar su grupo a los que regresaban a Soria.

Sin más dilación se dirigió hacia la casa de la calle Corredera, llamó a la robusta puerta, y el mismo criado enjuto le permitió el paso. Lo acompañó nuevamente a la gran sala y le conminó a esperar hasta que pudieran recibirlo. Con la excusa de ver a Martina, preguntó al criado si podía pasar a la cocina a tomar un poco de agua. Entró en la cocina donde se encontraban ambas mujeres, ocupadas en pelar un pato de gran tamaño. Bebió agua y saludó a las presentes. Pudo entrever una sonrisa en el rostro de Martina y también la cara seria de María. Preguntó si necesitaban ayuda para cargar las compras del mercado, ofrecimiento que fue declinado por la cocinera. En ese instante entró el criado y le avisó de que el señor lo esperaba en la biblioteca.

Lo recibió sentado en la gran mesa de madera, lo invitó a sentarse y le habló pausadamente. El administrador le había informado del estado del ganado, y del incremento que las corderas aportarían. El rebaño se mantendría en la dehesa de Ballestera con los derechos de posesión que había adquirido. Su idea era pastar aquellas tierras en invernadero y llevar el rebaño en agostadero hasta los pastos conquenses, donde había comprado otras fincas en la serranía baja de Cuenca, concretamente en Landete, la dehesa de Fuente Moya, villa bajo la jurisdicción del Marquesado de Moya. Don Diego ya poseía otro rebaño estante de mil quinientas ovejas que pastaban en los quintos de propios del concejo municipal de Almodóvar, que como cabeza de partido tenía bajo su protección las aldeas de Tirteafuera, Retamal, Brazatortas, Navacerrada, San Benito y las alquerías de La Perdiguera y Valdehernando, y las de Carnerero y

La Viñuela, y disponía de cuarenta y cinco quintos y las tres dehesas boyales de Navalromo, Tirteafuera y la Vega, donde pastaban los ganados riberiegos. Almodóvar tenía una floreciente agricultura con una producción importante; mil setecientas fanegas de trigo, mil novecientas fanegas de cebada y cuarenta y cinco fanegas de centeno.

Estas tierras estaban en la mente de los clanes familiares más poderosos de Almodóvar, en especial de la familia Salido Laso, que pretendía su posesión. Aún quedaba lejos la oportunidad de hacerse con ellas mediante los expedientes de desamortización de bienes de propios. Almodóvar resultó vencedora en un forcejeo político con Almagro, consiguiendo la Jurisdicción de Primera Instancia, por lo que el municipio se convirtió en cabeza de partido, asiento de Gobernación de la Orden y Caballería de Calatrava, jurisdicción y gobierno sobre muchas villas. Consiguió alcalde y justicia mayor, al igual que su propio escudo de armas, legados y fundaciones, y comenzaban a pasar por el pueblo las Postas de Su Majestad.

Don Diego también le habló del resto de sus posesiones: una piara con ciento cuarenta cochinos que hacían montanera en la dehesa de la Vega, y puntualmente en los quintos de Navalahuesa y Peñas Blancas. Una docena de bueyes y una reata de dieciocho mulas que pastaban en los quintos de Barrancos y la Fresnedilla. A esto se unían cuatrocientas fanegas de siembra. Tenía intereses en el negocio del carbón, con contratos de suministro a Madrid y Toledo, y había iniciado contactos a través de un socio sevillano con la minería del Valle. Aquel tenía inversiones en minas de plata y plomo; en Villamayor, la concesión de El Viejo, y en Villagutiérrez, las concesiones de Alberto y Baltasar, y las de Jerónimo y Beteta. El año anterior se habían denunciado los filones de las minas del Horcajo, pero aún no se trabajaba en ellas.

Su intención para aquel año, a diferencia de cuando los rebaños regresaban a tierras castellanas, era realizar el esquileo en la propia dehesa y trasladar la lana al lavadero del molino de Peñatejeda o de la Dehesa, en Almadén, aunque finalmente desecharon aquella idea. Normalmente, los ganados salían del Valle y esperaban a los esquiladeros de Toledo, desde donde la lana se enviaba hasta los batanes de Villacastín, en Segovia, y desde allí una vez tratada hasta las fábricas de paños de Salamanca. Finalmente, le preguntó por la decisión del grupo respecto de incorporarse al nuevo proyecto. Sebastián, a pesar de conocer la respuesta de los suyos, le pidió un aplazamiento de la decisión: «estamos en lenguas», fue su respuesta. En la próxima semana, tras confirmar la posibilidad de incorporación a otros grupos de regreso a Soria, le podría responder con seguridad.

Sebastián se despidió de don Diego y salió de la casa. En dirección a la puerta principal se cruzó con Martina, y ambos sonrieron estúpidamente. Ninguno de ellos se atrevió a cruzar una palabra. El viejo criado abrió la puerta y rompió ese momento. Los tres se despidieron amablemente. Una vez en la calle, Sebastián suspiró aliviado y se recriminó no haber aprovechado aquella ocasión para intercambiar alguna frase. Aún no eran las doce, así que pensó pasar por la posada antes de recoger la yegua y regresar a la majada. Tomando un vaso de vino pensó en escribir a sus padres y contarles las nuevas noticias. En la majada tenía los útiles necesarios para escribir, propiedad de don Juan, junto con el libro de incidencias de la ruta que debía devolver. Escribiría la carta y junto con el libro lo haría llegar a Soria a través de alguno de los mayorales que regresaban a casa.

En ese preludio estaba cuando pudo ver pasar frente a la posada a Martina acompañada de una mujer joven y un par de criados cargados de verduras. Se dirigían a la iglesia. La joven sobrina de don Diego pasaba cada día por la iglesia, y puntualmente la acompañaba Martina. Allí estaba su ocasión para poder hablar con ella. Se acercó de forma casual y saludó a ambas. Martina les dijo a sus acompañantes que se trataba del nuevo mayoral que don Diego había contratado, llegado con el rebaño desde Soria. Uno de los criados se interesó por las condiciones que el señor le había ofrecido, a lo que Sebastián respondió que aún no se habían cerrado. Al paso de ambas mujeres, Sebastián las acompañó hasta la puerta de la iglesia, ambas entraron y los tres hombres quedaron a la espera. La conversación trascendió sin importancia, en temas poco significativos alrededor de la situación del ganado y en la preparación para el esquileo, ese año un poco fuera de lo habitual.

No tardaron mucho en salir ambas mujeres, y deshicieron sus pasos hasta la casa. En la puerta se despidieron con una sonrisa. Sebastián se dirigió de nuevo hacia la posada, donde ensilló la yegua y emprendió camino a La Ballestera. Durante su regreso, se convenció de que su vida había dado un giro vital que marcaría su nueva condición.

III
EL ESQUILEO Y EL AGOSTADERO
EN TIERRAS CONQUENSES

En los años que Sebastián había acompañado a su padre en los traslados desde Alcudia a las sierras sorianas, el esquileo se había realizado en las cercanías de la ciudad de Toledo, donde se agrupaban los esquiladores manchegos antes de viajar hasta tierras segovianas. En este caso, la esquila se haría en la propia dehesa, y Sebastián debía realizar los preparativos para aquella operación. Del administrador había recibido la orden de acondicionar unas eras que se encontraban cerca de la majada. Como estaban empedradas habría que limpiar a conciencia y preparar los apriscos para encerrar el ganado a modo de *bache* o *sudadero*, y construir una manga que condujera las ovejas hasta la ubicación de los esquiladores, pasando primero por un pequeño espacio habilitado para los *legadores*. Las ovejas esquiladas pasarían a un corral improvisado o *empegadero*, para proceder a su desinfección y marcado. Cuando el grupo fuese numeroso sería conducido nuevamente a sus pastos.

Las ciudades de Toledo y Segovia, junto a otros centros textiles: Cuenca, Úbeda-Baeza, Granada, Córdoba o Salamanca habían sido los mercados más prestigiosos en el tejido de paños y confección de ropas, así como los principales centros sederos durante el siglo XVI. Sedas, paños, bonetes y lienzos sostuvieron el desarrollo de la nación en esa centuria. Iniciaron su decadencia con la entrada de géneros extranjeros y la expulsión de los artesanos judíos. Tres motivos fueron los responsables del auge y la decadencia de la materia prima, la lana, y los principales agentes de su comercio. En primer lugar, la Mesta y cuanto representó. En segundo lugar, las cabañas ganaderas de Castilla y, por último, los sectores que intervenían en el comercio y el mercado lanero. Una regulación política de 1511 creó las Ordenanzas Generales de Paños, en Sevilla, que pretendían un marco legal en toda Castilla para las fábricas de paños. Esta regulación supuso el triunfo de la pañería del sur peninsular frente al modelo de la mitad norte castellana, abogando por una manufactura de calidad media y alta de carácter urbano. El objetivo final era competir con la pañería genovesa. Al amparo de aquellas ordenanzas, sastres, jubeteros, calceteros, roperos, boneteros y bordadores se vieron afectados, haciendo necesaria la aparición de asociaciones gremiales que protegieran sus intereses contra la aparición de leyes anti suntuarias, de políticas comerciales desafortunadas para combatir la exportación de lana por los mercaderes extranjeros, y una fuerte presión fiscal mediante alcabalas y millones.

Para finales del siglo XVI cientos de miles de personas de origen judío fueron obligadas a abandonar la tierra donde vivían, Sefarad, nombre que daban a España, y se dispersaron en todas direcciones: *sefardíes*, de lengua ladina y *askenazíes*, de lengua yiddish. Muchos fueron protegidos en los estados de Ferrara, Venecia o Toscana, para beneficiarse de sus redes comerciales en los puertos de Liorna y Venecia, y supusieron un gran empuje económico, tecnológico, religioso y cultural para los territorios donde se instalaron; desde la imprenta hasta nuevas técnicas comerciales y productivas, como los telares de seda y lana, el batán o el trabajo del cuero. Las principales comunidades fueron los Mellah de Fez, Debdou y Orán, en el norte de África, y más tarde en Marrakech y Taroudant, que se vincularon con los conversos de Cádiz y Lisboa, a través de las cuales, las sedas granadinas, bonetes toledanos y telas francesas se intercambiaban por oro, esclavos, cera, cueros, añil y dátiles. Fueron muy favorecidos en Turquía por el sultán otomano Mehmet II, que los agrupó en Estambul. Los sefardíes desarrollaron económicamente el imperio turco, sobre todo por medio de la fabricación de paños de lana con tecnología castellana de última generación en cuanto a telares y batanes. En Estambul, los judíos integraron en exclusiva los gremios de tejedores de seda y lana, y en Salónica, los sefardíes desarrollaron la mayor producción textil de los dominios otomanos gracias a los revolucionarios telares castellanos.

Pero aquellos gremios que intentaban proteger los oficios acabarían convirtiéndose en el freno del desarrollo de la manufactura y después en el principal factor de decadencia, de tal manera que los mercaderes optaron por el traslado de parte del trabajo a las zonas rurales; mano de obra abundante, barata y libre del gremialismo. No obstante, existía una producción textil asociada a la producción rural, telares rurales, husos y ruecas que producían paños para consumo local y familiar. Muchos oficios se mantuvieron: cardadores, peinadores y tejedores de lana. Por el contrario, otros no proliferaron: fundidores, pelaires o bataneros. Las primeras fases del tratamiento se realizaban, por encargo de los mercaderes, en las casas de los campesinos, después, el paño era trasladado a la ciudad donde recibía el tinte. Se potenciaron los telares de Puebla de Montalbán, Puertollano o Talavera. De igual forma se creó un mercado de lana, a inspiración de las grandes ciudades en Almagro, Ciudad Real, Daimiel, Almodóvar del Campo, Argamasilla, Campo de Criptana, Manzanares y Valdepeñas, paralelo al mercado oficial que reducía considerablemente el pago de impuestos. Algunas ciudades contribuían en impuestos a la Corona por la actividad textil, y en porcentajes muy considerables sobre el total de alcabalas: Toledo, Murcia, Granada, Córdoba, Segovia, Sevilla y Baeza.

La Ordenanza apreciaba la lana procedente de ganado merino, en detrimento de la lana de *añinos* o de *peladas*. Y en este sentido establecía varios tipos de lana según su destino: fina, mediana, de haldas, de peladas y de añinos. Lo mismo sucedía con la textura y el color de las lanas: blanca o descolorida, cortas o largas, finas o burdas, suaves o ásperas, fuertes o flojas y fibrosas o blandas.

Las primeras alcanzaban los mejores precios y se destinaban a tejidos de calidad, mientras con el resto se confeccionaban paños ordinarios. Los mercaderes comprobaban la calidad obteniendo un corte de la lana de los carneros con un mechón de la cruz, donde la consideraban óptima. Se separaban los pelos por los extremos y se cotejaban sobre un paño negro con una muestra ya calificada. Los hilos más cortos tenían una pulgada y los más largos seis. Finalmente clasificaban la lana como superfina, fina, suave, fuerte y elástica, en el mejor de los casos, y como gorda, tosca y dura, basta o sobre-basta la de peor calidad.

Las tareas de esquila se realizarían prácticamente durante todo el mes de abril, siendo costumbre entregar la lana en mayo o en la primera semana de junio como fecha más tardía. La tarea de limpieza de las eras estaba casi terminada. Los pastores se afanaban en terminar los sudaderos para el rebaño y construir algunos sombrajos para proteger animales y hombres. La cercanía a la majada, les permitiría tener rancho caliente, pues Daniel prepararía comida para todos. En las cuadras de la majada se habilitaron jergones de paja para acoger a los esquiladores durante el tiempo que permanecieran en la dehesa. Junto a la majada se había construido una *peguera* donde obtener la *miera* necesaria para marcar el ganado. La *empega* resultaba de la combustión de las teas de pino, de la que resultaba una *pez* con la que marcar el ganado. El administrador informó a Sebastián que los esquiladores, procedentes de tierras conquenses, llegarían en la segunda semana de abril y estimaba que la esquila se prolongaría durante quince días aproximadamente. Los esquiladores se habían contratado en jornadas de doce horas. Para que estos hicieran bien su trabajo y no se perjudicase la calidad de la lana, cada uno de los participantes en las tareas debía conocer a la perfección la función encomendada.

Sebastián se mantuvo ocupado en la programación de la esquila. Para completar el equipo necesitaba implementar personal para tareas complementarias: legadores, recibidores, velloneros y apiladores. Por último, debía contar con un grupo de *verdijeras* y de *moreneros*. Pensaba completar algunas tareas con miembros del grupo de pastores. Las tareas de legadores podrían desarrollarlas los propios pastores responsables del rebaño, y los zagales podrían actuar como verdijeros y moreneros. Él mismo y Daniel actuarían como empegaderos al final del proceso. Todo estaba listo y revisado cuando la cuadrilla de esquiladores se presentó en la dehesa. La mañana del día once de abril, trece esquiladores, la mayor parte de ellos labradores, jornaleros o artesanos en tareas complementarias, hicieron acto de presencia. El administrador se encontraba en la finca para ultimar las condiciones del trabajo. Al sueldo, pagadero por el mercader toledano que había contratado la lana obtenida de la esquila, el ganadero debía añadir los gastos de manutención del equipo; la carne, una oveja para cada diez personas, y el pan, una libra por individuo, acompañado con todo tipo de verduras y frutas. No escaseaba la comida pues los ganaderos procuraban contentar a todos, de ahí que tampoco faltaran los *escanciadores* de vino, en permanente turno por orden y puesto.

El primer rebaño dispuesto fue el de los pastores sorianos, donde las mejores ovejas pastaban. Estos habían participado en muchas jornadas de esquileo, por lo que su tarea les era muy familiar, así que el ganado llevaba en el sudadero desde la tarde anterior. Las primeras ovejas llegaron a los esquiladores, que bajo protección del sol iniciaron su labor. Un pastor arrimaba el ganado una vez legado por sus compañeros, esta tarea inmovilizaba con ataduras a las ovejas, sin ensortijarlas, es decir, sin dislocarlas ningún miembro, lo que llevaría al animal con toda certeza al matadero. Los esquiladores conquenses dieron muestras de conocer su trabajo, aunque tras la primera jornada la media obtenida no pasaba de los once animales al día por esquilador.

La operación de esquila pretendía conseguir el mejor vellón posible, dadas las características de cada animal, propiedades de la lana, corpulencia y habilidad del esquilador. Un *recibidor*, también de cuenta del mercader, recogía los vellones cortados y realizaba una primera selección al reunirlos en bloque según la calidad; necesitaba de una amplia experiencia y la mayoría de ellos provenía de talleres o tiendas gremiales. El propio Sebastián actuaba como vellonero trasladando las *vedijas* de lana hasta la majada para protegerlas de las inclemencias climatológicas y las apilaba con cuidado en los fardos seleccionados por calidades. Dos zagales, en tareas de verdijeras, traídos por el administrador desde la casa de Almodóvar, recorrían el esquilero reuniendo pedazos de lana desparramados en cestas de esparto. Las ovejas, deslegadas tras ser esquiladas se retiraban al aprisco donde los zagales del grupo les proporcionaban *moreno*; hollín de los hogares o de las fraguas y carbón molido, para cauterizar las heridas provocadas por las tijeras, y así evitar infecciones.

Una vez esquilado y desinfectado, el ganado se conducía a una manga para ser empegado, marcado de la divisa del ganadero con pez derretida, bajo la supervisión del mayoral que aprovechaba para desviejar o apartar los animales inútiles, destinados al sacrificio. Sebastián aprovechó también para recontar el ganado y de esa forma cotejar la contabilidad, reconstruir los hatos y repartir la cabaña en los pastos de la dehesa. Un periodo de aclimatación preparaba a los animales para los desplazamientos de agostadero y dar así por concluido el ciclo. La rutina del esquileo se repitió durante quince largos días, combinada con ratos de asueto durante la comida y las rondas continuas de vino. Daniel hizo gala de sus dotes culinarias alternando calderetas con arroces, migas, gachas, caza con patatas, espárragos y achicorias, setas, nísperos, albaricoques y naranjas.

En términos generales, en el interés de los grandes ganaderos y monasterios, como los principales propietarios de ovino trashumante, estaba la venta de sus lanas a mercaderes mayoritariamente burgaleses, que las adquirían para su exportación, en lugar de suministrar a pañeros del propio reino de Castilla. Una pragmática de Enrique IV autorizaba a los pañeros castellanos a ejercer el derecho de tanteo sobre un tercio de las lanas adquiridas por los mercaderes exportadores, ampliada hasta la mitad de esas lanas por Felipe II, todo ello con el objeto de proteger la producción nacional frente a las exportaciones de paños extranjeros. Estas normas preveían incluso gravar con impuestos aquellas exportaciones, de tal manera que la salida de sacas de lana fuera de tierras castellanas se penalizaba con el abono de una alcabala: cada arroba de lana merina en sucio que se sacase de la jurisdicción castellana pagaría dos maravedíes y medio; cada arroba de lana castellana, lana basta churra, o de añinos devengaría un maravedí y medio; cada arroba de lana merina lavada, pagaría tres maravedíes y medio, y cada arroba de lana castellana o de añinos lavada abonaría dos maravedíes y medio. Tal era el interés de los mercaderes en la obtención de sacas de lana de monte de rebaños estantes, como de lanas prietas de rebaños trashumantes, que estaban dispuestos a efectuar adelantos de dinero a los ganaderos, con lo que unos se beneficiaban con la seguridad de suministro para sus negocios, y otros garantizaban el pago de los pastos a sus arrendadores. Del precio final acordado por la saca de lana, los mercaderes solían realizar un pago de cien maravedíes por arroba el día de Santiago, otros cien maravedíes el día de San Miguel, y el resto del valor el día de San Pedro.

El negocio de la cría de ganado trashumante se sostenía gracias a los ingresos de la venta de lana y añinos, muy superiores a los obtenidos de la venta de carneros para abastecimiento de carnicerías, de la venta de ovejas viejas para la fabricación de cecinas, de las pieles de los animales muertos para la fabricación de cueros, o de la manufactura de quesos. La mayor parte de los ingresos se obtenían de manera escalonada, al contrario que el obtenido con la venta de las lanas y los añinos que lo eran de forma puntual, en los meses de mayo o junio, coincidiendo con el pago de la renta de los pastos de invernadero a final de primavera. No era habitual el negocio entre pañeros y ganaderos directamente, pues los dos necesitaban de financiación. La figura del mercader convenía a ambos; adelantaba dinero a los ganaderos y concedía aplazamientos del pago a los pañeros castellanos. La obtención de adelantos sobre la venta de la lana procedente del esquileo del año siguiente fijaba al ganadero en una posición financiera desahogada. Muchos de estos mercaderes exportadores eran judeoconversos que tenían fijada su residencia en tierras sorianas, Yanguas, Almazán o Nájera, aunque también intervenían en el mercado *regatones* o revendedores que compraban las sacas de lana a pequeños ganaderos y revendían a aquellos mercaderes, con el consiguiente encarecimiento artificial de la materia prima.

Don Diego de Jijón Pacheco había obtenido el traspaso de la venta de la lana junto a la compra del rebaño y sus derechos. Aunque don Diego tenía otros pensamientos para futuras sacas de lana, en esta ocasión tendría que cumplir con el mercader burgalés que había adelantado a los ganaderos sorianos el importe de la compra. Aquel importe abonado había sido descontado del precio final del rebaño. Recordemos que el ganadero tenía otro importante rebaño estante de ovejas churras, cuya lana de inferior calidad vendía en el mercado segoviano, donde mantenía contactos con un mercader salmantino que suministraba a una compañía bilbaína propiedad de los herederos de don Mariano de Gana. En correspondencia con los adelantos por la venta de la lana era habitual que los mercaderes dispusieran tanto los esquiladores como los recibidores, cuyos sueldos eran descontados del precio final de la venta. Con esta disposición el mercader se garantizaba tanto el trato de los vellones durante la operación de esquila de los animales, como la selección de los mismos, al disponer el personal especializado y de plena confianza.

Aquel año, don Diego había obtenido de su rebaño estante casi trescientas arrobas de lana basta churra, que le reportaría un beneficio de algo más de ciento veinte mil maravedíes, una vez descontados gastos de esquileo y transporte hasta Segovia. Por el contrario, el ganado trashumante de La Ballestera le supondría un monto final muy superior. De cada oveja se podía obtener un vellón de lana en sucio de entre cinco y seis libras, cantidad que se reducía considerablemente para los añinos. De las ovejas podría obtener un total de cuatrocientas cuarenta y cinco arrobas, más otras cincuenta arrobas procedentes de añinos. El precio de mercado de saca de lana de aquel año le podría suponer otros doscientos ochenta mil maravedíes, a razón de quinientos ochenta y cinco maravedíes la arroba de lana merina y de trescientos cuarenta maravedíes por arroba de lana de añinos.

Ante la falta de interés del administrador en las tareas del campo, Sebastián vio una oportunidad de ampliar sus conocimientos del oficio, y el mercado de la lana siempre había llamado su atención. Optó por observar con detalle las maniobras del recibidor, cabeza del grupo enviado por el mercader toledano, cuya experiencia quedaba demostraba en la habilidad con que disponía cada vellón y como ordenaba a sus ayudantes su clasificación. En varias ocasiones trabó conversación con el recibidor, un judeoconverso segoviano, que llevaba varios años trabajado para aquel comerciante de lanas. Había aprendido el oficio de su familia, dedicada al comercio de lana desde tiempo atrás como pequeños revendedores a pañeros locales. Aquel apreciaba la calidad de la lana merina y en mayor medida la procedente de ganado mesteño natural de tierras sorianas. Le contaba a Sebastián cómo mercaderes milaneses, genoveses, flamencos, marranos portugueses o franceses competían con los burgaleses por el control del mercado, con el objetivo final de exportar la mayor cantidad de lana posible. Dejaban para los pequeños comerciantes el mercado menor de lana basta, de ovejas churras, para la fabricación de paños de baja calidad.

Moshé, que así se llamaba el judío, le hablaba de su recorrido de la mano de varios mercaderes extranjeros por los lavaderos de toda España, entre los que destacaban los segovianos de Villacastín, los granadinos de Huéscar o los alcarreños de Molina de Aragón, en los que realizaba la tarea de clasificación de la lana antes de entrar en las tinas de lavado. Con el tiempo observó que era mejor realizar la clasificación de la lana en origen, en los esquiladeros, de tal manera que se aprovechaba tiempo y espacio del que no se disponía en los lavaderos. En tierras manchegas había recorrido los lavaderos de Montiel, propiedad de unos genoveses residentes en Toledo, los de Villanueva de la Fuente, también propiedad de genoveses residentes en

Granada y Córdoba, y los lavaderos de Daimiel, propiedad de un burgalés que ensacaba con destino a Florencia y Venecia. Con relación a estos últimos, el Consejo de Órdenes prohibió la construcción de dos nuevos lavaderos en el río Guadiana, precisamente por el descalabro forestal que acarreaban ya que preveían para su funcionamiento el consumo de trescientas carretadas de leña gruesa y otras quinientas de atocha por temporada. Precisamente, a aquellos lavaderos de Daimiel estaba destinada la lana obtenida del esquileo de los rebaños de La Ballestera y los estantes de propios de Almodóvar.

Le hablaba Moshé del complemento económico que suponían aquellas instalaciones preindustriales para las zonas rurales, generando migraciones estacionales semejantes a la vendimia, el olivo o la fresa, en la llamada temporada de lavaderos, de mayo a septiembre. Estas instalaciones, aunque no precisaban de una tecnología muy sofisticada, sí generaban gran consumo de combustible vegetal, agua dulce y abundante mano de obra más o menos especializada. En definitiva, se trataba de refinar lana sucia mediante el tratamiento con agua blanda y caliente para eliminar impurezas, lo que supondría una pérdida de la mitad del peso en seco. Mano de obra para centralizar, clasificar, lavar, secar, ensacar, redistribuir la lana y para su transporte, suministro de leña y sacas para envasar. Moshé había aprendido a distinguir la calidad de cada lana y a clasificar sin descargar las carretas; floretes, re floretes, segundas, tercera, caídas y roña. En grandes tinas de cobre o pozas de sillería, llenas de agua caliente procedente de una caldera exterior, se lavaba la lana, hasta eliminar toda la suciedad. Se escurría en unas tablas sobre un canal de sucio y más tarde en un canal de limpio. Desde ahí se trasladaba a la pedrera donde se escurría definitivamente la lana antes de secarla en los prados cercanos acondicionados al efecto. La jerarquía en los recursos humanos era muy respetada. Al frente del equipo se encontraba la figura del mayordomo, que decidía la compra de la lana, la contratación de personal y la contabilidad del proceso. Bajo su dirección operaban varias cuadrillas comandadas por el capitán del agua, y agrupaban tineros y chorreros, estibadores de sucio y de limpio, lavadores a la redonda, secadores, ensacadores, cosedores y marcadores de sacas, y una red de personal auxiliar muy numeroso; leñadores, carreteros, muleros, cocineros, limpiadores, vigilantes, etc.

Contaba Moshé que tiempo atrás había visitado la villa de Chillón, a unas trece leguas a poniente, muy cerca de las minas de cinabrio de Almadén. Chillón era una población floreciente, no solo por el trabajo de las minas, su agricultura y su ganadería, sino por su fábrica de paños. Estos llegaron a ser tasados para la venta en todo el reino a sesenta maravedíes la vara, precio que competía con el mercado de la ciudad portuaria de Gante, y superaba los precios belgas e indios. Conoció igualmente, un lavadero de lana ubicado en la ribera del río Valdeazogues, cerca de la confluencia con el arroyo de la Candelera, en el molino conocido como de la Dehesa o de Peñatejada, que además de sus dos piedras para trigo y cebada, lavaba lana puntualmente en la temporada de esquileo, procedente del ganado estante de la comarca y lana fina de merinas trashumantes del Valle de Alcudia.

Desde los pastos de invernadero, algunos ganaderos suministraban lana a los pañeros de Chillón, para eso transportaban las sacas de lana en carretas y mulas desde la aldea de la Viñuela, en el Valle, a través del cordel de las Tres Ventas, que recorría el pie de monte de la Sierra de la Solana de Alcudia, pasando por Veredas y Fontanosas antes de llegar a Almadenejos cruzando los quintos de Hoyas, Muletones, Capellanías y Taberneros. Desde allí, por el camino del Rey, paralelo a los caminos de Vallenegrillo y Valleacerón y viajando parejos al rio llegaban al molino de Peñatejada o de la Dehesa, donde lavar la lana. La dependencia del molino correspondía al comendador de Castilseras, quien desde las cercanas Casas del Castillo dirigía los once millares de la encomienda. El molino se ubicaba en la confluencia de la Umbría del Molino y Puerto Revuelo en la sierra de Cordoneros, donde se alimentaba de las aguas del río Valdeazogues, que discurría al pie de la citada umbría por el pequeño valle que se conforma entre esta y la Loma de Tierra Mora. El río formaba una isla natural donde se realizaba la captación para alimentación del molino. Un caz de considerable sección canalizaba, en poco menos de un cuarto de legua, el caudal necesario para mover las ruedas horizontales o rodeznos del molino.

El caz estaba construido con muros de mampostería concertada, aunque algunas zonas se mantenían con un talud artificial de tierras, que en algunos tramos hacía las veces de dique de protección con el río. Dada la escasa pendiente entre la captación y la entrada de los dos cárcavos, de poco más de tres varas de desnivel, se hacía necesaria, hacia la mitad del trazado, la reducción de la sección del canal mediante un abocinamiento para conseguir aumentar la velocidad del agua. El canal también se alimentaba de los dos arroyos que canalizaban el agua de escorrentía de la loma hasta el propio río. Disponía de dos desagües que a modo de aliviadero reducían el caudal del caz cuando era necesario, uno a media distancia y otro al final de la primera balsa de lavado. Antes de llegar al molino una explanada natural a ambas márgenes del caz hacían las veces de secadero de lanas. Dos balsas de forma trapezoidal y de mayor profundidad que el canal garantizaban el lavado de las lanas antes de permitir su paso hasta el molino. Estas balsas contribuían a la potencia motriz necesaria, debido más a la componente de caudal que a la de altura, de tal manera que los cárcavos actuaban como sifón desaguando las balsas de su contenido generando la potencia suficiente para el movimiento de las ruedas/noria y por consiguiente las piedras de molienda. El agua procedente del lavado era desaguada al río cuando el molino no estaba en funcionamiento. El propio molino vertía al río después de mover las ruedas del sótano mediante una galería abovedada realizada con sardinel de ladrillo de tejar. Frente al molino se habilitaba un espacio a modo de corral de concejo, con una *noria de sangre* constituida por una *cremallera* de cangilones, que albergaba a los animales de tiro que podían pastar en la solana de la loma. Muy cercana al molino se encontraba la venta de Vistabella donde carreteros y viajantes podían descansar de su viaje.

En la mente de Sebastián quedaba almacenada toda aquella información, que con más tiempo analizaría con detalle. Una observación había quedado en su retina. De todos los oficios relacionados con la trashumancia, el esquileo y el lavado de lana, destacaba por su continuidad, limpieza y garantía de cobro, el de los transportistas. Carreteros y muleros que cargaban carretas y reatas, y caminaban junto a sus animales con la garantía de pastos libres y el cobro antes de la descarga. Ahora con la retirada de la lana hasta los lavaderos de Daimiel, los esquiladores desplazados hasta otra majada y su rebaño redistribuido en los pastos de la dehesa, quedaba descansar algunos días y desplazarse hasta Almodóvar para dar cuentas a don Diego, y al tiempo, poder ver a Martina una vez más. Pronto tendría que preparar la partida del rebaño, una vez aclimatado, hasta las sierras conquenses.

A mediados de mayo estaba previsto el desplazamiento hacia pastos de agostadero. El día veintinueve de junio, festividad de San Pedro, cumplían los contratos con los pastores sorianos, por lo que antes de la partida del rebaño hacía tierras conquenses debía quedar resuelto ese asunto. Sebastián llevaba en mente varios asuntos para plantear a don Diego. En primer lugar, la posibilidad de liberar a los pastores de La Ballestera de su compromiso hasta San Pedro, y permitirles marcharse a primeros de mayo con los rebaños que iniciaban su regreso hacia las sierras sorianas. En segundo lugar, y dado su total desconocimiento de las rutas trashumantes hacia tierras alcarreñas, debía proponer la contratación de un rabadán con la experiencia suficiente. También necesitaría la documentación del rebaño, contactos con banqueros a los que acudir caso de necesitar liquidar impuestos o prendas, y una relación de las fincas en las que podría relajar al ganado fuera de los pastos de cañadas, así como descansaderos, abrevaderos y alcaldes entregadores a los que acudir en caso de conflicto con los concejos o ganaderos estantes. De igual forma debería completar el grupo de pastores, pues tan solo podía contar con Daniel, el yegüero, y los pastores José y Amadeo, personal insuficiente para realizar aquel desplazamiento. Pero lo que realmente le rondaba por la cabeza proponer era otra cosa. Esperaría a madurar el proyecto antes de proponérselo a don Diego.

El siguiente lunes, Daniel acudió como de costumbre al mercado para reabastecer la majada: pan, harina de almortas, tocino, aceite y sal, y algún embutido, sin olvidar vino y aguardiente. Dejó la yegua en la posada y acudió en primer lugar a la casa de don Diego. Sebastián le había encargado solicitar audiencia con el señor, para trasladarle el resultado del esquileo y la recomposición de los hatos del rebaño. Daniel llamó con insistencia a la puerta principal y no tardó en acudir el criado de costumbre. Con rostro serio preguntó quién llamaba de aquella manera y qué pretendía. Daniel le indicó que venía de parte del mayoral de La Ballestera, que pedía fecha para que el señor le recibiera. El criado le hizo pasar a la cocina, donde Maria, la cocinera, le sirvió un vaso de vino tinto y le ofreció un pedazo de chorizo y pan recién hecho. Observó con detalle a la chica que acompañaba en la cocina, y debía ser, sin duda alguna,

Martina, de la que tanto le había hablado Sebastián. Comprendió de inmediato el interés del mayoral por aquella chica, pues aparte de juventud y buen porte reflejaba una ternura fuera de lo común. Daniel les preguntó por su salud y la de sus familias, y ambas se interesaron por la suya y la de sus compañeros en la dehesa, especialmente Martina preguntó por el mayoral soriano, con una pícara sonrisa complaciente. El criado se presentó en la cocina y le comunicó a Daniel que don Diego recibiría a Sebastián aquel jueves, pues tenía previsto salir hacia Toledo para ultimar unos asuntos.

Daniel se despidió de ambas mujeres agradeciendo la atención, el vino y la comida, prometiéndoles recompensarlas con un queso de las ovejas de la dehesa la próxima ocasión que volviera a la ciudad. Se dirigió al mercado y recogió los encargos que había ordenado a primera hora. Dejó aquellos artículos al cuidado del ventero y marchó hacia el barrio de los artesanos, donde algunos judeoconversos elaboraban los artículos de cuero que Daniel estaba buscando. Aquellos artesanos provenían de la judería de Ciudad Real, situada entre las calles Calatrava y La Mata, donde se situaba la casa de la Inquisición, la sinagoga mayor, ahora iglesia de San Juan Bautista y convento de dominicos, y la Casa de la Moneda. Daniel quería comprar unos zahones de cuero que le protegieran el calzón en los trabajos de reconstrucción de los apriscos, donde el monte bajo, tamujas y otros arbustos destrozaban la ropa. El artesano tomó medidas y le dijo que estarían listos en tres semanas. Daniel pagó el encargo y se marchó hacía la posada, no sin antes pasar por la taberna y apurar un par de vasos de vino y la conversación de algunos parroquianos.

Una vez en la majada comunicó a Sebastián la decisión de don Diego de recibirle el jueves. Debía sacrificar una oveja y llevarla a la casa pues el señor quería agasajar a unos comerciantes toledanos que pasaban por la ciudad. Hasta la llegada del jueves, Sebastián estuvo repasando las cuentas a entregar, y el planteamiento que debía realizar al señor. Pasó a ver a los pastores en un par de ocasiones, la normalidad era la tónica general. El rebaño estaba preparado para la marcha, pues la aclimatación se realizaba sin novedades reseñables. Los animales se habían adaptado bien a la carencia de lana y los enfermos se recuperaban bien. Los tres pastores sorianos se interesaron por la posibilidad de abandonar las tierras manchegas antes de cumplir su contrato, pues se empezaba a escuchar cómo los rebaños trashumantes se preparaban para su regreso al norte. Sebastián no pudo confirmar nada al respecto, tan solo que un pastor del grupo de Amadeo y todos los zagales se incorporarían a ellos para emprender el camino de regreso a casa. Los hermanos de José iniciarían su vuelta cuando fueran liberados de su compromiso acompañados del rebaño que trajeron desde Fuentidueña, al que se habían incorporado algunas corderas. Estuvo toda la tarde con Amadeo, preocupado por su salud. Dolores reumáticos aquejaban al pastor, y Sebastián no tenía dudas de que en ningún caso le acompañaría en su viaje a los agostaderos. Ya buscaría una solución para que se quedara en la majada o acompañara a los ganados estantes que don Diego pastaba en los Propios.

El miércoles a última hora de la tarde ordenó a Daniel sacrificar una oveja del rebaño de los sorianos. Una vez despellejada, la res colgó al fresco de la cocina hasta la mañana siguiente, cuando sería cuarteada para trasportarla a la ciudad. Preparó también Daniel varios quesos, entre ellos el prometido a las mujeres de la cocina. Ensilló la yegua y cargó una mula. A primera hora Sebastián salió hacía Almodóvar con la intención de dejar resuelto gran parte de sus problemas. Llegó a la ciudad y tras pasar por la casa para descargar la carne y los quesos, tenía intención de llevar a los animales a la posada. El criado, que lo ayudó a descargar y pasar a la cocina las provisiones, le indicó que tenía orden de comunicarle que podía dejar las bestias en una de las cuadras del patio interior de la casa. Un zagal se ocuparía de atenderlas de agua y comida. Una vez terminada aquella tarea se dispuso a entrar en la cocina y saludar a Martina. María lo recibió con entusiasmo y agradeció el regalo de Daniel. Martina lo saludó y le ofreció un tazón de leche con pan recién horneado. Sentado a la mesa Sebastián tomó la leche en espera de ser avisado por don Diego. Aprovechó para conversar con Martina de asuntos intrascendentes que fueron relajando la conversación hasta provocar alguna risa controlada. Ambos jóvenes se sentían cómodos juntos, conversando. Sebastián le contaba cosas de su tierra natal, la belleza de las sierras sorianas y lo abrupto del terreno, el verde de los prados y los colores del bosque, la abundancia de agua, la gentileza de sus gentes. Le contaba que se había criado en una familia propietaria de pequeños rebaños que acabaron como mayorales de posesionarios y nobles ganaderos, que habían confiado muchos años en su padre y ahora le correspondían a él. Martina le hablo de su familia, vecinos de Almodóvar, pero desplazados a la aldea de Navacerrada desde donde orquestaban su trabajo de carboneros. Sus tres hermanos y su padre se dedicaban al carbón desde que ella recordaba. Sus abuelos también lo hacían, y sus tíos y primos hacían lo propio. Sebastián se interesó mucho por aquel trabajo y sobre todo por el mercado del carbón, que transportaban y vendían en Ciudad Real y Almagro. Otros carboneros vendían en Valdepeñas y Manzanares, aunque también se llevaba carbón a Toledo.

El viejo criado entró en la cocina y avisó a Sebastián de que don Diego lo recibiría ahora. Siguió al criado hasta la puerta del despacho y llamó. Del otro lado oyó una voz que lo invitaba a entrar. Junto a la mesa de pino estaba don Diego acompañado del enjuto administrador. Ambos se sentaron e invitaron a Sebastián a hacer lo mismo. Don Diego preguntó por los últimos acontecimientos y Sebastián entregó el libro de *apiadero*, que contabilizaba el número de animales que salieron de Soria, los animales muertos en el camino, detalles de la paridera de aquel año, la venta de añinos, el resultado de la esquila y la lana obtenida. De igual manera informó sobre los animales que habían sido sacrificados por viejos y las nuevas corderas incorporadas al rebaño, cómo se habían realizado los nuevos hatos y la disposición de los animales a comenzar el viaje de agostadero. El administrador cruzó los datos de los libros de Sebastián con los suyos propios, y aprobó las cuentas que don Diego recibió con satisfacción. Sebastián aprovechó para indicar que tenía asuntos que resolver relacionados con la marcha del rebaño. En primer lugar, planteó la posibilidad de liberar de sus contratos a los pastores para que abandonaran la dehesa antes de cumplir su plazo. Planteó el buen comportamiento de aquellos pastores y cómo podrían incorporarse a los rebaños que regresaban, de tal manera que se podía ahorrar los gastos ocasionados por el viaje de regreso. El planteamiento le pareció razonable y le ordenó a Damián, el administrador, que preparara los documentos que liberaban a los pastores del cumplimiento de sus compromisos antes de San Pedro. Podrían llevarse con ellos los asnos y mulas que fueran de su propiedad, pero no aquellos que pertenecieran al rebaño.

Le habló a continuación de que tan solo tres hombres se quedarían con él, Daniel, el yegüero, José, el fuentidueñero, y Amadeo, el viejo pastor. Quería liberar al pastor del viaje a tierras alcarreñas dado su estado de salud, y le propuso que se quedara en la majada de La Ballestera hasta el regreso del ganado en septiembre, en tanto el pastor podía ocuparse de revisar y reparar todas las instalaciones y al mismo tiempo ocuparse de un pequeño rebaño trasladado desde los estantes, con la ayuda de algún zagal. Tampoco le pareció mal la propuesta a don Diego, con lo que respetando la edad del pastor decidió que le trasladaría un hato desde uno de los quintos y un zagal de la casa para que lo acompañase y ayudase en las tareas y las compras. Don Diego ordenó al administrador que renovara el contrato de Amadeo hasta el próximo San Pedro, y añadiera a su sueldo una excusa de veinticinco ovejas. Respecto de la partida del rebaño, don Diego le ordenó que preparase todo lo necesario y tratase con Damián lo relativo a la contratación de pastores que lo acompañaran y le facilitara toda la documentación e información necesaria. La incorporación de un segundo con experiencia en el viaje fue considerada primordial ante el desconocimiento absoluto de Sebastián, pero a pesar de poder incorporarlo al grupo, la responsabilidad directa del ganado sería del mayoral soriano. Damián quedó al cargo de contactar con ganaderos de Almodóvar para ver si estaban dispuestos a prestar algunos pastores que se hicieran cargo del rebaño. Don Diego se ocuparía en Toledo de gestionar la incorporación de un ayudante para Sebastián.

Sebastián se mostró satisfecho con el resultado de la reunión y de la generosidad de don Diego para con los pastores. Visto el desarrollo de la entrevista, Sebastián no se atrevió a plantearle su idea inicial, que consistía en intentar eludir el viaje y que lo sustituyera el mayoral de los rebaños estantes, realizando un intercambio de tareas. Él y sus pastores se harían cargo del ganado de los quintos, y aquellos realizarían el viaje hasta la Alcarria. Pero puesto que el ganadero había accedido a todas sus peticiones, se vio en la obligación de respetar su acuerdo y realizar el viaje. El año próximo ya vería. El administrador le dijo que en un par de días tendría preparado los documentos, y viajaría a la dehesa para entregar todo lo necesario y ordenar la partida del rebaño. Entendía que la incorporación de los nuevos pastores no generaría ningún problema, y podrían partir aquel mismo día.

Sebastián se despidió de ambos y salió del despacho. Se dirigió a la cocina para trasmitir las nuevas noticias a ambas mujeres. El viejo criado se alegró mucho cuando se enteró de las decisiones de su señor, confirmando su creencia de que se trataba de un hombre generoso y respetuoso con sus sirvientes. Martina le comentó que en breve acompañaría a la sobrina de don Diego a la iglesia, y que podría acompañarlas. De camino a misa, la sobrina, Rosa, saludó con simpatía al soriano, y con muestras de complicidad permitió que Sebastián, colocado al lado de Martina, las acompañara hasta la iglesia. Mientras Rosa y Martina atendían al oficio, Sebastián cambiaba impresiones con unos vecinos que como él acompañaban a esposas o parejas. Su acento y sus ropas llamaban la atención de los vecinos, mayormente agricultores, pero le trataban con la cortesía y la amabilidad propias de las tierras manchegas. Era evidente que aquel pastor pretendía cortejar a la criada de la Casa Jijón Pacheco y resultaba raro que ningún mozo de la ciudad hubiera pretendido a la joven. De regreso a la vivienda, Sebastián y Martina se adelantaron un paso por delante de Rosa, y en voz baja apostaban sobre quién extrañaría más la ausencia del otro. Martina no sabía leer por lo que escribir no haría sino desvelar la incipiente relación entre ambos. Sebastián se prometió enseñar a escribir y leer a Martina en cuanto regresara de su viaje.

Ya en la casa, María la cocinera le esperaba con una tartera de corcho llena de fiambres, tres panes horneados de la mañana y alguna fruta. El viejo criado acompañó a Sebastián a las cuadras, y un muchacho se ocupó de ensillar la yegua y aparejar la mula. Con todo preparado Sebastián se dispuso a abandonar la casa y dirigirse a la majada. Se despidió de todos y especialmente de Martina, agradeciendo el trato y la comida, que reconocería sobre todo Daniel. Cuando salió del patio, Martina se acercó hasta las bestias y tomó la mano del mozo, aparentemente solo para entregarle una bota con vino de la casa. Se alejó por la calle Corredera para enfilar el camino de Ademuz. Llegó a la majada ya tarde, comunicó a Daniel las buenas noticias y le entregó la comida que María le enviaba, también el vino, del que no tardó mucho en servir dos vasos para probarlo. Daniel se alegró mucho por sus compañeros, y por primera vez veía a un señor considerado con sus pastores. Se sentaron a cenar, mientras el zagal pasaba las bestias a la cuadra, las limpiaba y las daba de comer y beber. Cuando el muchacho llegó a la mesa, Daniel sirvió sopas cabreras aprovechando que tenían pan de nueva hornada y debía gastar el pan duro. La mastina que dormitaba junto a las cuadras agradeció el pan que Daniel le ofrecía mojado en leche de cabra.

Durmió poco esa noche, y casi de madrugada salió para dar la noticia a los pastores, que también aguardaban con impaciencia. Todos recibieron con alegría la decisión del ganadero, y al mismo tiempo las instrucciones de preparar sus pertenencias para marchar en cuanto se incorporasen los nuevos pastores y les traspasaran las novedades del rebaño. Amadeo también se alegró de su nueva situación, agradecía no viajar tan lejos, y se mantendría ocupado con un pequeño rebaño hasta el regreso del ganado. Daniel fue el primero en hacer saltar las alarmas, debía revisar toda su impedimenta; aparejos y mulas, redes, estacas, ropa de abrigo, vituallas y dotación para los animales, sal, hierbas para emplastes, tablillas y cueros. A tal fin comenzó los preparativos y preparó un viaje a Almodóvar para recabar todos los víveres para el primer tramo de camino. A diferencia del camino desde Soria, en esta ocasión desconocía el itinerario para las tierras de agostadero, dónde podría reabastecer al grupo y, sobre todo, dónde se encontraban los descansaderos para establecer apriscos nocturnos.

El lunes viajó con prisas hasta la ciudad y se dirigió en primera instancia al mercado, allí compró la comida necesaria para una semana, pan, tocino, sal, aceite, algunos chorizos y morcillas, una paleta de cerdo y algo de pescado seco. En esta ocasión todo se cargaba a la cuenta de don Diego, el administrador se ocuparía de liquidar el saldo. Tenía que repasar más tarde, en la posada, varios repuestos para algún aparejo en mal estado, algunas mantas y cuerdas, un cabezal para la yegua y algunos cencerros para los mansos. El importe de aquella compra se cargó igualmente a la cuenta de la Casa. Observó Daniel que los comerciantes tenían en buena estima al noble ganadero dando cuenta de su condición de buen pagador. No podía marcharse sin pasar por la taberna para despachar un par de vasos de vino. Tampoco debía evitar una visita a la cocinera de la casa. Le había traído un queso pequeño como excusa para saludarla y despedirse de ella hasta pasado el verano.

Con la yegua atada a la fachada de la casa, llamó a la puerta y le abrió como de costumbre el viejo criado. Con paso lento le hizo llegar hasta la cocina en la que se encontraban las dos mujeres. María lo saludó con aprecio y agradeció el regalo. Intercambiaron algunas palabras mientras Daniel observaba la angustia en el rostro de Martina. Esta se mostraba ansiosa por recibir alguna noticia de Sebastián y Daniel no tardó en dársela. Sebastián había prometido pasar a des-pedirse de ella cuando viniera a devolver los contratos del antiguo y del nuevo personal al administrador. María se despidió en la puerta de la cocina, abrazó con cariño al viejo yegüero y le ofreció una pequeña barrica con vino de la casa. El criado acompañó a Daniel hasta la puerta y le vio alejarse hacía la dehesa.

En La Ballestera, Sebastián recibió a los nuevos pastores que se pre-sentaron a primera hora. Se identificaron con la documentación que Damián les había entregado: sus contratos, donde figuraban las condiciones de tra-bajo, sus sueldos y gratificaciones, compromiso que solo se extendía hasta su regreso en septiembre. Sebastián obtuvo una buena impresión de aquellos hombres, cuatro pastores y cuatro zagales. Junto a ellos una reata de peque-ños borricos y tres mastines imponentes, dos pequeños careas completaban el grupo. Sebastián los alojó en la majada para que habilitaran una de las cuadras hasta que dieran orden de partir. En tanto, Daniel llegó con los ví-veres y repuestos, y le transmitió las noticias de Martina. Cuando los nuevos integrantes estuvieron instalados, Sebastián y los cuatro pastores marcharon a conocer a los que relevarían. Revisaron en primer lugar el rebaño de José y sus hermanos, mil doscientas cabezas de buen ganado merino mesteño. Los nuevos pastores alabaron el estado de los animales y cambiaron impresiones con sus compañeros. A cargo de aquel rebaño quedarían dos de los pastores y dos zagales. Los dos restantes acompañados del mayoral se dirigieron al rebaño de los pastores sorianos. En aquel se habían concentrado el resto de animales, casi otras mil ovejas lo completaban. Junto a los otros dos zagales, aquellos pastores se ocuparían de este hato. Todos estuvieron intercambiando impresiones respecto de los animales. Sebastián les dio orden de que a la mañana siguiente todo el ganado debería estar agrupado en los descansaderos de la majada. Daniel acompañaría a los zagales que habían quedado organizando el equipo y los ayudaría a que todo estuviera dispuesto a la hora de partir.

Sebastián regresó a la majada y emplazó a primera hora a José para compartir con él las primeras instrucciones de partida. José iba a actuar como rabadán ayudante de Sebastián, y ambos a las órdenes del nuevo mayoral que debía incorporarse aquella misma tarde. Avistando la majada, Sebastián pudo adivinar el perfil del administrador. Al llegar a su altura, desmontó y lo saludó con la mano. A su lado se encontraba el nuevo mayoral, un hombre moreno de mediana edad. Damián lo presentó como Antonio Marcos, de Toledo, y con la experiencia suficiente para enseñar a Sebastián todo lo necesario para el viaje a tierras alcarreñas. En la cocina de la majada entregó a ambos una cartera de piel con los documentos necesarios para el trayecto, el libro del rebaño, la identificación de los quintos que debían ocupar, una lista con los alcaldes entregadores y de cuadrilla a los que debían de acudir en caso de conflicto y algún dinero en efectivo para pequeñas compras. En la ciudad de Manzanares contaban con la presencia de un banquero que podría ayudarles a resolver cualquier asunto de impuestos o prendas. Portarían instrucciones directas al banquero de don Diego relativas a ese asunto.

Todo dispuesto pues, solo quedaba agrupar el ganado a la mañana siguiente y disponer la marcha. Él acompañaría al grupo hasta Brazatortas y desde allí se desviaría hasta Almodóvar para dar cuenta a don Diego y entregar la documentación de los pastores que abandonaban el rebaño. Apenas amanecido el rebaño se reunió en la explanada de la majada. Todos los pastores iniciaron los preparativos para la salida y revisaron equipo y animales. Almorzaron todos juntos unas migas preparadas por Daniel y realizaron las últimas comprobaciones. El grupo de pastores sorianos se despidió de sus compañeros y salió en primer lugar. Debían dirigirse hasta Tirteafuera y allí se unirían a los que viajaban hacia el norte.

El ganado salía de La Ballestera ya entrada la mañana. El grupo tenía dispuesto realizar una primera jornada corta de aclimatación de los animales. En principio avanzarían hasta Brazatortas después de pasar por Veredas, distanciado algo menos de una legua y, tras observar el comportamiento del rebaño, avanzarían hasta Puertollano, a poco más de cuatro leguas, donde podrían descansar aquella primera jornada. La rutina de la trashumancia comenzó en ese instante. Avanzar lentamente con el rebaño aprovechando los pastos libres del camino. El primer objetivo era alcanzar la Cañada Conquense en la localidad de Manzanares tras recorrer algo menos de veinte leguas.

El ganado reaccionó bien durante los primeros tramos del viaje, por lo que el mayoral toledano ordenó avanzar hasta Puertollano. Sebastián se desvió para llegarse a Almodóvar. Una vez en la casa entregó los contratos firmados de los pastores, de los recién incorporados y de los que se despedían al administrador que ocupaba un pequeño despacho contiguo a la cocina. Don Diego se hallaba de viaje a Toledo. Tras conversar con Damián sobre las previsiones del viaje, le pidió permiso para pasar a la cocina y despedirse de las dos mujeres. Saludó en primer lugar a María, la cocinera, que le trasmitió sus mejores deseos para el traslado del ganado. A continuación, María abandonó con sigilo la cocina para dejar unos instantes de intimidad a la pareja. Ambos jóvenes reconocieron que su relación podía prosperar tras el regreso del soriano y sellaron su compromiso con un corto beso. Sebastián salió nervioso de la cocina llevándose algunas provisiones que las mujeres habían preparado. Montó la mula y salió en dirección a interceptar al rebaño.

A última hora de la tarde alcanzó al rebaño casi a la entrada de Puertollano, donde pasarían la noche hombres y animales. Sebastián ayudó a Daniel con el montaje del aprisco junto a los zagales del grupo. También José se incorporó y trabajaron como era su costumbre, bajo la supervisión de Antonio que dio su aprobación a la instalación antes de que accedieran las ovejas. Antonio acompañó a Sebastián en la revisión de varios animales en los que se había detectado algún problema. Puertollano estaba acostumbrado al paso de ganado procedente de la serranía de Cuenca, sobre todo hacia pastos de Mestanza y su regreso allá por el mes de mayo. En ese sentido, la población no prestaba especial atención a los rebaños siempre que no accedieran a tierras vedadas. Tras la revisión del ganado, se apostaron los mastines, unos atados al aprisco y otros sueltos, acompañados de los careas que, si bien no ahuyentaban lobos, llegado el caso si alertaban de que algo estaba ocurriendo. A la luz del fuego se sentaron para cenar, y contar las historias de costumbre que acompañan a los pastores. Se fueron temprano a dormir los que no tenían guardia. Esa noche, Antonio liberó a Sebastián de la última ronda.

Sebastián escuchó cacharreo junto a las bestias, y despertó sobresaltado. Normalmente a esa hora era él quien ya estaba alertando a todos. Había pasado la noche en un duermevela pensando en Martina y en el resultado de su efímero compromiso. Se acercó a Antonio que hablaba con los pastores y zagales. José lo escuchaba con interés. La jornada no debía generar ningún problema. Atravesarían Puertollano por el sur, rodeando el núcleo de viviendas, para dirigirse a Argamasilla de Calatrava, a tan solo una legua de distancia, después de vadear el arroyo de la Gila. Desde allí continuarían hasta las proximidades de Aldea del Rey, donde se ubicaba un descansadero conocido como de Antonio. La cañada en esa zona tenía suficiente comida para el rebaño, pero si tenían ocasión podrían pastar en zona autorizada para ganado mesteño. Sebastián dio la orden de partida, y el rebaño se puso en marcha. No tardaron mucho en avistar Argamasilla sobre un terreno prácticamente llano con algunos cerros dispersos, encajonado entre la Sierra Gorda al norte y la Sierra Alta y la Sierra de Calatrava al sur, donde nace el río Tirteafuera. El ganado se trasladaría a lo largo de este valle, dejando de lado los picos del Peñón del Fraile, Vallelargo y el Cerro Chaparral, entre varios afloramientos volcánicos. Argamasilla dependía jurisdiccionalmente del alcalde mayor de Almodóvar del Campo, por lo que no tendrían ningún problema para atravesar los pastos del concejo. Ahora las tierras rabaneras se mostraban prácticamente despobladas, debido tanto a la emigración a América que había provocado una gran escasez de brazos para la agricultura, como a la expulsión de los moriscos. En el perfil de la ciudad destacaba la iglesia parroquial de Nuestra Señora de la Visitación.

Con el recorrido habitual cercano a las cuatro leguas, el rebaño avanzaría hasta Aldea del Rey y pasaría allí la noche. Durante el trayecto varios abrevaderos surtidos desde el río Jabalón garantizaban el bienestar del ganado, junto a las hierbas de un monte perteneciente al concejo con gran abundancia de romeros y tomillos, retamas y lentiscos. Sobre la montaña se perfilaba el Sacro-convento castillo de Calatrava la Nueva, que los monjes soldado habían trasladado desde Carrión. Cerca de la población, Sebastián hubo de desviarse para pagar el impuesto que, junto con los d*iezmos del pan, del vino y la fruta, pollos, lechones, ansarones, corderos, queso y lana*, formaban la renta de la Clavería. Esta dignidad estaba situada en el palacio donde vivía el clavero de la Orden, también conocido como el palacio del Norte, donde residió el cardenal infante, don Fernando de Austria. Sebastián accedió al enorme palacio por la fachada principal, a través de una puerta que soportaban dos columnas laterales y un balcón que lucía los escudos de los Fernández de Córdoba, el escudo símbolo del maestre; la cruz de Calatrava y dos llaves o trabas, y un tercer escudo con las insignias episcopales. Desde su patio central con columnas y soportales accedió a la planta alta donde se encontraban los despachos de los encargados de liquidar el medio diezmo que de la venta de añinos y de la lana enviada a Daimiel correspondía a la Clavería. Cuando regresó con el grupo, este ya había instalado el aprisco y el ganado descansaba en su interior. Aquella noche Sebastián haría la última guardia.

La salida desde Aldea del Rey se produjo muy temprano, casi a la salida del sol. Había que aprovechar las primeras horas de la mañana, pues el ganado disfrutaba de los pastos sin escarcha y necesitaba protegerse del sol a media mañana. Si todo iba bien, llegarían a Granátula, a unas dos leguas, a mediodía, para proseguir hasta Moral de Calatrava y completar casi cinco leguas esa jornada. En esta ocasión los pastos escaseaban, por lo que el rebaño caminaba más aprisa. A la salida de Granátula los animales podrían disfrutar del abrevadero con aguas de carácter ferruginosa y de un merecido descanso. El trayecto discurría por el valle del Jabalón junto a volcanes, como los conos de Columba, las Cuevas Negras o la Yozosa, y también los maares de Valdeleón. Algunos pastores pretendían visitar el santuario de la patrona de la ciudad, la Virgen de Orteo y Zuqueca, para cumplir alguna promesa y agradecer la buena marcha del rebaño. Tras descansar, las ovejas se encaminarían hacia Moral de Calatrava, algo más cansadas que en otras jornadas, pues ese día habrían caminado casi cinco leguas al abrigo natural de los cerros. En las cercanías de la ermita de Santiago o San Blas, el rebaño habría de cruzar el puente sobre el río Jabalón, construido casi un siglo antes, y en el que sería necesario abonar el correspondiente pontazgo. Antonio se hizo cargo de este asunto desplazándose hasta la casa de la encomienda junto a la iglesia parroquial de San Andrés. Una vez pagado el impuesto, aprovechó para comprar buen vino de esta tierra para acompañar el camino.

Al día siguiente y en una sola jornada debían recorrer algo más de cinco leguas hasta alcanzar Manzanares. A estas alturas habrían recorrido unas veinte leguas y alcanzarían la Cañada Conquense. Allí también confluía la Cañada Real Soriana por la que accedían multitud de rebaños procedentes de la provincia de Teruel, concretamente de la sierra de Albarracín. La jornada transcurriría por un territorio llano a orillas del río Azuer. Una pequeña sierra acompañaría el desplazamiento al suroeste, la Sierra Pelada que actuaba como límite del Campo de Calatrava. El perfil del castillo de Pilas Bonas, construido para separar las posesiones de las órdenes de Santiago y Calatrava, se observaba en el centro de la población. El grupo llegó al descansadero de Manzanares a última hora de la tarde, con el ganado agotado tras una larga jornada caminando. Ahora podía disfrutar de los pastos del concejo durante un par de días, tiempo suficiente para que el grupo también descansara y se aprovisionara de nuevo. Aprovecharían para visitar la ciudad, encrucijada de caminos y entrada a la tierra del Quijote, en especial la ermita humilladero de la Vera-Cruz. La noche trascurrió con normalidad y sin sobresaltos, el ganado descansó lo suficiente, y por la mañana salió para disfrutar de los pastos de Propios y reponer fuerzas para las siguientes jornadas. La mitad del grupo quedó libre para vagar por la ciudad hasta el mediodía, hora en que relevarían a sus compañeros para que estos disfrutaran de la tarde libre. Sebastián y Antonio aprovecharon para intercambiar impresiones. Visitaron la plaza mayor y acabaron bebiendo y comiendo en una taberna. Antonio le descubrió su interés por permanecer en el Valle, bien a las órdenes de don Diego o de cualquier otro ganadero de la zona. Su vida en Toledo no le satisfacía completamente y añoraba sus tiempos de trashumancia. Sebastián intercambiaba conversaciones sin mucha trascendencia, pero en un momento dado sí hizo mención a su compromiso con Martina, y su interés por otros negocios. Era muy joven y no quería terminar sus días como su padre, apurando años en las sierras al cargo de ganado que no era suyo.

Entraban por fin en la Cañada Conquense, donde se repetían los problemas con agricultores y ganaderos estantes. Los pastos se habían reducido drásticamente mediante el adehesamiento de las tierras por los concejos locales y muy especialmente por el concejo de Cuenca. Volvían a producirse los problemas de enfrentamiento con los intereses de la clase dominante, titulares de señoríos y grandes propietarios de tierras, defensores del pastoreo local y propulsores de un triple aprovechamiento de las tierras: labor, monte y pastos. El rebaño de don Diego Jijón compartiría a partir de aquí trayecto con otros grandes ganaderos que buscaban el agostadero de las tierras frescas de la serranía: ganaderos de Almodóvar del Campo, como la familia Marín, o Alonso Gutiérrez, *el mozo*, con más de seis mil doscientas cabezas; la familia de Alcaide Muñoz, de Aldea del Rey, propietaria de mil cien ovejas, y otros ganaderos de importancia; el comendador mayor de Calatrava, el propio maestre, ganados del monasterio de Santa María de la Sisla, y otros propietarios de Almagro.

Los concejos conquenses pretendían nuevos impuestos por el paso de ganado mesteño, por lo que los pastores de la cuadrilla de Ciudad Real y del Campo de Calatrava de la Hermandad de la Mesta habían acudido, dos años antes, al Consejo Real en busca de protección, de tal forma que en la actualidad cada semana el propio alcalde entregador acompañado de un regidor local se desplazaba a visitar los pastos y resolver los conflictos creados entre ganaderos y agricultores. Así que sería muy posible que, durante los próximos días, el rebaño de Sebastián se topara con el alcalde o sus ayudantes. Los concejos conquenses y los propietarios de los señoríos pretendían fortalecer la cría de ganado y el desarrollo de la industria pañera urbana, por lo que era muy importante que la ganadería estante ganara peso y fuera suficiente para abastecer a la floreciente industria textil.

Descansado el rebaño y los hombres durante aquellos dos días en Manzanares, tocaba ponerse en marcha. La primera jornada, más larga de lo habitual, los llevaría hasta la villa de Argamasilla de Alba, a algo más de cinco leguas. Durante casi diez horas el ganado transitaría de oeste a este por terreno llano, con suficiente comida para el rebaño. De norte a sur cruzaban aquellas tierras el río Guadiana y el canal del Gran Prior, canalización construida para extender el riego a los terrenos situados entre Ruidera y Arenas de San Juan. Disponían de dos abrevaderos durante el recorrido, y aunque tuvieron alguna discusión con algún vecino, no hubo que reseñar ningún altercado. La agricultura había destacado en la villa desde el establecimiento de unas pocas familias moriscas, emigradas tras la rebelión de las Alpujarras, aportando su saber en técnicas de cultivo, riego y construcción. De tal crecimiento daba fe el pósito de la Tercia, mandado construir por doña Ana Mondéjar, dotado con ochocientas fanegas de trigo.

Daniel y dos zagales se adelantaron al resto del grupo a primera hora de la tarde, con el objeto de localizar la mejor zona de descanso para los animales. A las afueras de Argamasilla, al sureste de la ciudad, se localizaban otros rebaños que descansaban allí desde la jornada anterior, aprovechando pastos de la dehesa de la Moraleja. Con alguna dificultad podían distinguir, a unas dos leguas, el perfil del castillo de Peñarroya, dominando el Campo de San Juan, propiedad de los caballeros hospitalarios y traspasado posteriormente a la Orden de San Juan. Los animales llegaron tarde al descansadero. Sebastián aprovechó como de costumbre su entrada al aprisco para revisar el estado de los animales, detectando alguna lesión de pezuñas producida por el largo camino recorrido. Con las ovejas a buen recaudo, el grupo se dispuso a disfrutar de la cena y de un tiempo de reposo y charla. Comenzaron las guardias, y la noche trascurrió con normalidad. Antonio y Sebastián aprovecharon para visitar a otros mayorales que se encontraban en el descansadero e intercambiar impresiones. Posiblemente viajarían juntos hasta Villalba de la Sierra, donde aquellos rebaños se desviarían hacia pastos de las Majadas.

Les esperaba otra larga jornada. Querían aprovechar la buena disposición de la cañada y la abundancia de hierbas en ella, de tal manera que no era necesario acudir a pastar en tierras de Propios o de algún vecino dispuesto a arrendarlas. El grupo madrugó con idea de iniciar antes el camino. Los otros rebaños debían esperar la incorporación de otros hatos antes de partir. Esa ventaja le suponía al rebaño de Sebastián no disputar la comida con otras ovejas. Un primer tramo corto, de legua y media, les llevaría hasta Tomelloso, siempre por terreno prácticamente llano salvo en el sureste donde este se elevaba suavemente para alcanzar la altiplanicie del Campo de Montiel, entre grandes extensiones de viñas. Fue necesario vadear el río Córcoles, sin perder ningún animal. No tendrían en esta ocasión oportunidad de disfrutar de la recién construida Posada de los Portales, albergue de viajeros y sus caballerías, quizás a su regreso. Cruzarían la ciudad por el norte, con dirección a Socuellamos, para establecerse al mediodía de la villa, donde se encontraban unos corrales habilitados para el ganado. No tener que montar apriscos esa jornada permitió a Daniel desligarse del grupo y preparar una caldereta para la cena; una cordera había sufrido una fractura de mala compostura, y los mayorales decidieron sacrificarla. La cena se alargó más de lo habitual, disfrutaron de la carne y del vino, de las historias de los pastores y de alguna canción que añadía añoranza de sus casas y familias.

En Socuellamos nacía la cañada de los Chorros, que llevaba hasta la sierra de Albarracín desde Las Pedroñeras. La cañada entraba en la jurisdicción de Ciudad Real por Socuellamos, y en el término de Cuesta Blanca se dividía en dos ramales; uno de ellos continuaba hasta el Valle de Alcudia, y el otro hasta Linares por Tomelloso y Argamasilla de Alba, Alcubillas y Castellar de Santiago, entrando en Jaén por Aldeaquemada. Y hasta Las Pedroñeras llevaría al rebaño la siguiente jornada. Una etapa de cuatro leguas donde el ganado seguiría disfrutando de ser la avanzadilla de los rebaños con destino a la serranía. Las Pedroñeras, El Pedernoso y Las Mesas, eran villas creadas muy recientemente, enclavadas en la intersección de los distritos de Cuenca, Ciudad Real, Toledo y Albacete. Atravesaba la población el río Záncara, afluente del Cigüela, que en esta ocasión pudieron cruzar por un puente de madera, y sorprendentemente, nadie había allí para exigirles pontazgo. El rebaño aprovechó el recorrido por grandes vegas y montes de carrasca. El ganado llegó con las últimas luces hasta el descansadero elegido por Daniel, que ya había dispuesto el aprisco en el que dos zagales daban los últimos retoques de monte bajo. Perros y pastores se repartieron las guardias y construyeron un pequeño refugio con sus mantas y maleza. A la cena, Daniel había preparado un plato típico de la zona, ajoarriero, aunque la localidad no soñaba todavía con ser el centro nacional de la producción de ajo. El bacalao seco que Daniel había comprado en Manzanares daría esa noche una nota distinta a las habituales gachas o sopas.

Durante la noche hubo algún movimiento de los perros anunciando la visita de lobos, pero afortunadamente no se produjo ningún ataque, aunque fue necesario extremar la vigilancia hasta el alba. Con el grupo despierto antes de lo habitual, la marcha comenzó temprano. La jornada era relativamente corta, pero en esta ocasión los pastos no acompañaban al trayecto, por lo que Antonio, el día anterior, había avanzado hasta Rada de Haro, destino del rebaño, para negociar con un ganadero local poder compartir los pastos de su quinto. Por un precio más que razonable, el rebaño de Almodóvar pudo recuperar la tarde en aquel lugar, y allí mismo pasar la noche.

En previsión de la siguiente jornada, de algo más de cinco leguas, ganado y hombres iniciaron la marcha al alba. Su destino la localidad de La Hinojosa, a la que llegarían pasando por Carrascosa, Villar de la Encina y Villargordo del Marquesado. El trayecto, aunque largo, disfrutaba de hierba abundante para las ovejas, de manera que los pastores relajaron el paso para que los animales pudieran comer tranquilamente. En el peor de los casos, los mayorales habían previsto parar en algún descansadero intermedio. Con intención de anticiparse a que el ganado tuviera que pernoctar antes de llegar a La Hinojosa, Antonio se adelantó del grupo para buscar un descansadero acorde con el volumen del rebaño, que dispusiera de abrevadero cercano. A la salida de Villar de la Encina encontró el lugar idóneo, a los pies del Cerro Santo, donde se levantaba una ermita. El relieve restante era bastante llano, con pendiente descendente de norte a sur, y alguna elevación aislada. Antonio, en espera de la llegada del grupo, comió en una taberna, y disfrutó del buen vino local y de la conversación de los lugareños. Le informaron de las características del resto del trayecto hasta La Hinojosa, donde el rebaño podría disfrutar de buenos pastos. En la zona, los ganados estantes se alimentaban en quintos de Propios, con lo que la cañada estaba exenta para su aprovechamiento por los trashumantes. En esa época del año esperaban una gran afluencia de rebaños dirección a la serranía baja de Cuenca, y recibir a los primeros pastores alegraba la vida de la pequeña población.

En la jornada siguiente las casi tres leguas restantes hasta La Hinojosa se hicieron muy cómodamente para el ganado y los pastores. Comida abundante y la cañada disponible para ellos solos. Entraban en un terreno elevado, en la Mancha Alta, surcado por pequeños arroyos correspondientes a la vertiente del Guadiana, que solían secarse en verano. Cruzaron un valle con gran riqueza agrícola, paso natural entre la región levantina y Madrid, por lo que se garantizaba un lugar de tránsito muy frecuentado por ganaderos y comerciantes. La ausencia de arbolado era la tónica general de las tierras del concejo, a excepción de unas cuantas fanegas que no eran aptas para la explotación agrícola, concretamente en la zona conocida como El Chaparral, con algunas matas de carrascas en los límites de la cañada. Se notaban las consecuencias de la roturación sin control en el monte bajo, con presencia de algunas abulagas y alfalfa silvestre, cardos, tomillo, espliego y romero, con abundancia de hinojo, y la presencia del olivo y la viña tenía tan solo carácter de explotación familiar. En contraposición la vertiente del Júcar se presentaba mucho más árida y con pequeños valles, atravesada por una estrecha vega muy rica que regaba el río Cañaro.

Pudieron establecer el descansadero de esa jornada en unos corrales que el concejo tenía al efecto, en las afueras del pueblo, sobre un cerrillo no muy lejos de la iglesia. El pueblo se extendía en torno a aquella atalaya formando barrios, el Calvario, el Ejido de la Iglesia, los Morales y otros. Varios ganaderos estantes vinieron a ofrecer su ayuda para la instalación del ganado y de los hombres del grupo. Acción que Daniel supo agradecer ofreciendo vino e invitándolos a cenar aquella noche. La mayoría desistió del ofrecimiento, pero dos pastores aceptaron y cenaron con ellos, distrayendo la sobremesa con historias locales sobre San Bernardino, patrono del pueblo, donde se guardaban algunas reliquias de aquel franciscano: un pedazo de la cadena que el santo traía pegada a su cuerpo, un trozo del bastón que acompañaba al monje, dos ampollas de óleo, todas traídas por Francisco de Millán, compañero del santo y depositadas en la iglesia de San Juan, donde ambos estaban enterrados. Por aquellos días se había celebrado la fiesta del santo, con funciones religiosas, subastas y procesiones, incluso una romería en la que se llevaba la imagen del santo hasta un cerro con su nombre a una legua del pueblo. En conversación más distendida uno de los pastores locales propuso a Sebastián la compra de algunos sementales para sus propios rebaños, «para cambiar la sangre», decía. Consultó con Antonio la propuesta y este no vio inconveniente en cambiar uno de los moruecos por cuatro ovejas churras para ayudar en el suministro de leche.

Descansaron bien aquella noche y madrugaron para enfrentarse a la siguiente jornada. Casi cuatro leguas de recorrido les llevarían hasta Mota de Altarejos, ya en la comarca de Alarcón y junto al río del mismo nombre, a través de un llano convertido en extenso valle dedicado a la agricultura pero con muchas zonas destinadas a la ganadería local, con lo que la comida del rebaño estaba garantizada durante el trayecto. El recorrido se hizo muy monótono, por terreno prácticamente sin arbolado y sin más interés que algunas formaciones geológicas de roca, como los Torrejones, dos grandes rocas calizas con aspecto de caras humanas enfrentadas, la Peña de los Moros o la casa de la Tortuga. A poco menos de una legua de la villa se encontraba el puente de Castellar. De origen romano formaba parte de la calzada que unía las antiguas ciudades de Valeria, localizada en Las Valeras, y Segóbriga, en Saelices. El ganado pudo cruzar el puente sin contratiempos y, lo más importante, sin pagar pontazgo alguno, cosa que llamó la atención de Antonio, pues era la primera vez que ocurría tal cosa. Llegaron a las afueras del pueblo a media tarde, cuando

Daniel ya casi tenía terminado el aprisco. En esta ocasión habían tenido que improvisar el refuerzo de las redes, pues la maleza y monte bajo escaseaba por la zona, pero compensaba la ubicación el abrigo de una pequeña sierra y el abrevadero cercano. No hubo mucha conversación aquella noche tras la cena, pues ya notaban cercano su destino, y otras tres jornadas les acercarían a tierras de Huélamo, donde los pastos arrendados esperaban al ganado.

La siguiente jornada les llevaría hasta Colliga, tras recorrer cuatro leguas y media. Tal como se habían venido desarrollando las jornadas anteriores, la abundancia de comida, el buen estado del firme que evitaba lesiones en los animales y la buena disposición de lugareños por donde pasaban, animaban al grupo aquella mañana. La población se situaba a dos leguas y media de la ciudad de Cuenca, y sus campos de cereal y en menor medida de viñedos se extendían durante todo el trayecto. De inmediato el grupo notó que allí no eran bien recibidos. Al contrario de lo sucedido anteriormente varios agricultores les increparon con malas palabras reprochándoles privilegios y ventajas, incluso trataron de espantar al rebaño en varias ocasiones, principalmente por temor a que los pastores metieran las ovejas en las zonas de siembra. Tanto Sebastián como Antonio trataron de conversar con aquellos vecinos, pero de ninguna manera permitieron el diálogo. Los pastores se vieron obligados a interesar de los perros más atención en las márgenes de la cañada, y aceleraron el paso con el fin de salir cuanto antes de aquella zona. Antonio, más conocedor del distrito, les comentaba cómo años antes era necesario un servicio nocturno de vigilancia armada de los rebaños, conocido como *esculca,* grupo de hombres dedicados a espiar y averiguar con diligencia y cuidado a los responsables de los conflictos entre agricultores y ganaderos. Estos grupos armados informaban más tarde a los alcaldes entregadores o a sus ayudantes de la extorsión, coacción y amenazas sufridas por los pastores mesteños, que en alguna ocasión llegó a afectar a su integridad física. No fue este el caso, pero sí resultó incómodo el trayecto hasta el descansadero. A las afueras del pueblo podían utilizarse como tales unas antiguas eras, bien las eras altas situadas en un cerro o las eras bajas en la parte opuesta del pueblo, en la zona más baja. Daniel se decidió por ocupar estas últimas, mejor situadas y orientadas a la salida del pueblo. Aquella noche doblaron las guardias, con lo que todos durmieron muy poco. No esperaban ningún altercado de consideración, pero seguro que algún agricultor más dolido con la presencia de los pastores podía intentar espantar el rebaño o robar algunas ovejas.

Partieron temprano, tras desayunar las acostumbradas migas. Ningún vecino acudió al lugar de descanso del rebaño, y pudieron partir con normalidad. Daniel y los zagales bajo su mando se apresuraron en recoger redes y estacas, aparejar bestias y cargar todo el equipo, en previsión de que los vecinos pudieran aprovechar la presencia de tan solo aquellos tres hombres para atacarlos. Afortunadamente no fue así, y pudieron partir con normalidad. Alcanzaron al grupo una hora más tarde. La nueva jornada los llevaría hasta Villalba de la Sierra, a casi seis leguas. Aquella jornada sería larga y agotadora para los animales, pues debían realizar el trayecto en un solo día. Descansarían un día allí en tanto se realizaban los preparativos de ocupación de los terrenos arrendados en Huélamo. En Villalba, Antonio tenía previsto llevar el ganado a un quinto conocido de otros años donde descansar y comer con tranquilidad. Los pastores también agradecerían relajarse y preparar todo para ubicarse definitivamente y pasar los próximos meses. Villalba se encontraba en la comarca del Campichuelo, a orillas del río Júcar.

Casi sin luz llegaron al descansadero que acogería aquella noche al rebaño, situado al sur en las afueras de Villalba, protegido por un talud natural donde Daniel y sus zagales construyeron el aprisco. La cena fue silenciosa, nadie quería hablar sobre la jornada anterior, aunque no habían sentido peligrar al ganado si creyeron que en algún momento aquellos agricultores podían perder los nervios y atacar a algún pastor. Daniel fue generoso con el vino pues la cercanía de su destino le permitía no pensar en racionar los alimentos y la bebida. Aquello destensó la lengua de los pastores y rápidamente se olvidaron de Colliga y sus vecinos. A pesar de ello, las guardias se doblaron a primera y última hora. Sebastián acompañaría a los pastores durante la primera guardia y Antonio se reservaba la última. A primera hora los perros llamaron la atención del grupo, que se dirigió rápidamente hasta el aprisco. Los mastines debían haber ahuyentado a los lobos pues no se observaba ninguna anomalía en el corral ni en los animales. Uno de los zagales dormitaba bajo la manta, posiblemente afectado por el vino de la noche y no se había enterado de nada. Antonio lo despertó bruscamente y lo conminó a hablar con él tras el desayuno. Sin duda se llevaría una buena reprimenda acompañada de alguna sanción económica.

Por la mañana, el grupo dirigió el rebaño hacia el quinto comprometido por Antonio, donde pastar todo el día, relajando la atención de los pastores. Después de recoger los bagajes del desayuno, Daniel y Sebastián se dirigieron a Villalba con el objeto de comprar ciertas cosas y visitar algunos lugares que Antonio les había recomendado. Este, por su parte, se dirigiría hasta las tierras arrendadas, a unas dos leguas de Huélamo para concretar la ocupación de la majada y de los pastos, visitando ambos lugares con el administrador del propietario. Daniel y Sebastián llegaron a la ciudad que se mostraba prácticamente vacía a esas horas. Pasearon por la plaza y visitaron la iglesia de Nuestra Señora de la Natividad, que oficiaba en ese momento. Acudieron al servicio y más tarde se acercaron hasta la posada, donde tomaron una copa de aguardiente y un dulce de manteca. Conversaron con el ventero que les aconsejó los mismos destinos que Antonio: el Ventano del Diablo, El Tablazo y la noria de los molinos. En la parte alta de Villalba se encontraba un mirador natural con un doble ventanal con vistas a la extraordinaria hoz del Júcar, conocido como el Ventano del Diablo. Cerca del río pudieron observar una zona de baño formada por una piscina natural con aguas cristalinas, bajo la mirada del pueblo al fondo, que los vecinos llamaban El Tablazo. Por último, tomaron el camino junto al río hasta topar con unas escaleras de peldaños de madera que subían hasta una antigua noria enorme y el caz que la alimenta. Esta obra de ingeniería aprovechaba la corriente del río Júcar para elevar el agua e ir moviendo otros molinos situados aguas abajo, sobre todo en la zona de El Tablazo, conocido como el molino de los Notario. El recorrido les había abierto el apetito, por lo que tomaron un bocado en la posada, con algo de vino por supuesto, y se encaminaron hacia donde pastaba el rebaño. Daniel preparó comida para todos con los tres conejos que había comprado en el pueblo, a los que acompañó con patatas. El resto del día pasó distendido y sin nada reseñable. Sebastián dio la tarde libre a los pastores y él y José se encargaron del rebaño.

Hacía tiempo que ambos no coincidían con tiempo suficiente y no habían hablado con tranquilidad. Pasearon junto al rebaño y José le fue contando cuáles eran sus intenciones cuando regresaran a Almodóvar del Campo. José no había firmado contrato con don Diego a finales del mes de junio, pues su permanencia iba ligada a la propia de Sebastián, al igual que la de Daniel y Amadeo. Desde que llegaron a tierras manchegas, José se había interesado por las muchas actividades que se desarrollaban en aquellas tierras, sin tener que acudir al pastoreo y al ganado en una u otra forma. Y especialmente había centrado su atención cuando le hablaban de las explotaciones mineras de la zona. José se encontraba muy interesado en ese asunto, hasta el punto de plantearse dejar el ganado y enrolarse como minero en alguna de aquellas excavaciones. Particularmente le había despertado curiosidad la futura explotación de la que todo el mundo hablada, la nueva mina del Horcajo, donde se esperaba explotar varios filones de plata. Sebastián también reconoció que aspiraba a contactar con otros negocios, pero el que más despertaba su atención era el transporte con las carretas. Estaba convencido de que había mucho trabajo para los carreteros, y al estar agrupados en sociedad sus intereses estaban bien protegidos. Pensaba en el transporte de leña, tanto a las minas como a los hornos y molinos, en el suministro de carbón a las ciudades, en el acarreo de lana a los lavaderos, a los pañeros, y en decenas de destinos más. Cierto que la inversión era importante, carreta y bueyes suponían el sueldo de varios años, pero podría buscar una solución y pensaba en plantear a don Diego el aprovechamiento de sus propias carretas, diversificando el trabajo que les daba en la actualidad. En esas conversaciones echaron la tarde y, cuando regresaron los pastores y zagales, ambos se dirigieron hasta el aprisco para conversar con Daniel.

A última hora del día siguiente regresó Antonio. Llegaba contento y traía buenas noticias del destino del grupo. La majada se encontraba en buen estado y tan solo serían necesarias pequeñas reparaciones. Por el contrario, chozos y apriscos no lo estaban tanto, por lo que deberían pasar algunos días reparando y construyendo algunos nuevos. No obstante, los quintos tenían buen prado, agua y sombra bajo encinas de buen tamaño, retamas y monte bajo con abundancia de jaras y romeros. Cenaron todos juntos, excepto los pastores de guardia, y les trasladó su intención de salir temprano hacía Huélamo, su destino final hasta finales del mes de agosto. Por la mañana, se reunió el rebaño y con todo listo se inició la marcha por una ancha cañada con comida suficiente para el ganado, sin tener que preocuparse en exceso de que se invadieran los campos lindantes. Llegaron a la nueva majada a media tarde. El ganado se recogió en el aprisco montado al efecto y todo el grupo se instaló provisionalmente en la majada, suficientemente grande para acoger a todos. Desde su salida desde Veredas habían trascurrido dieciocho días, y habían recorrido casi setenta leguas.

Huélamo estaba situada en el centro de la sierra de Cuenca, villa propiedad de los santiaguistas. Estos tomaban en arriendo de Cuenca las dehesas de Cañada Mostajo y Fuente el Pinillo, así como la dehesa Pared del Cuerno, donde se ubicaba el rebaño manchego, normalmente por periodos de nueve años con derecho de pasto y corta de leña, que después subarrendaban a ganaderos trashumantes. En aquellas dehesas pastaba ganado del propio comendador de la Orden de Santiago y del alcalde de la villa. Por la mañana Antonio y Sebastián dispondrían los hatos para repartir por la dehesa y los pastores responsables de cada uno de ellos. Daniel podría contar con la ayuda de un zagal para las tareas domésticas. Los demás debían construir apriscos en cada zona asignada, así como reparar o construir nuevos chozos. Los cuatro pastores se hicieron cargo de hatos de quinientas ovejas cada uno. José, como rabadán, se ocuparía de revisar todo y transmitir las órdenes de los mayorales.

Comenzaba la rutina del pastoreo y los días se hacían, en ocasiones, interminables, sin más actividad que la revisión del ganado, las curas ocasionales, y muchas conversaciones intrascendentes. Antonio traía de don Diego el encargo de viajar hasta sus propiedades en Landete, por lo que debía ausentarse varios días de la dehesa. Tenía suficiente confianza en Sebastián para viajar tranquilo. Tendría que cabalgar algo más de trece leguas, por lo que dispuso de la yegua a pesar del malestar que manifestaba Daniel. A la mañana siguiente, después de desayunar y con el encargo de traer algunas provisiones, salió de la majada. En su camino alcanzaría las villas de Valdemeca, Huerta del Marquesado, Campillos-Sierra y Cañete, donde terminaría la primera jornada. Allí hizo noche en la venta, donde conversó con los parroquianos de asuntos sin importancia. Una nueva jornada le llevó a través de Campillos-Paravientos, Fuentelespino de Moya y finalmente Landete, donde debía visitar los ganados de don Diego y preparar el informe que trasmitiría a su llegada a Almodóvar. Los rebaños del ganadero manchego se repartían por varios caseríos entre los que destacaba como pedanía algo mayor la villa de Manzaneruela, donde se agrupaba el grueso del rebaño, algo más de mil doscientas cabezas. El resto, otras mil ovejas, se repartían en los rentos o caseríos de Mijares, Manzano, Serval, Molino Nuevo o Fuentiaca. La agricultura que se daba en la zona era de tipo familiar, como complemento a la renta de las familias, con pequeños huertos y alguna parcela de cereal. El grueso de los vecinos malvivía con el pastoreo de rebaños de los propietarios de tierras en la zona.

IV
SEBASTIÁN CONOCE
A LA FAMILIA DE MARTINA

Septiembre llegó pronto, entre el rutinario devenir de pastores y ovejas, el agostadero se pasó en un verbo, excepción hecha de la paridera de junio, que se desarrolló con normalidad. La mayor parte del rebaño se había cubierto durante el mes de febrero pasado, y tras ciento cincuenta y dos días de gestación comenzaron a producirse partos en la serranía de Cuenca. Durante los meses de junio y julio debieron atender con especial atención la lactancia de los corderos, para destetar durante agosto, de tal manera que durante ese mes engordasen todo lo posible. Don Diego de Jijón tenía acordado con la tabla de Cuenca la venta de los corderos, cuyo importe abonarían a su administrador en Landete. Antonio y Sebastián llevaban orden de incorporar al rebaño a todas las corderas nacidas de aquella paridera. Cuando terminó esta, pudieron anotar en el libro un total de mil setenta corderos, de los que casi cuatrocientas cincuenta eran hembras. Todas ellas pasaron a engrosar el rebaño. Considerando que en aquel agostadero habían perdido, por diferentes motivos, ciento tres ovejas y un manso, el nuevo hato volvería a Almodóvar con algo más de dos mil seiscientas cabezas.

El regreso a tierras manchegas se aproximaba. Antonio dio orden de preparar el rebaño y revisar provisiones y equipamiento. Tenía previsto viajar hasta Huélamo a liquidar con el concejo el arriendo de aquel año. Dejaría firmado el correspondiente recibo de pago que haría efectivo el administrador de Landete. Le acompañaría Daniel para reponer lo más básico en alimentos y repuestos. Dos mulas y un zagal les acompañarían. Volvieron con los últimos rayos de sol y las mulas cargadas. Daniel preparó la cena y con el ganado reunido y protegido junto a la majada, pasaron la última noche en tierras conquenses con alegría y deseos de partir hacía sus casas.

Durante dieciocho jornadas deshicieron sus pasos: Villalba de la Sierra, con especial cuidado cruzaron Colliga sin incidentes, Mota de Altarejos, La Hinojosa, Rada de Haro, Las Pedroñeras, Socuellamos, Tomelloso, Argamasilla de Alba y Manzanares. A partir de aquí ya casi se sentían en casa. Desde allí se adelantó Antonio hasta Almodóvar para reunirse con don Diego y dar cuentas del viaje. Continuaron su marcha cruzando tierras de Moral de Calatrava, Granátula, Aldea del Rey, Argamasilla de Calatrava, Puertollano y, por fin, Brazatortas y Veredas. Desde allí de vuelta a La Ballestera y a reiniciar el ciclo pastoril de cada año. Daniel, que había abandonado el grupo en Puertollano, se encontró la majada en buen estado, limpia y con leña cortada junto al hogar de la cocina. Le recibió con alegría el viejo pastor Amadeo, que durante varios días había estado preparando todo lo relativo a la vuelta del grupo. El ganado entró en la dehesa y descansó aquella noche en el aprisco recién instalado junto a la majada. Por la mañana, Sebastián reorganizó de nuevo los hatos y asignó a cada uno el quinto correspondiente. Los pastores y zagales, tras descansar largamente aquella noche en las cuadras de la vivienda, se desplazaron hasta sus nuevos destinos, con deseos de establecerse y reanudar sus rutinas. En breve harían turnos para visitar a sus familias. Sebastián quería llegarse hasta Almodóvar aquella misma mañana, pero Daniel le impidió que lo hiciera sin tan siquiera asearse y estrenar una camisa que le había comprado en Huélamo. Más tranquilos pensaron que sería conveniente esperar el regreso de Antonio y que les contara las impresiones recibidas del ganadero.

José, ahora sin hato asignado, esperaba viajar con Sebastián y poder hablar con el administrador, pues no pensaba que el señor pudiera o quisiera recibirlo. En tanto, insistía una y otra vez en sus planes de estudio de la actividad minera del Valle. Se sorprendía de que Alcudia hubiera tenido en la minería uno de sus principales ejes de vertebración histórica. El recuerdo de torres de mampostería y amontonamiento de escombreras grises dispersadas por muchos lugares eran señales inequívocas de una intensa actividad minera: plomo y plata, cinc, cobre y antimonio, de la que daban fe aquellos vestigios mineros, en su mayor parte yacimientos filonianos de plomo y cinc. La demanda de metales durante el siglo XVI hizo progresar la explotación de los filones metálicos del Valle; la fabricación de armas de fuego y cañones amplió la demanda de cobre y estaño para obtener el bronce necesario para producir las piezas de artillería; plomo para las municiones mezclado con hierro y arsénico; plomo para las techumbres de las nuevas construcciones regias, El Escorial, Aranjuez o el Palacio de Carlos V en Granada; el vidriado de la cerámica y otras demandas menores, el *peltre*, combinación de estaño y plomo para la fabricación de vajillas, plomo para los cascos de los barcos, pigmentos para pinturas, pesas para telares y un sinfín de nuevos fabricados que revolucionaron el mercado de la industria minera, al tiempo que demandaba gran cantidad de mano de obra para el arranque de minerales o para los procesos metalúrgicos.

José había interrogado a muchos mineros de la zona durante las productivas charlas de pastor, de cuya investigación fue elaborando un informe mental sobre la actividad minera del Valle. Había detectado las explotaciones del siglo anterior, generalmente las de pequeño tamaño, ocupadas en relavar y refundir las escorias procedentes de época romana, y otras que contaban con mayores avances técnicos; La Jarosa en Cabezarrubias del Puerto, la dehesa de Villagutiérrez en Abenójar, El Viejo en Villamayor de Calatrava y algunos yacimientos en la zona de Mestanza. Las pequeñas explotaciones eran casi todas familiares bajo el tradicional *sistema de partido*, o sea, una parte de producción de mineral para cada participante. En la misma bocamina se situaba la zona de lavadero y horno, así como un pequeño corral donde guardar las herramientas de trabajo. Las familias alternaban este trabajo con las tareas agrícolas habituales.

Como siempre que existía oportunidad de negocio aparecían los inversores sin escrúpulos. En aquel caso florecieron las grandes familias de Almodóvar, como los Dávila, que arrendaban a la Corona las explotaciones mineras del Valle de Alcudia y La Serena pagando una quinta parte de la producción de plomo y plata. Juan Dávila, ya converso y establecido en Toledo, fue el máximo representante de una familia judía encumbrada desde la Baja Edad Media en las finanzas de la villa almodoveña y en el manejo de las rentas generadas por las ferias y el mercado local. Familia que sufrió el incansable acoso de la Inquisición, por el que varios miembros fueron encausados por el Santo Oficio, quemados unos, reconciliados otros, pero inhabilitados la mayoría para ejercer cargos municipales.

Era consciente José de que la actividad minera había producido frecuentes enfrentamientos con los ganaderos de la zona. Las explotaciones suponían un peligro para el ganado, pozos abiertos, escorias y escombreras que afectaban a los pastos y a la tranquilidad de los animales en las dehesas. Obviando las demandas de los ganaderos porque se regularan las explotaciones mineras de la zona, la Corona, debido al endeudamiento de las arcas reales, optó por arrendar las minas de estos territorios, incluidas las de azogue de Almadén, a la familia alemana Fugger. Una consecuencia inmediata fue la reactivación de la minería, aumentando el número de explotaciones: Puertollano, Almadenejos, El Robledo, mina Diógenes, en las que se aplicó nueva tecnología extranjera que acabó desplazando las viejas técnicas de extracción. La zona de Alcudia se repobló con gentes llegadas del sur de Extremadura, sobre todo de Castuera y Hornachos. Aquel avance productivo se vio frenado por una subida de precios, que aumentó el coste del proceso de producción, unido a la llegada de metal del Nuevo Mundo que ocasionó una bajada en el precio de la plata, provocó el cierre inmediato de las grandes explotaciones por falta de beneficios: Tirteafuera, Abenójar o Mestanza. En los últimos años del siglo XVI y el primer cuarto del XVII la minería se encontraba un tanto diluida, excepción hecha de las explotaciones de azogue de Almadén que, por el contrario, se encontraban en un crecimiento proporcional a las explotaciones de oro y plata del sur americano.

La llegada de Antonio a la majada sacó de su abstracción a Sebastián que trataba de aguantar estoicamente la agobiante descarga de José, que ya había agotado a Daniel y retirado a la cama al zagal que los acompañaba. Antonio se sentó a cenar y compartió vino con ambos. Después les informó de la reunión mantenida con don Diego, y de la buena recepción de este al trabajo del grupo en aquel primer agostadero. Don Diego recibiría a Sebastián para intercambiar con él algunas nuevas ideas de aprovechamiento de la dehesa y la posibilidad de aumentar el número de cabezas de pasto, posiblemente recompradas a ganaderos serranos. En Toledo había iniciado conversaciones con varios posesioneros para que le gestionaran la compra. Con respecto a la recepción de José, Antonio era partidario de que fuera Sebastián quien propusiera la comparecencia de este ante el ganadero, pues entendía que el administrador mostraría escaso interés en las propuestas de José.

Don Diego había puesto en conocimiento de Antonio para su traslado al resto de su personal el resultado de la campaña anual de caza y exterminio de alimañas durante el invierno, pues resultaba la estación más adecuada para ello. El lobo aparecía como el principal enemigo del ganado lanar y cabrío, era muy abundante en el Valle y se repartía además por la dehesa de Casas de Ribera y el valle de Minguillán, así como en toda la sierra entre Almodóvar y Puertollano. Los gastos ocasionados por estas cacerías se liquidaban mediante reparto entre los ganaderos locales y trashumantes, aunque también participaban de los gastos las aldeas y núcleos poblacionales de Alcudia. Generalmente los ganaderos locales de la villa de Almodóvar soportaban alrededor de un tercio de aquel repartimiento y las aldeas, caseríos y habitantes del campo contribuían con otra décima parte. El resto se hacía efectivo por los ganaderos forasteros, incluida la Mesa Maestral de Calatrava. Con aquel criterio, en los últimos años se había dado caza a más de cuatrocientos lobos y lobeznos y casi doscientos zorros, a los que se debía añadir los aniquilados en los términos de Mestanza, Puertollano, Fuencaliente y Almadén. Los cazadores registrados recibían cuarenta y cuatro reales por cada cabeza de lobo o camada de tres o más lobeznos, y seis reales por cabeza o camadas de zorros. Era condición indispensable para el cobro del dinero ofrecido la presentación del animal para cortarle las orejas, y los recibos por pieza muerta debían ir firmados por el alcalde mayor y uno de los regidores nombrados para la distribución de los gastos.

No había amanecido aún cuando Sebastián ya ensillaba la yegua y sin desayunar ni esperar a dar la noticia a Daniel se dirigió hacia Almodóvar pensando más en Martina que en don Diego. Sin pasar siquiera por la plaza enfiló la calle Corredera y bajó hasta la casa. Amarró la yegua a la fachada, llamó a la puerta y, como de costumbre, le abrió el viejo criado, que lo recibió con una sonrisa. Le hizo pasar directamente a la cocina donde María y Martina se encontraban pelando varias gallinas. En tanto, un zagal condujo a la yegua a la cuadra donde pudo comer y beber. Don Diego había salido a visitar al alcalde mayor y discutir algunos asuntos pendientes. Había emplazado a Sebastián a última hora de la mañana para despachar con él. Martina abrió sus grandes ojos con sorpresa pues, aunque esperaba la visita de Sebastián en cualquier momento, sí que se alteró al escuchar su voz por el pasillo de la casa. Ambos jóvenes se abrazaron con fuerza, con la sonrisa de los que no se han visto durante un largo período. Un largo beso acabó separando a la pareja y Sebastián se dirigió a María entregándole un regalo que Daniel había traído de tierras conquenses, un paño de tela azul que aquel había comprado en uno de sus viajes a Huélamo.

Tras los saludos, Martina y Sebastián salieron de la cocina al patio exterior de la casa. Las palabras se agolpaban en sus gargantas tratando de contar en un instante lo ocurrido durante aquellos meses. Cuánto se habían echado de menos, cuántas veces habían soñado con aquel momento y cuántas habían imaginado su futuro. En ese instante ninguno de los dos estaba dispuesto a volver a separarse bajo ninguna circunstancia. Martina le contó que varias veces había hablado con su madre, en visitas que su familia hacía desde Navacerrada, de su relación con el mayoral, y que aquella no había respondido de mal grado. No le había pedido que le trasmitiera la situación a su padre, pues quería que fuera el propio Sebastián el que lo hiciera en primera persona. Sebastián se comprometió a viajar hasta Navacerrada para entrevistarse con su padre y trasmitirle su deseo de matrimonio. Ambos estaban de acuerdo en que debían hacerlo antes de que se produjera el próximo agostadero.

Don Diego llegó a lomos de un hermoso potro alazán con capa rojiza-canela, de crines y cola rubias, y una alzada que superaba una vara y media, con una hermosa silla de cuero negro y herrajes brillantes, bocado y doble rienda a la portuguesa. Un maravilloso ejemplar que el viejo criado sujetó en tanto don Diego descabalgaba. Potro y jinete se dirigieron en sentidos opuestos. Uno hacia la cuadra más cercana donde descansar y comer, el otro hacía su dormitorio para quitarse las botas y asearse. No tardó demasiado en bajar de nuevo a la sala central de la planta baja y llamó la atención de Sebastián, que esperaba de pie en el zaguán de la casa. Lo esperó hasta que llegó a su altura y lo invitó a pasar al despacho y tomar asiento. Don Diego se sirvió una copa de jerez y ofreció otra a Sebastián, que agradeció negando con la cabeza. Don Diego se sentó despacio tras el sobre de su mesa donde se agolpaba una engrosada cartera de piel que contenía la documentación del rebaño entregada por Antonio. El ganadero se mostró muy satisfecho con el agostadero de aquel año, con la venta de añinos y el resultado económico obtenido, con las corderas incorporadas al rebaño y, en general, con todo el grupo de pastores, zagales y mayorales, que habían demostrado una profesionalidad digna de una gratificación económica, que haría efectiva a través del administrador en los próximos días.

Sebastián agradeció el gesto en nombre de sus compañeros y pasó a detallarle sus pretensiones. Solicitó en primer lugar permiso para cortejar a Martina, habida cuenta de que la chica trabajaba para la casa y debía contar con el beneplácito del señor. El ganadero se alegró por los jóvenes pensando que hacían buena pareja y que aquella relación le permitiría conservar a ambos dentro de su plantilla. Le autorizó a visitar a Martina algunos días fuera de su jornada de trabajo, por lo que podría acompañar a esta y a su sobrina a misa y permanecer después en la casa hasta la hora de la comida. Sebastián le agradeció de nuevo su comportamiento para con ellos, pero tenía algo más que comunicarle. Accedió don Diego a la exposición y Sebastián le explicó sus pretensiones futuras. Con la llegada de Antonio al grupo, y su intención de quedarse a las órdenes del ganadero para alejarse de la vida en Toledo, él no tenía cabida en el grupo a no ser que don Diego tuviera en mente comprar más ganado. Hasta que ese hecho se produjese le proponía hacerse cargo de las cuatro carretas que descansaban en la finca colindante, que tan solo se ocupaban en las tareas puntuales del transporte de lana a los lavaderos de Daimiel, en el acarreo de leña para la casa o mieses y grano tras la siega y las eras.

Bueyes y mulas holgaban en las dehesas bajo la atención de boyero y mulero. Él podría estudiar una proposición para ocupar las carretas en el transporte de leña a las minas del Valle y del carbón producido en las dehesas hasta Ciudad Real o Almagro. Don Diego no descartó la propuesta inicialmente, y le indicó a Sebastián que madurara la idea y volviera a exponérsela cuando la tuviera totalmente analizada. Sería una solución para mantenerle en la plantilla hasta ver cómo se desarrollaba la compra de cabezas de pasto iniciada.

Sebastián le comentó su interés en que el viejo pastor Amadeo quedase a su cuidado, pues su edad ya le iba pasando factura para algunos trabajos. Amadeo se ocuparía de la majada, ayudando a Daniel y liberando al zagal para otras labores más propias, y podría hacerse cargo de una veintena de ovejas churras para producción de leche y queso de la casa y de su personal, ocupando los cercados construidos para la esquila. Don Diego se levantó de la mesa dando por terminada la reunión, emplazando para la próxima la solución a la propuesta de Amadeo, aunque sí le adelantó que lo trasladase a la majada e incorporase el hato bajo su cuidado al rebaño de los pastores nuevos. Sebastián no sabía cómo pedirle que autorizara a José para que fuera recibido en la próxima ocasión. Don Diego percibió que algo quedaba en la mente del mayoral y le preguntó que quedaba por aclarar. Aprovechó Sebastián para hablarle de José y de su interés en participarle de su trabajo de investigación minera. Don Diego le autorizó a que viniesen juntos, pues le parecía interesante lo que José podía aportar a las inversiones que había hecho con su socio sevillano.

Sebastián pasó por la cocina antes de marcharse y le contó a Martina las buenas noticias. Ambos compartieron la alegría que suponía que el dueño permitiera su relación, lo que facilitaría muchísimo la autorización de su familia. En ese instante, Sebastián recordó que no había escrito a sus padres desde que iniciaron el viaje a la serranía de Cuenca. También le contó que su idea de utilizar las carretas no había desmerecido al ganadero y le conminaba a presentar una propuesta completa con todos los detalles al respecto. Sebastián, loco de contento, besó a las dos mujeres y se despidió galantemente. Salió de la casa, desató a la yegua que esperaba en la portada del patio y se dirigió Corredera abajo hacía la majada de La Ballestera. En su cabeza se agolpaban al unísono las ideas y los besos de Martina. Deseaba contar las nuevas noticias, y el comportamiento de don Diego para con ellos, la gratificación, la autorización del cortejo, el reconocimiento del trabajo de Amadeo y el merecido descanso en su vejez, la incorporación de Antonio al grupo, la apertura hacia nuevos negocios y aunque era consciente de que don Diego pretendía obtener beneficios de todo aquello, permitiendo que también otros se beneficiaran del trabajo.

Don Diego regresó al despacho y se sentó de nuevo a la mesa. Después de hablar con Sebastián y observar cómo el joven abría nuevas oportunidades de negocio sacó de uno de los cajones una carpeta de cartón amarillento que contenía varios documentos. Entre ellos, el contrato de colaboración con un agente sevillano para participar de las explotaciones mineras que se habían reactivado en los últimos meses. La familia Fugger se había retirado de la zona no hacía mucho tiempo, y con su marcha y la noticia de la futura apertura del Horcajo se había despertado el interés dormido por las excavaciones, y se hablaba de reactivar antiguas explotaciones como las del Viejo o Diógenes con nueva maquinaria y técnicas extranjeras. El registro de concesiones en el Horcajo animó la vena inversionista de muchos vecinos almodovareños. Despertó en don Diego el interés por lo que aquel joven pastor podría aportar al negocio minero. Sin levantarse llamó a Damián que se encontraba en su pequeño despacho del que no había salido desde primera hora de la mañana. Damián se sorprendió del interés de despachar de don Diego justo a la hora de la comida. Debía ser algo de gran importancia. Se sentó frente a la mesa y espero indicaciones. Don Diego le ordenó que convocara una reunión en Almagro con el único representante de los banqueros alemanes que aún quedaba por la zona, con intención de conocer de primera mano las previsiones de los banqueros y animarlos a incorporarse a las prospecciones que podrían iniciarse en la zona.

La reunión tuvo lugar una semana más tarde, en las dependencias del almacén de mercurio que la familia Fugger había construido en el siglo XVI. Los primeros asientos de los banqueros con la Corona española fueron hacia 1525 y se repitieron durante varios lustros. Se mantuvieron alejados del azogue de Almadén y de las rentas de los maestrazgos desde 1550 hasta 1563, reiniciándose en ese año nuevos asientos hasta 1645, fecha en la que la explotación de las minas de Almadén pasó a manos de la Real Hacienda, finalizando con ello el sistema de arriendos. El representante de uno de los sobrinos de Jacobo Fúcar permanecía en Almagro gestionando los intereses de la familia todavía sin cerrar, al margen de mantener otros negocios relacionados con la minería argentífera. Tiempo atrás había residido en Almagro el propio factor y sus empleados.

En Madrid, la casa de los Fúcares estaba localizada en la zona de los Austrias, en el antiguo barrio de las Musas, desde donde la familia centralizaba todos sus negocios en España y Portugal, incluso algunos en el norte de África. La residencia de Almagro se ubicaba en una palaciega casa del siglo XVI levantada por el factor Juan de Juren en 1539, ligada a la construcción de la iglesia de San Blas, también bajo su patronato. La casa almacén se ocupaba para administrar y almacenar el mercurio y el grano de las rentas de los maestrazgos. Don Diego pudo observar su impactante fachada de ladrillo, tapial y mampostería a la usanza toledana. Una vez en su interior, aquel edificio se organizaba en torno a un patio central de estilo renacentista y dos galerías de arcos de ladrillo sobre columnas de piedra caliza. Llamó la atención del ganadero la arquitectura del edificio, en la primera planta arcos de medio punto sostenidos por columnas, en la planta superior arcos carpaneles de tres puntos. En una de las esquinas del patio se ubicaba un pozo. Tanto el zaguán como la escalera de accso a las plantas superiores impresionaron a don Diego, decorados con yeserías renacentistas influenciadas sin duda por el palacio de marqués de Santa Cruz situado en el cercano Viso del Marqués.

Acompañaba a don Diego su administrador, Damián. En la portentosa entrada les aguardaba un sirviente que los acompañó hasta la planta primera donde los esperaba, en un enorme despacho, el representante de los alemanes. Se presentó como Justo Aparicio, abogado madrileño que velaba por los intereses de la familia Fugger en el Campo de Calatrava. Los pocos negocios que quedaban en la Mancha se reducían a unos contratos de distribución de solimán, algunas rentas de la Clavería y varias dehesas en el Valle de Alcudia. Don Diego le puso en antecedentes de sus pretensiones al hilo del registro de las concesiones del Horcajo. Don Justo le hizo saber que las acciones mineras de la familia se limitaban a actuar sobre antiguos escoriales donde realizar procesos metalúrgicos para la obtención de la plata no beneficiada anteriormente. Con este sistema eliminaban el impuesto que la Corona reclamaba de las minas según el criterio de una Pragmática de Felipe II publicada en 1563, por la que se disponían las tasas de retención a los propietarios de las minas del Valle, que iban desde una quinceava parte las de menor rendimiento, hasta la mitad de aquella si su rendimiento superaba los seis marcos de plata por quintal de galena argentífera tratado; una octava parte para los pozos de galena; una quinta parte de los terreros, una veinteava parte de los escoriales y de los filones de cobre y una décima parte de la plata obtenida en las dehesas privadas, pagadero coincidiendo con las festividades de San Juan y Navidad. Para evitar fraudes, no podía negociarse el mineral hasta no ser marcado con el sello real y fiscalizado por los funcionarios de Hacienda. Se había creado al efecto un Registro General de Explotaciones, y a su amparo se nombró un administrador de Partido y un administrador general de Minas. No obstante, la lucha entre mineros y la Hacienda Real fue continua, unos por eximirse de pagar impuestos y los otros por perseguir a los defraudadores.

La familia Fugger había contado tiempo atrás con autorización de la Corona para explorar nuevas minas por todo el territorio real, hasta sin licencia de sus dueños, aunque debían indemnizar a los propietarios perjudicados por la instalación de fábricas, escoriales y derechos de paso, comprando el terreno de acuerdo a la tasación de dos peritos designados por el administrador de Partido. Las autorizaciones obtenidas por los alemanes permitían acotar un terreno de ciento sesenta varas de largo y ochenta de ancho, superficie conocida más tarde como *cuadra* o *pertenencia*. Aquellas autorizaciones de prospección no permitían la propiedad de los filones, sino la denuncia o solicitud de concesión y el correspondiente usufructo privado de aquellos. Una vez obtenida la concesión, para mantenerla era necesario, durante el primer trimestre, ahondar al menos tres estados, unas seis varas, dar trabajo a un mínimo de cuatro mineros y no paralizar las excavaciones durante más de cuatro meses seguidos. Incumplir alguno de estos parámetros suponía la pérdida de la concesión. De esta forma, la familia Fugger había mantenido alrededor de veinte explotaciones de plata por todo el sudoeste del Campo de Calatrava; mina el Viejo en el valle de Quiles, muy rica en plata; mina de Albertos y Balthasar, Jerónimo y Beteta, y las de Beirias y Cerrejos de Rejalgar, en la dehesa de Villagutiérrez, y varias otras repartidas por todo el valle; Jarosa y el Garbanzal en el término de Brazatortas; Mina Encarnación, la Perrera y Tres Ventas en término de Almodóvar del Campo; Mina Diógenes en Solana del Pino y Mina Victoria Eugenia en Mestanza,

Mantenían igualmente el negocio de alcohol; sulfuro de plomo, útil para vidriar objetos de barro, que se solía comprar a bocamina y distribuir por todo el país. La familia alemana no había obtenido concesión ni denunciado explotación alguna desde el año 1600. Desde entonces tan solo se habían otorgado nueve permisos para beneficiar nuevas minas. Con tales permisos se reanudaron los trabajos de la mina Albertos, en la dehesa de Villagutiérrez de Abenójar, o el pozo Jerónimo que explotaba un nuevo filón de plata bautizado como los Testeroles. Algunas minas se mantenían abiertas en el valle de Santa María, entre las dehesas de Checa y de las Barcas, una de plomo y plata y otra de plomo y cobre. Ahora el interés por las excavaciones y prospecciones mineras se había despertado tras la denuncia de una mina, localizada en el paraje conocido como *Orcaxo* situado en un bosque casi impenetrable cruzado por un mal camino de herradura cercano al Camino Real de Madrid a Sevilla con el nombre de Mina Nuestra Señora de los Reyes, por el capitán Roque Galindo y Pedro Orozco. Concretamente una mina argentífera emplazada entre la venta del Molinillo y la venta de Cortés, donde se ubicaba un molino conocido como de la Huerta y Casillas Altas y Bajas. Habían identificado una vieja escombrera donde apareció mineral de plata. Amojonaron sobre una hiniesta junto a un alcornoque, recogieron algunas piedras de las arrancadas y denunciaron en propiedad el yacimiento.

Con estos antecedentes, don Diego sabía que los alemanes no estarían dispuestos a compartir sus concesiones y denuncias, pero podían alinearse para inspeccionar en las cercanías del Horcajo. La obtención de licencias para la prospección venía de la mano de los factores autorizados por el Consejo de Hacienda y solo se regulaba por una antigua Real Cédula que prohibía excavar pozo alguno a menos de setenta pasos de donde ya hubiera otro registrado. En ese sentido, ambos negociadores convinieron en invertir junto al socio sevillano de don Diego en la realización de prospecciones en la zona del Horcajo durante un plazo máximo de un año, y después tomar iniciativas al respecto. Junto a esta iniciativa de prospecciones comenzarían otra más agresiva tratando de monopolizar la explotación minera del Valle con un carácter meramente especulativo, denunciando todos los posibles vestigios de mineral que pudiesen dar lugar a explotaciones, ya fueran de galena o de galena argentífera, con la intención principal de eliminar cualquier competencia. Campaña que en la mente de don Diego ya se orquestaba sarcásticamente como «Nuevo Perú», «La que no vieron» o «La que más estorba». Instaron a sus respectivos administradores a redactar el correspondiente contrato y se emplazaron a un mes vista para firmar el compromiso y ultimar detalles para iniciar la campaña de prospecciones.

En La Ballestera, Sebastián se preparaba para visitar a la familia de Martina. Debía pasar por la casa de Almodóvar, por lo que aprovechó para llevar algunos quesos que Daniel había preparado. Quería autorización de don Diego para utilizar una antigua tartana adaptada para enganche limonera que dormitaba en el patio interior y desplazarse hasta Navacerrada en compañía de Martina. Fue recibido por Damián, el administrador, quien le informó de que el señor se hallaba de viaje en Toledo, pero le autorizó para utilizar el transporte. Sebastián, después de abrazar y besar a Martina, de saludar a la cocinera y entregarle los quesos, salió hacia el patio. Era una bonita tartana de principios de siglo, con cubierta de loneta oscura algo descolorida. Se dirigió hacía el almacén de las cuadras y pudo ver dónde se guardaban los arreos del vehículo. Pretendía utilizar la yegua de Daniel y no sabía si el animal reaccionaría bien al tiro y al enganche. Colgado de la pared pudo ver el atalaje en limonera para la tartana, fabricado en cuero, de costuras hundidas y acolchado con lona, con hebillas de acero, pechopetral, cinchuelo, barriguera, portavaras y baticola: lo completaba una cabezada y unas riendas también en cuero.

La yegua no puso problemas en aceptar la guarnición. Sebastián colocó en primer lugar el sillín justo detrás de la cruz del animal y lo abrochó por debajo de la barriga en la primera de las hebillas. Sobre esta pasó el látigo del portavaras. Dispuso después el pechopetral pasándolo por la cabeza de la yegua, colocando los tiros sobre el engallador, y deslizando el gamarre interior por debajo del pecho del animal hasta la parte baja del sillín. También ajustó la baticola a la cola de la yegua y al sillín. A continuación, colocó la retranca sujetándola a la baticola, y por último la cabezada ajustando el bocado y el bridón, así como las riendas pasándolas por las hebillas del sillín, pechopetral y engancharlas finalmente al bocado, con cuidado de colocar la más larga en el lado derecho. La yegua sí se mostró reacia a encajarse entre las varas, pero la voz de Sebastián y un poco de esfuerzo condujeron al animal a su posición y tras unos minutos el equino se tranquilizó y Sebastián pudo recorrer con normalidad el patio en varias direcciones.

Sacó el carro por el portalón del patio a la calle y entregó las riendas a un zagal de la casa. Entró de nuevo por el patio y desde allí hasta la cocina donde Martina lo esperaba con varias cestas donde había colocado algunos víveres y regalos para su familia. Se encontraba inquieta y nerviosa mientras María trataba de calmarla y recordarle que durante el trayecto tendría tiempo de madurar las palabras que se agolpaban en su mente y en su boca. Sebastián parecía más tranquilo. Cargó las cestas en el carro y esperó fuera a que saliera Martina. Agradeció a Damián el uso del carruaje y ayudó a Martina a subir al mismo. Con las riendas en la mano, avanzó por la calle Corredera para tranquilizar y dar confianza al animal antes de subir él también. Tardarían alrededor de cuatro horas en llegar; dos leguas hasta Tirteafuera, y tres más hasta la finca de Navacerrada. Durante un largo tiempo se mantuvieron en silencio. Después repasaron ilusionados las noticias que pretendían dar a la familia. Estimaban buena fecha para la boda cuando terminaran las tareas del esquileo, a final de la primavera de aquel año. Lo harían en la iglesia de Nuestra Señora de la Asunción de Almodóvar del Campo. Como Sebastián aún no había ultimado con don Diego su propuesta sobre hacerse cargo de las carretas y dejar el ganado en manos de Antonio, no podían determinar si Martina seguiría sirviendo en la casa o, por el contrario, ambos deberían establecerse de manera independiente. El deseo de ambos era seguir perteneciendo como empleados a la casa del ganadero.

Llegaron a Navacerrada alrededor de la una del mediodía, y rodeando la población se alejaron como media legua hasta la dehesa donde faenaba la familia; los padres y dos hermanos de Martina junto a algunos vecinos y jornaleros contratados para la temporada del carboneo. La familia Osoro, de clara ascendencia cántabra, estaba formada por Manuel y Adriana, sus padres, y sus hermanos Servando y Luis, el más pequeño. Eran originarios de Fresnedo de Soba, un pueblecito situado en la comarca cántabra de Villaverde, Soba y Ruesga. En esa zona se formaban cuadrillas temporeras de hombres para quedarse con suertes de carbón en montes muy alejados de su lugar de procedencia, generalmente en Campoo y Cabuérniga, en los montes de Saja, una de las mayores conjunciones de masas boscosas continuas de toda la cordillera cantábrica. Montes cubiertos de haya y roble común, rebollo y albar, con presencia de hayas en altitudes medianas, completados con acebos y abedules a partir de esas cotas.

En el año 1638 Manuel y Adriana, recién casados, se encontraban analizando su desplazamiento hasta la ciudad de Cuenca, atraídos por las cortas de bosques que anunciaban las nuevas Ordenanzas Navales y de Galeras, que maduraban la ampliación de la Marina española. En ellas se ordenaba reconocer los montes conquenses, ya fueran dehesas y cotos reales, debiendo informar del número de árboles que tuvieran en pie, robles, encinas, carrascas, alcornoques, álamos, chopos y fresnos, alisos, nogales, hayas, castaños y pinos. Con aquellos datos se pretendía ordenar la construcción de gran cantidad de naves. Al hilo de aquella información tuvieron conocimiento de las cortas que se estaban realizando en el Valle de Alcudia, para suministro de madera para la entibación de minas y combustibles para hornos metalúrgicos, mayormente. La ilusión de prosperar de la pareja les llevó hasta Ciudad Real, donde una comunidad cántabra dedicada al carboneo les dio la bienvenida y los acogió momentáneamente hasta que se ubicaran. Aconsejados por el grupo decidieron instalarse en Navacerrada, donde se estaban adjudicando montes para adehesar tierras para pastos. Atraídos por la promesa de un futuro mejor, hasta el Valle llegaron gentes ajenas que formaron el patrimonio humano del carbón: gentes de Agudo, Saceruela, Belalcázar, Hinojosa del Duque, Peñalsordo o San Benito…, y de otras regiones, de Valencia y Alicante, de los pueblos de Aljemesí, de Tabernes, de Alcoy, Cocentaina y Jijona. De Toledo, Urda y Sonseca, incluso desde Portugal. Gentes apreciadas por sus convecinos, aunque sucios y ventureros producto de su continuo contacto con el monte que, de alguna manera, convertía a quien lo practicaba como oficio principal en *montiscos*, *maturrangos* o *matiegos*.

Algunos ahorros les permitieron adquirir una vivienda suficiente para ellos y su previsión de crecimiento; su hijo mayor, Servando, nació en 1641, Luis nacería en 1644 y finalmente Martina vio la luz en 1647. La familia se dedicó desde el principio a la obtención de carbón para vender en las poblaciones cercanas. Principalmente contrataban en aquellas dehesas que pretendían eliminar zonas boscosas para aumentar la superficie de pastos. En muchas poblaciones manchegas, los carboneros se organizaban en cuadrillas que se hacían con las subastas de montes para obtener el carbón. En unos años se produciría un esquilmo de aquellos montes motivado en parte por las cuadrillas de carboneros, por la corta indiscriminada de leña de los vecinos para el consumo propio, y por los ganaderos estantes en su afán por ampliar sus prados. La producción de carbón era demandada generalmente para el uso doméstico de las viviendas, pero en esas fechas se produjo un aumento del consumo de carbón en las ferrerías, con hornos capaces de una verdadera fundición del hierro, y en las fraguas locales. La fabricación de armas demandaba combustible para sus hornos. Toledo iba anunciando su progresiva entrada en el mercado armamentístico, cañones y espadas para caballería, dragones e infantería, y pronto demandaría carbón de las provincias limítrofes.

La vida del carbonero era dura y expuesta. El carboneo era una dedicación temprana, desde que el niño tenía fuerzas salía a los montes; así Servando y Luis se habían incorporado al trabajo apenas podían mover una *sera*. El aprendizaje era de enseñanza familiar, ello explica la presencia de auténticas sagas de carboneros. Las mujeres se encargaban de hacer y llevar ropas y comida a las chozas, aunque a veces participaban más directamente en el carboneo familiar, ocupándose de labores de apoyo al carbonero en el monte, acopio de leña, la vigilancia a turno de la hoya, o el acarreo del carbón. El carbonero vestía ropas viejas y calzaba generalmente albarcas de madera. Habitualmente se alimentaba de patatas y legumbres, con poco pan y menos carne, utilizando un puchero de barro, un plato, alguna cuchara y un botijo para el agua.

Cuando Martina y Sebastián llegaron a la zona habilitada para la permanencia del grupo de carboneros, estos se disponían a preparar para comer. Un guiso de mucho arroz y escaso pollo esperaba en la lumbre la presencia de los comensales. Martina divisó desde lejos a su madre. Adriana pudo ver la tartana acercándose y gritando nerviosamente llamaba a su marido y a sus hijos. Todos se acercaron al recinto al tiempo que Sebastián paraba la yegua y Martina saltaba del estribo al suelo. La familia se pronunció en besos y abrazos, alguna lágrima contenida y sobre todo alegría a raudales. Sebastián bajó del carro y amarró momentáneamente al animal a una retama cercana. Manuel se acercó a él y le dio un fuerte apretón de manos. Martina salió al paso e hizo las presentaciones. Sus hermanos saludaron recelosamente a Sebastián, mientras

Adriana lo abrazaba y besaba efusivamente. Manuel le comentó que liberase de las varas a la yegua, pero sin quitarle los arreos, pues en cuanto comieran marcharían al pueblo donde podría meter al animal en la cuadra y darle comida y agua. Adriana no dejaba de ir de un lado a otro comentando a sus vecinos la llegada de su hija desde Almodóvar. La acompañaba su joven prometido, un mayoral al mando del ganado de don Diego Jijón Pacheco. Una vez se acabaron los saludos, Adriana apartó el guiso del fuego y dispuso la sartén sobre un poyo a modo de mesa, donde el grupo pudo comer acompañados por el vino que Sebastián había traído y que fue bien recibido por todos.

Sebastián sufrió un verdadero interrogatorio. Unos y otros preguntaban por su procedencia, cómo era su trabajo en casa del ganadero, qué proyección de futuro habían pensado, cómo se habían conocido, para cuándo sería la boda y un sinfín de preguntas a las que Sebastián contestaba sin comprometer ninguna respuesta. En una ocasión se acercó a Manuel y le manifestó su interés por hablar con él sobre el proceso de producción del carbón y especialmente el de su transporte y almacenamiento. Manuel se comprometió a explicarle todos los detalles que quisiera una vez que estuvieran en la casa de Navacerrada. El vino avivó el acercamiento de los hermanos de Martina, que ahora se mostraban amistosos y con gran curiosidad. Tras la comida, Martina ofreció unos dulces que había hecho María y que había traído desde Almodóvar, que los comensales disfrutaron con agradecimiento.

No tardó mucho el grupo en regresar a Navacerrada, donde tras dejar a los animales en la cuadra y la carreta protegida en el patio interior, se reunieron en torno a la chimenea de la cocina donde una hoguera recién encendida alegraba la estancia. Continuó la conversación sobre los temas comentados durante la mañana, especialmente sobre las perspectivas matrimoniales de la pareja. Sebastián formalizó su petición a Manuel en tanto Martina y su madre se adentraban en la vivienda para habilitar las habitaciones. Los hermanos de Martina le dejarían esa noche su habitación, y ellos dos y Sebastián ocuparían el pajar de las bestias. La fecha de la boda quedaba condicionada a la conversación del mayoral con don Diego respecto de su ofrecimiento de apertura del negocio de las carretas. En ese sentido, si la oferta era aceptada por el ganadero, Sebastián y Martina podrían permanecer al servicio de la casa y podrían ocupar un dormitorio de la vivienda principal o trasladarse a alguna de las casas que el ganadero tenía en Almodóvar. A la hora de la cena, todos se encontraban más tranquilos y la conversación se derivaba a las tareas de unos y otros. Adriana había mostrado su alegría con el rumbo que tomaba la vida de su hija, confiando en que Sebastián fuera el buen hombre que aparentaba ser. Manuel se mostraba serio, pero en su interior albergaba la tranquilidad de que las cosas le irían bien a su hija.

A la mañana siguiente todos madrugaron. Adriana se esmeraba en preparar algunas cosas para que Martina las llevara a la ciudad. Manuel y sus hijos marcharon después de almorzar hacia los montes para continuar con su tarea de cortar madera para las carboneras autorizadas aquel año. Sebastián reiteró su compromiso de volver para ayudar a la familia cuando terminara el esquileo y se hubiera trasladado a lavadero la lana obtenida. Mientras preparaba la tartana y enganchaba la yegua, Martina se despedía de su madre derramando alguna lágrima. Metió la comida en la cesta y se dirigió hacia el patio interior donde Sebastián ya tenía preparada la marcha. Adriana besó a ambos y mientras avanzaban por la calle abajo los saludaba con la mano en alto. Durante el camino la pareja intercambió opiniones sobre el día pasado en Navacerrada. Sebastián se mostraba satisfecho y deseoso de volver para conocer de primera mano el negocio del carbón.

Llegaron temprano a Almodóvar, y ambos deshicieron sus pasos desde su salida de la casa. Martina volvió a la cocina y entregó a Maria la comida que había traído. Esta la interrogó con la vista sobre lo que había ocurrido y pudo leer en la sonrisa de la joven que todo había salido muy bien. En tanto, Sebastián desenganchó la tartana y entregó la yegua a un zagal para que la amarrara en el exterior mientras él devolvía los arreos a su lugar de origen. Cuando terminó, pasó por la cocina para saludar y despedirse de ambas mujeres. En su salida de la casa, golpeó en el despacho de Damián con intención de agradecer nuevamente la disposición de la carreta y pedirle que conviniera una reunión con don Diego cuando regresara de su viaje. Damián quedo en enviar a un zagal con la respuesta en cuanto pudiera obtener la respuesta del ganadero. Sebastián se mostraba impaciente por regresar a La Ballestera. Los trabajos previos al esquileo habrían comenzado bajo la supervisión de Antonio y él estaba deseoso de confirmar que todo estaba bajo control.

Aquel año el ganadero había contratado la lana con el mismo agente del año anterior. Moshé, el viejo recibidor judío, llegó a La Ballestera un día antes que el grupo de esquiladores. Saludó efusivamente a Sebastián y este le presentó a Antonio, también mayoral de la finca. Los tres supervisaron las instalaciones para la esquila; corrales, manga, cobertizo y albergue para su equipo. Cuando estuvo satisfecho con todo, Moshé y sus anfitriones se sentaron en la cocina de la majada, donde Daniel había preparado un guisado de oveja al estilo kosher y servido unos vasos de vino. Moshé se alegró mucho de saludar al yegüero, y sonrió amablemente cuando le presentaron al viejo pastor Amadeo, una vez retirado de sus tareas en el campo, y establecido en la majada para ayudar en faenas de poca responsabilidad. En esta ocasión Sebastián no se encontraba tan interesado en la esquila, por lo que ambos mayorales pretendían que el trabajo se desarrollara cuanto antes y en las mejores condiciones posibles. A media tarde, Moshé se despidió de todos y marchó hacía Almodóvar con la intención de preparar algunas cosas de última hora. Volvería al día siguiente antes de que llegara el grueso de las cuadrillas contratadas.

Pastores y mayorales madrugaron al día siguiente, y juntos revisaron el ganado que desde el día anterior se encontraba reunido en las cercanías de la majada. Las primeras ovejas pasaron al corral preparado a propósito. Daniel también había madrugado, y en la cocina preparaba migas para todos. Su gente fue la primera en almorzar en una mesa preparada en el exterior, pues en la cocina no cogía tanta gente. Casi a punto de terminar, llegaron dos cuadrillas de esquiladores, que se alegraron de que el desayuno estuviera dispuesto. Agradecieron el recibimiento y ofrecieron el vino que traían a sus compañeros pastores. Moshé no tardó en aparecer, impaciente por comenzar la faena. Se apartó un momento y llamó a Sebastián a su lado. Don Diego le pedía que se desplazase a Almodóvar al día siguiente si las tareas de esquila se lo permitían, y en caso contrario lo hiciera en cuanto fuera posible. Sebastián se alegró mucho de la celeridad con que le habían avisado, pensando que don Diego estaría muy interesado en lo que habían de negociar. Todos estuvieron atentos al desarrollo durante todo el día. No hubo nada importante que reseñar, y Moshé se mostraba satisfecho con la calidad de la lana que se iba esquilando.

Sebastián llegó temprano a la casa al día siguiente. Antes de dirigirse a ella había pasado por las inmediaciones de la posada con la intención de comprar algunas cosas que Daniel le había encargado, y también buscaba algún pequeño regalo para Martina y María. Le recibió como siempre el criado que tras una sonrisa de bienvenida le condujo hasta la cocina, le recordó que don Diego ya estaba en su despacho y que debía ver antes al administrador. Sebastián no se entretuvo demasiado en la cocina, conviniendo con Martina verse al final de su entrevista. Salió de la cocina y se dirigió al pequeño despacho de Damián, que lo recibió secamente. No parecía estar muy satisfecho con el protagonismo que el mayoral estaba tomando en la casa, y le advirtió de que se cuidara mucho de no cumplir las promesas que hiciera al ganadero.

Don Diego lo hizo pasar al despacho. Se encontraba sentado tras la mesa con un semblante sereno y una sonrisa insinuada. Le ofreció asiento a Sebastián y le trasmitió lo que había estado pensando desde su propuesta en su última visita. Don Diego estaba dispuesto a depositar su confianza en él para llevar adelante el mejor aprovechamiento de sus bueyes y mulas. Le parecía bien que iniciaran una actividad comercial que hiciera más productiva la cabaña y confiaba en que tuviera aceptación en el mercado. Sus contratos de suministro de carbón podrían resultar más rentables si utilizaba sus carretas y animales, que hasta ahora dormitaban en la dehesa esperando transportar puntualmente la lana a lavadero y la leña y el grano a la vivienda. Recelaba don Diego de la experiencia de Sebastián, pues solo con interés no se resuelven los negocios. De tal manera, que creía necesario que adquiriera algunas destrezas que debía aprender de experimentados carreteros. En primer lugar, se haría cargo del traslado de la lana obtenida aquel año hasta Villacastín. Para ello se uniría a la caravana que se dirigiría hasta los lavaderos segovianos y dispondría de las cuatro carretas y los doce bueyes. Le acompañaría el boyero de la casa. Sebastián debía hacerse cargo directamente de las carretas además de las relaciones con el mayoral de la carretería, la protección de su lana y la resolución de los conflictos que surgieran. Un carretero daimieleño estaría al cargo de la expedición como mayoral, y con él aprendería a resolver los problemas y conflictos que fueran apareciendo en el camino.

Sebastián no cabía de satisfecho, expresó su agradecimiento y confianza a don Diego y le hizo partícipe de su intención de contraer matrimonio con Martina. Don Diego se mostró conforme con la decisión, de la que ya tenía conocimiento por Damián y María, y ya había adelantado algunas cosas. Ambos podrían disponer de una vivienda en la misma calle Corredera, cinco números más abajo, pequeña pero suficiente para ambos en esos primeros momentos. A cambio Martina debía seguir prestando servicios en la casa y él debía comprometerse a continuar trabajando para la casa al menos diez años, manteniendo su salario de mayoral. Sebastián entendía justa la condición y aceptó el compromiso.

V
LAS CARRETAS VIAJAN A
LOS LAVADEROS DE VILLACASTÍN

A finales de abril la esquila había terminado, a pesar de haber incluido en el trato los rebaños locales. El buen estado del ganado dio como resultado un aumento en la cantidad y la calidad de la lana obtenida, por lo que tanto Moshé como don Diego se mostraban muy satisfechos; casi trescientas cincuenta arrobas de lana del ganado estante, más de quinientas arrobas de lana procedente del ganado mesteño y poco más de cincuenta arrobas de añinos. El judío había recibido encargo de su patrón de aglutinar aquel año la esquila contratada en el Valle y trasladarla a los lavaderos y secaderos de Villacastín, en Segovia, y desde estos a Burgos para alcanzar finalmente los puertos del Cantábrico junto a toda la lana comprometida proveniente de los esquileos de aquella localidad segoviana. Sebastián había informado a Moshé de la orden recibida en cuanto a formar parte de la carretería con destino a los lavaderos segovianos. La noticia fue recibida con satisfacción por el recibidor que veía en ella una oportunidad para el futuro de Sebastián. El judío le informó del peso que la ciudad de Burgos tenía en el mercado internacional de la lana, en especial en el comercio marítimo con Flandes donde disponía de un consulado originario de la Universidad de Mercaderes y Mareantes en la ciudad de Brujas. Desde allí ejercía jurisdicción plena sobre causas mercantiles relacionadas con el comercio lanero, en competencia directa con la Cofradía de Mercaderes de Bilbao, y bajo su jurisdicción se encontraban los mercaderes de La Rioja, Soria, Palencia, Valladolid y Segovia.

Con las tareas del ganado resueltas y en manos de Antonio, Sebastián se trasladó hasta la dehesa donde la cabaña boyal de don Diego pastaba; una de las mulas de Daniel lo acompañaba durante el trayecto, ya que Sebastián caminaba la mayor de las veces absorto en sus pensamientos. A su cargo se encontraba un boyero llamado Alejandro, y en cuanto Sebastián lo vio se hizo cargo de porqué, en lenguaje coloquial, se solía calificar como carreta a alguien que se desplaza con lentitud. El administrador ya había comunicado a Alejandro su nueva dependencia del mayoral para poner en marcha el grupo de carretas y bueyes, y el boyero lo recibió con recelo, temeroso de ser desplazado en sus labores por alguien cuya juventud no mostraba la experiencia que el trabajo requería. La primera tarea encomendada por el nuevo encargado fue la de inspeccionar concienzudamente a los bueyes que realizarían el viaje. Debía emparejar con grado a los animales que habían de compartir yugo, ocho en total para ocuparse de las cuatro carretas disponibles, y cuatro animales que acompañarían al grupo como reserva. Alejandro debía revisar cuidadosamente a los animales, en previsión de posibles enfermedades o dificultades a la hora de emprender el camino, y en la medida de lo posible corregir las carencias y sanarlos. La salida estaba prevista en dos semanas. Alejandro debía informar a Sebastián de las necesidades para el viaje, de bueyes y de personas. Él volvería en unos días y en ese momento resolverían las demandas hechas por Alejandro.

De vuelta en Almodóvar, Damián acompañó a Sebastián a los talleres donde los carpinteros locales se ocupaban de fabricar y reparar las carretas. Sebastián se sorprendió de que tanto el grupo de carretas como el taller donde se fabrican se restauraban o se reparaban fuera denominado también carretería. Después de presentarle al maestro carpintero dueño del taller quedaron en revisar el estado de las carretas al día siguiente, de tal manera que se pudieran acometer los trabajos de reparación antes de la marcha. Regresaron a la casa y en el patio anexo se encontraban las cuatro carretas. En principio el aspecto que presentaban era correcto. La madera del armazón principal, la plataforma y las varas estaba en perfecto estado. Las ruedas necesitaban un ajuste en dos de las carretas. Ubios y lanzas se encontraban bien conservados. Por lo demás, todo parecía estar en orden.

Sebastián pidió al administrador la posibilidad de pasar la noche en el granero de la casa, para estar disponible al día siguiente y evitar el doble viaje hasta La Ballestera, y al paso ahorrar el gasto del alojamiento en la posada. Aprovecharía para pasear con Martina cuando esta terminara sus labores y hubiera de acompañar a Rosa hasta la iglesia, e intentaría disponer de algún momento de intimidad para ellos. Sebastián pasó la tarde en las cuadras, limpiando gamellas y bebederos, y ordenando atalajes. También repasó las existencias del granero y del pajar, leñera y carbonera, y trasladó a Damián las reposiciones que entendía necesarias. Alrededor de las seis, Rosa y Martina salieron hacia la iglesia. Sebastián las acompañó y permaneció en la entrada conversando con los vecinos que realizaban igual tarea viendo pasar el tiempo. Algo más de media hora más tarde, las dos mujeres salieron y el trío regresó hasta la casa. Poco más tarde, Sebastián y Martina salían nuevamente y se dirigieron calle abajo cogidos del brazo. Conversaron nuevamente sobre su futuro inmediato. De las esperanzas que tenía depositadas en el viaje hasta Villacastín, y de la aplicación de su aprendizaje en el negocio del transporte que tenía en mente, siempre con el beneplácito de don Diego, que hasta la fecha había confiado en las propuestas del mayoral. Martina le expresaba su voluntad de permanecer en la casa principal hasta que los negocios les permitieran una independencia total, cuando pudieran establecerse por su cuenta, comprar una casa y criar muchos hijos. Ambos eran conscientes de que al regreso de Sebastián de tierras segovianas se celebraría la boda, y mostraban la alegría y la ansiedad natural. Regresaron a casa al cabo de una hora,

Martina pasó de inmediato a la cocina y poco más tarde se serviría la cena. Tras un rato de conversación, todos se retiraron hasta la mañana siguiente.

Sebastián madrugó, inquieto y nervioso por el resultado de la visita del carpintero. Terminada la revisión, el artesano confirmó el estado de las carretas emplazándose para realizar de inmediato las reparaciones que había observado. En el despacho del administrador, Damián aprovechó para aleccionar a Sebastián sobre la peculiar historia de los carreteros; siempre había sido un tema que le apasionaba y que había estudiado con determinación pues estaba convencido de que el desarrollo económico y social del país pasaba por que el suministro de productos a las ciudades gozara de buena salud. El transporte terrestre de mercancías mediante carretas tiradas por bueyes estaba regulado desde el siglo xv por una norma que creó la Real Cabaña de Carreteros el 9 de marzo de 1498 por un Decreto de los Reyes Católicos, al mismo tiempo en que la Corona fue consciente de la necesidad de mejorar las vías de transporte, pues en aquel tiempo los buenos caminos, imprescindibles para la industria del transporte, eran prácticamente nulos o muy defectuosos. La cabaña fue rebautizada en los años treinta del siglo xvii como Cabaña Real de Carreteros, Trajineros, Jabarderos, Cabañiles y sus Derramas, al incorporar a otros agentes como los muleros. La organización agrupaba inicialmente a las comarcas de Burgos-Soria, Ávila y Cuenca, y la creación de aquella Cabaña Real tenía como objetivo centralizar y controlar la totalidad de los transportes por tierra; el comercio del oro y la plata, de la lana, del carbón, del azogue, de la sal, de los bagajes de guerra, de las vituallas para los ejércitos, de la munición, del armamento, de leña, de madera, de jaspe y piedra…, todo ello necesitaba de un transporte suficiente y profesional para satisfacer las necesidades de una población en aumento, convirtiéndose en una institución de primer orden en el desarrollo económico, social y político de España.

Damián bajó un viejo tratado de la estantería donde guardaba sus pocos volúmenes. El texto analizaba desde el punto de vista jurídico-administrativo la Cabaña Real, y la organizaba en tres estatus, ya fueran de ámbito nacional, provincial o comarcal, y por último un subnivel de carácter local. La responsabilidad última correspondía al *juez protector-conservador de la Cabaña Real de Carreteros*, ayudado por el *procurador general*, el a*lcalde mayor*, el *comisario de las Asociaciones*, un *fiscal* y los escribanos y porteros necesarios. En el nivel inferior, el provincial, la responsabilidad recaía sobre el *juez subdelegado de Cabaña*, seguido del *alcalde mayor*, el *procurador* o *comisario provincial*, el *fiscal* provincial y un cuerpo de escribanos. A nivel comarcal el p*residente de la Junta de Hermandad* representaba a la Cabaña Real, y a él daban cuenta los *comisarios* de cada pueblo carretero, los *escribanos de Cabaña* y los *alguaciles de Hermandad*. A nivel local, cada *alcalde de Cabaña* organizaba a los distintos *comisarios de Junta, alguaciles de Cabaña, escribanos, fiel de pechos* y a los propios carreteros. Todos los conflictos relativos a la carretería castellana se resolvían en las audiencias y chancillerías de Valladolid y Granada.

La protección que la Corona dispuso sobre la Cabaña Real estaba recogida en las Leyes de Toro del siglo XVI que, entre otras disposiciones, establecían la posibilidad de requisar carretas, bueyes y acémilas cuando las necesitase la Corona, «indemnizando con veinticinco maravedíes cada día por carreta de bueyes, andando cargado ocho leguas y la mitad de tornada». Las justicias de todo el Reino debían permitir la libertad de tránsito por sus jurisdicciones a bueyes y carretas, tampoco debían interponer penas excesivas a los carreteros. Fue obligatorio habilitar un espacio por donde la carretería pudiera transitar sin pagar portazgos, pontazgos, ni otros derechos. Debían autorizar a los carreteros a pastar y beber las aguas libremente con sus bueyes, vacas y mulas, pero al igual que la Mesta debían respetar las prohibiciones expresas de panes, viñas, huertas, olivares, prados de guadaña y dehesas de los concejos. Igualmente debían autorizar la corta de madera de los montes públicos para las reparaciones de sus carretas. Por último, eximían de pagar derechos por los bueyes que llevaran sueltos para relevar, con excepción de que no llevasen más de una cabeza suelta por cada yunta.

En general, las carreterías prestaban servicios de carácter privado, transportando mercancías en el interior del reino, y para el comercio exterior hasta los puertos marítimos. Además, prestaban servicios de carácter público, tanto en la guerra como en la paz. Las carreterías solían ser confiscadas en tiempo de guerra para el transporte de víveres, municiones, heridos o enfermos. A mediados del siglo XVII resultó de gran importancia el transporte, por orden de la Corona, de munición artillera y suministro a los ejércitos de las guerras de Cataluña y Portugal. También eran requisadas por los intendentes provinciales para el transporte de la recaudación de las alcabalas para llevarlas a Madrid y para el transporte de metales llegados de Indias a Sevilla y, desde allí, a Toledo, Madrid o Segovia. Igualmente público se consideró el transporte de la sal, producto estancado cuyo impuesto era un arbitrio general muy importante para la Hacienda, así las carreterías cargaban en las salinas de Poza (Burgos) o Imón (Soria) para llevarla a las *casas de la sal* que había en las capitales y posteriormente a los pueblos, tanto para consumo humano como de los ganados. Los carreteros cobraban estos servicios directamente de la Secretaría de Hacienda.

La cabaña manchega del Valle no estaba incorporada como tal a ninguna hermandad, y se acogía generalmente a la Hermandad de Cuenca-Guadalajara en competencia directa con la de Burgos-Soria, Granada, Murcia y la de Navarredonda de Gredos, en Ávila. Tan solo la cabaña de las minas de Almadén estaba regulada directamente por la Corona y pertenecía a la Cabaña Real. Las cabañas locales se anexionaban a aquellas hermandades ya constituidas para beneficiarse de la justicia y la protección de sus letrados. A la Hermandad de Cuenca pertenecían poblaciones como Almodóvar del Pinar, Alustante o Motos, que controlaban el transporte en las tierras de Cuenca, Valencia, Albacete, Murcia, Alicante, Ciudad Real y Toledo desde 1613; era la carretería fundamental y casi exclusiva de Alcudia. Tenía como principal tarea abastecer a las minas de Almadén de madera en invierno y el posterior transporte de mercurio a Sevilla, justo después de finalizado el arriendo de la casa Fúcar en 1646, pues durante ese período los alemanes contaban con cuatro cuadrillas de veinte parejas de bueyes propios para tal tarea.

Sebastián partiría hacia la majada tras la comida. Agradeció la información del administrador y se despidió de Martina en el zaguán de la casa. En unos días volvería para preparar la marcha a tierras segovianas. Martina se comprometió a comprar un par de camisas con el dinero que le había dejado. También le prepararía algunas provisiones y vino. Con la mula del ramal llegó a La Ballestera con las últimas luces. Daniel y Antonio se encontraban charlando en la cocina. Se saludaron todos y al instante se incorporó Amadeo después de recoger las pocas ovejas churras de las que tenía que hacerse cargo. Entregó la leche del ordeño a Daniel y se sentó junto a sus compañeros. En el hogar, un guiso de patatas con algo de carne estaba terminando de hacerse. Compartiendo unos vasos de vino, Sebastián les contó lo que había estado haciendo y se hacía patente la ilusión que el mayoral sentía ante el nuevo reto. Antonio lo felicitó y se complacía de que todo fuera de la dehesa se estuviera desarrollando a su agrado; por su parte también veía cumplidas sus expectativas de mantenerse como mayoral de la casa, incorporando a sus responsabilidades los rebaños estantes. Daniel preguntó por la posibilidad de incorporarse a la cuadrilla de carreteros, ya que entendía posible que Amadeo se ocupase de sus tareas. Lo inesperado y la premura del viaje le hizo ver a Sebastián la imposibilidad de aquella propuesta, pero confiaba en que más adelante podría incorporarse a la reata de mulas que pensaba poner en marcha.

Tal como había previsto, dos días después Sebastián marchó nuevamente hacia los pastos de Almodóvar donde se encontraban los bueyes y mulas. Pudo observar cómo Alejandro había cumplido todas sus órdenes, y los animales presentaban un aspecto inmejorable. Limpios y bien alimentados, los bueyes esperaban la orden de marcha. Hasta la dehesa habían llegado dos mozos para ayudar al boyero en las tareas necesarias. Alejandro llevaba casi veinte años en la casa a cargo de la selección y adiestramiento de los bueyes, y de las tareas de transporte de lana, carbón y cereales hasta los diferentes puntos de entrega. Entrenaba a los animales desde terneros para aceptar el yugo y trabajar en pareja, a aprender órdenes verbales para ir, parar, retroceder, izquierda y derecha, y entender esas mismas órdenes mediante el tacto y a través de una vara. Tras visitar las vacadas, Alejandro seleccionaba a los futuros bueyes por su temperamento, su docilidad, su vitalidad y brío y su resistencia a enfermedades y a condiciones adversas del medio ambiente. En general, eran animales proporcionados, de escasa panza, con patas cortas y cola flexible, cuello corto y fuerte, cabeza ancha, cuernos fuertes y no muy grandes, y morro amplio y brillante. Según la edad de selección, Alejandro los sometía a un proceso de adiestramiento distinto, pero casi siempre elegía animales de dos años con alrededor de treinta arrobas de peso. Aquel procedimiento de amansar se iniciaba con una etapa de familiarización del animal con la gente, que consistía en permanecer amarrado una hora por la mañana y por la tarde en un lugar frecuentado por personas. Durante este proceso se le daba un nombre al buey, un nombre corto y de fácil pronunciación, al que el animal se acostumbraba y facilitaba posteriormente las órdenes.

Una vez que decidía qué animales formarían parte de la cabaña de la casa los futuros bueyes eran apartados, castrados y argollados con material de cobre para evitar la oxidación y las infecciones en la nariz del animal. Aceptada la argolla, debían adaptarse a los aperos que iban a utilizar, a su peso, a ponerlos y quitarlos, operación que se repetía por la mañana y por la tarde. Al cabo de una semana, Alejandro los dejaba caminar libremente con los aperos colocados durante varios días. Cuando estimaba que los animales se habían adaptado y aceptado los aperos, yugos o colleras, comenzaba a enseñarles a caminar, para lo que generalmente uncía el animal joven a otro ya adiestrado. Durante esta etapa, los bueyes aprendían a partir, caminar, parar, caminar en línea recta, voltear a izquierda y derecha, retroceder y desarrollar la fuerza de tracción. Los animales elegidos para trabajar emparejados comenzaban su etapa de hacer esfuerzos físicos, de manera gradual, aumentando poco a poco la carga, fortaleciendo músculos. Una vez adiestrados, Alejandro los sometía a trabajos de repetición a fin de que no perdieran la costumbre al trabajo, y en la dehesa los hacía arrastrar troncos y un carretón viejo del tipo segoviano con una larga viga central como timón. Contaba Alejandro a los futuros boyeros que lo acompañaban ocasionalmente, que estos animales tienen gran capacidad para recordar, por lo que no olvidarían los abusos y los malos tratos, llegando a desarrollar conductas que afectaban a su rendimiento o a generar desconfianza en sus conductores.

Sebastián ordenó que los animales partieran a la mañana siguiente hacia Almodóvar para retirar las carretas hasta La Ballestera, donde se cargaría la lana y se desplazarían hasta Alcolea de Calatrava para unirse a la carretería del Valle con destino a los lavaderos de Villacastín. En la mañana del día dieciséis de mayo bueyes y carretas llegaron a la majada. Sebastián y todo su equipo esperaban para cargar las sacas de lana e iniciar el viaje. Almorzaron primeramente unas migas que Daniel tenía preparadas. Al boyero le acompañaba un zagal que viajaría con ellos y dos perros de pequeño tamaño. En cada carreta estaban uncidos dos bueyes de aspecto imponente, y un tercero de reserva amarrado en la rabera de aquellas. Tras desayunar, Alejandro ayudado en esta ocasión por Sebastián los desunció de los yugos descansando las carretas sobre unos *mozos* de encina. Los animales fueron trasladados hasta un pastizal cercano donde pasarían el día hasta la mañana siguiente en que partirían hacía Alcolea.

Con el regreso de Alejandro se iniciaron las tareas de carga de las carretas. La producción total de lana superaba las novecientas arrobas; trescientas cincuenta del ganado estante, quinientas diez de las ovejas sorianas y cincuenta y una de añinos. Las carretas serían cargadas a razón de doscientas treinta arrobas cada una, almacenadas en diez sacas de gran tamaño. El total de lana transportada por la carretería del Valle ascendería a seis mil ochocientas arrobas. Durante el resto de la mañana y la tarde las sacas fueron cargadas y aseguradas en las carretas. Tras el trabajo, en el que participaron también algunos pastores del quinto, un merecido descanso a la luz de las hogueras y compartiendo el vino que Daniel había sacado para cenar; en esta ocasión unas gachas con algo de tocino les calmaron el hambre. Alejandro compartió historias sobre pasadas carreterías, cuando era más joven, el duro trabajo, las bromas, algún incidente con guardas y labradores por la disposición de pastos para los bueyes o leña para el fuego, y en raras ocasiones el sacrificio de algún animal accidentado durante el trayecto. No tardaron mucho en ir a dormir. Todos se mostraban inquietos ante la inminente salida hacia Segovia, y pretendían alcanzar al grupo principal de carretas en un par de días. Poco más de diez leguas habrían de recorrer hasta Alcolea.

A la mañana siguiente todos se levantaron temprano. Sebastián el primero, pues debía revisar con Antonio que todo quedaba en orden, comprobar con Daniel las provisiones que este había dispuesto y despedirse de Amadeo y del resto de los pastores presentes. Entre tanto, Alejandro y dos zagales regresaban del prado con los bueyes que fueron amarrados cerca de las carretas. En las lanzas estaban dispuestos los yugos, en esta ocasión un yugo *cornal* para carros, más corto que los utilizados para cargas más pesadas. El yugo constaba de una parte central recta llamada *sobeo* provisto de unas prominencias llamadas *mesas* que alojaban las correas y las partes curvas del yugo, a ambos lados, llamadas *camellas*. La parte central del yugo contenía un ensamble llamado *mesilla* para recibir la lanza de la carreta. Yugo y carreta se unían mediante un *barzón* que se aseguraba mediante un trozo de madera o peón. El barzón constaba de un trozo flexible de madera arqueado en forma de huevo, cuyos extremos iban unidos por una clavija de madera, conocida como *uña*, finalmente una correa unía el barzón al yugo. Asegurado este a la carreta, era hora de uncir a los bueyes. La correa por medio de la cual el yugo se ata a los cuernos de los bueyes se llama *coyunda*, y solía tener unas siete varas de largo. Los dos primeros bueyes fueron colocados bajo el yugo, *Jacinto* y *Moreno,* los más veteranos. Sebastián prestó mucha atención a cómo Alejandro uncía a los animales. Después debía hacerlo él.

Sobre la frente de ambos animales, Alejandro colocó una pequeña manta que llamó *mullidos*. En uno de los extremos de la coyunda había una lazada que se pasaba por el extremo del yugo. Colocado de frente al buey comenzó a atar por el cuerno izquierdo del animal situado al lado derecho de la carreta. A aquella correa dio una primera vuelta por debajo alrededor del cuerno izquierdo, después lo pasó por la frente, dio una vuelta por el cuerno derecho, y después volvió a pasar a la mesa del yugo, alrededor del cuerno derecho, por la frente del cuerno izquierdo y la camella interior. Pasó otra vez por sobre la frente del animal hacia fuera, dio vuelta alrededor de la mesa exterior y finalmente anudó la correa. A Sebastián le pareció muy complicada la tarea de uncir, pero había grabado en su mente todos los pasos que había realizado Alejandro y esperaba superar la prueba. Repetida la actuación con el buey de la izquierda, les colocó sobre la frente unas cubiertas de cuero, que algunos conocían como *melenas* que actuaban contra el sol y las moscas. Así dispuesto, Alejandro apoyo la *picana* en el yugo y se retiró para observar si todo estaba correcto. Aquella picana era una pica de acebuche de dos varas de largo con una punta de hierro que llamaba *ijón* y cuya utilidad se deducía con facilidad.

Tras dar el visto bueno a ese primer uncido, Alejandro miró a Sebastián con severidad y lo invitó con la mirada a repetir su acción. Nervioso, este se dirigió hacia los bueyes, que naturalmente no lo conocían y no hicieron el menor caso de sus órdenes. Alejandro rio a carcajadas ante la insistencia del mayoral con los animales, risas que se extendieron al resto de los presentes. Cuando se cansó de reír, Alejandro le hizo ver a Sebastián que su fracaso no era producto de la tozudez de los bueyes sino de que estos no conocían su voz ni su lenguaje corporal; con paciencia y mucho trato, todos los animales acabarían conociéndole y acatando sus órdenes. Acompañó a Sebastián para uncir la siguiente pareja de bueyes, *Marcial* y *Paquito*. Sebastián fue repitiendo sobre el animal de la izquierda los expertos movimientos que Alejandro realizaba en el buey de la derecha, quien quedó satisfecho del resultado. *Rubio* y *Cabezón* fueron los siguientes. En esta ocasión Sebastián unció solo a los dos animales bajo la supervisión de Alejandro, que quedó nuevamente satisfecho con el resultado. La última pareja resultó un poco más complicada de uncir, pues un buey novato se había emparejado a otro más veterano en aquella carreta, *Manchado* y *Tizón*. Los animales de repuesto fueron amarrados a la trasera de las carretas, uno por cada una de ellas; *Cárdeno*, *Florín*, *Goliat* y *Lucero*. El resto de enseres se cargaron sobre las tres mulas que los acompañarían. Después de despedirse de todos, Alejandro dio la voz de arranque y la comitiva comenzó el viaje primerizo de Sebastián.

Alejandro encabezaba la comitiva al frente de la primera carreta, las demás le seguían en perfecta armonía. Sebastián al frente de la última carreta. El muchacho cerraba la marcha con las acémilas cargadas. Ahora deberían desandar el camino que les trajo hasta el Valle y alcanzar Alcolea para unirse al resto del grupo de transporte. Salieron dirección Almodóvar por el caserío de la Viñuela para llegar hasta el puerto de Veredas y recorrer la umbría hasta Veredas de Abajo. Debían alcanzar Viñuelas y bajar el puerto de los Carnereros para cruzar el río Tirteafuera. Su intención era pernoctar cerca de Cabezarados y no realizar una primera jornada muy extensa para adaptar a hombres y animales. Cruzado el río avanzaron con paso firme hasta la laguna y la fuente del Álamo, y allí Alejandro dio orden de parar y prepararse para pasar la noche. Desuncieron los bueyes y los dejaron pastar en las cercanías del campamento. No tuvieron problema alguno para encontrar leña para encender un fuego y preparar la cena. El zagal que viajaba con ellos se ocupó de abrevar a los animales, descargar las mulas y preparar un cobertizo con algunas mantas. Sebastián no dominaba la cocina, pero era consciente de que debía ocuparse de cuantas tareas pudieran descargar de trabajo a Alejandro. Probó suerte con algo simple, sopas de ajo, siguiendo las indicaciones que Daniel le había hecho memorizar. Le bastaba con ajos, pan, pimentón, agua y un poco de jamón, que por suerte le había puesto Martina en el hatillo que le preparó días antes de la partida. Su habilidad con el caldero y la temperatura del fuego adelantaban el resultado de la cena, pero a pesar de todo aquello pudieron meter algo caliente en el estómago. Sebastián trataba de autoconvencerse de que iría mejorando con la práctica. Alejandro expuso el plan para el día siguiente, madrugarían y tratarían de llegar lo antes posible a Alcolea y esperar allí a sus compañeros de viaje. Les puso en antecedentes del carácter del mayoral de la carretería, hombre experimentado y muy responsable de la carga comprometida al igual que de animales y carreteros, exigía que todos conocieran su trabajo, aunque fueran novatos. Con los bueyes y mulas amarrados a las carretas y los perros vigilantes, Sebastián se dispuso a realizar la primera guardia. Alejandro se reservaba la última para poder revisar antes de la partida el estado de los animales. El zagal debía ocuparse de vigilar la caravana entre ambas guardias.

El sol se había puesto hacía ya un buen rato. Al calor de la hoguera, Sebastián se enfrascó en sus pensamientos mientras ponía oído a los animales. Repasó mentalmente todos sus proyectos, y el más inmediato, la boda con Martina en cuanto regresara de aquel viaje. Después debía convencer a don Diego para negociar con el carbón fabricado en los montes de Navacerrada y venderlo en Almagro, donde se pagaba algo más caro. Para ello dispondría las carretas apoyadas por la reata de mulas. También esperaba utilizar las carretas para transportar madera a las minas del Valle, incluso, si conseguían la confianza de la cabaña carretera de Almodóvar del Pinar, podían entrar en el suministro de madera para entibar que aquella tenía encomendado en las minas de Almadén. Cuando los ojos comenzaron a cerrársele avisó al muchacho para que iniciara su guardia, insistiéndole de que le despertara si observaba algo fuera de lo común o sentía sueño.

Apoyado sobre la rueda de una carreta Sebastián continuaba meditando sobre sus proyectos, y en su mente la posible progresión de negocio del transporte empoderaba su audacia. Pensaba cómo podía atraer a don Diego a sus pretensiones de negocio y cómo demostrarle que podía confiar en él. La ansiedad no le permitía dormir, y de nuevo pensó en cómo podría integrarse en la cabaña carretera conquense, de la que necesitaba tanto autorización como colaboración para el éxito de sus propósitos. En sus investigaciones sobre la cabaña había descubierto que el circuito más habitual de los carreteros conquenses llamados de *puerto a puerto* pasaba por establecerse al sur de Toledo para descansar durante el invierno, donde los bueyes reponían fuerzas hasta el mes de abril. Una primera actuación les llevaba hasta

Talavera transportando el carbón de leña. Después se dirigían hacia Sevilla con material de exportación, y desde allí cara al norte, para continuar hacia el sur acarreando sal. Allí recogían madera de los montes de Alcudia para transportarla a las minas de Almadén, donde cargaban mercurio que debía viajar nuevamente hasta Sevilla con destino a las minas de Méjico. Algunos grupos optaban por dirigirse, después de invernar en Toledo, hacia Madrid donde llevaban ganado, cambiándolo en Segovia por lana que a su vez era transportada hasta Vitoria. Allí cargaban los carros con hierro para la costa norte en donde recogían sal para dejarla en el Bierzo y Ponferrada, y desde allí por el este hasta Poza, cerca de Burgos, donde se repartía el cargamento de sal para Valladolid, Salamanca y otras ciudades de Castilla. Otras rutas les llevaban hasta Valencia con plomo, madera, trigo y aceite; o hasta Granada con lino, esparto y cáñamo; con mármol, lana y paños hasta Madrid; con cacao, azúcar y especias a Castilla, y con sal para Extremadura. Tenían que aprovechar al máximo los largos viajes, sacándoles el mayor rendimiento posible, de forma que la carreta nunca fuera vacía, por ello algunas veces se tenían que desviar de su ruta debido al fallo de su mercancía. A través de aquellos caminos, los bosques se sucedían interminablemente, mostrando el reflejo del manejo del medio forestal; caminos, arrastraderos, veredas, puentes, tenadas, chozos, potros, aserraderos, molinos, hornos, carboneras, caleros, canteras, adoberas, tejeras…

Casi sin pegar ojo, amaneció y fue despertado bruscamente por Alejandro que lo creía dormido profundamente. Sebastián dio un salto y se dirigió tras el boyero para preparar la marcha. Mientras el zagal freía un poco de tocino en la lumbre, los dos hombres uncieron, esta vez con mayor agilidad, los bueyes; las carretas estaban preparadas. Acompañaron el tocino con un poco de queso y algo de vino. Alejandro dio la orden de marcha encabezando la columna. Unas cinco leguas y media les separaban de Alcolea. La caravana cruzó el cerro de las Bellotas para alcanzar Los Pozuelos y llegar al cerro de San Gregorio. Un llano de olivos les acercaría hasta la Sierra Gorda dejando atrás la dehesa de Herrera. En esta ocasión no se acercarían al Puente de las Ovejas, sino que cruzarían por otro puente construido sobre el río Guadiana, llegando por el camino de Los Pozuelos hasta el Martinete. Recordó Sebastián su estancia en el descansadero cuando llegó con el ganado desde Soria, donde pasaron cuarentena algunas ovejas enfermas. No tardaron mucho en llegar a Corral donde el grupo hizo una parada para descansar y tomar un bocado.

Una hora más tarde emprendieron de nuevo la marcha hasta alcanzar Valtravieso, cruzando los pinares hasta el valle cercano a la Galiana y, dejando atrás la confluencia con la cañada que llega desde Malagón por Fernán Caballero, alcanzaron La Posadilla ya en término de Alcolea. Dejaron a un lado el castillo de Alarcos y el pueblo de Valverde. Allí pudieron ver el grueso de la expedición. Las carretas se agrupaban en una gran explanada, los animales se adivinaban pastando en una vega cercana vigilados por varios hombres. El grupo de Sebastián llegó por el sur donde ya los esperaban los demás carreteros. Alejandro se adelantó para saludar a un hombre que le salía al paso. El mayoral de la carretería tenía efectivamente el aspecto que el boyero había descrito. Respondía al nombre de Serafín, un hombre alto, de mediana edad, de tez morena y pelo rizado, con grandes manos y ataviado con una zamarra y zajones de piel; unas botas altas y un sombrero de paja completaban su atuendo. Llevaba del ramal una yegua torda con aparejo de esparto y una manta encarnada. Saludó a los recién llegados y les indicó el lugar donde debían dejar las carretas, los bueyes podían acompañar al resto en el valle donde pastaban al cuidado de dos zagales. Alejandro y Sebastián desuncieron los bueyes y acompañaron al muchacho conduciendo los bueyes hasta sus compañeros.

De regreso en el campamento, el resto de carreteros se congregó alrededor los nuevos miembros. Pronto encontraría sentido Sebastián a las palabras del escritor:

> *(sic) el que govierna la carreta. Son de ordinario hombres de fuerças, groseros y bárbaros, y a vezes impacientes y mal sufridos, descompuestamente, pues han dado lugar al refrán y común manera de encarecer un hombre descompuesto, que dizen: Fulano jura como un carretero.*

Hechas las presentaciones, Serafín les indicó el puesto que ocuparían en la caravana, ordenándoles que deberían hacerse cargo, además de sus carretas de otras que se unirían a su cuidado. Desde aquel momento sus carretas pasaban a engrosar el grupo, y todas quedarían bajo su responsabilidad, y por extensión a la de todos los carreteros. Sebastián respiró con alivio cuando vio que en la lumbre uno de los carreteros se hacía cargo de la cena. Tras dar cuenta de las gachas preparadas, Serafín dio instrucciones para la marcha del día siguiente y el reparto de las guardias de aquella noche.

Amaneció lloviendo ligeramente, y los carreteros después de almorzar, se dirigieron a sus respectivas carretas en espera de la llegada de los bueyes. Alejandro y Sebastián se ocuparían de las carretas situadas en segundo lugar, tras un primer grupo de cinco que operaba un carretero de Mestanza. El mayoral encabezaba la marcha a lomos de su yegua torda. Le seguían el resto de las carretas con dos bueyes de tiro cada una y un tercero de refresco a la culata de la carreta. Acompañaban al grupo las mulas y algunas ovejas y cabras. Generalmente, a mediodía se hacía una parada para apacentar a los animales y comer un poco. El *aperador* aprovechaba para revisar el estado de las carretas. La larga marcha del día continuaba hasta que el mayoral decidía adelantarse y encontrar un lugar seguro donde pasar la noche, durmiendo bajo las carretas. Ese programa se convertiría en la rutina diaria hasta alcanzar los lavaderos de Villacastín. La carretería, a modo de convoy, estaba formada por un grupo de treinta y dos carretas, de las conocidas como de *puerto a puerto*, para largas distancias. Dos de ellas de las llamadas *churra*s, para distancias cortas se habían unido al grupo hasta llegar a tierras toledanas. Al cuidado del grupo iban tres zagales y siete carreteros; uno de ellos al cargo de las churras, el resto al cuidado de cinco carretas a cada uno. De inmediato, Sebastián conoció la jerarquía del grupo: mayoral, aperador, pastero, gañán y ayudantes, a los que se unió el zagal que los acompañaba a ellos.

La caravana se dirigió hasta Picón cruzando la laguna de la Camacha donde confluía la Cañada Real Segoviana para continuar por el cerro de los Castillejos, el Mojón de los Carneros, la cañada del Puerto, los Callejares, las Zorreras y el cerro de las Cencebras. Su destino final era Fernán Caballero, a unas seis leguas de distancia. Debían cruzar el río Becea por un vado conocido y atravesar cultivos y olivos hasta llegar a unos cascajares que marcarían el final de aquella jornada. El proceso de acampada se repetiría cada final de trayecto; localización del lugar donde instalar el campamento, liberar a los animales para que pudieran pastar, preparar la cena y dormir bajo las carretas, alternando vigilia y guardias. Al igual que los caminos carreteros hacia Andalucía, en los que se dirigían hacia tierras castellanas, y sobre todo debido a la necesidad de descanso de los animales que recorrían tramos largos, tenían gran importancia los lugares de suelta; parajes señalados para soltar el ganado de carga, especialmente bueyes, aligerarles del peso y dejarles pastar durante un determinado tiempo. Estos lugares, situados junto a los recorridos habituales, solían estar vigilados por guardas, que al margen de sus obligaciones cuidaban al ganado evitando su dispersión. Estos trabajos se hacían mediante subastas ante los alcaldes mayores, públicas y pregonadas. Los beneficios obtenidos no eran excesivos y se abonaban por los carreteros y trajineros al disponer de los terrenos de suelta.

Durante aquella parada, Serafín conversó largamente con Sebastián debido a su condición de novato. Era consciente de la protección que tenía de don Diego y de las instrucciones que al respecto había recibido de su tratante; debía colaborar con el joven para que su aprendizaje fuera efectivo, pero eso no quería decir que aquella colaboración le aligerara de sus tareas, por lo que entendía necesario que Sebastián participara en todos los trabajos que pudieran aportar experiencia al novicio carretero. Pudo observar que el protegido era trabajador, aprendía con rapidez y no dudaba en ayudar a sus compañeros en cualquier ocasión.

Las tareas para el inicio de una nueva jornada se repitieron desde muy temprano. Durante la noche no se había producido ningún incidente. La jornada les llevaría hasta Urda, ya en tierras toledanas, donde las carretas churras abandonarían la caravana. Serafín conocía el lugar donde vadear el río Guadiana para alcanzar Malagón. El grupo cruzó sin problemas y se encaminó hasta Fuente el Fresno por el cerrillo de los Bielgos, Navaquejada, los Cañamales, el puerto de la Tejera, la cañada de Guerrero y el cortijo de los Hoyos. Allí realizaron una merecida comida, aún les restaba añadir algo más de cuatro leguas a las tres ya recorridas. Dejaron de lado la Venta de la Serna, parada acostumbrada por carreteros, en la confianza de la recién estrenada venta de Urda, donde podrían descansar de aquella jornada más larga tras recorrer el camino viejo de las Carretas y alcanzar la Sierra de Enmedio.

Cumplido su objetivo del día, Sebastián observaba con curiosidad la venta de carreteros donde aquella noche podrían descansar. Inicialmente le recordada a las ventas que conocía de Alcudia, pero existían algunas diferencias. En la orilla del pueblo se divisaba un enorme caserón con su fachada a tres aguas, una gran puerta, dos pequeñas ventanas a los lados y otras dos más pequeñas sobre estas. Llamó su atención especialmente la cubierta cuyo piñón era cortado por otro plano con aguas al frente muy habitual, decían, en aquella zona. La gran puerta daba entrada a un amplio zaguán que podía albergar dos carretas, generalmente las que contenían la más preciada carga, a modo de patio interior cubierto dentro de la casa. Este patio estaba bordeado por un corredor volado con una decorada balaustrada de madera, montado sobre el saliente de los machones que sostenían el piso superior mediante unos ligeros pilares que lo unían a los cabios del tejado. En la planta inferior había tres naves de establos que rodeaban el patio interior por tres de sus lados que darían cabida a cuarenta o cincuenta bueyes, un pequeño dormitorio donde descansaban los carreteros más jóvenes para cuidar los bueyes y un granero para los piensos completaban la distribución de aquella planta. La planta superior albergaba una gran cocina de campaña cónica frente a un granero a modo de almacén y algunas habitaciones sobre los establos. Tanto la luz como la ventilación se hacía desde patio interior manteniendo el edificio aislado por sus cuatro aires. Para los bueyes que no podían ocupar los establos se habilitaban espacios junto a las carretas donde descansarían y comerían su pienso en unas *gamellas* portátiles de madera de olivo.

Serafín tomó el mando del grupo para ordenar el desuncido de los bueyes tras organizar las carretas en la explanada anterior a la venta. Los bueyes permanecerían en el interior de las naves de establos, donde comerían y descansarían. Dos carreteros dormirían en la planta baja al cuidado de los animales, y otros dos, acompañados de otros dos zagales, vigilarían las carretas durante la noche. Sebastián sería uno de ellos. Con los animales y las carretas en su destino, el grupo se reunió en la cocina para cenar y descansar. Aquel día la venta tan solo alojaba a algunos viajeros de camino a Sevilla y a Córdoba. Ninguna carretería había ocupado aquel día la venta, por lo que el grupo no debía preocuparse por el bienestar de los animales. Tras la cena la conversación se alargó entre historias de antaño que desarrollaban las penurias que habían de soportar en los viajes entre ambas Castillas por las dificultades que entrañaba atravesar el puerto de Aguardenterías y dificilísimo para los carreteros por ser muy empinado, o los encontronazos con guardas y agricultores en sus viajes. Aquellos relatos le recordaban a Sebastián algunos aspectos que le resultaban muy familiares de sus viajes de invernadero al Valle. Las relaciones con las gentes de los pueblos que cruzaban no eran muy cordiales, pues los carreteros, por privilegios reales, podían atravesar los términos de los pueblos en cuyas dehesas podían apacentar sus bueyes y mulas, podían cortar maderas de los montes para reparar las carretas y leña para guisar y calentarse, incluso algunos recibían privilegio para llevar armas y estaban exentos del servicio militar.

Serafín dio la voz de partida muy temprano. Todos habían desayunado en la cocina de la venta y cada uno se dirigió a sus tareas. Pronto los bueyes fueron uncidos y revisadas las carretas. Con el mismo paso cansino de días anteriores la caravana se puso en marcha. Esta jornada los llevaría hasta Marjaliza, a poco más de seis leguas. Poco después de alcanzar la finca de Navarredonda hubieron de cruzar el arroyo de Orgaz, en tanto a su derecha adivinaban las Casas de Sarmiento. Dejando de lado el majestuoso castillo de Guadalerza cruzaron el Camino Real del Molinillo y el arroyo chico de la Olivilla para alcanzar finalmente una explanada de suelta al sur de la ciudad. Allí pasarían la noche sin ninguna incidencia digna de mención.

Sebastián realizó la última guardia junto a uno de los zagales. Antes de amanecer fue llamando al resto de compañeros y las tareas se repitieron rutinariamente durante ese y los días siguientes. La primera jornada les llevaría hasta Menasalbas, a siete leguas y media. En la siguiente jornada alcanzarían la Puebla de Montalbán después de dejar a mitad de camino San Martín y recorrer seis leguas y media. Durante una nueva jornada llegarían hasta Fuensalida, cruzando Escalonilla, Gerindote y Torrijos, tras recorrer cinco leguas. Una última jornada en tierras toledanas les llevaría hasta Valmojado, a poco más de cuatro leguas, donde todos, animales y carreteros disfrutarían de un merecido día de descanso.

Ahora sí que echaba de menos a Daniel, y sobre todo sus comidas itinerantes. En sus traslados de ganado, la alimentación básica había sido el pan, compartido a partes iguales con los mastines, la cecina de oveja, las migas, la leche, el queso y cuando algún animal moría, la caldereta. El régimen de los carreteros era muy similar, pero destacaba un guiso propio al que llamaban *ajo carretero*, que no dejaba de ser una caldereta con carne de los animales que seguían a la carretería, ovejas y cabras generalmente, que acompañaban con ajos, tomate, cebolla, pimiento rojo seco y sal. A diferencia de la caldereta de pastores, este guiso se dejaba caldoso, para tomar tras la carne el caldo a modo de sopa con rebanadas finas de pan. Afortunadamente todavía conservaba en su zurrón parte de los embutidos de la matanza que Martina le había dado al inicio del viaje.

Disfrutaron de su día de ocio en Valmojado. El nacimiento de aquella población fue ligada siempre a la importancia de la ganadería y de la trashumancia que recorría la Cañada Real Segoviana. Por esta cañada no solo circulaban los ganados serranos, también marchaban pastores y ganaderos, y con ellos sus tradiciones y su forma de vida. Muchos de ellos acabaron afincándose en la localidad; familias de El Espinar, Villacastín, Aldeavieja, Bustarviejo o Miraflores de la Sierra se establecieron en torno al puerto de ganados y su venta, aunque la población permaneció mucho tiempo a la sombra del señorío de Casarrubios como dote de la reina Isabel y posteriormente bajo la protección del mayorazgo de Gonzalo Chacón. La ciudad de Segovia recogía en la localidad una especie de peaje llamado *caucera* y *retorno de los ganados*, o sea se reservaba una o dos cabezas por cada millar de ovejas ajenas que pasaran hacía Extremadura, y doce maravedíes por el derecho de retorno, impuesto que alcanzó en algún momento los ciento cuarenta mil maravedíes de recaudación anual en el Paso y Puerto de Valmojado.

Los carreteros se habían instalado en las cercanías de una torre cilíndrica de ladrillo de construcción mudéjar situada en la zona más elevada de la población, aquella torre acogía a los guardas de la ciudad de Segovia que se ocupaban de las rentas del puerto. Esperarían allí a tres carretas que se unirían al grupo con lana que Moshé había comprado en la dehesa de Valdeniebla. Sebastián se interesó por las numerosas galerías que surcan el subsuelo de la villa y que daban origen a las famosas Cinco Fuentes a las que los viajeros hacían mención: Caño Fresco, Caño Indiano, Caño de la Teja, Caño de la Salud y Caño de Méntrida, y uno de los guardas se ofreció a acompañarle para visitarlas. Por la tarde acudieron al servicio en la iglesia parroquial de Santo Domingo de Guzmán, patrón del pueblo. Comentaban los vecinos que la construcción de la iglesia, allá por el siglo XV desbancó a un patíbulo construido por orden de don Gonzalo Guzmán. Hacía poco más de diez años que la población había sido castigada con fiebres, tabardillos y viruelas, confiando en la figura del Cristo, llamándole desde entonces Santísimo Cristo del Amparo, por lo que era habitual la celebración de una gran fiesta que incluía actos lúdicos y religiosos por igual. Los carreteros se unieron a la celebración y disfrutaron de la comida y la bebida, de los bailes y de la compañía y conversación de los lugareños.

A la mañana siguiente, Serafín ordenó la puesta en marcha de la carretería sin más novedad que los casi disipados efectos del vino del día anterior. Salían de tierras toledanas para adentrarse en la jurisdicción de Madrid. Después de desayunar emprendieron el trayecto y pasaron junto al sitio de las Olivas de Santander, donde cruzaron un ramal de la Cañada Leonesa que pasaba por San Lorenzo de El Escorial, y cerca de Villanueva de Perales entraron en el término de Navalcarnero. Su destino inicial quedaba muy lejos para una sola jornada, de tal manera que determinaron pernoctar en Villanueva de la Cañada, a seis leguas y media. Sin novedad se pasó la noche y en la mañana siguiente tomaron como destino el pueblo de Cercedilla, a algo más de siete leguas, cruzando terrenos comunes de Navalquejigo, Galapagar, Collado Villalba y Manzanares el Real para llegar al partido de Colmenar Viejo. Una última jornada les llevaría hasta Villacastín a través de Gudillos, El Espinar y Navas de San Antonio, a casi ocho leguas.

A la entrada de la ciudad de Villacastín, Alejandro vio la oportunidad de gastar una broma de carreteros a Sebastián y, en connivencia con Serafín, prepararon aquella noche cómo hacerlo. Contaron al resto de los carreteros su intención de divertirse a costa del soriano, amparándose en la calidad de novato del joven. Acostumbraban los carreteros a gastar una burla a los novicios de mal gusto que conocían como *el fielato*. Tal nombre se correspondía con el impuesto que habían de pagar las mercancías a la entrada de las capitales. Durante la noche las conversaciones se dirigieron hacia esa cuestión, y a Sebastián le hicieron creer que además de tal impuesto por la lana que entraba en la población, él debía de pagar una multa por ser primerizo en el trabajo, y el mayoral le aconsejaba esconderse en el carro oculto por ropas y lonas, con la instrucción de no moverse ni producir ruido alguno, aunque lo zarandeasen o golpeasen. Con mucha inquietud Sebastián se fue a dormir aquella noche, sumando además la ansiedad producida por el final del viaje y el pronto descubrimiento de los mercados y negocios de la ciudad.

Como cada día, las carretas se pusieron en marcha temprano, y a poca distancia de la entrada a la localidad, Serafín hizo que Sebastián se ocultara en el segundo carro, que según el mayoral era el que menos solían investigar. El novato se ocultó en el carro y protegido por mantas se creyó salvado del impuesto. Al cabo de unos minutos, e imitando las voces de los guardias demandando los impuestos, sus compañeros se subieron al carro y comenzaron a golpearlo en la confianza de que no haría absolutamente nada. Cuando se cansaron de provocarle prosiguieron de nuevo el camino parando un rato más tarde una vez traspasadas las puertas de la ciudad. Abrazaron y felicitaron al infortunado joven por lo bien que había soportado las pesquisas de los cobradores y haberse librado de pagar una multa que nunca existió.

La ciudad infundió en Sebastián una desmesurada idea del floreciente comercio de lanas. Situada en la confluencia de la Cañada Real Leonesa Oriental y la Cañada Real Soriana Occidental, pertenecía al Sexmo de San Martín sobre un terreno predominantemente llano desde donde divisaba la sierra de Guadarrama, y contaba con los riegos de los ríos Cardeña y Voltoya. La ciudad estaba rodeada por pequeñas aldeas surgidas a raíz de la repoblación cristiana. La relación de la población con el comercio de la lana ya surgió en el siglo xv, donde el puente del Campo Azálvaro, sobre el río Voltoya, hacía las veces de contador de cabezas que acudían para ser esquiladas y cobrar así las alcabalas a los ganaderos. Con aquel creciente comercio, cada vez más tierras del término eran compradas por los poderosos nobles de la Mesta, que aprovechaban así las ventajas de los residentes para instalar sus propias casas de esquileo. Casi cinco mil vecinos y un indeterminado número de trabajadores de temporada ocupaban la población. La ciudad había alcanzado gran prestigio durante el siglo xv, cuando María de Aragón, reina de Castilla casó con Juan ii, viviendo en la ciudad hasta su muerte. Enrique iv, su hijo, congregó en Villacastín a los procuradores de la Hermandad General del Reino, en la conocida como Junta de Villacastín.

La producción industrial de lana y queso le hizo alcanzar tal relevancia que los enormes ingresos llevaron al concejo a iniciar las obras de construcción de la iglesia de San Sebastián, conocida coloquialmente como la Catedral de la Sierra. Y es que desde mediados del siglo XVII funcionaban en tierras de Segovia cerca de cuarenta esquileos y doce lavaderos de lana merina. En ningún otro territorio de la Corona de Castilla se daba una concentración de establecimientos dedicados a estas operaciones manufactureras de transformación de la lana. Se esquilaban en estas instalaciones nada menos que alrededor de setecientas cincuenta mil cabezas cada año, lo que representaba más de la quinta parte de todo el ganado trashumante que reunía el Honrado Concejo de la Mesta. Los motivos para tal aglomeración de instalaciones se debían a su ubicación en las proximidades de la Cañada de la Vera de la Sierra, que recorría desde El Espinar a Riaza, dejando a su derecha las cañadas y ramales originarios de las tierras sorianas, y a la izquierda, las vías que se originaban en León. Las condiciones de los pastos, la climatología y la condición geográfica de las tierras que rodeaban aquella cañada eran óptimas para el esquileo en el mes de mayo y a continuación el lavado de las lanas. Aquellos pastos eran idóneos para los rebaños que llegaban cansados del camino desde las dehesas extremeñas y manchegas, donde reponían las energías antes de emprender el camino de los agostaderos leoneses y palentinos. Aun así, competían con los lavaderos de Villacastín los ubicados en los pueblos segovianos de El Espinar, La Losa, Revenga o Trescasas.

Pero curiosamente, al contrario de lo que podría pensarse, los fabricantes pañeros segovianos no se abastecían de la lana producida en estos grandes esquileos. De hecho, compraban la lana a los dueños de los pequeños rebaños de los pueblos serranos de Segovia y Ávila que pastaban entre la sierra, en verano, y la campiña en invierno. Tal es así que la industria del paño segoviano consumía aproximadamente treinta mil arrobas de lana merina sin lavar, mientras más de ciento cincuenta mil arrobas lavadas eran exportadas al extranjero. Los esquileos y lavaderos segovianos estaban concebidos para la exportación masiva de lana hacia Flandes, Italia y Países Bajos, Francia y Gran Bretaña. En Villacastín se ubicaban siete esquileos que despojaban de su lana a unas ciento setenta y dos mil cabezas anualmente.

Después de ordenar la parada de la carretería en las afueras de la ciudad, Serafín acompañado de Sebastián se dirigió hacía el esquileo propiedad de don Antonio Francisco Mejía de Tovar y Paz, tercer conde de Molina de Herrera, quien fuera mayordomo del cardenal infante y consejero de Hacienda bajo el hábito de Calatrava, familia fundadora del convento de Santa Clara. Sus intereses económicos se gestaban desde la embajada de Londres, a la que accedió por designación de Felipe IV, y posteriormente como embajador en París. Allí pudo Sebastián observar la magnitud del esquileo en comparación a aquellas rudimentarias e improvisadas instalaciones a las que estaba acostumbrado. En él, más de treinta mil ovejas eras esquiladas cada año.

La ostentosa fachada del esquileo daba fe del volumen de negocio que allí se realizaba, sillería de granito, verjas y balconadas de hierro. Un balcón integrado en una galería de madera y una espléndida espadaña que lucía el escudo familiar, adornaban el frontal del edificio. Un gran portón de dos hojas permitía el acceso a un vestíbulo interior que separaba a izquierda y derecha las dependencias de la construcción. El vestíbulo daba acceso a un gran patio central que disponía de una fuente ornamental de piedra. A la derecha, la zona de estancia, donde podía oler el pan recién hecho en el horno de la panadería, la cocina, el refectorio o comedor común y los dormitorios. A la izquierda la zona de trabajo. Un portalón accedía al *rancho,* lugar de trabajo de los esquiladores siempre orientado norte-sur, donde desembocaba un pasillo desde los enormes encerraderos y los prados comunales del concejo. Al fondo el *bache* o sudadero, y a ambos lados cuatro *lonjas*, donde se acopiaban los vellones de lana. Llamó poderosamente su atención una dependencia conocida como *pelambrería* o pellejería, donde se quitaba la lana a los pellejos de las ovejas muertas, lana que recibía el nombre de *peladas.*

Serafín le contaba que el ganado, cuando llegaba a los pastos comunales villacastinenses era dividido en cabañas de cinco mil cabezas, y cada una de estas en rebaños de mil ovejas, y a su cargo cinco hombres y cinco perros. En aquel esquileo llegaron a trabajar hasta ciento veinte esquiladores, a razón de ocho carneros o doce ovejas cada uno al día. Serafín contaba que el esquileo realizado durante casi todo el mes de mayo y parte de junio suponía una gran carga de trabajo, pero también de alegría. Aunque se trabajaba duramente, recibían un salario y además se les daba bien de comer, pan y sobre todo carne del desvieje. Hasta los mendigos y gente miserable acudían a las puertas y hallaban su comida.

Sebastián se sorprendió aún más cuando vio dirigirse hacia él a Moshé, el recibidor que había conocido en Almodóvar. Sabía que el judío se encontraba en la zona recogiendo la lana comprada por sus clientes para trasladarla hasta los puertos cantábricos con destino a Gran Bretaña. Ambos se saludaron cortésmente y Serafín fue presentado al comerciante. El trío se dirigió desde allí hasta la venta para comer y poder dialogar con mayor tranquilidad. Por la tarde, Moshé se ofreció para acompañarlos al lavadero donde debían llevar su carga, así aprovecharía para enseñar a Sebastián todo el proceso, que difería en algo al que el soriano conocía. La lana, solo después de ser lavada, podía ser cardada e hilada. Además, tras el lavado su peso se reducía a la mitad y ello suponía un ahorro importante en los gastos de flete de la mercancía exportada.

El número de lavaderos era evidentemente menor que el de esquileos, pues los primeros trataban al día mayor cantidad de lana que la obtenida de un esquileo, unas seiscientas arrobas diarias, además exigía mayores requisitos naturales para su ubicación y funcionamiento. En la localidad de Villacastín existían dos instalaciones alimentadas por charcones o estanques. Los lavaderos debían disponer de agua abundante, al menos en los meses de junio y julio. Además, las aguas sucias que producían debían ser controladas de tal manera que no contaminaran los ríos ni afectaran a la población y al ganado aguas abajo de los vertidos. Toda la suciedad, grasa, restos de excrementos de los animales pasaba al agua del lavado. Para resolver este problema, el lavadero era construido en la ribera de algún río relativamente caudaloso o, por el contrario, se construían embalses que almacenaran agua durante el invierno y la primavera para utilizarla durante la campaña de lavado de la lana. Ya en tiempos pasados el concejo de Villacastín ordenó a los dueños de uno de los lavaderos, los herederos de don Diego López Perella, que construyeran un conducto subterráneo de aguas sucias hasta el término de Ituero, donde desaguar en el lugar en que el río tenía más caudal.

Después de revisar el lavadero de destino de la carretería los tres hombres se separaron hasta el día siguiente, cada cual a su tarea. Serafín y Sebastián llegaron a última hora al campamento de las carretas, donde todo estaba tranquilo y sin nada destacable. Después de cenar, descansaron y alternaron las guardias. Temprano las carretas se pusieron en marcha, en poco más de una hora estarían en el lavadero de *Perella* en el que destacaban sus dos estanques con paredes de piedra y el edificio de la caldera. Moshé y sus oficiales del gremio de *cardar y apartar* los esperaban a la entrada del lavadero. Las sacas debían ser clasificadas antes de entrar en las lonjas de sucio. Aunque esta tarea ya se había realizado durante el esquileo del ganado, Moshé volvería a revisar y marcar las sacas con sus conocidas inscripciones: R para la lana clasificada como *refina*, F para la *fina*, S de *segunda de lo fino*, K para las *caídas* o *peladas* y A para la proveniente de *añinos*. Moshé tenía costumbre de rechazar, primero en origen y después en lavadero la lana que estimara como proveniente de corderos, la pelada, lana de las patas, partes bajas o traseras del animal. El judío sabía que aquella lana, por su propia señal marcada en las sacas, solo pertenecía al grupo de las R, F o S, que entraban en el lavadero según ese mismo orden.

Los carreteros comandados por Serafín se dispusieron a descargar las carretas y llevar las sacas de lana hasta la primera de las lonjas. Moshé disculpó a Sebastián de aquella tarea y juntos se adentraron en el lavadero. El judío tenía intención de mostrar a Sebastián el proceso por el que lana se convertía en el deseo de los pañeros extranjeros. De inicio Sebastián pudo observar la diferencia en la construcción de los precarios lavaderos que él conocía. Tras las lonjas, una explanada contenía las operaciones de *apaleado* y *montadura*. En este proceso la lana se extendía sobre unos zarzos, entramados de caña o jara apoyados sobre varios caballetes de madera, donde se retiraban a mano los mechones sueltos, paja, excrementos, pelos y el resto de suciedad. Terminada esta labor se realizaba un violento apaleamiento mediante dos varas que hacía salir el polvo y la tierra contenida en la lana.

Tras esta tarea, la lana pasaba a una fase conocida como *desensuardado*, o retirar la *suarda*, grasa de la lana, para lo que era necesario introducirla en un primer *tino* de una vara de profundidad y de tamaño variable donde se vertía agua caliente proveniente de una caldera alimentada por leña que calentaba alrededor de trescientos cántaros de agua. Allí se pisaba, se agitaba y se removía con bastones. La operación se repetía en los siguientes tinos, tras lo que se dejaba reposar la lana durante unos veinte minutos. La lana así tratada se metía en unos cestos de mimbre que eran prensados fuertemente para escurrirla. Toda el agua sucia proveniente de este proceso era canalizada hasta una zona del río donde el caudal le permitía diluirse con el resto. La lana escurrida pasaba a unos pozos de agua fría, donde era removida haciendo círculos. Era nuevamente pisada en un canal con distintas zonas: *boca, trasboca* y *cañariegos*. De estos últimos la lana era recogida y se dejaba en el *colador*, nuevamente para escurrir. Otra fase de escurrido se hacía en el *tablao*, y de allí a la *pedrera*, rampa de piedra que facilitaba el escurrido. Una vez escurrida se llevaba a la pradera o *meseta* donde, extendida, debía permanecer *cuatro soles* para su secado. Varios operarios se dedicaban a darles la vuelta todos los días, le comentaba Moshé. Cuando finalmente estaba seca se recogía con cuidado y se llevaba a la lonja donde era envasada nuevamente y *estibada,* y finalmente señaladas con la letra correspondiente a su calidad. Durante el proceso Sebastián pudo observar que al menos trabajaban en el lavadero cuarenta personas.

La jornada se alargó hasta bien entrada la tarde y Sebastián no perdía hilo de todo lo que ocurría. Desgraciadamente ahí perdía el contacto con el tratamiento final de la lana; su transporte hasta los puertos de Bilbao o Vizcaya.

VI
LAS SALINAS DE VILLAFÁFILA
Y LOS ESPONSALES CON MARTINA

Aquella noche, los carreteros pudieron relajarse con el trabajo hecho. Una vez acampados, Serafín aflojó las guardias. Los animales descansaban y pastaban en los cercados del concejo. Los que se encontraban libres de tareas pudieron ir al pueblo a cenar y beber algo. Serafín y Sebastián quedaron en el campamento un tiempo. Bajo un tenderete sobre una de las carretas, sentados sobre una improvisada mesa, ambos hombres repasaron el plan que debían iniciar un par de días después. La orden que tenía la carretería era volver a tierras manchegas cargada de sal con destino a Toledo. Las carretas de Sebastián estaban exentas de tal compromiso, por lo que era libre de elegir carga y destino, incluso podría separase del grupo si así lo estimaba. No obstante, ante su total inexperiencia en el tráfico de mercancías, prefirió acompañar al grupo y bajar cargado de sal hasta Almodóvar, desde donde podrían abastecer las poblaciones cercanas o incluso llegar hasta los pueblos del estado de Capilla en Badajoz.

El día siguiente, Sebastián se dedicó a revisar el estado de las carretas y de los bueyes, a reponer junto al carpintero aquello que se encontraba deteriorado. Serafín marchó a la ciudad junto con uno de los carreteros y dos mulas, a fin de recoger víveres para el nuevo camino, y se ocupó personalmente de revisar los bueyes. Los animales se encontraban tranquilos y en buen estado físico. Aquellos días de descanso y de pastar en los prados comunales del concejo segoviano les habían repuesto del último tramo de su viaje. Sus cuatro carretas estaban perfectamente después de la revisión del carpintero del grupo. Tan solo necesitaban ajustar algunos varales y debían reposicionar las planchas del fondo para acondicionarlas a su nueva carga. Su destino eran las lagunas de sal de Villafáfila, una localidad situada en plena Tierra de Campos zamorana, en tiempos perteneciente a la Orden de Santiago, pero en esos años anexionada a la Corona de Castilla y vendida recientemente, creando un señorío, al marquesado de Távara, aunque la Corona se reservaba las rentas de las tercias y alcabalas, la moneda forera y la última apelación de la justicia.

La carretería debería recorrer algo más de treinta leguas para alcanzar las salinas zamoranas. Por lo tanto, y haciendo bueno aquello de que las carretas nunca debían viajar sin carga, Serafín se adentró en la ciudad en busca de carga para su transporte a la zona de destino. Moshé le aconsejó visitar a un grupo de pañeros que negociaban habitualmente con comerciantes de Zamora que a su vez lo hacían con sus vecinos portugueses. Así pudo conseguir carga para ocho de las carretas. El resto viajarían cargadas de costales de trigo y cebada.

El grupo debía recorrer inicialmente la misma distancia hasta la capital zamorana donde dejar su carga y después desplazarse hasta el marquesado. Las carretas estarían en marcha dos días más tarde, cargadas y con todo lo necesario para el viaje. Serafín dispuso el orden de partida, y en este caso las carretas de Sebastián, las mejor acondicionadas, llevaban su carga de paños y viajaban en el medio del grupo donde se encontraban mejor protegidas de cualquier incidencia. Sebastián y Alejandro, su boyero, se ocuparían de ese grupo al que se unieron las restantes carretas cargadas de paño. Recorrerían las treinta leguas en dos jornadas. Debido a la carga especial, Serafín optó por recorrer el camino más largo, pero a la vez más concurrido. La primera de las jornadas les llevaría hasta Adanero y Arévalo. Cruzaron tierras de Palacios de Goda, Muriel de Zapardiel, Lomoviejo y finalmente Bobadilla del Campo, donde descansarían aquella noche.

La llegada se produjo a última hora de la tarde, ya casi anochecido. Acamparon a las afueras de la ciudad, y desuncidos los animales pastaron en las tierras comunales del pueblo, bajo la vigilancia de dos de los carreteros. El resto, descansaría bajo las carretas alternando las guardias. Aquella noche Serafín hizo entrega a Sebastián, en su turno de vigilia, de un arma de fuego que el soriano tomaría en sus manos por primera vez. Era habitual el uso de armas blancas entre las personas que se dedicaban habitualmente a viajar y comerciar. De hecho, los pastores solían portar cuchillos que usaban en las tareas relacionadas con el ganado, aunque Sebastián nunca tuvo que hacer uso de ellos en ningún enfrentamiento personal. Los carreteros estaban autorizados por cédula real a portar armas de fuego por su condición de responsables de cargas generalmente valiosas que sus dueños pretendían proteger de ladrones y salteadores de caminos. Arcabuces y mosquetes se habían hecho famosos entre los carreteros a primeros del siglo XVII, derivados al uso civil desde las tropas militares de los tercios españoles en Flandes, armas que habían sido retiradas de las milicias y sustituidas por otras de menor peso, más eficaces y dotadas de las nuevas *llaves de miquelete*, antecesoras de las *llaves de chispa* y de las novedosas *llaves de percusión*, aunque los carreteros sometidos a más riesgo estaban siendo rearmados con mosquetes franceses, de mayor alcance y calibre. Aquellos ingenios disparaban munición de tres cuartos de onza de plomo y exigían una mínima preparación para su utilización. Sebastián recibió una lección acelerada sobre la carga y disparo del arcabuz y rezó para que no tuviera que usarlo jamás, y sobre todo para que no se apagara su llave de mecha, aunque interiormente pensaba que aquella arma era poco más que un garrote. Evidentemente, aquellas armas que se portaban en las guardias tenían más de elementos de intimidación que de útiles de defensa, pues prácticamente ninguno de los carreteros sabía usarla.

Serafín confesó al soriano que en sus tiempos mozos había servido en un escuadrón de los tercios españoles en Flandes, en el momento en que las armas de fuego comenzaban a intercalarse entre las clásicas picas. Una ordenanza de 1632 estableció la proporción de piqueros por compañía, dejándola en tan solo setenta de los doscientos soldados efectivos de aquella, mientras el resto eran armados con mosquetes o arcabuces, lo que daba fe de la progresiva importancia que las armas de fuego iban cobrando. Como mayoral de la carrocería disponía de armas propias. En particular tenía a su disposición dos pistolas. Una de ellas de las denominadas de llave *doglock* de origen inglés, precursora de la llave de chispa. Aquella pistola se mantenía en posición de semiamartillado a cuenta de un retén externo que evitaba los disparos indeseados. Tenía una longitud de dieciocho pulgadas y un cañón de dieciséis. La otra pistola era conocida como de *llave de rueda*, basada en un sistema de relojería con una rueda dentada que giraba al ser disparada generando una lluvia de chispas que encendía la pólvora dispuesta en una cazoleta. Aquella pistola había sido fabricada por armeros de la reputada ciudad de Ripoll. Medía veintitrés pulgadas y su cañón catorce.

La pistola fue la más perseguida de todas las armas de fuego usadas durante el siglo XVII, y su porte el más condenado mediante ordenanzas, cédulas y pragmáticas, con prohibiciones y condenas expresas por su uso en la vida civil, que podían contemplar hasta la pena de muerte. Su empleo estaba regulado para personas especialmente autorizadas, como era el caso de los miembros de la Real Cabaña de Carreteros. Un decreto real prohibía el uso y fabricación particular de armas condenando a quienes las utilizaran en riñas a penas de muerte y pérdida de todos sus bienes. Incluso condenaba a los que tan solo las guardasen en casa con penas de destierro y confiscación de la mitad de sus bienes. En ese sentido, advertía a Sebastián que debería esperar hasta formar parte de la cabaña real para poder solicitar el uso de algún arma de fuego. Sebastián no tenía el mínimo interés en poseer una de aquellas armas, de momento.

El grupo de carretas se puso en marcha al día siguiente dispuesto a recorrer las dieciséis leguas que les separaban de Zamora. Con paradas de descanso en Castrejón de Trabancos, Alaejos, Castronuño, Villafranca de Duero, Peleagonzalo, Villalazán y Villaralbo llegaron a Zamora con las últimas luces del día. Acamparon en el exterior de las murallas, junto a una de las puertas de entrada donde la vigilancia de la guardia local les protegería de cualquier incidencia. No obstante, las guardias se mantuvieron durante la noche mientras los animales descansaban tras haber pastado en la ribera del Duero.

La ciudad de Zamora se consideraba núcleo importante de la actividad pañera en Castilla, al lado de Toledo, Ávila o Segovia. Su negocio se orientaba a los paños bastos, de menor calidad, predominando los conocidos *picotes, sayales* y *sargas,* y en algunos casos imitando a los paños segovianos, bautizados como *segovianos de Zamora,* que se comercializaban en

Galicia y Portugal principalmente. La industria se amplió los últimos años a la confección de mantas, alforjas y costales, pero con pocos telares y menos artesanos, concretamente dieciséis telares de paño y setenta de lienzos. La lana de Zamora, casi toda de la localidad de Sayago, era churra, por el contrario, la lana procedente de Toro y de Tierra del Pan era de mejor calidad. Esta última permitía la fabricación de mejores paños, pero también más caros. El otro material utilizado por los pañeros zamoranos, el lino, salía en rama hacía Portugal y regresaba tejido.

En Zamora, los pañeros Juan Villalpando, Antonio González y los hermanos Juan y Antonio Díez eran los mayores mercaderes de paños, lienzos, damascos y terciopelos. De los mercaderes que suministraban género de mayor calidad destacaba Manuel Herrero, cuando había que acudir al suministro del preciado *galón de oro*. Tanto la seda como el tafetán provenían de Madrid y Salamanca respectivamente. La mayor parte de todo este suministro se realizaba desde fuera de Zamora, aunque parte de los paños adquiridos para la confección de uso local se adquiría en las ferias de Botijero, celebradas anualmente a comienzos del mes de abril, desde la segunda hasta la cuarta semana de Cuaresma, reservando los primeros días para la comercialización de ganado y después para paños, telas, lana, quincallería, platería, etc. A dicha feria acudían compradores y vendedores de toda la región e incluso de la Mancha y Extremadura, también mercaderes de Valladolid, Salamanca, Toledo, Madrid, Segovia, incluso Valencia. Aquellos mercaderes zamoranos se encargaban de teñir los paños, a petición expresa de sus clientes; damascos en blanco, carmesí, negro, verde, blanco de Granada; tafetán en amarillo, blanco, carmesí, encarnado, morado o negro; paños en azul, verde, negro o colorado.

A la mañana siguiente, las carretas cargadas de cereal se desplazaron hasta el pósito del Concejo zamorano, descargando allí su mercancía. La documentación de recepción fue entregada a Serafín que daría cuenta con ella al dueño de la carretería a su regreso a tierras manchegas. Las ocho carretas cargadas de paño se separaron del resto para alcanzar el barrio de la judería vieja, donde los hermanos Díez tenían sus almacenes, concretamente en la calle Balborraz. Serafín y Sebastián ordenaron la descarga de las carretas bajo la atenta mirada de un viejo judío que trabajaba para los comerciantes zamoranos. El judío hizo entrega del recibo de recepción de la carga que Sebastián debería entregar a don Diego a su regreso a Almodóvar.

Las carretas se reagruparon en el mismo lugar donde habían pasado la noche anterior con la intención de preparar desde allí el viaje hasta Villafáfila. Serafín aún tuvo que visitar varios mercaderes buscando alguna carga para trasladar al nuevo destino. Uno de aquellos comerciantes le propuso un cargamento de productos cerámicos provenientes de Ciudad Rodrigo. Aunque no había carga para todas las carretas, sí que consiguió ocupar una decena de ellas; cántaros y vasijas de diferente condición se colocaron cuidadosamente en las carretas utilizando *haces* y *gavillas* de centeno como amortiguadores de golpes, también algunas esteras de esparto. Serafín esperaba encontrar por el camino alguna carga que trasladar.

Habrían de recorrer casi nueve leguas para llegar hasta Villafáfila. La carretería salió de Zamora hacia el noreste, hacia Tierra de Campos, pasando Monfarracios, Torres del Carrizal y Cerecinos del Carrizal, una corta parada en Arquilinos y alcanzaron Villalba de la Lampreana para comer en una pequeña venta, donde un grupo de aldeanos propuso a Serafín transportar unos barriles de madera cargados con peces y lampreas criados en su laguna, para entregar a un tendero de Villafáfila. Serafín aceptó el encargo y la carga quedó comprometida para cobrar en destino. Desde allí emprendieron el corto recorrido que les separaba de su destino. A su derecha podían observar ya las llanuras que anunciaban el complejo de lagunas salinas. El corralón del concejo acogió aquella noche animales y carretas. Los bueyes descansaron y pastaron en los ejidos comunales del pueblo.

Por la mañana, Serafín se hizo acompañar de uno de los carreteros para buscar a los comerciantes que recibirían la carga. Encontraron en la plaza la tienda para la que iba destinado el pescado. Dos vecinos corpulentos descargaron los barriles y los introdujeron en la parte trasera de la tienda. El tendero pagó a Serafín los servicios acostumbrados y ambos se despidieron con un saludo. Las dos carretas, ahora vacías regresaron al corral del Concejo para esperar noticias. A la salida de la población, en el camino de las Eras se encontraba el almacén de destino de la carga cerámica. Serafín saludó al encargado y este le indicó el lugar de descarga. El pago se realizó mediante recibos al cobro. De regreso al campamento, se ordenó el uncido de los bueyes de las carretas que aun mantenían carga y se alejaron hasta el almacén. Las carretas se descargaron y afortunadamente, la carga no había sufrido muchas roturas. Solo algún cántaro se había roto por la boca. Las esteras de esparto se retiraron de las carretas y se entregaron al comerciante, pero las gavillas de centeno quedaron en estas para alimento de los bueyes. Con las cargas entregadas y cobradas, el grupo regresó al corral y se dispuso a descansar aquella jornada.

La laguna salina grande, como era conocida en la zona, se encontraba a una legua aproximadamente, y a ella se accedía por el camino que ya conocían de las Eras. No obstante, los almacenes de sal se encontraban en las afueras de la población, justo en dirección opuesta. Debían cruzar los arroyos de los Arrotos y del Riego de la Huerga. Un alguacil del concejo extendería los recibos de carga que los mercaderes transferirían a sus mandantes de pago. Sebastián mostraba interés en conocer las salinas y el proceso de obtención de tan preciada mercancía, así que acompañado por Serafín y su boyero Alejandro se desplazaron hasta la salina grande donde desde el siglo x se venían explotando aquellas lagunas mediante numerosas *pausatas* donde se depositaba el agua salobre para favorecer su evaporación. Hasta el último tercio del siglo XVI las salinas habían pertenecido al marquesado de Távara, estando en aquellas fechas incorporadas a la Corona de Castilla.

Las aguas de Villafáfila tenían una alta concentración de sales procedentes de la disolución provocada por las aguas de lluvia en las rocas de los
alrededores y de su arrastre hasta las lagunas, donde sedimentaban y acumulaban la sal debido a la evaporación natural de las aguas. A las posadas de
agua acompañaban *cabañas* y *ralladeros*, de mayor o menor extensión y de
diferente riqueza salina, así como *pozos* o *eras*. La evaporación de las aguas
creaba costras salinas que eran ralladas para su molturación y almacenamiento.
Aquellas posadas y ralladeros se extendían por las orillas de la laguna, desde
las localidades de San Fagunde y Coreses hasta Madornil. Algunas de aquellas posadas pertenecían al monasterio de Moreruela. Las eras conformaban
divisiones dentro de las posadas, con bordes elevados para evitar la mezcla
de las aguas en sus distintas fases de evaporación. Los pozos contenían aguas
de mayor concentración salina, posiblemente manantiales artesianos. En algunos puntos existían cisternas que albergaban aguas antes de destinarlas a
su evaporación. Todos estos elementos estaban conectados por canalizaciones
que distribuían el agua desde las lagunas.

Aquel procedimiento de obtención de sal necesitaba de un tiempo
caluroso y seco a la vez para evitar la disolución de la sal con el agua de
lluvia, de tal manera que en primavera y verano los trabajos se intensificaban.
En esas fechas se producía el pago de rentas o diezmos de la sal, entre San
Juan y San Miguel, principalmente en torno a Santa María y San Agustín,
en agosto. La catedral de León se construyó con el impuesto de tránsito o
portazgo desde Villafáfila hacia los centros consumidores, hasta ahora en
manos de la catedral de Astorga. Puntualmente, coincidiendo con los períodos
de mayor demanda, se aplicaban procedimientos artificiales heredados de las
salinas asturianas y cántabras, por los que se realizaba una extracción forzada
de la sal contenida en las aguas mediante un proceso de ebullición realizado
en *cocederos* alimentados por leña de los montes cercanos. Posiblemente,
pensaba Sebastián, que ambos procedimientos fueran complementarios: la
evaporación por el sol en verano y la ebullición en los meses de invierno, o
incluso mixto, utilizando las salmueras procedentes de la acción del sol para
su saturación en los cocederos. Estos procesos se realizaban en edificios o
cabañas techadas a dos aguas con varias tinas dentro. Constaban de una o
varias fuentes donde abastecerse de agua salada, algunas canalizadas hasta
las instalaciones, un prado exterior que hacía las veces de muladar para las
cenizas y desperdicios, y varios regatos de desagües.

Terminado el proceso de producción, el resultado final se presentaba
a los comerciantes en dos formatos, ahora dispuestos en el almacén que los
carreteros ya conocían. Bien en forma de sal menuda, obtenida mediante la
molienda de las *costras* de sal extraídas de las posadas, y la sal en piedras,
bolas o *quesos*, posiblemente procedentes del tratamiento por ebullición. La
una y la otra pagaban portazgo que gravaba el tráfico de mercancías a razón
de cuatro maravedíes cada costal de sal menuda, y de un maravedí cada

fanega de sal en piedra, impuesto del que la Real Cabaña de Carreteros estaba exenta. Sobre el mercado de la sal se aplicaba un impuesto conocido como *la alvará*, merced habitualmente concedida por la Corona a algún noble o entidad eclesiástica, a razón de mil maravedíes por cabaña y año. Así los propietarios o arrendatarios de las cabañas vendían la sal después de haber pagado en concepto de impuestos: a la Corona los tributos de portazgo, alvalería y alcabala, así como la renta de sus propias salinas, y a la Iglesia el diezmo del producto final, distribuido entre el obispo y el cabildo de Astorga, y un sexto para el monasterio de San Marcos y los curas de las parroquias. El precio de venta en esas fechas rondaba los tres reales y medio la fanega.

Con la curiosidad satisfecha Sebastián y sus acompañantes regresaron al campamento. Al día siguiente habrían de cargar e iniciar el regreso a tierras manchegas. Serafín había recibido orden de cargar un tercio de las carretas con sal en piedra y el resto con costales de sal menuda. Traía consigo las órdenes de pago que intercambiaría por los recibos de carga de la sal. Durante la noche, unos perros atacaron a uno de los bueyes y habían conseguido malherirlo, de tal manera que Serafín consideró sacrificarlo y sustituirlo por uno de los que acompañaban al grupo. El carretero que había estado de guardia ya sabía cuál era la repercusión del ataque. El resto del precio del buey no amortizado sería descontado de su sueldo cuando regresaran, además de la sanción correspondiente. Si no se hubiera dormido habría podido avisar al resto y hubieran podido evitar el sacrificio del animal. Cargaron toda la carne que pudieron sin riesgo de que se estropeara y el resto le fue vendida a un carnicero local tras el regateo tradicional. Con aquel dinero podrían comprar algunos víveres más.

Por la mañana el grupo madrugó, y a la salida del sol la carretería se encontraba en marcha hacia el almacén de sal. A media mañana las carretas se hallaban cargadas y revisadas. Serafín dio orden de marcha con dirección a Villacastín. La primera jornada les llevaría hasta Mota del Marqués, a diez leguas, cruzando término de Tapioles, famoso por sus construcciones de barro amasado y apisonado entre tablones, y el río Valderaduey. Alcanzarían más tarde la población de San Pedro de Latarce, bajo la protección de la Orden de San Juan, y el término de Villavellid, con su castillo del siglo XV situado en la línea fronteriza de los reinos de León y Castilla. Antes de alcanzar su destino debían cruzar el río Bajoz, por un paso conocido. Finalmente, un poco más tarde de lo previsto llegaron a las afueras de Mota, lugar desde el que divisaban el imponente castillo, la recién construida iglesia del Salvador y el palacio de los Ulloa, de estilo renacentista. Pudieron acampar en los pastos que el concejo tenía reservado para el ganado local. La noche transcurrió sin incidentes y la jornada siguiente les acercó hasta Medina del Campo, donde Serafín debía visitar a los gestores de cobros y entregar los recibos de cargas y descargas realizados. En Medina del Campo se encontraba un mercado donde se gestionaban pagos y cobros de todo el reino de Castilla.

Los mercaderes provinciales tenían aquí representantes para sus operaciones económicas. Recorrieron tierras de Vega de Valdetronco, donde cruzaron el río Hornija, y de Villalar de los Comuneros, que acogió el enfrentamiento entre los partidarios de Carlos v y la junta comunera que protestaba contra los impuestos de la Corona. La batalla librada en el Puente de Fierros acabó con la revuelta y tomó en prenda las cabezas de Juan de Padilla, Juan Bravo y Francisco Maldonado, líderes de la revuelta. Descansaron en Villavieja del Cerro. Rodearon la ciudad imperial de Tordesillas que anunciaban sus poderosas murallas y la torre de Sila y cruzaron por el puente viejo el río Duero, de diez ojos con tajamares entre los arcos de forma triangular, y adivinaban los asombrosos edificios del Palacio Real, las Casas del Tratado y las iglesias de Santiago, San Pedro, Santa María y San Antolín y el monasterio de Santa Clara. Acompañaron al río por su margen izquierda durante un largo trayecto hasta alcanzar la ermita de la Virgen de la Peña de Tordesillas, donde algunos pararon a rezar. Desde allí hasta La Seca y finalmente Medina del Campo. Las carretas se agruparon a las afueras de la ciudad, y los bueyes pudieron pastar en las cercanías, bajo la atenta mirada de los carreteros y protegerse por la noche en un extenso corralón que pertenecía al concejo de la ciudad. Serafín y Sebastián se adentraron en la ciudad para visitar al gestor de su mercader.

Medina del Campo había recibido de los Reyes Católicos la Feria General del Reino, como punto de encuentro e intercambio para los mercaderes de la zona, tras competir con sus hermanas mayores de Cuellar y Valladolid. La de Medina se convirtió en una especie de mercado nacional, al modo de las medinas musulmanas, incluso con carácter internacional, prácticamente un centro neurálgico comercial para toda Europa. La feria se celebraba dos veces al año, en mayo y en octubre y duraba cincuenta días; textiles, especias, comestibles, productos farmacéuticos, y lo más importante, productos financieros. En ella se habían instaurado las novísimas *letras de cambio* que permitían que el dinero se moviera con mayor facilidad, agilizando los intercambios y actuando como sistema de crédito. Medina del Campo se había convertido en la feria de moneda por excelencia, y allí se centralizaban los pagos, créditos, préstamos y otras operaciones financieras, en competencia directa con el mercado de finanzas de Madrid y Alcalá de Henares.

Pudieron contactar con el agente y este les recibió en su despacho de la Plaza Mayor. Allí Serafín entregó toda la documentación que llevaba y el agente le extendió los recibos correspondientes. También le hizo entrega de una pequeña cantidad en efectivo para los gastos hasta Toledo, donde visitaría de nuevo a un agente del mercader. Terminada la gestión económica, ambos hombres fueron a cenar a un mesón cercano, donde probaron las excelencias castellanas y los vinos de la ribera del Duero:

un cordero asado en el horno de leña que calienta el comedor de la casa,
preparado con honestidad y sabiduría, después de calmar las primeras hambres

con morcilla dulce, zarza nutricia y tiernísimos judiones de la granja. Para postre, la quesada, que es de mucho fundamento.

Aquella noche dormirían en aquel mesón, así que el vino discurrió más de lo habitual.

Acabadas las gestiones económicas, la carretería tenía prisa por llegar hasta Villacastín. Un día más pasaron en Medina, recorriendo su Plaza Mayor y el barrio de la Mota y la Colegiata de San Antolín, construcción del gótico final, donde se custodiaba el pendón de los Reyes Católicos. En algunos lugares aún se apreciaban los daños producidos por el incendio de la ciudad ordenado por el rey Carlos V como respuesta a la negativa de aquella a entregar la artillería en la conocida guerra de las Comunidades. También pudieron admirar las murallas que en algunos puntos rodeaba la ciudad y el imponente castillo de la Mota, construcción que dominaba toda la comarca, realizada con el característico ladrillo rojizo de la zona, utilizándose la piedra tan solo en pequeños detalles, como las troneras o escudos.

Saldrían de Medina del Campo a la mañana siguiente. El grupo de transporte no había sufrido ningún altercado digno de mención. Alguna reparación de urgencia o el tratamiento farmacológico de un carretero enfermo era todo lo reseñable. La carga se encontraba bien dispuesta y los animales sanos, bien alimentados y descansados. Dieciséis leguas les separaban de Villacastín y las acometerían en dos jornadas. La primera de ellas les acercaría hasta Arévalo, cruzando tierras de Ataquines, donde pudieron apreciar el perfil de la iglesia de San Juan Bautista, y el pueblo de Palacios de Goda, donde el grupo pudo orar en la ermita de Nuestra Señora la Virgen de la Fons griega. Cuando llegaron a Arévalo no entraron en la ciudad, el grupo acampó en una explanada al sur, donde los pastos alimentaron al ganado aquella noche. La ciudad se encontraba ubicada en una lengua de tierra entre los ríos Adaja y Arevalillo. Aquella ciudad había recibido Cortes convocadas por Enrique IV de Castilla, y la propia Isabel la Católica pasó su juventud en las Casas Reales de Arévalo. También estableció Corte en la ciudad Alfonso, el hermano de Isabel. Incluso acogió la ratificación del Tratado de Tordesillas. La localidad recogía una numerosa comunidad judía y musulmana, estableciendo su judería como la segunda en importancia del reino de Castilla, al igual que la población mudéjar. Desde su campamento el grupo podía divisar el castillo de Arévalo, conocido como castillo de los Zúñiga, por la importancia que esta familia tuvo en la población. Los carreteros descansaron y pasaron la noche sin sobresaltos.

Por la mañana, el grupo madrugó con el objetivo de alcanzar Villacastín a media tarde. Recorrerían aquellas nueve leguas entre los términos de Orbita, Martín Muñoz de las Posadas, Adanero, Sanchidrián y Labajos. Finalmente acamparon en una explanada que anticipaba la entrada norte de la ciudad. La guardia local protegería como días antes al grupo de cualquier intento de agresión o robo. Las carretas descansaron sobre los *mozo*s de hierro o madera de encina y los animales comieron con calma en los pastos comunales.

Junto a ellos se encontraba acampado otro grupo de carretas de muy diferente condición. Llamó la atención de Sebastián la construcción de una carreta que en la zona era utilizada para el transporte de troncos de madera, pues eran muchos los bosques de pino albar cuyas vigas eran utilizadas en la construcción. Se trataba de un género de carro largo, angosto y mucho más bajo de lo habitual, cuyo plano estaba formado por cinco maderos separados entre sí, y el de en medio más largo, que al tiempo servía de lanza donde uncir los bueyes. No tenía más que dos ruedas, y estas sin herrar, porque en lugar de llantas llevaban otras segundas *pinas* de madera. En los palos menores laterales se alojaban unas estacas en unos agujeros, donde colocadas afirmaban la carga. De igual manera, el ganado utilizado por la zona difería un tanto de los criados en Alcudia. Era común la vaca soriana bociblanca, de cara corta, ojos oblicuos de grandes pestañas negras. Encornaduras de hasta diez pulgadas los machos y algo mayores en las hembras. Cuello corto, potente y musculoso. Papada abundante casi conectando con las rodillas delanteras. La ubre de pelo fino, la piel gruesa con bastante grasa subcutánea adaptada para aquellos climas fríos. De carne excelente e inútil para la producción lechera. Animales muy resistentes a las enfermedades por lo que ocasionaban escaso gasto veterinario y farmacológico. Sebastián trazó planos mentalmente de la construcción de la carreta pues pensaba que sería muy adecuada para sacar madera de grandes dimensiones del Valle.

Por la mañana, tras desayunar gachas con tocino en esta ocasión, Serafín dio orden de partida. El grupo debía desandar el trecho iniciado hacía muchos días desde tierras manchegas, hasta Toledo unos y con destino a Almodóvar del Campo otros. Sebastián encabezaba en esta ocasión la carretería, y sus cuatro carretas abrían la comitiva. El zagal que los había acompañado desde el principio cerraba la marcha con las mulas cargadas con víveres y enseres. Las primeras ocho leguas les devolverían a tierras de Navas de San Antonio, El Espinar y Gudillos para alcanzar el término de Colmenar Viejo. Al día siguiente, desandarían tierras de Cercedilla, Manzanares el Real, Collado Villalba, Galapagar, Navalquejigo y finalmente Villanueva de la Cañada. Otras seis leguas les separaban de Navalcarnero. Y desde allí desandaron tierras de Villanueva de Perales y San Lorenzo de El Escorial, cruzaron el ramal de la Cañada Leonesa y atravesaron el sitio de las Olivas de Santander para entrar en tierras toledanas por Valmojado, donde repitieron una jornada de ocio, con similar resultado que en la ida.

Tras el merecido descanso recobrarían tierras de Torrijos, Gerindote, Escalonilla y Fuensalida, y acamparían en la Puebla de Montalbán. Los carreteros pretendían separarse en Urda, desde donde el grupo mayor continuaría camino de Toledo, y Sebastián y sus cuatro carretas se desviarían a tierras de Alcudia. Desde la Puebla alcanzaron Menasalbas y desde ahí bordearon el castillo de Guadalerza después de cruzar el arroyo chico de la Olivilla y el Camino Real del Molinillo. Llegaron a Marjaliza a última hora de la tarde. Caminaron hasta Urda al día siguiente después de recorrer el camino viejo de las Carretas, remontar la Sierra de Enmedio, y cruzar tierras del cortijo de los Hoyos, la cañada de Guerrero y el puerto de la Tejera.

En esta ocasión pasaron la noche en la venta de la Serna, parada acostumbrada por los carreteros. El edificio no difería en mucho con la recordada venta de Urda, tan solo la capacidad interior para los animales se reducía considerablemente, por lo que los bueyes tuvieron que pasar la noche a la intemperie custodiados por algunos carreteros. Por la noche, Serafín y Sebastián comentaron largamente las incidencias del viaje y la satisfacción de ambos por los resultados del mismo. Sebastián regresaba con el aprendizaje inicial de un nuevo negocio para su amo, y se mostró muy agradecido al tratamiento recibido por el mayoral de la carretería. Era muy posible que ambos volvieran a coincidir en algún nuevo viaje.

Por la mañana se sucedieron las despedidas y el intercambio de documentación. Sebastián recibía ahora los justificantes de su carga que le hacían responsable de la misma, de animales y hombres, y del estado en que las carretas alcanzaran su destino. Un apretón de manos selló la nueva amistad y el compromiso de compartir experiencia y responsabilidad. El grupo principal se dirigió hacia el este mientras Sebastián enfilaba su grupo hacia el sur acompañado por Alejandro y el zagal de las acémilas. Su primera jornada pretendía alcanzar Fernán Caballero y más tarde Picón, cruzando la laguna de la Camacha, el cerro de los Castillejos, el Mojón de los Carneros, la cañada del Puerto y el cerro de las Cencebras. Continuaron dirección a Valtravieso, cruzando el valle cercano a la Galiana. Desde Alcolea hasta el camino de Los Pozuelos por la dehesa de Herrera y Sierra Gorda. Una vez alcanzado Cabezarados, cruzarían el río Tirteafuera, subirían el puerto de los Carnereros y llegarían hasta las Viñuelas, para recorrer de nuevo la umbría hasta Veredas de Abajo y llegar hasta el puerto de Veredas por el caserío de la Viñuela. Desde allí vislumbraron el perfil de Almodóvar del Campo. Un escalofrío recorrió la espalda de Sebastián y a su mente afluyeron a borbotón los proyectos que maduraba cuando salió en dirección contraria. Prioridad absoluta tenía la celebración de su boda con Martina. Después las propuestas de venta de carbón y el transporte de madera a las minas. También era de vital importancia para él poder acceder a la cabaña carretera de Almodóvar del Pinar, y con esta alcanzar los contratos de transporte de madera a las minas de Almadén y de mercurio a las atarazanas de Sevilla. Para ello necesitaba el apoyo de Martina y su familia, pero sobre todo la confianza y el respaldo económico de don Diego. Pero eso sería más tarde. Ahora debía alcanzar los almacenes de Almodóvar donde descargar su cargamento de costales de sal. Llegaron a media tarde a la ciudad y a los almacenes del concejo. Allí dieron cuenta de la carga que traían desde tierras zamoranas y un alguacil marchó a la casa de don Diego para comunicar que su transporte había llegado. Acudió de inmediato Damián, el administrador, en ausencia de don Diego y dio orden a Sebastián de descargar una de las carretas en aquel almacén local, llevar otra a la casa principal y a la mañana siguiente debería desplazarse para entregar la carga de una carreta en Puertollano y la restante en Argamasilla.

Después de descargar en el almacén local, Sebastián puso rumbo hacia la casa de don Diego, donde carretas y bueyes descansarían hasta la mañana siguiente. Alejandro se ocupó de desuncir los bueyes y cobijarlos en las cuadras donde les dieron comida y agua. Sebastián se dirigió al interior de la casa donde le esperaban todos los ocupantes de la misma a excepción de don Diego que se hallaba nuevamente de viaje. El viejo criado saludó al soriano al recibirle en la puerta principal. Por el pasillo Martina corrió a abrazarse con Sebastián, abrazo que se prolongó durante algunos minutos intercambiando besos y algunas lágrimas. Ambos jóvenes esperaban con ansiedad su reencuentro y los demás los observaban con una sonrisa. María fue a saludar al mozo y alejarle momentáneamente de los brazos de Martina. Lo abrazó y le sancionó por su delgadez. Sebastián vio con sorpresa en un rincón del pasillo la figura rechoncha de Amadeo, al que no esperaba en la casa. Después de abrazarlo aquel le comentó que el señor lo había retirado del campo y le daba empleo en la casa haciendo recados y ayudando a las mujeres en la cocina y a los zagales en las cuadras. Le alegró que por fin hubiera recibido el merecido reconocimiento a su largo esfuerzo como pastor, y por supuesto contaría con él en un futuro próximo. En último lugar, Damián le requirió a su despacho donde ambos intercambiaron opiniones sobre el desarrollo del viaje. El administrador le transmitió la felicitación de don Diego por su trabajo y le emplazaba a reunirse con él pasados dos días, en que regresaría de Sevilla donde ultimaba unos negocios. Sebastián entregó a Damián la documentación que traía consigo, los recibos de carga y descarga, y las órdenes de pago libradas en Medina del Campo.

Cuando terminó la entrevista, Sebastián corrió de nuevo a la cocina, donde María le tenía preparado una tardía merienda, jamón, chorizos y queso acompañados de pan y buen vino. Con Martina sentada a su derecha no prestó mucha atención a la comida, pero alternaba besos con longaniza. Sin acabar de merendar, Rosa, la sobrina de don Diego llamó a Martina para acudir a su misa diaria. La muchacha se dispuso a salir y cogió de la silla un pequeño chal que la propia dueña le había regalado para aquellos propósitos. Una seña visual fue suficiente para que Sebastián entendiera que podía acompañarlas. También acompañó al grupo el administrador, que se hizo cargo de la joven en tanto Sebastián y Martina les seguían hablando de sus cosas. El mozo se quedó en la puerta esperando, y aprovechó para conversar con algunos vecinos, que de inmediato le pusieron al tanto de las novedades del pueblo.

De regreso, Damián le dijo que esa noche podría dormir en uno de los dormitorios de la planta superior, en vez de ocupar el pajar de las cuadras, donde

Amadeo dormía habitualmente. Una pícara sonrisa asomó al rostro del administrador, y el soriano trataba de encubrir el nerviosismo que se había apoderado de
su cuerpo. Martina ya lo sabría, pues al adelantar a los hombres le mostró una
sonrisa cargada de sensualidad. Al llegar a la casa, Sebastián se dirigió hacia las
cuadras acompañado de Amadeo para revisar el estado de los bueyes. Comprobó
cuidadosamente cada animal y estos se mostraban serenos y con un inmejorable
aspecto. Alejandro se había marchado hasta su casa en las afueras para compartir
con su familia la noticia de su llegada. Cenaron todos juntos en la cocina, a
excepción de Damián que lo hizo en su despacho, excusándose en el papeleo
que le esperaba antes de que volviera don Diego. Tras la cena, Sebastián tuvo
que repasar prácticamente todo su viaje, pues los demás comensales le acosaron
a preguntas: lugares, comidas y costumbres, fueron las más recurrentes, y a todas
hubo de contestar añadiendo su particular impresión sobre todo ello.

Con las despedidas, Amadeo acompañó a Sebastián a su dormitorio
y quedaron emplazados para el día siguiente al amanecer. Cuando por fin
se quedó solo en la habitación, la tensión del día se relajó, y casi estaba
dormido cuando Martina llamó a la puerta una media hora más tarde. Aquel
encuentro supondría para ambos jóvenes la culminación de una relación corta
pero muy intensa. La noche fue próspera en el amor y ambos disfrutaron
de las intimidades del otro, hablaron mucho sobre su proyecto común de
convivencia y de un prometedor futuro con suficientes hijos sanos y fuertes.

Por la mañana, continuaban enzarzados en un abrazo sin interrupción,
ambos satisfechos de haber descubierto al otro. Martina bajó primero con las
primeras luces del día. Sebastián se vistió tranquilamente disfrutando en el
recuerdo las recientes vivencias con Martina. Bajó a la planta inferior y salió
al patio, donde se lavó en el pilón central de granito. Amadeo ya se encontraba
en la puerta de las cuadras y recibió a Sebastián con una sonrisa bonachona
de complicidad. Sebastián devolvió la sonrisa junto a unos buenos días muy
alargados. Los bueyes habían pasado la noche sin novedad, y esperaban la
llegada de Alejandro en breve. Sebastián dio orden de uncir a los animales
en cuanto el boyero llegara a la casa, mientras él aprovechaba para desayunar
y despachar con Damián los recibos de entrega de la carga. De una de las
carretas, Sebastián cogió un paquete alargado muy bien envuelto, y se dirigió
a la cocina con él debajo del brazo donde Martina y María lo esperaban, una
con ansiedad, la otra con complacencia. Sebastián las sorprendió con aquel
paquete, que rápidamente María abrió cortando las cuerdas de envolver con
un pequeño cuchillo que guardaba en la doblez del mandil. En él Sebastián
había hecho guardar unas varas de paño traídas de Zamora; damasco blanco
de Granada y tafetán sencillo para Martina, un paño encarnado para María,
y seda carmesí y una vara de galón de oro para Rosa. Todos desayunaron
huevos fritos con tocino, leche y pan recién horneado.

Pasó por el despacho del administrador y Damián tenía los documentos
preparados, debían ser sellados en los pósitos de ambos pueblos al entregar

la mercancía. Cuando salió al patio las dos carretas se hallaban dispuestas para la marcha, con Alejandro al frente. Uno de los zagales abrió la portada a la calle Corredera y el grupo salió dirección Puertollano. Martina y María salieron a despedir a las carretas, y Amadeo, autorizado para acompañarlos se despedía de ellas sentado en el timón de la última carreta. Sebastián cerraba la marcha con una mula del ramal. En poco más de dos horas habían recorrido las casi dos leguas de distancia entre ambas poblaciones. El pósito se encontraba en la entrada sur y el grupo debió cruzar todo el pueblo. Descargaron los costales de sal de la primera carreta y el encargado selló el recibo para el cobro. Después de interrogarle sobre dónde cargar carbón vegetal para su regreso a Almodóvar, la última de las carretas salió dirección a Argamasilla, la otra se quedó en Puertollano bajo la atención de Amadeo mientras los carboneros la cargaban. Poco más de una legua tuvieron que recorrer sin incidente alguno. En el pósito del concejo descargaron la carreta y Sebastián se ocupó de que el responsable sellara el recibo correspondiente. Allí debían cargar toda la verdura de las huertas locales que pudieran comprar, con el encargo de Damián de pagar con algunas monedas que aquel le había entregado. En las afueras de la población los hortelanos los recibieron con la carga preparada: calabacines, cebollas, calabazas, judías verdes, lechugas, nabos, pimientos, rábanos y tomates junto a brevas, cerezas, ciruelas y algunos melocotones que cargaron en grandes seras y capazos de esparto.

De regreso en Puertollano, Amadeo les esperaba con la carreta cargada y los bueyes impacientes. El grupo retomó el camino y a media tarde estaban de regreso en Almodóvar. Las carretas se apearon en sus mozos en el corral exterior después de dejar su carga en las cocinas y carboneras de la casa, a la espera de que Amadeo las limpiara. Alejandro, acompañado de uno de los zagales conduciría los bueyes hasta la finca de tierras comunales donde pastarían hasta la próxima misión de transporte. Hasta el regreso de don Diego, Sebastián aprovecharía para desplazarse a La Ballestera y saludar a sus compañeros.

Había llegado la hora de planificar la boda. Los dos jóvenes habían previsto celebrar la ceremonia a mediados de agosto, cuando las tareas del ganado y del campo permitirían mayor relajación para ellos y sus invitados; entre los días dieciséis y veintitrés, ambos domingos centrales del mes.

Sebastián llegó temprano a la cita con don Diego. Pasó antes por la cocina para saludar a Martina y María, que lo recibieron con alegría. Amadeo estaba terminando de desayunar y se le veía jovial y muy contento. Charlaron un momento hasta que Damián le indicó que el señor le esperaba en su despacho. Tocó la puerta y pasó al interior de la habitación. Don Diego estaba sentado al fondo de la sala y se incorporó para recibirlo. Le estrechó la mano y le indicó que tomara asiento. Sin dejarlo hablar, don Diego le felicitó por el trabajo desarrollado en su reciente viaje y por la iniciativa de mantenerse en el grupo y regresar con carga adecuada a las necesidades de la población y de fácil colocación. Don Diego le transmitió su confianza y su apoyo económico en los proyectos que había propuesto en la última reunión, por lo que mantendría a su disposición carretas y animales, además mantendría a Alejandro bajo su mando. También le felicitó por la decisión de contraer matrimonio, y que ambos permanecieran al servicio de la casa. Don Diego quería colaborar en la celebración de la boda, corriendo con los gastos de agasajar a los invitados, así que podían contar con su bendición y anunciar a los sacerdotes sus intenciones. También había dispuesto que ocuparan una pequeña vivienda que la familia tenía al final de la misma calle, con lo que Martina podía continuar atendiendo sus obligaciones en la cocina. Para Sebastián había dispuesto un aumento de su salario en base a la producción alcanzada con los contratos de transporte de mercancías que obtuviera. Por el momento, la casa correría con los gastos de manutención de bueyes y carretas, así como la asignación de Alejandro y Amadeo, al que ponía a su disposición, recordándole que no debía sobrecargar de trabajo al viejo pastor. Don Diego encargó a Sebastián que realizara un corto viaje por el territorio cercano para comprobar de primera mano las posibilidades de transporte de la zona. Debería presentar un informe al respecto en los siguientes días. Podía contar con Amadeo y llevar consigo un par de mulas para su propio servicio.

Durante la siguiente semana, Sebastián y un agradecido Amadeo recorrieron caminos y majadas, el primero observador de cuanto iban descubriendo, el segundo liberado del letargo de sus tareas en la casa. Pudieron conversar con muchos lugareños, propietarios, arrendatarios, productores y tratantes, de los que obtuvieron valiosa información sobre negocios y necesidades, investigación que abría numerosas oportunidades de negocio para todos. De nuevo en la mesa del noble, Sebastián expuso su repensada propuesta. Almodóvar poseía un territorio muy extenso, de más de ocho leguas de norte a sur y unas siete leguas y media en sentido transversal, que contemplaban un total de trescientas mil fanegas de tierra productiva, más de quinientas mil cepas y cerca de treinta mil olivos, que abonaban los diezmos propios de la Encomienda, la Mesa Maestral y el Arzobispado de Toledo. Al sur de la villa, limitando con la comarca cordobesa de Los Pedroches, se ubicaban la mayoría de molinos y batanes, pertenecientes mayormente a propietarios cordobeses, de las poblaciones de Torremilano, Torrecampo, Pozoblanco, Pedroche, Fuenteovejuna, Torrefranca o Villanueva de Córdoba. En la ribera del arroyo de Casillas se ubicaban catorce molinos harineros y tres batanes; en el arroyo Gelices, dos molidos harineros; en el río Tablillas, dos molinos harineros y otro en las Casas de Rivera, estos últimos pertenecientes a algunos vecinos de Almodóvar. Existían también dos molinos de aceite, uno de ellos perteneciente a la familia Jijón Pacheco.

Casi mil vecinos compartían residencia en Almodóvar, casi todos viviendo en el casco de la villa y algunos en la aldea de Brazatortas. Entre sus vecinos destacaban muchos profesionales: un médico, cinco escribanos, un juez conservador y sus tres guardas a caballo, un teniente de guarda mayor y sus ocho guardas menores, estos relacionados con Alcudia. Otras profesiones menores convivían en las calles de la ciudad: un tratante de lencería, cuatro tratantes de telas y encajes, cuatro tenderos, dos tratantes de curtidos, un tratante de cera, tres arrieros, dos boticarios, un barbero-sangrador, dos maestros, un carnicero, cinco maestros carpinteros, seis maestros carreteros, cinco maestros albañiles, tres oficiales herradores, siete maestros de sastre, nueve zapateros, diez panaderos, un maestro sombrerero, un maestro curtidor, uno dorador y otro tejedor, un maestro talabartero y dos caldereros completaban el abanico de comerciantes. Con dedicación exclusiva al campo convivían doscientos ochenta labradores de tierra propia, setenta y dos mayorales de labor, ochenta y tres mayorales de ganado, tres mayordomos, trece hortelanos y doscientos cincuenta jornaleros. En edad casi escolar sesenta y tres zagales se repartían entre las diferentes labores del campo.

No cabía duda de que el informe que Sebastián presentaba era del todo completo, y de igual manera se podía intuir que el negocio del transporte de mercancías no debería carecer de encargos. No faltarían movimientos de grano a los molinos o al pósito, ni de vino a tabernas, ventas, monasterios y a las propias bodegas del maestre, o aceite de las almazaras. Todos los profesionales necesitarían mercaderías, y el campo ofrecería otras cargas complementarias como carne, lana y hortalizas. Por su parte, don Diego mantenía buenas relaciones con los puestos más notorios de la ciudad, y habría de hacerles saber de su potencial como carretería local: alcalde entregador de Almodóvar, guarda mayor de Alcudia, depositario local de los aprovechamientos de Alcudia, alcalde mayor-juez conservador de Alcudia, mayoral apoderado del duque del Infantado o mayoral apoderado del conde de Valparaíso se convertirían en posibles demandantes de los nuevos servicios de la casa. Era evidente de que el grupo de carretas debía ser ampliado, y en ese encargo quedó don Diego en sus viajes a Toledo o Sevilla.

Aquel día Rosa y Martina marcharon a la iglesia con una tarea complementaria. Debían anunciar al clérigo responsable la intención de contraer matrimonio de Martina y Sebastián, para que procediera con los actos previos y fijar la fecha para la ceremonia. Los curas locales vivían de las ofrendas de los fieles, mientras acercaban al pueblo los temas religiosos con un propósito didáctico y moralizador. Almodóvar encabezaba la congregación espiritual de la zona, bajo la supervisión de un religioso que contaba con las órdenes mayores de sacerdocio, diaconado y subdiaconado al servicio de su comunidad religiosa, preparaban sermones, oficiaban eventos como bodas o funerales y ayudaban a las personas en momentos de necesidad o aflicción. Rosa tenía una muy buena opinión del sacerdote de la iglesia de Nuestra Señora de la Ascensión, hombre muy educado y compasivo, en contra de lo habitual en la Iglesia del momento. Muchos candidatos al presbiteriado buscaban en las instituciones eclesiásticas un medio seguro de subsistencia; pocos sacerdotes sabían predicar; no se cuidaba su formación porque los obispos se contentaban con que supieran leer y escribir, pronunciar el latín y conocer los sacramentos, la mayoría de ellos segundones o hijos espurios de familias hidalgas que pretendían resolver su situación personal de manera segura. Las dos mujeres confiaban en que les ayudaría en todo lo relacionado con la boda. También llevaban encargo de visitar a un sastre asiduo a la familia, con el que conversarían sobre el vestido de la novia.

Tras esta primera toma de contacto, Rosa emplazó al cura a merendar en la casa al día siguiente para seguir hablando de la boda. Eran poco más de las cinco de la tarde cuando el sonriente vicario llamó a la puerta. Le invitó a entrar el viejo criado de la casa, que lo acompañó a la biblioteca donde se incorporaría la señora en cuanto él la avisara. Rosa tardó unos minutos en presentarse y sorprendió al cura analizando los libros de su tío. Ambos se sentaron en una pequeña mesa situada en el centro de la estancia, y Martina apareció con una bandeja en la que se adivinaba una chocolatera de cobre y varias tazas de bella factura. Martina sirvió las tazas y una bandeja con algunos dulces. Rosa apremió a la sirvienta a que se sentara a la mesa para conversar con el *padre* sobre el asunto que los había convocado. Sacerdotes más liberales, comentaba el religioso, habían contemplado el matrimonio como un convenio para el bienestar y la estabilidad de la pareja, para la conformación de una familia, donde lo económico jugaba un papel muy especial. En ese sentido, el hombre y la mujer manifestaban y aceptaban verbalmente las costumbres y la moral de la sociedad, las directrices marcadas por el Antiguo Testamento, y era suficiente para consolidar el vínculo. A partir de su estimación como sacramento, la Iglesia había intervenido normalizando la costumbre y el derecho canónico separándolo del civil.

En ese sentido, los esponsales eran considerados como promesas efectuadas por dos personas de diferente sexo, de un futuro casamiento. Promesa que debía ser expresada libre, sincera y recíprocamente, al tiempo que se legitimaba por el consentimiento paterno. La costumbre castellana consideraba su celebración *por medio de cosa*, cuando se entregaban arras o un anillo en señal de tal promesa. La Iglesia permitía la celebración de esponsales *por carta o por un procurador especial*. El matrimonio obligaba al cumplimiento de la promesa dada. No era posible retractarse en perjuicio de terceros, ni de la palabra dada con conocimiento de causa. El sacerdote continuó aclarando algunos aspectos más del compromiso matrimonial. Debido al incumplimiento de esponsales por muchos hombres, había sido necesario dictar normas estatales que lo dotaran de una obligación contractual para proteger el honor de la familia de la mujer. Generalmente, los esponsales se realizaban en privado, con la venia de los padres y algún tipo de solemnidad, como la bendición sacerdotal, el protocolo ante un escribano o el intercambio de objetos simbólicos. Tras los esponsales, los desposados no podían habitar bajo el mismo techo, hasta no celebrarse formalmente el matrimonio, aunque sí les estaban permitidas las relaciones sexuales. En caso de esponsales de personas pertenecientes a la nobleza se solicitaba presentar la constancia del asentimiento paterno por escrito, incluso la presencia de testigos para probar la validez de los esponsales. Solo podía disolverse tal compromiso por unas causas probadas: una voluntad de los desposados opuesta a la promesa, la presencia de un impedimento que disolviera el compromiso, cuando los esponsales fueran celebrados por dos prepúberes, el cambio notable en el espíritu, las costumbres, las facciones corporales o los bienes de fortuna, los votos religiosos tras el compromiso, la separación o fuga y la jactancia.

Tras la merienda, que se extendió más de una hora, Rosa emplazó al sacerdote una semana más tarde. Una vez solas en la habitación Rosa comunicó a Martina su idea de solicitar autorización de su tío para celebrar tal compromiso en la casa, con la presencia de los padres de Martina y de ellos mismos como testigos, bajo la bendición sacerdotal del clérigo. Martina corrió a contarle las nuevas a María, que entusiasmada ya empezaba a soñar con la celebración de un banquete tras la ceremonia en la iglesia de Nuestra Señora de la Ascensión.

A la mañana siguiente Rosa, que había tomado las riendas de la ceremonia, se hizo acompañar de Martina para visitar nuevamente a uno de los sastres ubicados en la ciudad. Aquel llevaba trabajando para la familia desde que ella recordaba, y siempre había confeccionado la ropa de sus padres, su tío Diego y la suya propia. Se alegró mucho al ver a Rosa en su taller, pero frunció el ceño cuando aquella le dijo que en esta ocasión la confección iría destinada a Martina, necesitaban un traje de novia, discreto y para ello le entregaron las piezas de tela que Sebastián había traído de Zamora. El sastre se sorprendió de la calidad de las telas, y de que un mayoral de la casa pudiera acceder a tales tejidos, pero Rosa le conminó a dejar los comentarios y tomar medidas para el vestido. El trabajo del sastre sería cargado a la cuenta de la casa y debería estar listo en tres semanas.

Las bodas no eran una excepción a las modas de la época, que desde la Corte se reflejaban en las ciudades. Tanto hombres como mujeres vestían telas ricas y coloridas como verdaderas piezas de arte. Las novias de la nobleza y de familias de comerciantes ricos vestían con un lujo desmesurado. El color blanco no era muy habitual, en cambio la mezcla de colores en el vestido, como el azul claro y el marfil y oro eran muy procedentes. Las faldas, de seda o satén se dividían en el medio y se ataban a la espalda para revelar otra falda de brocado de seda debajo. Eran habituales los corpiños ceñidos con hueso de ballena para contener el pecho de la novia, que finalizaban con escotes redondeados y de corte bajo.

Los vestidos de las novias de clase media o con menos medios económicos, eran de confección más simple o usaban su *mejor domingo*, a menudo de un solo color; verde o rojo oscuro era muy común, las mujeres maduras solían utilizar el marrón o el negro. Las mangas cónicas y simples. Las blusas de aquellos vestidos se adornaban a veces con algún diseño estampado, en el mismo color que la falda, lo que hacía más elegante el vestido. Para Martina, el sastre pensó en una pieza intermedia, ya que la tela disponible y el dinero de los Jijón tranquilizaban al artesano. Una sólida falda de línea recta de damasco blanco y una blusa de tafetán conformarían la base del vestido. Añadiría un corpiño con parte de la seda que Sebastián había regalado a Rosa, y que esta entregó al sastre, junto a algún adorno con encaje o cintas. Estos complementos eran muy utilizados en los vestidos de novia de la época. Los escotes y mangas completas del vestido serían adornados con un collar de encaje que la propia Rosa entregó, y completaría con un pequeño broche de oro que la señora prestaría en aquel día tan señalado.

Rosa había pensado en el traje que debía llevar Sebastián. Como hombre dedicado al campo sus ropas eran muy populares. Calzón con medias y camisas con chalecos o zamarras. Para la ocasión, Rosa pensó en pantalones de montar de color oscuro como los que su tío utilizaba en la casa, y una camisa de lino con cuello redondo, que podría utilizar posteriormente en sus desplazamientos a caballo. La vestimenta se completaría con un chaleco largo de terciopelo. Su tío le había encargado como regalo personal para Sebastián unas botas altas de cuero negro.

Satisfecha una y agradecida la otra, regresaron a la casa. Martina fue rápidamente a la cocina para contarle a María lo ocurrido en el taller del sastre. En tres semanas las ropas estarían listas, y lo más importante, serían un regalo de la casa, Rosa y don Diego se habían volcado con ellos para aquel acontecimiento, y por ello les estaría agradecida durante mucho tiempo. María se mostró muy contenta y se marchó hasta la biblioteca para planear con la señora Rosa la celebración en la casa. No sabía cuántos invitados acudirían y quería anticipar el menú lo suficiente para no tener problemas de suministro. También necesitaba saber si los esponsales se realizarían en la casa. Después de conversar con Rosa más de media hora, esta hizo llamar a Amadeo, que como siempre se encontraba trasteando por las cuadras o por el patio. Acudió de inmediato y tras llamar a la puerta entró en la biblioteca. Rosa le ordenó disponer una mula con lo necesario y marchar, a la mañana siguiente, hacia Navacerrada con el fin de avisar a los padres de Martina de la celebración de la ceremonia de esponsales el siguiente sábado, fecha en la que estaba previsto que don Diego regresara a la casa. Les diría que debían estar allí en esa mañana y podían, si lo deseaban, hacerse acompañar por sus hijos. Rosa dio por terminada la preparación de la boda por el momento. Cuando pudiera hablar con su tío le pondría al día de los preparativos.

Entre tanto, Sebastián deambulaba entre La Ballestera y los terrenos comunales donde Alejandro cuidaba de los bueyes. Acompañó a Antonio varias veces a comprobar el estado de ovejas y pastores por los quintos de la dehesa, interesándose por el destino de José, al que no veía hacía algún tiempo. Fue Antonio quien le puso en antecedentes de su marcha con un ingeniero alemán y su dedicación a la investigación minera. La mañana del sábado, Sebastián llegó pronto a la casa. Damián le indicó que don Diego le recibiría a mediodía, en tanto ambos tenían que preparar la documentación para un próximo viaje hasta Almagro con una carga de costales de avena. Las cuatro carretas debían volver con madera para la construcción.

Después de despachar con Damián, se pasó por la cocina para saludar a Martina y a María. Ambas se mostraban nerviosas por la ceremonia de la tarde. Sus padres no habían llegado todavía. No había pasado una hora cuando el viejo criado avisó a la cocina de la llegada de los padres de Martina. Ella salió a recibirlos y se abrazaron todos en el vestíbulo de la casa. Martina los invitó a entrar en la cocina, donde tenía preparada alguna comida y bebida. Manuel y sus hijos, Servando y Luis, saludaron a Sebastián y a los presentes, Amadeo y Damián. Su madre, Adriana saludo al mayoral y se retiró con su hija y María. Sebastián y Manuel estuvieron conversando un rato alejados del grupo familiar. Más tarde, acompañados ya por sus cuñados, salieron de la casa con idea de pasear por la ciudad hasta la hora que debía entrevistarse con don Diego. Pasaron por la calle principal y estuvieron en la plaza de la iglesia. Tomaron vino en el mesón de la plaza y estuvieron hablando sobre la campaña de carbón y de la propuesta que Sebastián debatiría con su señor para la compra del carbón de aquel año.

Hicieron tiempo paseando hasta que el sol se situó en lo más alto. En la casa, Damián se apresuró a llamar la atención de Sebastián haciéndole ver que don Diego le esperaba en el despacho. Llamó y entró. Agradeció en primer lugar la atención que la familia había tenido con ellos con respecto a la ropa para la ceremonia de la boda, así como la comida de celebración. Don Diego quiso hacerle ver que eran regalos de boda para unos buenos servidores de la casa, que habían cumplido honradamente con su trabajo, y se preocupaban de que la familia prosperara con nuevos negocios. Le preguntó si había ultimado con Damián los términos del viaje a Almagro, y le entregó una carta que debía llevar hasta el abogado fúcar don Juan. También le informó sobre el estado de José, que se encontraba destinado en las minas propiedad de la familia alemana. Se despidió de él hasta la media tarde en que tendría lugar el acto de esponsales.

Sobre las cinco de la tarde, después de comer todos juntos en la cocina, la señora Rosa hizo llamar a Martina y a Sebastián a la biblioteca. Allí repasaron por última vez los detalles de la ceremonia. Minutos después hizo entrada el sacerdote. El acto tendría lugar en la sala final del vestíbulo, de mayor capacidad. Don Diego entró en la habitación cuando ya todos se encontraban dentro. A un lado, Sebastián acompañado de Amadeo y Damián. A otro Martina, sus padres y sus hermanos, y María al fondo de la sala. El sacerdote, Rosa y don Diego presidían la escena.

El sacerdote ofició la ceremonia de esponsales como era acostumbrado. Ambos jóvenes expresaron su deseo de contraer matrimonio y aceptaron el compromiso que aquello conllevaba. Manuel autorizó la relación y entregó a Sebastián, como dote, un documento que comprometía la producción de carbón de aquel año. El acto se cerró anunciando las proclamas para los tres domingos siguientes, tal como mandaban las normas eclesiásticas. Para terminar con los compromisos, don Diego hizo entrega a Sebastián y a Martina de la llave de la vivienda que la familia les entregaba como regalo de bodas mientras ambos permanecieran al servicio de la misma. Finalmente, don Diego saludó a todos los presentes y junto a su sobrina se retiraron. El sacerdote felicitó a los prometidos y los emplazó para la misa del domingo. María, muy hábil, retiró del brazo al sacerdote hasta la cocina, dejando así a la familia junta para celebrar el compromiso. Una hora más tarde, después de comer algo, la familia Osoro regresaría a Navacerrada a continuar con sus actividades. La próxima visita sería para la celebración de la boda.

La dote representaba un adelanto del patrimonio familiar que el padre distribuía entre sus hijas para garantizar una solvencia económica para la vida futura de la pareja. Generalmente consistían en bienes personales, bienes inmuebles, herramientas de trabajo, dinero o ganado. Un curioso dato sorprendió a Sebastián cuando Damián le explicó su posición como deudor de la dote ante la familia de la mujer. El marido se convertía en el receptor y administrador de la dote. Si su muerte se producía en primer lugar, el importe de aquella dote se descontaba de los bienes de aquel y regresaría a la familia materna. Si fuera la esposa la fallecida sin que hubiera descendientes, la dote pasaría a poder del marido siempre que procediera de la línea materna de su esposa, en caso contrario, debía pasarlos al suegro o a la familia de la esposa.

Era necesario que el sacerdote comprobara el cumplimiento de los requisitos del futuro matrimonio y las condiciones de los contrayentes, así como la existencia del consentimiento paterno, que en esta ocasión había verificado personalmente durante la ceremonia de esponsales. Como primer formalismo debía verificarse la *información de libertad*, requisito que desde mediados de siglo la Iglesia estableció como necesario. A tal efecto, los contrayentes debían ser citados a declarar junto a algunos testigos ante el cura, con asistencia del notario eclesiástico, con el fin de acreditar la calidad, honradez y estado de los pretendientes, al tiempo de verificar que no existieran impedimentos. Más tarde serían necesarias las *proclamas* o anuncios. Con ellas se hacía de dominio público la intención de los novios de establecer tal unión matrimonial. Aquellas proclamas tenían como fin evitar matrimonios clandestinos. Los anuncios debían hacerse durante tres días de fiesta consecutivos, y dentro del ritual de la misa mayor.

Una vez cumplidos todos los requisitos; esponsales, expediente matrimonial, superados los disensos y aceptada la dote, la pareja podía, por fin, recibir el sacramento del matrimonio en una misa de velación. Estas misas no podían realizarse entre el Adviento (del veintisiete de noviembre hasta el veinticuatro de diciembre) y la Epifanía (el seis de enero), ni entre el día de Ceniza (el dos de marzo) y la octava de Pascua (el veintidós de abril). La ceremonia se realizaría en la iglesia, en presencia del sacerdote y los testigos, preferentemente en horas de la mañana y en el lugar del domicilio de la contrayente. La velación consistía en la bendición solemne de las nupcias, con modestia y honestidad. Finalmente se registraba el hecho en los libros parroquiales por el notario eclesiástico.

VII
JOSÉ Y LA INVESTIGACIÓN MINERA DEL VALLE

Meses atrás, don Diego y el abogado madrileño Justo Aparicio, representante de la familia Fugger en Almagro habían quedado emplazados para una futura reunión en la que tratar el asunto de las prospecciones en el Horcajo. Aquella fría mañana de lunes volvieron a reunirse en el palacio-almacén de Almagro. En esta ocasión al abogado lo acompañaba un individuo delgado, de mediana edad y aspecto irritable. Don Juan lo presentó como Karl Weber, ingeniero alemán que se encontraba inspeccionando en la zona para la familia desde hacía algún tiempo. No cabía duda de que el alemán conocía el paisaje de las tierras del Valle. Con autoridad expuso sus trabajos sobre la ubicación de torres de mampostería medio derrumbadas y montones de escombros grises y pardos que se dispersaban por todas partes como señales de una actividad extractiva y de técnicas metalúrgicas anticuadas. El ingeniero ya había estado moviéndose por la zona en años anteriores, integrado en un grupo organizado que estudiaba los yacimientos minerales de varios distritos mineros, Sierra Morena, Linares-La Carolina, Valle de los Pedroches, Castuera-Azuaga y el propio Valle de Alcudia, que territorialmente abarcaba los términos de Almodóvar, Santa Eufemia, Belalcázar, Tirteafuera y Mestanza, todos ellos centrados en yacimientos filonianos de menor importancia donde primaba la extracción de plomo, zinc y plata, cobre o antimonio.

Karl y su equipo había estudiado los vestigios romanos de *La Bienvenida* y los restos de la antigua explotación de *La Romana* en Almodóvar del Campo. Pudo comprobar las explotaciones mediante galerías inclinadas viajando hasta la mina de galena argentífera de *el Quinto del Hierro* en Almadenejos, incluso había podido analizar con detalle un complejo que aglutinaba, juntos, los tres vestigios minero-metalúrgicos más antiguos: el laboreo de la mina, el hábitat minero y la fundición, conocido como *Diógenes* en Solana del Pino, que junto a las explotaciones de Almadén y el Centenillo, en Baños de la Encina (Jaén), supusieron el centro neurálgico de las minas romanas de la Península.

La casa alemana de los Fugger, pionera en la aplicación de las mejoras técnicas en sus explotaciones mineras, ofrecía a sus ingenieros toda la información sobre los descubrimientos que los recientes tratados de minería y metalurgia comenzaban a imprimirse en Europa. Obras como *Pyrotechnia libri X, De Re metallica libri XII*, o el *Tratado de Descripción de las Principales Venas Metálicas y Minerales*, permitieron a los ingenieros alemanes adelantarse a su tiempo en el tratamiento de la metalurgia en España. Karl, seguidor incondicional del trabajo de los pioneros franceses en la investigación de minas Martine de Bertereau y Jean de Chastelet, traía bajo el brazo la última publicación al respecto cuando llegó a Almagro procedente de la región del Ruhr, *el Arte de los Metales,* obra que permitiría progresar años en la separación del oro y la plata de otros materiales aprovechando la intervención del mercurio.

El ingeniero alemán puso al día a ambos señores respecto de sus investigaciones y sus pretensiones de seguir con las prospecciones en el resto de yacimientos elegidos. Ambos industriales estuvieron de acuerdo en continuar con la investigación para poder tener elementos de juicio suficientes para valorar las inversiones necesarias a la hora de poner en marcha los yacimientos y retomar la actividad minera en el Valle, pues desde principios del siglo se encontraba muy diluida. Don Diego mostró su interés en que se uniera al grupo de investigación su empleado José. No hubo oposición y Karl estaba encantado de contar con dos brazos más para trabajar. Volverían a reunirse a finales de mes para analizar los avances del grupo. En tanto el abogado de la familia alemana estudiaría la formación de una sociedad de inversiones para la explotación de la minería de la zona, sobre todo de la zona del Horcajo, donde tenían puestas la mayor parte de sus esperanzas.

El administrador de don Diego trasladó la orden a la majada para que José se incorporara al grupo de investigación de Almagro cuanto antes. Sus tareas quedarían al cargo del pastor que Antonio, el mayoral, estimara más conveniente, y si era necesario sería sustituido por otro contratado al efecto. Tres días más tarde, José partió de La Ballestera para ver cumplida la mayor de sus aspiraciones, con el pensamiento de no volver. Recorrió a pie la distancia que separaba Almodóvar de Almagro y con noche cerrada llegó al palacio Fugger donde lo recibió un criado que le ofreció algo de comer y un lugar donde dormir. A la mañana siguiente se presentaría al ingeniero que descansaba en la casa principal. Se levantó temprano, producto de la ansiedad que le provocaba su cercano futuro. Era consciente de que debía recoger toda la información posible y comunicarla más tarde a su mentor, don Diego, que quería tener de primera mano toda la ventaja posible ante su compañero de inversiones. Después de desayunar con los criados de la casa fue llamado a presencia del ingeniero. Nervioso llamó a la puerta del despacho y entró. Frente al alemán mostró la desconfianza propia de los primeros contactos. La conversación le fue tranquilizando y pudo observar que a pesar de su aspecto el ingeniero era un hombre afable y simpático que conocía nuestro idioma perfectamente. La primera orden que recibió fue la de marchar a una de las carpinterías locales para recoger estacas de madera de varias longitudes que ya se habían encargado. Debía preparar una pequeña carreta en la que trasladarían todo lo necesario para su trabajo de inspección. Al día siguiente partirían con destino a las antiguas explotaciones de la casa para el muestreo y análisis de las escombreras, incluso revisarían toda la zona en busca de algún pozo o afloramiento que denunciar. Otras dos personas se integraban en el grupo, al que en un futuro se uniría un zahorí granadino de la máxima confianza del ingeniero.

Por delante tenían unos días de laborioso trabajo en las concesiones que la familia Fugger había estado explotando por el sudoeste calatravo: las minas del valle de Quiles, de la dehesa de Villagutiérrez y las de Brazatortas, Almodóvar del Campo, Solana del Pino y Mestanza. En la mina *El Viejo* del valle de Quiles se había invertido más de millón y medio de maravedíes para mejorar su rendimiento por una empresa sevillana que llegó a emplear a doscientos veinte mineros. Poco más tarde la mina fue comprada por un inversor florentino, Juan Bautista Portiguiani, quien la vendió a la familia Fugger a inicios del siglo XVII. En aquella explotación se llegó a pagar treinta y cinco reales por quintal de plomo. El plomo trasladado en barco hasta Florencia se pagaba a sesenta marcos de plata los cien quintales.

Karl pudo corroborar en sus investigaciones cómo en la segunda mitad del siglo XVII se produjo una profunda crisis que afectó a toda la minería de la zona, producida por el agotamiento de los filones más productivos y el desvío de los inversores a otras zonas de reciente descubrimiento en Sevilla, Córdoba, Jaén o el sur de Badajoz. Sobremanera influyó en la decadencia la emigración de especialistas a las minas de Indias. La mayor parte de la actividad minera se centraba en el refundido de los escoriales antiguos, con el inconveniente del precio elevado del combustible y la falta de mano de obra especializada. A todo ello se unía el despótico interés económico de los inversores. En la cúspide del negocio minero se situaban los dueños de los filones, integrado mayormente por financieros extranjeros, terratenientes locales, militares, indianos retornados y algún judeoconverso adinerado. En el extremo opuesto de la balanza se situaban los mineros contratados a *partido* o los aventureros enriquecidos rápidamente que alquilaban concesiones con la esperanza de hacer fortuna y que hicieron popular el dicho: «(sic) arrendadorcillos, comer en plata y morir en grillos».

El primer proceso de relavado sería llevado a cabo en la antigua explotación de *El Viejo*. El yacimiento se encontraba en el paraje de la dehesa del Collado y las Minetas de Cabezarados, en el término municipal de Villamayor de Calatrava, y ya había sido beneficiado por los romanos. El descubrimiento de la *vena del Viejo* en 1540 situó al yacimiento como el más rico de Castilla. Hacia finales del siglo XVI los Fugger accedieron a la concesión de la explotación y al beneficio de sus minerales de plomo, plata y zinc, labores que compartieron con las realizadas en la mina *Villazaide* situada en Villamayor. Karl pretendía estimar el resultado del aprovechamiento de los escoriales mediante un relavado del material. Originariamente el proceso de lavado se realizaba a pie de pozo mediante unas arcaicas máquinas que lavaban los minerales en diferentes cribas de cajón, conocidas como *palanquines*, que situadas a diferente altura funcionaban mediante tracción animal.

El sistema se reutilizaría acondicionando los palanquines. El ingeniero alemán pretendía con este sistema separar y decantar los minerales, ordenándolos en capas según su densidad. Karl había realizado un diseño para que el carpintero local construyera este nuevo modelo, formado por un brazo con un cajón con rejilla en uno de sus extremos que mediante un movimiento de palanca era introducido en un cajón de mayor superficie con agua. Al accionar el brazo, la criba se sacudía en el interior del cajón mayor permitiendo la decantación de los minerales más pesados al fondo. Además de aquel sistema, Karl pensaba construir unas pequeñas balsas de finos o *rumbos* de forma circular donde verterían el mineral y por medio de una corriente de agua y el movimiento giratorio de unas lonas conseguiría separar los minerales por sus distintas densidades, quedando los pesados en el centro y los más ligeros cerca del borde. Karl había observado esa técnica en las minas de estaño inglesas. Su estimación de laboratorio le animaba a pensar que podría recuperar poco menos de una onza de plata por quintal tratado, además de gran cantidad de zinc.

Cuando el equipo llegó a la zona se ocupó en primer lugar de localizar el sitio más adecuado donde construir los rumbos, cerca del arroyo donde pudieran desviar el agua para el lavado de los materiales. Una vez localizado el punto más apropiado dos de los hombres se ocuparon de acercar las piedras necesarias para la construcción de las balsas circulares de dos metros de diámetro y media vara de altura. Se construyó junto a estos improvisados lavaderos un tenderete donde colocar los aparatos de medida y pesaje, así como los cuadernos de notas del ingeniero. El equipo revisó las construcciones abandonadas para encontrar la más adecuada donde alojarse durante la noche y los períodos de descanso. José y Karl se ocuparon de descargar la carreta cargada con los recién construidos palanquines. Ambos habían congeniado bien, y durante los días que llevaban juntos José ya había demostrado su interés por todo lo relacionado con las minas, incluso se atrevió a pedir prestado alguno de los libros que Karl llevaba consigo pues, aunque su lectura no era muy fluida, podría suplirlo con dedicación. Finalmente, el ingeniero decidió que el grupo se alojaría en Tirteafuera una vez terminado el trabajo ya que no encontraron ningún lugar apropiado para dormir. A poco más de una legua, el pueblo les ofrecía alguna comodidad y una cena caliente.

Los siguientes días, y mientras se construían las balsas y se ajustaban los palanquines, Karl y José se dedicaron a medir los escoriales al objeto de poder calcular el volumen de mineral recuperado tras las pruebas iniciales. Esperaba que esos primeros datos animaran a los inversores para continuar las pruebas sobre los demás yacimientos, aunque no confiaba en obtener grandes resultados. En poco menos de una semana todo estaba preparado y podían comenzar los trabajos. El desvío del arroyo se realizó mediante un caz excavado en la tierra hasta una arqueta de decantación anterior a las balsas, y únicamente se canalizó la entrada a los *rumbos* con tubería cerámica. Aquella mañana comenzaron a llenar las balsas y empezó el proceso de relavado de las escorias. Al final de la jornada, los hombres recogieron el limo depositado y lo entregaron al ingeniero para que pudiera analizarlo. Karl extendió el material para secarlo y poder trabajar con el polvo obtenido. Aquel material, protegido contra las inclemencias, pasaría la noche y a la mañana siguiente el ingeniero podría realizar los primeros análisis.

Pudieron cenar en la casa donde se habían alojado. A cambio de unas monedas, la familia los acogía y les permitía dormir en el pajar y comer algo caliente. Por la mañana madrugaron y, con unas migas por desayuno, emprendieron de nuevo el camino hacia el yacimiento. Karl se mostraba nervioso e inseguro del resultado de las muestras obtenidas. Al llegar al cobertizo ordenó repetir el trabajo de la jornada anterior. Durante todo el día estarían relavando de nuevo más material. Después de pesar, calentar y repesar los finos, el rostro de Karl no era muy expresivo, diría que casi decepcionado. El resultado obtenido se alejaba mucho de lo esperado. Pero no podía hacer nada más, tan solo esperar al resultado del día para repetir los ensayos. La muestra de finos obtenida por la tarde se quedó nuevamente protegida hasta el día siguiente.

Durante una semana estuvieron repitiendo el proceso de relavado, y el resultado de las muestras no mejoraba. Karl y José recorrieron con calma las escombreras con la esperanza de vislumbrar algún cambio en su composición. José marcó con estacas varios lugares por indicación del ingeniero. Probarían suerte con muestras de aquellos puntos. Por la tarde, antes de partir hacia Tirteafuera, José dio instrucciones para que los siguientes días los hombres repitieran el proceso, pero con escorias procedentes de aquellos lugares marcados, y guardaran las muestras hasta su vuelta. Karl siempre había sentido curiosidad por conocer de primera mano los procesos metalúrgicos de los antiguos mineros del Valle. Las evidencias romanas de toda la zona le animaban a pensar en ellos como pioneros en el tratamiento industrial de los metales de la Península. Deseaba conocer una de sus localizaciones más importantes: el núcleo metalúrgico de *Valderrepisa*, en la cercana población de Fuencaliente, a poco más de doce leguas.

El ingeniero y su nuevo ayudante José se dirigieron aquella mañana hacía el puerto de Valderrepisa a lomos de sendas mulas que don Diego les había permitido utilizar al efecto. En ellas cargaban las herramientas mínimas para poder analizar con detalle aquellas construcciones. Aunque madrugaron para realizar el trayecto en una sola jornada, decidieron hacer noche en Brazatortas, a mitad de trayecto, donde podrían intercambiar impresiones con un agrimensor conocido en Toledo que estaba por la zona realizando tareas de deslinde para la Clavería calatrava. Llegaron a Brazatortas a mediodía, por lo que pudieron descansar en la posada y entregar las mulas para que comieran y bebieran. Ellos dedicaron la tarde a la conversación con el agrimensor en recuerdos de días pasados y en proyectos para los venideros. A la mañana siguiente recorrieron la distancia restante hasta Fuencaliente, y desde allí al puerto de Valderrepisa, donde se ubicaba el poblado metalúrgico. Por informaciones locales sabía que existió otra fundición muy cercana, a menos de una legua, conocida como *la Dehesa*, que sin duda apoyaría las labores de la principal.

El puerto había sido elegido por sus excelentes condiciones para la instalación de una fundición: leña suficiente en los bosques del entorno como para suministrar casi nueve mil arrobas para el tratamiento de cien arrobas de mineral, buena ventilación, proximidad de agua proveniente de dos arroyos cercanos con caudal suficiente para abastecer a la población y a los lavaderos, y una superficie suficientemente llana para edificar todo el complejo, ventajas que debieron prevalecer sobre la distancia existente hasta las explotaciones mineras. Una primera impresión sobre el aspecto de las escorias hizo pensar a Karl en la distinta procedencia de los minerales tratados, unas semejantes a las procedentes de las minas de *la Romanilla* y *la Veredilla* o incluso de *la Romana*, todas en el Valle, y otras identificadas con las del *Centenillo* y el *Cerro del Plomo* en Jaén, pero no existían las grandes concentraciones de desechos que esperaba encontrar. En el ascenso pudieron observar, en la parte más baja del Arroyo del Puerto, la existencia de los restos de varios hornos construidos con adobe. Cuando llegaron al emplazamiento del poblado pudieron verificar que el grueso de las escorias se había utilizado como relleno en los suelos de las propias construcciones, eliminando así la excesiva acumulación de aquellos materiales. Una gran cantidad de residuos de fundición, junto a restos de cerámica, plomo fundido y tierra quemada, se hallaba rellenando una amplia zona carente de construcciones. Se sorprendieron al observar cómo una conducción formada por tubos de cerámica llegaba atravesando un muro hacia levante. Junto a aquella pudieron observar los restos de otra canalización de similares características, que seguramente abastecería a la población y al proceso metalúrgico.

Las construcciones situadas al sur se elevaban a una cota superior y resultaban más variadas y complejas que las anteriores, sin duda debido a sus diferentes utilidades. Entre ellas destacaban las que parecían tener un uso doméstico o de almacén, y junto a ellas se disponían seis recintos rectangulares muy estrechos, a modo de pilas comunicadas entre sí. Karl pudo imaginar el procedimiento rudimentario pero eficaz de conducir el agua de una a otra de aquellas pilas, de tal forma que se arrastraban con ella los sedimentos en tanto el mineral, más pesado, se depositaba en el fondo de las pilas. Al norte se vislumbraban los restos de construcciones que habrían alojado a los mineros y a sus familias. Una calle central, norte-sur, dividía varios locales de pequeñas dimensiones. En el otro extremo había otros de mayor tamaño y los restos de un hogar, cerámica y objetos de uso doméstico. El ingeniero ordenó a José tomar unas muestras de mineral de plomo y de escorias de la fundición con el objeto de poder analizarlas más tarde en su taller de Almagro, y obtener así el contenido en plomo y plata de uno y otro, estimando en ese instante un resultado elevado.

Durante dos días estuvieron recorriendo el enclave y calculando su producción, midiendo el volumen de escorias, y recolectando muestras que machacaron hasta reducirlas a polvo, y así poder transportarlas mejor en su regreso. Se llevaron también muchas notas y dibujos que les permitirían estudiar más detenidamente el enclave, pero con el claro convencimiento de que aquella instalación había supuesto un revulsivo industrial en la minería del momento y había contribuido al aprovechamiento de los minerales del Valle para beneficio del imperio romano.

De regreso en el yacimiento de El Viejo, Karl comprobó el resultado del trabajo de los mineros y, satisfecho por el esfuerzo de aquellos, se enfrascó en realizar los análisis que el lugar le permitía desarrollar. Entre tanto ordenó desmontar las instalaciones con intención de partir hacia otra prospección. El resultado no fue mucho mejor que el obtenido anteriormente, pero al menos el esfuerzo de todo el equipo no había sido en vano. Los resultados se alejaban de su previsión inicial y, en espera de repetir ensayos en el taller de Almagro, las muestras no dieron más allá de media onza por quintal, lo que no motivaría en exceso a los inversores.

Dos días más tarde estaban en disposición de dirigirse hacia el siguiente yacimiento para repetir las operaciones de relavado. En esta ocasión lo harían hacia las concesiones en el distrito de Brazatortas, en el término de Cabezarrubias del Puerto y junto a las estribaciones de Sierra Morena marcadas por las sierras del Rey y Valdoro. Por la mañana hombres y animales salieron dispuestos a recorrer las cinco leguas que les separaba de su destino. Bordearon el río Tirteafuera, cruzaron Almodóvar del Campo y más tarde el río Ojailén y el arroyo de la Mata para llegar a la población a media tarde. Pudieron establecerse en una casa que el concejo local puso a su disposición. Aquel día descansaron y Karl acompañado por José, pudo conversar con algunos viejos mineros que le pusieron en antecedentes sobre la antigua explotación. Tenía intención de realizar pruebas en los yacimientos de la mina de *la Jarosa* y la mina del *Garbanzal*.

La primera de ellas comprendía un grupo de explotaciones situadas al norte del cerro Almagrero, al este de Brazatortas. Aquellos mineros les hablaron de varias labores, pero destacaron las de *la Esperanza* y *San Florentino*, aunque también recordaban *la Pradito* y *el Buen Acuerdo*. A la mañana siguiente el grupo llegó hasta el yacimiento. Karl dio orden de preparar los palanquines y construir las balsas, pero en esta ocasión se inclinó por realizarlas de forma rectangular, tal como las había visto en Navarrepisa, pues tenía la impresión de que la decantación de finos sería más efectiva con este sistema. José y uno de los mineros se alejaron para localizar el mejor punto para ubicar las balsas, lo más cerca posible del arroyo. Entretanto, Karl se dedicó a observar la zona. Deducía que la explotación no había sido muy productiva, ya que el volumen de escoriales no era muy significativo. La información de la que disponía le situaba en una pequeña red de vetas de galena orientadas al suroeste, una de ellas más a poniente, centrada en la *Esperanza*, y otra al este en la de *Buen Recuerdo*, encajadas entre areniscas y pizarras arenosas. El mineral que pudo reconocer a simple vista era pobre en plata. Las cañas de los pozos eran poco profundas y pudo reconocer varios rafados sobre la traza superficial de los filones y varios pozos de reconocimiento y ventilación. Pudo descubrir lo que fue un lavadero en muy mal estado y la zona de machaqueo, en igual condición. Al sur del yacimiento el arroyo podría cumplir con el objetivo, pero su caudal no era excesivo, por lo que tan solo podrían construir dos balsas con garantía de suministro de agua suficiente. Karl ordenó la construcción de las dos balsas de mampostería en el mismo cauce del arroyo para evitar desplazamientos innecesarios. En tanto se construían, debían revisar el otro yacimiento.

La mina del *Garbanzal* estaba situada junto a un cortijo del mismo nombre, en el término municipal de Brazatortas. La concesión respondía al nombre de mina *Exposición* tal como recordaban los mineros locales. El ingeniero tenía conocimiento de que en la explotación había existido un asentamiento muy antiguo. Aunque no había muchos restos de escombreras, sí que pudieron localizar en varias rafadas el color rojizo metálico en los afloramientos de los filones orientados al suroeste entre areniscas y pizarras arenosas que recordaban la obtención de cobre. La existencia de un pozo maestro y otro auxiliar, de escasa profundidad confirmaban la poca actividad que el yacimiento había tenido. Tampoco alertaban de mayores labores los pozos de reconocimiento y ventilación realizados en las rafas superficiales. La falta de medios para poder muestrear y analizar el cobre hizo desestimar a Karl el estudio de este material. Por otro lado, y para evitar la doble construcción de balsas de relavado, pensó en trasladar desde aquí las muestras de escorias a lomos de las mulas hasta el emplazamiento de la mina *Jarosa*.

Regresaron a Cabezarrubias para intercambiar impresiones con el resto del equipo. José se mostró nervioso en cuanto a la construcción de las balsas, pues el arroyo no mostraba un caudal adecuado a las necesidades del relavado. Karl pensó en construir aguas arriba una pequeña represa que garantizara el volumen de agua necesario. Con aquel criterio el equipo se dispuso a terminar la construcción de ambos elementos. Karl regresó al día siguiente de nuevo al yacimiento del *Garbanzal*. Quería ver si sería posible de alguna manera poder muestrear el cobre, pero encontraba serias dificultades para poder realizar los procesos de cementación necesarios, quizás con hierro podría conseguir la precipitación del sulfuro formando una costra sobre este, pero no tenía garantías de que el procedimiento diera el resultado apetecido. Pensó en recabar información del apoderado Fugger sobre la producción obtenida en el yacimiento, y determinar entonces si podrían ser rentables tales pruebas.

Las pruebas de relavado comenzaron al día siguiente, pues la construcción no había presentado problema alguno. Las primeras muestras no dieron confianza al ingeniero, pues veía más de lo mismo en estas. No obstante, se dispuso a analizarlas con el mismo criterio anterior. El resultado, decepcionante. Comenzaba a comprender el estado de la minería durante aquellos años en el Valle. Era evidente que la decadencia de las explotaciones venía derivada de los escasos rendimientos obtenidos, que provocarían sin duda la alarma entre los inversores. Tres días más estuvieron relavando escorias y analizando muestras con el mismo resultado. Completamente decepcionado por el ritmo que estaban tomando las prospecciones, Karl ordenó levantar el campamento y dirigirse hacia las explotaciones de Almodóvar del Campo.

El equipo llegó al quinto de la Veredilla dos días más tarde, donde se localizaban las minas *Encarnación* y *la Perrera*, ambas sobre el mismo filón de galena con dirección suroeste encajado entre pizarras y rocas graníticas. El volumen de escoriales encontrado era importante y se observaba una fuerte coloración provocada por los óxidos de hierro. Las cañas de los dos pozos del yacimiento representaban explotaciones diferentes pero intercomunicadas trabajando el mismo filón, y cada uno de ellos disponía de un lavadero en pésimas condiciones y restos de algunas balsas de agitación. José buscaba la mejor localización en el arroyo para el relavado de las muestras de es-combreras. Un pequeño arroyo podría servir al efecto, pero la distancia era importante, por lo que el ingeniero estimó que debían llevar las muestras con ellos hasta otra de las explotaciones que les permitiera analizarlas.

Como a una legua de allí se encontraba la concesión de *Tres Ventas*, también perteneciente al término de Almodóvar, que concentraba las labores en la conocida como mina *Paula*. Karl pudo observar la complejidad de los minerales de este yacimiento, estaban muy entremezclados, galena y esfalerita, procedente del sulfuro de zinc, cuya preparación mecánica para la separación de ambos minerales sería la responsable de la escasa actividad de la mina. El interés del ingeniero por aquella concesión estribaba en el alto contenido en zinc de aquellas escombreras. El filón, encajado entre las mismas rocas de la zona, pizarras y granito, mantenía una dirección sureste y había sido explotado mediante un pozo maestro revestido de piedra de poca profundidad, ahora inundado, otro pozo al noroeste y entre ambos un tercer pozo de *bajada*. En este último se podían ver todavía las escalas que permitían el acceso de los mineros. Restos de un torno accionado por bestias se encontraban en los otros dos pozos. También quedaban restos de un lavadero junto al pozo maestro.

Era evidente que para el lavado de los minerales estos yacimientos utilizaban el agua bombeada desde los pozos, tal como denunciaban los de-pósitos que se encontraban cercanos a ellos. La lejanía de un arroyo donde poder relavar las escorias dificultaba la labor del equipo, por lo que Karl pensó que la mejor opción que tenían era trasladar las muestras hasta Almo-dóvar del Campo y allí disponer la construcción de las pilas de relavado y alimentarlas desde cualquiera de los arroyos de la zona. Con tan disposición, las mulas que acompañaban al grupo se cargaron con muestras de las tres concesiones, quedando sujetas al resultado de los ensayos, y en el mejor de los casos volver a por alguna muestra más si así lo aconsejaban aquellos.

Al día siguiente, José había localizado la mejor ubicación para las pilas. El arroyo Lino, a poniente de la ciudad, en la confluencia con el camino de Tazaplata, tenía todas las características necesarias para el lavado de las escorias. Confirmó la ubicación el ingeniero y dio orden de construcción de tan solo dos pilas de relavado, lo más cercanas al propio arroyo sin obstruir este. Vista la experiencia con los yacimientos visitados, Karl y uno de los hombres del equipo se desplazarían hasta las concesiones que les quedaban por testear: mina *Diógenes* en Solana del Pino y mina *Victoria Eugenia* en Mestanza. Esperaba que la visita a aquellos yacimientos le resultaran más fructíferas que las ensayadas hasta entonces.

Las nueve leguas y media que separaban Almodóvar del Campo de Solana del Pino podían hacerse en una sola jornada a lomos de las mulas, que volverían cargadas si los resultados no eran los esperados. Salieron al alba y a media tarde se encontraban en la entrada de la ciudad solarena, a los pies de la sierra de la Umbría de Alcudia. Hombres y bestias pudieron descansar en la posada aquella noche y a la mañana siguiente, también muy temprano, salieron con destino al yacimiento minero. Pronto llegaron a la dehesa de Las Tiñosas, donde se ubicaba la explotación, una de las más grandes de galena del Valle. En aquella dehesa se localizaban una veintena de concesiones que cubrían el filón Maestro, como era conocido. Karl había estudiado la explotación que los mineros romanos hicieron de mina *Diógenes*, y de su importancia en plata, que llevó consigo la creación de un poblado, que ahora corroboraba por la presencia de numerosas rafadas. La casa Fugger había obtenido la concesión para explotar la plata y el plomo de Las Tiñosas a mediados del siglo XVI, permiso renovado a finales de siglo, pero Karl no había podido consultar los resultados de explotación de la mina, ya que según el apoderado Fugger tales datos se encontraban en los archivos de la ciudad de Augsburgo, en el estado de Baviera, y su consulta resultaba muy complicada.

La existencia de varios pozos, tanto en el centro como a ambos extremos del filón, daban cuenta de la importancia de aquella explotación. Para el relavado de escorias Karl pensaba en el arroyo que bajaba desde la sierra con aguas ferruginosas que fluían por todas partes formando numerosos charcos y tapizando todo de una capa de óxido y vegetación. Para el ingeniero resultaba evidente que aquella concesión tenía más posibilidades de reiniciar su laboreo que pensar en el relavado de los escoriales y como tal recomendaría a los inversores manchegos la continuación de la explotación, pues había podido observar que no sería necesaria una gran financiación para poner en marcha toda la instalación.

La última explotación que pretendía sondear se encontraba a cinco leguas, en el término de Mestanza. La mina *Victoria Eugenia* se encontraba en el paraje conocido como Villalba, junto con un grupo de concesiones situadas al este de la población. Cuando llegaron a su ubicación, Karl pudo observar algunos rafados antiguos de poca importancia y restos de escorias no muy abundantes, resultado de la explotación de la galena con un alto porcentaje de plomo y de zinc, muy pobre en plata. Sus dos filones mantenían dirección este y por la ubicación de las prospecciones debían cruzarse en la zona central de las labores, encajados en areniscas, pizarras y conglomerados sedimentarios. El yacimiento disponía de un pozo maestro de escasa profundidad con escalas dispuestas para una salida lateral, así como varias chimeneas. La escasez de escoriales desaconsejaba el relavado de las mismas, añadiendo además la ausencia de algún arroyo cercano. Pensó en cargar varias muestras para analizarlas donde el equipo había montado el lavadero provisional de Almodóvar.

Regresaron a Almodóvar recorriendo las cuatro leguas que los separaban. Después de etiquetar las muestras traídas de la última expedición se guardaron en el cobertizo construido por José y el resto de mineros. Después de comer, Karl y su ayudante intercambiaron opiniones respecto de los resultados obtenidos, mostrando ambos su desilusión. Karl iniciaría el muestreo de los últimos relavados realizados por José y acabarían los procedentes de Solana y Mestanza, para completar el informe a sus inversores. Tan solo confiaba en que el precio de la plata, en competencia directa con la procedente del Nuevo Mundo, pudiera animarlos a poner en marcha de nuevo la concesión de Diógenes. El resto, y si se mantenían los resultados no alentarían la construcción de los lavaderos necesarios. Su previsión inicial de casi una onza de plata por quintal tratado se había esfumando. Dudaba incluso de poder ofrecer algo cercano a la media onza.

Mientras realizaba los ensayos sobre los finos que José le iba trayendo del improvisado lavadero, estuvo revisando los datos que disponía sobre otras concesiones en el Valle de Alcudia para buscar alternativas a la ínfima producción resultante de las concesiones de la casa Fugger, y proponer en algún caso la inversión en yacimientos de otros titulares, a base de denuncias, arrendamientos o cesiones de derechos de laboreo. Anotó las explotaciones de galena situadas en el *Chorrillo* y los *Pontones*, en la garganta del río Fresnedas en el término de Mestanza, a pesar de la complejidad de sus minerales y la escasez de plata. En el mismo término tenía conocimiento del afloramiento de un filón de galena en el paraje de los *Galayos*, también en el río Fresnedas, al que sumar los afloramientos de la mina del *Robledillo* con un notable contenido en cobre. Pensó también en proponer realizar prospecciones en los largos rafados de la mina la *Romana* en el término de Fuencaliente, y la recuperación de la considerable cantidad de plomo que contenían los escoriales de *Valderrepisa*, que podrían ser objeto de un relavado con mejores rendimientos, cabría la posibilidad de la denuncia de las escombreras para beneficio del metal mediante cribado manual y el tratamiento con palanquines.

Sus notas le llevaron a pensar en el término de Abenójar, que acogía un importante conjunto de explotaciones de galena argentífera en la encomienda de Villagutiérrez, en el cruce del camino a Navacerrada. Karl disponía de informes de la explotación de mediados del siglo XVI, fechas en las que se explotaban las labores de *Albertos* y *Baltasar*, y a finales de siglo las labores de *Testeroles*, la *Bacar* y *Beteta*. Los trabajos de explotación continuaron durante el siglo XVII en la mina *Albertos*, aunque la concesión carecía de mano de obra especializada y de inversores suficientes, provocando la paralización de las labores pocos años antes.

Los análisis se terminaron a finales de la semana y, con los tristes resultados obtenidos, Karl ordenó desmontar el equipo y dirigirse hacia Almagro. José debía devolver las mulas entregadas por don Diego y partir después para reunirse con él en el taller de la casa alemana, el resto del equipo sería despedido y liquidado por el administrador. En la comodidad del pequeño laboratorio repetirían los ensayos con elementos más complejos y contrastarían resultados antes de convocar una reunión con los inversores, don Diego y don Juan. Karl se adelantó al grupo con una de las mulas en tanto José y los mineros recogían y cargaban todos los utensilios utilizados.

Aquella noche, Karl y José cenaron en la posada de la calle de las Bernardas de Almagro, muy cerca de la Plaza Mayor, que acogía gran cantidad de casas de nobles y algunos palacios. La construcción de edificios religiosos estaba en pleno florecimiento, y el clero secular levantaba conventos, los franciscanos habían construido su convento de Santa Catalina, se habían instalado jesuitas, agustinos y los hermanos de San Juan de Dios. En el ámbito civil se remodelaba el futuro palacio del conde de Valdeparaíso, y el aumento de la población exigía el crecimiento de la ciudad fuera de las murallas, creándose los arrabales de San Pedro, Santiago, San Ildefonso, San Juan, San Sebastián y San Lázaro, así que los terratenientes de la ciudad estaban satisfechos con las inversiones de la Orden y se disputaban los contratos. Durante la cena comentaron los escasos resultados obtenidos, que posiblemente serían recibidos con recelo por sus señores, no obstante, el trabajo encomendado se había realizado eficientemente, sin más inversión de la estrictamente necesaria, por lo que aquellos no tenían motivo de queja sobre la labor del equipo de investigación. Dada la pobreza del informe que debía presentar, Karl pensó en proponer una investigación sobre el yacimiento recientemente denunciado en el Horcajo, de tal manera que pudiera mantener la atención de ambos inversores.

Durante aquella semana estuvieron ensayando sobre las distintas muestras de los diferentes yacimientos, y los resultados no hicieron más que confirmar sus previsiones. El resultado, aunque era muy favorable en la explotación de otros minerales, plomo y zinc e incluso cobre, resultaba muy desaconsejable en plata, poco más de un cuarto de onza por quintal. Karl terminó su informe con toda la documentación obtenida y solicitó una entrevista con el abogado. Don Juan se encontraba en Toledo gestionando algunos asuntos de interés para la Casa y no volvería hasta pasados un par de días. Durante la espera, Karl pensó en adelantarse a la prospección sobre el Horcajo, pero la distancia hasta allí, casi veinte leguas, desaconsejaba el desplazamiento. Pensó entonces en el agrimensor toledano que habían dejado en Brazatortas. El geómetra tenía previsto desplazarse hasta Calzada de Calatrava, donde debía revisar unos linderos para la Clavería, disputados entre los concejos de Aldea del Rey y Calzada. Con idea de entrevistarse con él, Karl salió a la mañana siguiente hacia el sur y tras recorrer algo más de cuatro leguas llegó hasta el palacio de la Clavería de Aldea del Rey. Allí pediría información sobre el destino del toledano, pero la buena fortuna hizo que aquel se encontrara todavía en la villa, por lo que pudo localizarlo de inmediato.

Durante la comida ambos técnicos intercambiaron información y Karl recibió la ubicación exacta de la concesión denunciada. El agrimensor había comprobado la denuncia para informar a la Corona: en el Camino Real a Sevilla, entre las ventas del Molinillo y la de Cortés, a la altura del molino de la Huerta era fácilmente divisable un antiguo escorial que indicaba la posición de la concesión denunciada. La conversación se diluyó en diversos temas en la hora siguiente. Ambos técnicos se despidieron con idea de volverse a ver pronto.

Karl preparó durante la noche la entrevista con don Juan y su invitado que tendría lugar al día siguiente. Notas y datos se acumulaban en su cuaderno y esperaba con su exposición mantener el interés de ambos comerciantes en aquella aventura minera. Alrededor de las once de la mañana Karl fue llamado al despacho de la Casa. Antes pudo intercambiar algunas palabras con José sobre todo para saber en qué estado se encontraba don Diego y cómo había recibido las malas noticias sobre su trabajo. José había informado a su señor cuando estuvo en Almodóvar para entregar las mulas sobre el escaso resultado obtenido en el muestreo. No obstante, no había detectado en don Diego sorpresa alguna y confiaba en el buen ojo de su amo para vislumbrar una salida para aquel proyecto.

Tras la reunión, ambos inversores mostraron su desilusión por el contenido del informe, esperaban que las pruebas obtenidas pudieran garantizar la bonanza del proyecto, aunque fuera con una mínima rentabilidad. Con aquellos resultados era obvio que no continuarían gastando dinero, y la propuesta de poner en marcha de nuevo la explotación de mina *Diógenes* no mostraba una vía segura tal y como se estaba desarrollando la recepción de plata indiana. De tal manera que ambos comerciantes estimaron la opción presentada por Karl de prospectar en los alrededores de la recién denunciada concesión del Horcajo. No obstante, don Juan entregó al ingeniero los informes que había traído desde Toledo sobre una concesión minera de plata en la sierra de Guadarrama, en Madrid. Tras la prospección del Horcajo, y analizar la posibilidad de denuncia, si el resultado no era el apetecido, esperaban las impresiones de Karl para el aprovechamiento de la plata madrileña. Don Diego estuvo de acuerdo con el nuevo proyecto y accedió a que José pudiera seguir siendo parte del mismo. El nuevo equipo, partiría hacía la sierra de Torneros.

Durante toda la siguiente semana José se esmeró en preparar todo lo necesario para la nueva aventura, los animales estuvieron listos y la carreta revisada y cargada con el equipo. Repetían los dos mineros y se incorporaba, ahora sí, el zahorí granadino. Karl reunió toda la información sobre el emplazamiento, así como el equipo para el muestreo y análisis. La mañana antes de partir, José y Karl comieron juntos en la venta, y durante la tarde pudieron conversar sobre los criterios que movían al alemán en su trabajo de prospección, frente a las opiniones que José había escuchado de los viejos mineros.

Karl no compartía la creencia general de la época de que los metales y minerales se formaban en el interior de la tierra mediante vapores que se condensaban formando sustancias fluidas. Era partidario de aplicar diversas técnicas de prospección cuya finalidad era la localización en la superficie de los depósitos minerales existentes en el interior. También se había instruido en el uso de las *siete varas metálicas*, tradicionalmente utilizadas por los zahoríes en las técnicas de radiestesia y ampliamente usadas en los trabajos de prospección minera. Karl había visto utilizar las varillas para localizar metales, incluso había tenido alguna entre sus manos. Según la documentación de que disponía, cuatro de ellas estaban fabricadas de un metal no especificado; la quinta tenía una parte metálica hueca que se rellenaba con una aleación formada por cuatro partes de oro y una de plata, que denominaban *electrum*; la sexta o *vara inferior* estaba construida con una rama en forma de «y» parcialmente hueca en cuyo interior se colocaba oro; la séptima, la *vara superior*, se fabricaba con una rama de avellano en cuyo núcleo se realizaba un orificio de unos tres dedos de longitud que se rellenaba con una sustancia metálica conocida como mercurio de los metales, en un peso igual al de tres granos de trigo. Con ella podían estimar la profundidad del yacimiento y el tipo de metal que contenía. A pesar de todo el tecnicismo que rodeaba la prospección de minas, aquel trabajo llevaba pareja una multitud de supersticiones, por ejemplo, que las varitas de avellano fueran cortadas en domingo de Pascua, o en el día de un solsticio, o haber crecido encima de una veta, o que el explorador hubiese nacido en domingo, incluso que la fabricación de las varas debía hacerse bajo configuraciones astrales concretas.

La mañana de la partida amaneció con niebla. Los hombres prepararon animales y herramientas. Con la carreta lista, José avisó al ingeniero de que estaban dispuestos para iniciar la marcha. Karl se mostraba nervioso por la trascendencia del proyecto y de cómo podía repercutir en sus vidas. Las diecinueve leguas que separan Almagro de la concesión del Horcajo les llevaría tres jornadas. Durante la primera de ellas alcanzarían Argamasilla de Calatrava, donde harían noche para descansar. La siguiente jornada les llevaría hasta Brazatortas, donde debían abastecerse de víveres y comida para las mulas. Por último, un corto trayecto de seis leguas les permitiría alcanzar el arroyo de la Basilisa con tiempo suficiente de montar el campamento para descansar aquella noche.

La concesión del Horcajo se situaba en el término de Almodóvar del Campo, enclavada en un valle entre las sierras de Torneros al norte y del Nacedero al sur, surcado por varios riachuelos, afluentes del río Montoro; el arroyo de la Basilisa y el arroyo de la Rivera, que confluyendo originan el arroyo del Nacedero, con su característica forma de horquilla daba nombre a la localización del yacimiento. La zona se alejaba de la concepción adehesada del Valle, predominando la vegetación de monte, y ascendiendo aparecían alcornoques, robles y quejigos asociados a una vegetación arbustiva de romeros, jaras, tomillos y madroños.

José y los mineros montaron el campamento al abrigo de una zona arbolada y protegida de los vientos. Mientras se montaban las lonas, José pudo recoger leña en los alrededores para garantizar cena y calor aquella primera noche. Al día siguiente podrían establecerse con mayor determinación. Descargaron la carreta y los animales pudieron comer paja y grano que habían traído consigo. Aquella noche, las mulas no debían alejarse ante la posibilidad de que fueran atacadas por lobos. La cena fue ligera y, cansados, los hombres intercambiaron guardia y sueño en igual proporción.

A la mañana siguiente, muy temprano, el equipo se dispuso a reorganizar con más tranquilidad el campamento. En tanto, José y el zahorí granadino trataron de localizar los afloramientos que aparecían en los informes del ingeniero. Karl inició su prospección en las cercanías del refugio y pudo comprobar inmediatamente la presencia de las rocas predominantes; cuarcitas, areniscas y pizarras negras.

Los informes coincidían en la existencia de galena argentífera, mayormente concentrada en un filón principal. Este filón afloraba en una longitud mayor de media legua en dirección NOE, con una potencia en esa zona superficial de tres varas. En él la galena se encontraba muy bien cristalizada, con presencia de unas harinas de falla muy buscadas por los mineros que las consideraban muy ricas en plata nativa, caracterizadas por un barro de color oscuro al que llamaban calichón. Junto a la galena se mostraban otros minerales secundarios como cobre, hierro y cinc, incluso plomo.

En su investigación, el zahorí granadino utilizaba distintas varas según los yacimientos que esperaba descubrir, mucho menos complejas de aquellas definiciones de los técnicos franceses: avellano para la plata, fresno para el cobre, pino para el plomo o el estaño, o bien hierro o acero para el oro. José miraba con sorpresa cómo el zahorí asía los extremos de la horquilla con ambas manos, cerrando los puños con los dedos hacia arriba. De aquella forma estuvieron deambulando por la zona escogida hasta que la vara reconocía algún filón y se movía. El zahorí explicaba al minero que era muy importante que la vara cumpliera ciertas características: el tamaño, porque la fuerza de las venas no podría mover una vara demasiado grande, o la forma, necesariamente debían ser ahorquilladas. A las técnicas de radiestesia acompañaba en la mayoría de los casos la prospección en los alrededores de los pozos abandonados o en explotación para intentar encontrar alguna vena nueva.

También resultaban muy efectivos los métodos técnicos que delatasen el filón, como la aparición en los manantiales de agua con minerales en suspensión.

En aquella primera prospección Karl pudo observar cómo la técnica empleada en aquella explotación había sido bastante deficiente, pues tan solo se conservaban labores en los crestones superficiales de los filones donde aparecía la mayor cantidad de plata, constatando la existencia de muy pocos pozos. Karl se hallaba exultante y contagiaba a José de aquella excitación. Verificaron la existencia de aquel filón que aseguraban los informes e incluso pudieron añadir a aquel algunos pequeños afloramientos rocosos más. Durante dos días estuvieron reconociendo la zona y marcando aquellos afloramientos, midiendo y realizando croquis. Descubrieron también unas pequeñas escombreras que delataban la presencia romana en la explotación. Con aquellos datos, Karl preparó un plan de trabajo que durante una semana les llevaría en tomar muestras y relavar algunas escorias.

Mientras los hombres construían dos pequeñas pilas para relavar los escoriales cerca del arroyo, Karl y José, fueron tomando muestras de los puntos donde el zahorí detectaba la presencia de filones, la mayoría de las veces aflorados a la superficie. Sobre el plano general que Karl había levantado iban marcando la ubicación de las distintas muestras. En el informe que el ingeniero estaba redactando aconsejaba, para mejor resultado económico, realizar explotaciones sobre el filón mediante rafas, aprovechando el afloramiento de este. De esta forma se permitía obtener de una manera fácil y barata mineral, ya que no era necesario realizar labores de interior, muy costosas y necesitadas de mano de obra especializada. Lógicamente, a medida que se profundizaban las rafas, ya no sería posible la explotación del filón, por lo que sería necesario realizar un socavón que permitiera el laboreo sin necesidad de pozo de extracción. Aprovechando la pendiente del terreno, se podría excavar una galería en la base del talud de la montaña hasta cortar el filón, obteniendo el mineral de forma más barata y generar así fondos para el aporte de maquinaria necesaria en las labores posteriores más complejas.

Las muestras de mineral, para garantizar los derechos de propiedad y producción, fueron etiquetadas para ser analizadas por los especialistas de la zona. Karl conocía a quién acudir para garantizar el resultado de los ensayos. Conocía algunos técnicos en el Valle de los Pedroches, algún platero de Almodóvar del Campo, los indianos retornados asentados en Ciudad Real o los químicos alemanes residentes en Almagro. Hasta que tales pruebas se realizaran, Karl había traído consigo todo lo necesario para adelantar un ensayo muy básico pero que confirmaría en principio la importancia del yacimiento.

Las pruebas realizadas sobre el relavado de escorias dieron como resultado un gran contenido en plata. Con la alegría propia del resultado obtenido, Karl se dispuso a comprobar una de las muestras obtenidas de los afloramientos de mineral. José acompañaba al alemán en el cobertizo construido al efecto. Este preparaba la muestra fragmentando las piedras. Mientras tanto, José trituraba el resultado en un mortero, aproximadamente media onza de mineral de plomo puro. El resultado obtenido fue mezclado con la misma cantidad de sal de boro. Ambos, se introdujeron en un crisol junto a un carbón incandescente en medio. Pasado un tiempo, cuando el boro se resquebrajaba y el plomo se derritió, apartaron el carbón y el plomo se depositó en el fondo del crisol. Por último, pesaron por separado el plomo y la plata resultante. Repitieron el proceso en varias muestras y el resultado fue muy similar. No obstante, Karl repitió los ensayos con otro sistema recomendado por un conocido platero toledano. Colocó en el crisol mezclado un poco del mineral preparado con un poco de cobre calcinado y una onza de polvo de vidrio. Calentado todo a fuego lento, se derretía la mezcla. En este punto se retiraba el crisol para que se enfriara a temperatura ambiente, con la precaución de no añadir agua para evitar la mezcla de metal y escoria. Cuando la muestra se había enfriado totalmente, el plomo obtenido se depositaba en el fondo. Recordaba Karl que aquellos plateros depuraban el mineral de plata con cal, hierro deshecho, estaño e incluso plomo.

Durante toda la semana, Karl y su equipo estuvieron trabajando con ahínco para poder muestrear el máximo posible. Volvían a Almagro con algo más de cuarenta muestras, más de veinte ensayos realizados sobre la galena y una cincuentena de muestras de relavado de escorias. El ingeniero podía asegurar que se trataba de un filón caracterizado por su alto contenido en plata, con una ley muy superior de plomo y más de una onza de plata por quintal.

En su informe a ambos inversores, Karl se explayó sobre los beneficios del filón denunciado, su alto contenido en plomo y plata, y lo ventajoso de la disposición de las afloraciones rocosas para explotar sin excesivo gasto la concesión minera. Don Juan les ordenó retirarse a la explotación de Bustarviejo en tanto los abogados de la familia recurrían la denuncia anterior e intentaban obtener la concesión de la mina. Sabían que aquel proceso podía durar bastante tiempo.

Los días siguientes se ocuparon de preparar el viaje a la ciudad madrileña, víveres, herramientas y útiles para medición y ensayos. José se mostraba entusiasmado por el viaje. De su relación con el ingeniero estaba alcanzando conocimientos impensables para él. A su vez, Karl contaba con un asistente interesado y trabajador. Bustarviejo era un pueblo situado en las faldas de la sierra de Guadarrama, en la vertiente sur, a unas catorce leguas de Madrid, en una zona montañosa conocida como Cuerda de las Cabezas, formada por tres cimas redondeadas: Cabeza Cervunal, la Albardilla y Cabeza de la Braña. La ciudad pertenecía al Sexmo de Lozoya, en tierras segovianas, y se introducía en cuña entre las tierras de Buitrago, pertenecientes a la familia Mendoza, y con tierras de Uceda, señorío del arzobispo de Toledo.

El viaje desde Almagro a Madrid fue tranquilo. Una primera etapa los acercó hasta Los Yébenes, con paradas en Fuente el Fresno y La Cabezuela. La segunda jornada los llevaría hasta las afueras de Toledo, donde permanecerían dos días, en los que Karl debía recoger informes sobre la explotación minera. Desde Toledo emprendieron marcha hasta tierras de Alcorcón, en una extenuante jornada. Descansados, llegarían a Madrid al día siguiente. Tras abandonar Madrid, recorrerían tierras de Santo Domingo, Valdelagua, San Agustín de Guadalix y Pedrezuela, para adentrarse en la sierra de Guadarrama. Las minas de la Cuesta de la Plata, como eran conocidas, se situaban en la Garganta del Arroyo de la Mina, en la ladera sur del cerro Cabeza Braña. Desde un monte cercano pudieron adivinar la torre y la rueda del molino de mineral. Se explotaban filones de mineral de arsénico con alto contenido en plata. Pronto divisaron los pozos *Indiana* y la *Gran Cámara* del pozo maestro.

Los orígenes de la mina se remontaban a la campaña ordenada por el rey Juan II de Castilla, que pretendía realizar prospecciones en toda la zona entre Guadarrama y la Sierra de Ayllón. Unos treinta años antes, otros ingenieros habían redescubierto la mineralización y habían realizado ensayos que arrojaban un alto contenido en plata y oro, aunque no se realizaría la inversión necesaria para la apertura de una gran mina. Sobre los pozos antiguos se demarcó una nueva explotación hacia mediados del siglo XVII, cuyo titular sería un indiano que construyó el molino. La casa Fugger se había asociado con Lorenzo de Santarén, casado con doña Isabel de Mendoza, para investigar en las minas con la autorización del rey Carlos III, y desde entonces se explotaba la mina hacía la zona de levante en multitud de trabajos superficiales con extraordinarios resultados económicos.

Una vez establecidos en una de las casas de la concesión, Karl sustituyó al encargado de la mina, del que recibió todos los informes, planos y detalles de las labores acometidas. Allí esperarían noticias de Almagro sobre la decisión final para explotar la mina del Horcajo.

VIII
LA BODA Y LOS PRIMEROS PASOS
EN EL CARBONEO

Mientras tanto, en Almodóvar, Martina y Sebastián contaban los días que quedaban para la celebración de la boda. En la casa, los preparativos de la ceremonia pasaban de las cocinas a las cuadras. Amadeo llevaba días acondicionando la calesa que doña Rosa había ordenado preparar para llevar a la novia a la iglesia. María alternaba consultas con órdenes de compra. Rosa y Martina habían dado finalmente el visto bueno al vestido dispuesto para ella, e intentaban descargar de algunos trabajos a María. Daniel había acudido a la llamada de María, y desde hacía algunos días alternaba la fabricación de los quesos con la caza de conejos y perdices. Doña Rosa le había encargado el sacrificio de algunos corderos para el banquete.

Durante aquellos días Sebastián había estado atendiendo a los encargos que Damián le había trasmitido. Acompañado por Alejandro y Amadeo, la carga de avena se había recibido sin novedad en Almagro. La madera para la construcción se había entregado en el taller de un maestro carpintero que estaba fabricando las vigas para la cubierta de un caserón en la calle del Rodero, muy próximo a la plaza. Desde La Ballestera habían estado trayendo a la casa leña y carbón que una cuadrilla preparaba de una corta autorizada por el comendador en la dehesa. Pudo comprobar Sebastián que debían realizar algunas mejoras en las carretas para el transporte del carbón, pues la última revisión tuvo lugar durante el viaje de regreso de Villacastín. El carbón se trasportaría a granel en la carreta, por lo que era necesario revisar el entablado para evitar que parte de la carga se perdiera en el camino.

María aleccionaba a Martina sobre los entresijos de la ceremonia de la boda. Ella había estado casada más de quince años. Su marido había fallecido aquejado de unas fiebres que también se llevaron a su única hija. María había depositado en Martina todo el cariño que escondía en su corazón. En sus días de moza casadera, las bodas se celebraban con una ceremonia solemne que recogía la entrega de la novia al marido por parte del padre de aquella, tras la que se disponían grandes banquetes y se convocaban fiestas por todo el barrio. María, en el recuerdo pasado de su matrimonio ofreció a Martina su *ajuar*; ropa de cama, muebles y objetos de uso personal, y durante algunos días estuvo ayudando a la joven en los escasos momentos que las tareas de la casa les permitían tiempo libre para acondicionar su nueva vivienda.

Según la costumbre, tras la boda la mujer pasaba de la casa paterna a la del marido, e igual ocurría con la potestad legal. Aquel rito un tanto pagano había sido capitalizado por la Iglesia católica. La entrega de la novia la realizaría un sacerdote, y con su mediación se celebraba el matrimonio y la misa de velaciones, terminando con la bendición sacerdotal. La Iglesia consiguió transformar la celebración del matrimonio de un acto sin validez jurídica a una institución puramente eclesiástica, un rito católico sacramental que fundamentaba el casamiento. La Iglesia consolidó la legitimidad en la fase de esponsales y la entrega de la esposa en el acuerdo jurídico producido por el cambio de la potestad del padre al marido, y finalmente en el mutuo consentimiento de los esposos. Pero, indudablemente también pretendía llevar a su terreno la potestad de jurisdicción sobre asuntos de pareja, excusando en la salvación de sus fieles la condena pública de la convivencia en concubinato tan habitual en las parejas amancebadas de la época, con la intención de corregir las costumbres desordenadas de sus feligreses. La condición de la esposa ante la justicia eclesiástica, y fundamentalmente ante las costumbres sociales, quedaba garantizada a través de las solicitudes de divorcio o nulidad, en defensa del maltrato, el adulterio o el engaño, y de forma indirecta en la defensa de la dote y el patrimonio de la mujer. Una real cédula de Felipe II aunaba a la competencia eclesiástica del matrimonio el obligado registro de las actas de casamientos.

Una semana antes del día dieciséis todo estaba preparado. Rosa supervisaba personalmente cada encargo y esperaba la llegada de su tío para la autorización final de los preparativos. Los invitados estaban notificados y la asistencia de muchos de los cargos públicos de la ciudad confirmada. Don Diego eximiría de la asistencia a la celebración eclesiástica a varios nobles invitados al banquete posterior, y en los que buscaba la garantía de prosperidad de sus negocios.

En la cocina las mujeres de la casa se esmeraban en preparar un menú que se recordara durante algún tiempo. No había muchas oportunidades para celebrar un gran banquete. María no era muy del talante cervantino y no comulgaba con el dicho de que «la salud del cuerpo se fraguaba en la oficina del estómago». Su rollizo cuerpo así lo demostraba. María hacía gala de su excelencia en la cocina, alternando platos caseros por un lado y cuarteleros o mesoneros por otro, y a todos sorprendía con sopas, caldos, gachas, migas, ollas podridas y cocidos, además de ricos guisos y asados de carne de caza, cordero, cochinillos y aves, derivados de la matanza, del corral, de la conserva y de la huerta; un amplísimo muestrario de platos exquisitos que demostraban una forma propia de cocinar que acompañaba con el conocimiento de algunos *evangelios chicos,* conservados de generación en generación, «que para todo tiene refranes el pueblo, el acierto está en saberlos», y que en materia culinaria hiciera famosos el maestro y vocero del refranero español Sancho Panza.

Llegó la mañana de la boda y toda la casa amaneció expectante. Los padres y hermanos de Martina habían llegado a primera hora. Desde La

Ballestera llegaron Daniel y Antonio. Alejandro y Amadeo ya trasteaban desde primera hora en las cuadras y almacenes. Los nervios afloraban en los novios, y Sebastián deambulaba como pollo sin cabeza por toda la casa. Martina, más calmada, siempre acompañada de su madre, caminaba de una habitación a otra para comprobar que todo estaba listo y preparado. Rosa trataba de calmarla, y consiguió desviar su atención hacia la habitación donde debía vestirse. María daba los últimos retoques a las ollas y sartenes que durante los últimos tres días llevaba preparando.

Sobre las once de la mañana, don Diego hizo aparición en la cocina y revisó con María los últimos preparativos del banquete. Damián y el viejo criado habían subido de las bodegas el vino suficiente para la comida. En el patio exterior, bajo unas telas tendidas a modo de parasoles, las mesas y sillas estaban preparadas. La calesa estaba lista y Daniel estaba colocando el atalaje sobre la yegua, que se mostraba nerviosa ante tanto ajetreo. Sebastián acabó de vestirse asistido por Amadeo y bajó al patio, desde donde salieron los hombres del cortejo. Le acompañaban don Diego, Damián, Alejandro y Amadeo, sus cuñados Servando y Luis, Antonio y un par de zagales que después de la ceremonia se adelantarían para ayudar en la cocina.

Minutos después salía de la casa la calesa con Martina y su padre al pescante. Daniel llevaba del ramal a la yegua al paso, y detrás caminaban Rosa, María y Adriana. Los vecinos de la calle Corredera se agolpaban en las fachadas, viendo pasar la comitiva que avanzaba hasta la iglesia de la Asunción cruzando las calles de San Antonio, Rodero y del Cristo. En la plaza, algunas autoridades locales esperaban al grupo, y recibieron a don Diego adelantándose a la multitud. Desde las calles del Toril, de San Diego y de las Herrerías algunos vecinos se fueron repartiendo por la plaza para ver llegar a la novia. El sacerdote salió a recibir a los novios y encabezó la entrada en la iglesia.

La misa mayor, celebrada en latín, conmovió a los feligreses que aquel día se congregaban en mayor número que de costumbre. El sacerdote hizo mención de las proclamas que las semanas anteriores se habían realizado anunciando el compromiso de la unión matrimonial. También se habían comprobado los expedientes de esponsales, los disensos y la entrega de la dote. En la última fase de la ceremonia, el sacerdote ordenó a los novios darse la mano derecha y prometer cumplir su compromiso matrimonial. Con la ceremonia de la velación o bendición nupcial concluía la celebración del matrimonio. Un velo blanco cubría la cara de la novia y el hombro del novio, simbolizando la unión de los esposos evocando el matrimonio místico de Cristo y su Iglesia. Más tarde, el notario eclesiástico registraría el hecho dentro de la sacristía en los libros parroquiales. A los ojos de Dios y de los hombres, Martina y Sebastián estaban casados a todos los efectos. Las lágrimas afloraron en muchos de los presentes, y la emoción se desbordó en las caras de los novios.

Tras la seriedad de la misa, el júbilo de los presentes estalló con aplausos, risas, besos y abrazos. Todos estaban exultantes y felicitaban a la nueva pareja. A la salida de la iglesia fueron recibidos con un griterío ensordecedor. Los vecinos aplaudían y saludaban al paso de los novios. Daniel y Amadeo fueron los primeros en abrazar a Sebastián. Don Diego le estrechó la mano y lo presentó a las autoridades que habían acudido a la celebración como su empleado de confianza; el alcalde entregador de Almodóvar, el alcalde mayor y juez de Alcudia, el abogado del duque del Infantado y el apoderado del conde de Valparaíso. También estaba presente el abogado Juan Aparicio, que desde Almagro había acudido a la invitación de don Diego.

Después de los saludos, la comitiva tomó dirección a la casa familiar donde se celebraría el banquete nupcial. Todos estaban deseosos de compartir mesa y mantel y desear lo mejor al joven matrimonio. Dos jóvenes zagales esperaban a los invitados con vino fresco de cosecha propia y *licor de boda* preparado por Daniel, que Alejandro y Antonio celebraron con alegría. María, en compañía de Adriana, se colaron en la cocina donde un par de muchachas esperaban instrucciones para servir la comida. Daniel se unió al grupo de la cocina para ayudar en lo posible. Una sonrisa de complicidad surgió en la cara de María. Inmediatamente dio órdenes para que los invitados salieran al patio exterior donde todo estaba dispuesto. El criado de la casa, junto a las mozas y zagales incorporados, habían estado preparando todo en su ausencia.

Los invitados se mostraron sorprendidos con la gran cantidad de platos que María había preparado para el banquete. Don Diego, acompañado de las autoridades locales, se dispuso en el rincón más fresco del patio, mientras el resto de invitados se repartían bajo la sombra. Numerosos vecinos habían acudido a la invitación de doña Rosa, y ahora el patio se encontraba prácticamente lleno de personas. Rosa y María habían concebido un banquete digno de las célebres bodas de Camacho que Cervantes inmortalizara en el *Quijote*, y haciendo gala de sus dotes organizadoras habían dispuesto en el patio, junto al pozo, algunas mesas con entrantes para animar la conversación: berenjenas de Almagro, chanfaina hecha con menudillos de cordero, cangrejos en salsa, cochifrito, duelos y quebrantos, hornazo de jueves lardero, empanada de conejo, liebre y perdices escabechadas. En el centro del patio se disponían los platos principales: ajoarriero con bacalao, andrajos con judías y conejo, galianos de perdiz y pichón, atracón de fiesta preparado con paletilla de cerdo, paturrillo hecho con manitas de cordero, cabrito asado de Montiel, caldereta de cordero, cazuelada de gallina y palomas al horno. En el fondo del patio, junto a la puerta de acceso a la gran sala interior, María había dispuesto los postres, de los que don Diego era asiduo consumidor. En su honor había preparado arrope castellano, arroz con leche, barquillos de maese Pedro, bienmesabe, bollos de San Benito, dulce de Esquivias, leche frita, mantecados, mostillo, orejas, pastelillos de miel, pellizcos de monja y mazapán de Toledo. Los elogios de los invitados sobre los platos se mezclaban con el refranero cervantino:

No se hace la boda de hongos, sino de buenos bollos redondos.
Ensalada y agua bendita, poquita.
Más alimentan dos bocados de vaca que siete de patatas.
Carne cría carne; el pan, panza; el vino, sangre y guía la danza.

Y, como requeriría Sancho, vino suficiente, pan blanquísimo y quesos de oveja aderezados con miel.

La fiesta se alargó hasta bien entrada la tarde. Los invitados se iban marchando tras haberse despedido de los novios y de don Diego y su sobrina. Los más allegados acabaron sentados en la cocina, la familia de Martina, los compañeros de Sebastián y una cocinera orgullosa del resultado de su trabajo. Las muchachas y los zagales fueron despedidos después de que comieran y que recogieran alguna comida para llevar a sus casas. Daniel dispuso una botella de buen aguardiente que compartieron casi en silencio. Martina y Sebastián se mostraban cansados tras un día de tantas emociones. Tenían ganas de quedarse solos, y así se despidieron de todos y marcharon a su nueva casa. Se verían a la mañana siguiente. Los que quedaron en la casa apurarían hasta tarde, mientras don Diego pasó un momento por la cocina para despedirse de todos y agradecerles su trabajo, sin despreciar una copa de aguardiente que Daniel le ofreció. Todos se mostraban satisfechos.

Martina y Sebastián disfrutaron de la noche, de los placeres de la conversación y del sexo. Casi amaneciendo se quedaron dormidos. A media mañana, la pareja se despertó y tras asearse marcharon a la casa para saludar y despedir a sus invitados. Daniel y Amadeo aún mostraban los efectos del vino y del aguardiente. Habían descansado en las cuadras, donde el último tenía acondicionada su habitación. Los hermanos de Martina habían dormido en el almacén y sus padres habían ocupado el dormitorio de María, que en esta ocasión se había marchado a casa de su hermana. Alejandro y Antonio habían pernoctado en la venta. A aquellas horas, todos estaban nuevamente reunidos en la cocina de la casa, y aprovecharon para saludar a los recién casados. Damián salió del despacho para despedir a los padres de Martina, que tras desayunar tomaron dirección hacía Navacerrada. Daniel ensilló y montó la yegua para volver a La Ballestera. Sebastián se dirigió junto a Amadeo hacia la venta para saludar y agradecer a Alejandro y Antonio que hubieran estado presentes en su boda. Se abrazaron y se despidieron. Sebastián había echado de menos a José, que aún se encontraba en Bustarviejo. No tardarían mucho en volver a verse todos.

Don Diego había dado un par de días libres al recién estrenado matrimonio. Así que estos marcharon hasta su casa para descansar y conversar sobre su futuro inmediato. La vivienda tenía pocos muebles, pero los suficientes. El dormitorio disponía de una cama de gran tamaño con un colchón de lana, privilegio de ganaderos, con un cabecero de hierro forjado originario de la casa principal. Un armario de dos puertas albergaba las escasas propiedades de la pareja. La cocina compartía espacio con la zona de mayor uso, donde una chimenea francesa de gran tamaño presidía uno de los frentes. Una mesa de tamaño mediano y varias sillas se centraban en la estancia. Tan solo una alacena, ocupaba el resto de la habitación. Desde allí se accedía a un pequeño patio interior que disponía de una cuadra para un par de mulas y algún cerdo. Martina se mostraba ilusionada con la casa y pensaba en breve hacerse con algunos muebles que podrían encargar al carpintero o comprar a sus vecinos. Aprovecharon esos días para hablar mucho sobre el futuro que se abría para ambos. Martina debía permanecer en la cocina de la casa, pero tenía autorización para marcharse tras la cena. Sebastián no tendría mucho tiempo libre y pasaría bastantes días fuera de casa.

Agotados sus días libres, ambos volvieron al trabajo. Martina se incorporó a la cocina junto a María, que la recibió con un efusivo abrazo. Sebastián despachó con Damián, que le entregó un listado con los encargos más próximos hasta que don Diego regresara de Almagro. Con una de las mulas del ramal caminó hasta La Ballestera, donde pudo saludar a sus compañeros. Daniel y Antonio se alegraron de verle y lo acompañaron para visitar al resto de los pastores y reconocer al ganado. Sebastián le comunicó al mayoral su intención de reclamar a Daniel para hacerse cargo de la reata de mulas de la casa para el traslado del carbón que habían recibido de la familia de Martina. Antonio no puso ningún problema, pues de las tareas de aquel podía hacerse cargo alguno de los zagales diestros en la cocina.

Cuando don Diego regresó, Sebastián le informó de su intención de contar con Daniel, a lo que el ganadero no se opuso. Las tareas encomendadas por Damián se habían resuelto y, si contaba con su autorización, pretendía marchar a Navacerrada para ultimar el transporte del carbón que sus suegros ya tuvieran almacenado. Permanecería allí los días necesarios y en esa ocasión utilizarían las mulas para trasladar el carbón a granel en serones de esparto. Don Diego autorizó la propuesta y recomendó a Sebastián que el carbón se pesara cuando regresaran a la casa, antes de proceder a su venta al por menor.

Con aquellas directrices, Sebastián se despidió de Martina y marchó hacia Navacerrada. Daniel lo haría unos días después. Cuando llegó hasta la casa de sus suegros, solo Adriana se encontraba en el pueblo. Manuel y sus hijos se habían marchado al monte. Después de comer algo junto a su suegra, Sebastián emprendió camino hasta la corta que Adriana le había indicado, a poco más de dos leguas de distancia. Según avanzaba hasta el lugar donde se encontraban los carboneros, Sebastián tropezaba con viejas *hoyas* abandonadas, restos de *cisco* o carbonilla entre la tierra del suelo, viejos caminos carboneros, restos de chozas o chabolas en los montes para asiento temporal de las cuadrillas de carboneros. Las tareas de corte de la madera habían terminado hacía bastante tiempo. En invierno desde primeros de octubre hasta finales de marzo, «cuando comienza a subir la savia», decían, y durante la primavera desde primeros de mayo a últimos de junio.

El humo constante en los montes evidenciaba la presencia de carboneros. Humo emitido por la cocción de la leña en el horno, y que servía de guía para que el carbonero leyera el curso de la misma. Al comienzo el humo era blanco y denso, cuando la reducción se está produciendo se tornaba azulado y ligero, ni siquiera picaba en los ojos, para finalmente tornarse transparente cuando la cocción de la madera estaba finalizada. Tras aquellas columnas de humo blanco Sebastián encontró finalmente a Manuel y sus hijos. Había otros carboneros cerca que también habían comprometido su producción aquella temporada. Recibieron a Sebastián con alegría y enseguida le incorporaron al trabajo. El mayoral se deshizo de la ropa que traía puesta y del aparejo de la mula recogió la más vieja que Martina le había preparado.

Sebastián se unió a la preparación de una nueva *coquera*. La construcción de los hornos resultaba compleja y muy delicada, pues cualquier fallo podía dar como resultado un grave accidente. Una antigua tradición carbonera, heredada de los pueblos del norte, de donde la familia Osoro era originaria, se caracterizaba por una cocción rápida de la madera en un hoyo excavado en el suelo, conocido como hoya carbonera. Se preparaban hasta un promedio de doce carros de leña, cortada únicamente con el hacha bien afilada y un *tronzador* con el que se troceada la madera en *tastes* de casi una vara de longitud aproximadamente. Habían sacado la leña cortada a la *plazoleta* a rastras, ayudados de un pequeño borrico y la mula que Sebastián había traído desde Almodóvar. Una vez en ella sus cuñados procedieron a hacer la *hoya*, si era posible sobre otra anterior, de unos doce pies de diámetro, un pie por cada carro de leña, con la ayuda de una pala, azada y barredero.

Con la leña alrededor se comenzaba a levantar la carbonera, le indicaba Manuel. Con las ramas cortadas cubrieron el suelo, haciendo una *camá* o lecho para que la leña no estuviera en contacto con la humedad de la tierra. Después la carbonera se iba levantando armando verticalmente los *tastes*, de dentro hacia fuera, apoyados en un tronco central conocido como *palanca, macho* o *alcalde*, y se iban rellenando los huecos. De aquella manera se armaban dos pisos de tastes, progresivamente más estrechos y de forma más apuntada. En el segundo piso se dejaba una chimenea en hueco. Cuando la madera estuvo finalmente colocada y revisada por Manuel, cubrieron todo con tierra, y algunos trozos de césped arrancados en las zonas más húmedas. Todo se cubría a excepción de la salida situada en la parte alta de la chimenea. Una vez revisado todo, Manuel prendió fuego a la carbonera, lo hizo por el hueco central que dejó la extracción de la palanca central, rellenando con astillas el hueco. Después de tapar completamente la chimenea, daría comienzo la cocción de la leña.

Esta tarea les llevó tres jornadas completas, y alternaban el trabajo con la comida y el descanso, también beber un poco de vino que Sebastián había traído. Los carboneros pernoctaban en el monte vigilando el proceso de cocción hasta su conclusión. La carbonera ardía de arriba abajo, y se aliviaba el humo con una vara larga y aguzada con la que Manuel pinchaba por los lados, comenzando por la parte superior y descendiendo al paso de la lumbre interna. La cocción iba reduciendo la altura de la carbonera, por lo que en ocasiones era necesario rellenar e igualar la carga de leña y volver a cerrar. Tras varios días en la choza viendo cocer la carbonera, se adivinaba un humo azulado, casi transparente que anunciaba que el carbón estaba hecho. Se ahogaba entonces la carbonera con tierra tapando los agujeros y se dejaba enfriar un día entero. Al día siguiente se abría y extendía con el *picacho*, el rastrillo y el barredero en las inmediaciones de la hoya, dejándolo enfriar, vigilando que no ardiera de nuevo. Durante el tiempo de cocción de aquella carbonera, Sebastián y sus cuñados estuvieron montando otras dos coqueras, mientras Manuel vigilaba la primera.

La choza del carbonero para mantener la vigilia era anormalmente pequeña. Dos troncos con horca en la parte superior hacían las veces de pilares, sobre los que se disponía una viga cumbrera. Desde esta al suelo se colocaban *trencas* o varales, formando una edificación rústica a dos aguas con cabida suficiente para dos personas y hacer un hogar en la entrada. Se cubría todo con ramas, que también hacían las veces de lechos donde descansar. El mejor carbón, decía Manuel, era sin duda el de roble y el de encina. En algún caso él lo había hecho con madera de haya, fresno, álamo o acebos. El de castaño era muy solicitado por los herreros locales para sus fraguas.

La familia de Martina también producía un carbón un tanto especial que demandaban los fabricantes de campanos para el ganado. Método que posiblemente habían aprendido de sus antepasados cántabros de la comarca occidental junto al río Tanea, en el partido judicial de San Vicente de la Barquera. Esta carbonera se iniciaba con la excavación de un hoyo en el suelo de unas tres varas de diámetro y una de profundidad. Con la leña de castaño preparada en tacos de un pie aproximadamente, desde el interior del agujero se procedía a ir colocando, de pie, los tacos de madera preparados, cuidando de que no cayese tierra desde el borde del hoyo. Una vez armada, se prendía en el centro con brezo seco y mientras iba ardiendo se terminaba de armar totalmente hasta que alcanzaba los dos varas y media desde el suelo. Pronto la lumbre se veía por dentro en la base de la carbonera. Poco a poco salía el fuego al exterior en forma de llamas que iban conformando las brasas mientras ardía e iba bajando en altura. Cuando bajaba lo suficiente se tapaba con los tepes preparados y tierra arcillosa preferentemente.

A partir de ese momento la carbonera cocía tras apagarse las llamas. La pila ahora apenas sobresalía del hoyo y los carboneros la pisaban para apelmazarla por los bordes y la dejaban cocer durante dos días completos, vigilando de ahogar cualquier fuego que se hubiera avivado. Trascurrido ese plazo se destapaba la carbonera retirando la tierra y la cubierta herbácea para que terminara de enfriar el carbón. Cuando estaba lo suficientemente frio, el carbón se ensacaba y se llevaba a las fraguas.

Aquel método garantizaba una cocción más rápida. Sin embargo, el carbón obtenido lo era en menor proporción y de inferior calidad al método más generalizado: suficiente para el trabajo en la fragua, pero insuficiente para las ferrerías y hornos. Este método era conocido como *carbón a la llama* y permitía fabricar aquel tipo de carbón de bastante demanda en tanto se atendía a las carboneras tradicionales, pues no necesitaba de una vigilancia constante y permitía aprovechar los restos de leña más menuda que no tenía cabida en las carboneras al uso.

Daniel llegó pasados tres días desde que Sebastián se había unido al grupo. Solo una carbonera estaba disponible, pero en las cercanías podrían cargar el carbón suficiente para las mulas. Después de saludar a todos, Daniel se dispuso a preparar comida para el grupo. Los carboneros se reunieron alrededor del caldero, y también lo hicieron otros que andaban por las inmediaciones. Disfrutaron de la caldereta y del vino, y tras comer cargaron los serones de las ocho mulas que había traído consigo.

Daniel y Sebastián regresaron a Almodóvar con la carga de las mulas. En el monte quedaron los carboneros para continuar con el trabajo. Sebastián había quedado comprometido con volver, pero en esta ocasión con las cuatro carretas y la totalidad de la reata. Llegaron a la casa principal con las últimas luces del día. En el corral anexo a la vivienda, con fachada a la calle de San Antonio, Amadeo había preparado una era limpia donde descargar el carbón. Sebastián pensaba que transportar a granel el carbón suponía un trabajo extra posterior, operación que debían corregir. Descargaron el contenido de los serones y comprobaron que estaba totalmente frío. Acto seguido lo cargaron en sacos con ayuda de una pala y un cesto preparado al efecto. Los sacos se almacenaron en una de las cuadras mayores una vez pesados, para posteriormente vender en pueblos y villas cercanos. Un total de cuarenta sacos de aproximadamente dos arrobas y media contabilizó Damián. El precio estimado de venta de los sacos sería de unos treinta maravedíes por unidad.

El aspecto que presentaba Sebastián sorprendió a todos en la casa. Parte de sus ropas, viejas y rasgadas por la maleza conformaban una apariencia harapienta, con el rostro y las manos ennegrecidos. El aseo en el monte había sido muy precario, por lo que le costó eliminar los restos de carbón en el pequeño pilar del pozo. Se deshizo de la camisa y con ropa limpia entró en la cocina donde lo esperaba Martina. Después de abrazarla y comer algo, contestó a sus preguntas sobre el estado de sus padres y hermanos. Todos se encontraban bien y esperaban que regresara para continuar con la tarea. Había observado Sebastián que los carboneros se abastecían de los productos que les facilitaban los *recoveros*, comerciantes que se desplazaban por los campos, con los serones y aguaderas de sus mulas cargadas de mercancías y artículos de primera necesidad. Se prometió que en lo sucesivo él se ocuparía de suministrar a las cuadrillas de carboneros que contratara de todo lo necesario para su supervivencia en los montes.

Al día siguiente, Daniel, acompañado por Amadeo y uno de los zagales de la casa, recabó las dieciocho mulas, pero en esta ocasión la carga se realizaría en sacos, a razón de cinco sacos cada mula, unas trece arrobas de carga por animal, y se adelantó al monte para iniciar la carga del carbón almacenado, unas doscientas treinta arrobas. Entre tanto, Alejandro y un zagal habían llegado con los ocho bueyes uncidos. Fueron enganchados a la lanza de las carretas y emprendieron el camino hasta Navacerrada. Sebastián pensaba construir un cercado en los pastos del concejo donde guardar las carretas cuando las cargas fueran más frecuentes. Tenía puestas muchas esperanzas en aquel primer transporte de carbón.

Cuando llegaron donde se encontraban los carboneros, Daniel ya había cargado la mayor parte de las mulas. Los sacos estaban llenos y repartidos por diez carboneras no muy lejanas unas de otras, unos noventa con una carga cercana a las trescientas arrobas. Los carros cargaron unos treinta sacos cada uno, unas setenta y cinco arrobas, carga que resultaría un paseo para aquellos animales. Una operación que supondría unos seis mil trescientos maravedíes a la venta con un coste inicial inferior a la mitad de lo recaudado, unos doce reales por carga. Damián debía comprar más sacos para el transporte del carbón. Los utilizados pertenecían a los carboneros y tendrían que devolverlos. Sacos fabricados con diversos tipos de estopa, normalmente de cáñamo o yute, produciendo una pieza textil gruesa y áspera utilizada generalmente como elemento de embalaje. Los sacos así confeccionados recibían el nombre común de *arpilleras*, generalmente de una vara y media de altura y media vara de diámetro. Tras descargar en la cuadra grande aquella jornada, los animales volvieron a sus pastos hasta una nueva llamada desde los montes.

Sebastián, tras cerrar cuentas con Damián, regresó a Navacerrada al día siguiente, tras pasar la noche con Martina. A su llegada Sebastián se desplazó hasta otro grupo de carboneros, cuyo procedimiento difería sustancialmente del utilizado por los cántabros. Aquel grupo *escamocheaba* los troncos de ramas pequeñas. A diferencia de lo que había visto, la construcción de la carbonera comenzaba con la ejecución del *castillo*, una estructura hueca cuadrangular de una vara de altura, realizada con troncos que conformaban el inicio del horno. Alrededor del castillo iban colocando leña de manera vertical, hasta construir una choza que albergara la guía de la carbonera, en esta ocasión una guía o *urga* de sabina de algo más de tres varas de longitud como referencia del centro del horno y que servía al carbonero para distribuir toda la leña de forma simétrica. En la base acomodaban los troncos más delgados y sobre estos iban colocando nuevas tandas de leña vertical. Cada horno tardaba en levantarse casi una semana.

Aquellos carboneros montaban siempre dos hornos parejos, de tal forma que se pudiera simultanear el trabajo de uno y otro, ya que la construcción de uno solo no resultaba rentable, y tres serían imposibles de atender durante la combustión. Unas tres mil arrobas de leña utilizaban en cada uno de los hornos construidos. Una vez consolidado, se *peinaba* el horno colocando la leña más delgada para tapar todos los huecos. En la base del horno colocaban piedras de gran tamaño alrededor, respetando una distancia similar. Sobre estas los carboneros colocaban gavillas de monte o confeccionadas con los restos del escamocheo de la leña gruesa, de tal forma que entre ellas y el suelo quedaran abiertos pequeños espacios. El primer cometido de aquellas gavillas era sustentar el resto de elementos que compondrían la cubierta de la carbonera, que se realizaba con pequeñas ramas de encina cubiertas de hojas, o bien algunos tepes de hierba, si había.

Iban cubriendo el horno ascendiendo desde las gavillas hasta la corona, y después comenzaban el aterrado. La tierra era la capa definitiva y la más importante. Debía estar húmeda para que se formara una capa compacta. Al tiempo de aterrar se construía una escalera para subir a la corona del horno y poder rematar el peinado final. Terminada la operación y revisado todo el conjunto retiraban la guía y encendían el horno metiendo paladas de brasas por el hueco dejado por la guía. Una vez encendido, en la parte inferior abrían una primera *gatera* buscando el hueco que quedó entre las piedras y las gavillas de monte, parte fundamental en el proceso de combustión de la leña. Solo tenían que esperar a que el humo saliera por las gateras y el horno estaría encendido. Tras esto, la corona se tapaba con tierra y paja, de tal manera que el horno solo pudiera respirar por las gateras inferiores. Una larga combustión comenzaba a baja temperatura, que acabaría convirtiendo la encina en carbón casi completamente. La transformación tendría lugar a lo largo de varios días.

Durante el proceso, el horno comenzaba a decrecer, por lo que todos los días, al amanecer y al atardecer, debían hurgar con la guía en el hueco para introducir más troncos pequeños. La corona debía ser tapada con tierra cada vez que tenía lugar esta operación de rellenado. Se iban abriendo nuevas gateras por el lado donde no soplaba el viento, con el fin de ralentizar el proceso de combustión, conduciendo el fuego hacía ese sector del horno. En el interior, la madera se cocía a más de cuatrocientos grados. Transcurrido el tiempo estimado de combustión, el horno comenzaba a apagarse por los mismos sectores en los que se abrieron las gateras, haciendo arder las gavillas que avisaban de que el horno había completado su combustión en aquella zona. Para apagar el horno retiraban las piedras para que no pudiera volver a respirar. Al no entrar más aire, la combustión quedaba cortada. El horno debía enfriarse, retirando la tierra por tramos. El carbón comenzaba a secarse desde la base, limpiándolo de tierra y volteándolo con ayuda de una horquilla de gran tamaño, extendiéndolo en una *refriada*. Durante la jornada se iban secando varias refriadas hasta conseguir una vuelta completa del horno, que llamaban *rodada*.

Una vez confirmado el enfriamiento del carbón, se ensacaba. Durante el ensacado se desprendían pequeños trozos de carbón, llamados *espantadura*, que se recogían barriendo la era y despreciando el *cisco,* que se quedaba mezclado con la tierra. Una vez retirada la *caldera*, allí donde se comenzó colocando el castillo se daba por terminada la carbonera. Con la madera sin quemar de aquella montaban el *tizero*, un horno en miniatura que exigía de todos los pasos realizados en el horno grande. Cada uno de aquellos grupos obtenía alrededor de mil seiscientas arrobas de carbón por temporada y daban por terminada la campaña, tras cuarenta y tres días de labor, a finales de julio o mediados de agosto. Comenzaba entonces la tarea de recoger todo el *aparataje* empleado en la faena hasta la nueva temporada y en las nuevas cortas contratadas: rastrillos, *ruillos* o raederas, hachas, palas, cribas, porras, cuñas, mazas, escaleras, hoces, azadas, hocinos, picachos, sierras, legones o espuertas eran recuperadas para su siguiente uso. Todo se cargaba en los pequeños carros de *allegar*; carros de poca altura provistos de cuatro palancas de madera para facilitar la carga y descarga de la leña gorda. El *allegador* disponía de una yunta de bueyes o mulas que ayudaban al trabajo. Esta tarea de acercar la leña a los hornos se iniciaba a finales de abril hasta finalizar con la corta destajada.

Un grupo de carboneros de Alamillo, llegados aquel año de las cortas de la Cotofia, Balmaseda, Los Bonales y La Mueda, incluso alguno llegado desde la Perdiz, utilizaban una técnica similar con algunas variantes en la ejecución. Tomaban como eje una encina vieja y armaban el horno en vertical, colocando debajo una buena *camá* a base de leña menuda. Sobre ella colocaban los *carreros*, troncos de gran tamaño sobre los que se recostaban todos los demás, formando un círculo, evitando que la leña tocara en todo momento en suelo. Alrededor se colocaba leña gorda, o *bolas* como eran conocidas, de menor tamaño que la anterior. Sobre esta colocaban la *hombrera* y por último la *deica*, la leña más delgada. Toda la leña gruesa se cerraba en la parte de arriba, en cambio la hombrera y la deica se dejaba abierta por la parte más alta, a modo de boca para forma la *chimenea*. Se arropaba la construcción con una capa de jara o retama, conocida como *chasca* o *zaragalla*. Alrededor del horno se araba una franja de tierra de unas tres varas de ancho aproximadamente, que impediría la propagación del fuego. Aquella tierra removida se rastrillaba y, retiradas piedras y terrones, se arrojaba sobre el horno con la ayuda de una pala. De esta forma el horno quedaba *aterrado*.

El horno tenía una chimenea en la parte más alta y unos peldaños labrados en su falda. Se encendía de madrugada, y la cocción comenzaba de arriba hacia abajo. Se realizaban algunas humeras en la parte superior, en total unos diez o veinte respiraderos, que favorecían la entrada de aire asegurando la combustión de la madera. Estos carboneros de Alamillo tenían por costumbre hacer *picón* con toda la leña menuda, que vendían a sus vecinos, hasta obtener la cantidad acordada con el contratista una vez finalizado el trabajo. El carbonero daba por finalizada la cocción cuando la llama salía por las humeras abiertas. Conseguida la cocción de la madera se retiraba toda la tierra y la chasca y se enfriaba el horno. También aprovechaban los restos en una tizera o *boliche*. Aquel grupo tenía por costumbre apilar el carbón casi siempre de cinco en cinco arrobas, desde donde se ensacaba o cargaba a granel. Cada grupo de carboneros tenía una especial forma de tratar los hornos, con pequeñas variantes adaptadas a la región de procedencia. Aquel año habían llegado carboneros de Urda, de Sonseca y de Mazarambroz, de cada uno se aprendía algo diferente.

Durante la temporada, los carboneros habían recorrido varias fincas del Valle haciendo carbón. En la umbría, en la finca de la Perdíz, en Los Bonales. En el valle, por las fincas del Hornillo, Mesas de Hato y los Santiagos. En la solana en el Castillo, las Minetas y Capellanías. El arriendo de las fincas para la obtención del carbón se conocía como *montaracía*. El contratista principal alquilaba las fincas y ajustaba con los carboneros su producción. Se encargaba más tarde de vender el carbón. Esa era la figura que Sebastián perseguía. Para la siguiente temporada debía iniciar la contratación de fincas con la montanera, y destajar a los grupos de carboneros por esas fechas. Aquel año se había retrasado mucho el inicio de la temporada, pues habitualmente en esas fechas los carboneros estaban ocupados con las tareas de siega y trilla del cereal. Aquel año había exceso de jornaleros, por lo que pudieron alargar la temporada de carboneo, pero no era lo habitual. El transporte del carbón debía centrarse entre los meses de mayo a julio, para vender durante el verano, antes de la llegada del otoño.

Don Diego depositó en el joven soriano una confianza solo comparada con la ilusión que aquel ponía en su trabajo. Y con tal propósito compró otras seis carretas más y sus correspondientes bueyes, esperanzado en que las propuestas de negocio de Sebastián fructificaran de modo positivo. En caso contrario, tan solo tendría que deshacerse de los animales y las carretas y continuar con sus negocios. Sebastián comenzó contratando con los carboneros de la zona toda la producción del año siguiente, y comprometió con hornos y herrerías el suministro que necesitaran. Vendió carbón por toda la zona, hasta Almagro, y puntualmente llegaban sus carretas hasta Toledo para suministrar al Obispado.

Los siguientes años, el comercio de carbón se afianzó y Sebastián consolidó sus pretensiones de mediar entre productores y compradores obteniendo un beneficio razonable al que sumaba el precio del transporte desde las carboneras. Aumentó también la reata de mulas hasta un total de treinta animales, todos a cargo de Daniel y varios zagales, que transportaban y suministraban carbón en serones de esparto por toda la zona. A la carretería se sumaron otros carreteros, dejando libertad de movimiento a Sebastián para dedicarse a conseguir cortas para los carboneros, obteniendo mayor capacidad de carga utilizando *seras* de esparto en lugar de los sacos tradicionales, que permitían su colocación unas sobre otras. Incluso se aventuró a bajar hasta las tierras andaluzas de Conquista utilizando el Camino Real de Toledo a Córdoba.

La originaria vía romana probablemente siguiera este itinerario a partir de las poblaciones de Caracuel y Villamayor, pasando por la aldea y puerto de la Viñuela y la gran vereda de ganados hasta llegar al puerto de Mochuelos, junto a la venta del Zarzoso, en la vereda mayor de Andalucía, propiedad de las monjas franciscanas del conjunto de la Purísima Concepción de la villa cordobesa de Pedroche, para pasar a Andalucía por Torrecampo, Pedroche y Pozoblanco. El trayecto utilizado por la carretería almodoveña sería por Villamayor, Puerto de la Coja, a la salida de Almodóvar hacia el sur, pasando por Alcudia por el lugar más próximo al puerto de Suelta, entre Brazatortas y Retamar, y seguiría por Alcudia a lo largo del camino del Horcajo, jalonado por la venta Peñuela, la del Molinillo y la del Alcalde, o de la Inés, ya en los confines del Puerto de Horcajo. Desde ahí y atravesando el río Guadalmez, llegarían hasta la ciudad cordobesa de Conquista, donde en ocasiones también bajaban cargados de sal.

Incluso se atrevió Sebastián a comerciar en tierras valencianas, aconsejado por algunos tratantes de carbón de aquellas tierras, que compraban a carboneros de Alamillo y Almadenejos. Transportaron carbón que completaban con cargas de estiércol de oveja, muy demandado en la agricultura cítrica, y volvían cargados con sacos de arroz y naranjas que distribuían entre los carboneros. Sebastián pudo amortizar la inversión realizada por don Diego en tan solo tres años, y aquel le devolvió el esfuerzo otorgándole una participación en el negocio del transporte además del sueldo convenido.

A Martina, ocupada en sus labores, le llegó, como era acostumbrado, el tiempo de parir. Tuvo su primer hijo, al que pusieron por nombre Juan en el verano de 1667, y dos años más tarde, en febrero de 1669, vino su hija María, a los que crio con el pecho y gachas de harina de trigo tostada, alternando su trabajo en la casa. Solo con la llegada de su hija María, en recuerdo de su compañera de cocina, Martina tuvo algún problema, y se resolvieron tirando de remedios caseros. Durante el alumbramiento, la partera se alertó porque no expulsaba la placenta, y María recurrió a hervir ortigas y le hizo beber el caldo. Al esfuerzo de los vómitos provocados por el brebaje, no tardó en echar la placenta. Todos respiraron sereno cuando el médico que llegó tras el nacimiento confirmó que el estado de salud de madre e hija era tranquilizador. Coincidió el nacimiento de María con la celebración de la fiesta de los carboneros, el día dos de febrero fue la fecha en que celebraron la Virgen de la Candelaria. Recordaba Martina que los carboneros se reunían a la luz de la hoguera y cantaban canciones y comían cosas de la matanza, cuchifrita y bebían vino. Siempre había músicos que alegraban la fiesta. Martina se había convertido en una mujer admirable, de una gran dulzura y nunca se apagaba la sonrisa de su rostro.

Con el dinero ahorrado y alguno adelantado por don Diego, la pareja logró por fin adquirir la vivienda con que habían soñado durante algún tiempo. La casa donada por la familia Jijón ya se había quedado pequeña. Sebastián había mostrado a Martina un caserón en la calle de San Antonio, propiedad de un antiguo hidalgo que se había desplazado a Madrid, y ahora podrían comprarlo y adecuarlo a sus necesidades. Sebastián había traído desde Conquista, en uno de sus viajes a tierras cordobesas, las pilastras que pretendía colocar en el portón por donde accederían los carros. Las columnas de granito soportarían el dintel también de granito, y en su parte central estarían esculpidas las iniciales de la pareja. La casa estaba bien situada, de dos plantas y con cinco balcones en la fachada principal. El interior de la vivienda, aunque necesitada de reparaciones, era amplio, el suelo de mosaicos, con un gran patio, un pozo, un enorme corralón y varias cuadras. La fachada era de color albero, pero necesitaría de una mano de pintura, encuadrando las ventanas y puerta principal con polvos de almagra, rojos y negros. Un nido de cigüeñas se ubicaba junto a la chimenea, distrayendo la atención con el castañeteo de sus picos y el aleteo de los jóvenes cigüeños, que durante el crepúsculo competían con el chillido de los vencejos y el sonido de las campanas que tocaban a rosario. En el patio, un pequeño horno ayudaría en la cocción del pan y dulces, así como algunos asados.

El corralón de la casa serviría como almacén para las pilas de carbón, donde se descargaría desde los campos, para venderlo después. Un olivo de gran porte ocupaba la esquina sur del patio, y frente a la salida desde la casa una lila blanca y una morera daban sombra sobre un banco de madera apoyado en la fachada. Y en él se sentaría Amadeo, que desde la boda había pasado a depender directamente de Sebastián. Ahora, con una romana en la mano y una trompeta en la otra anunciaba la mercancía al vecindario, aunque la mayor parte del tiempo atendía a los habitantes de Almodóvar que acudían con sus bestias a comprar carbón. En algunas ocasiones aprovechaba para salir por la ciudad con un borrico uncido a un pequeño carro, con su romana y su trompeta de bronce, vendiendo a las mujeres un kilo aquí y otro allá.

Aquel año, Sebastián celebraba el contrato del carboneo de la encomienda de Castroserna, en el partido de Fuencaliente, que albergaba diecisiete fincas bajo la misma linde, propiedad de los marqueses de Castropinos y Castroserna. También andaba en tratos con los carboneros de Los Bonales, el Píngano, Hato de Garro, Cerro Verde, Las Morras, los Morenos, la Dehesa de la Pared, la Dehesilla, Pasaderas y el Acibuchal. Los últimos años, Sebastián había conseguido transportar y vender más de dos mil carros de carbón, y tenía contratos con más de cuatrocientos carboneros bajo el mando de siete encargados y, a diferencia de otros contratistas del carbón, Sebastián supo mantenerse con criterio, y don Diego había depositado en él toda la responsabilidad del negocio. Muchos se hicieron ricos con el negocio del carbón. Pero algunos lo emplearon para bien y otros para mal, pues a veces la abundancia precipita al hombre al despilfarro, y lo que hoy eran ríos de riqueza acababan en soberbia, convirtiendo en locos avariciosos a los que nada satisfacía. Sebastián les pagaba, ocasionalmente, algo más de lo que tenían estipulado, porque veía la miseria y las necesidades que pasaban los carboneros.

IX
LA HERMANDAD DE CARRETEROS DE ALMODÓVAR DEL PINAR

El tiempo había transcurrido lentamente desde que don Diego confió en el proyecto de transporte de Sebastián. Durante aquel período el trabajo se consolidó y la carretería de la Casa Jijón se había expandido por toda Castilla. Carretas y carreteros se habían ido incorporando al grupo y el carbón se convirtió, junto a las ovejas, en el centro principal de negocio de la Casa. La participación de Sebastián fue creciendo en consonancia con los resultados obtenidos, y finalmente se había convertido en un reconocido mayoral en el duro oficio del transporte de mercancías.

Durante aquel tiempo también había ocurrido alguna desgracia. Amadeo falleció aquejado de fiebres, y Sebastián lo hizo enterrar en el cementerio de Almodóvar del Campo. Mediante los pastores que cada año regresaban a tierras sorianas envió la noticia de su muerte a los pocos familiares que le quedaban. José se había embarcado hacia tierras indianas, junto al ingeniero alemán para trabajar en la recién estrenada explotación de Santa Bárbara en Huancavelica, y no había vuelto a tener noticias suyas. Supo que durante varios años ambos habían estado trabajando en las minas de Almadén y, a través de los carreteros conquenses, José le había hecho llegar la llave de una casa que dejaba en Almadén, por si en alguna ocasión volvía o el propio Sebastián la necesitaba. Daniel había formalizado su relación sentimental con María, y ambos vivían en una casita cercana al caserón de los Jijón, donde continuaban prestando sus servicios. Daniel se convirtió en el responsable de las reatas de mulas que acompañaban a las cuarenta y una carretas con que contaba la casa.

Y como las oportunidades se presentan sin esperarlas, Sebastián se enteró de pasada de la subasta que de las carretas de un propietario madrileño se anunciaba por deudas a la Secretaria de Hacienda. El remate de la subasta ascendía a poco más de cincuenta y siete mil reales. Aquella subasta pública anunciaba el decomiso de treinta y tres carretas del tipo *puerto a puerto*, ochenta y cuatro bueyes de todas las edades, doscientos veintitrés costales y seis colambres para transportar vino, así como diversas herramientas adscritas al conjunto: *cuatro hachas de cortar, dos sierras, una de bracera y otra de mano, tres azuelas de mano, tres escoplos, cuatro barrenas y una gubia.*

Con aquella información corrió a notificárselo a don Diego, que viendo una oportunidad única de aumentar su carretería dispuso a Damián para que acudiera a la subasta de la Real Hacienda e hiciera todo lo posible por adjudicarse el lote embargado. Y así sucedió. Damián volvió con la noticia de que el lote había sido finalmente rematado por cincuenta y cinco mil reales, de los que dejó en depósito doce mil. Sebastián participaría en la adjudicación con otros quince mil reales ahorrados en aquellos años. Don Diego dispuso el resto del dinero y ordenó que Sebastián acompañado de Alejandro y algunos carreteros más acudieran a Madrid para trasladar la nueva adquisición, con la orden de sustituir aquellos bueyes que a su juicio no estuvieran aptos para el servicio.

La carretería Jijón disponía ahora de setenta y cuatro carretas, convirtiéndose así en la mayor de la zona del Valle, y ahora sí contaba con elementos suficientes para situarse bajo la protección de la Hermandad de Almodóvar del Pinar. En tanto las carretas fueran revisadas por los carpinteros locales, y algunos animales más se incorporasen al grupo como sustitutos de los adjudicados, Sebastián y Alejandro viajarían hasta Cuenca para ofrecer a la Hermandad su aportación como socios de rango. El objetivo final de Sebastián era participar en el transporte de madera a las minas de Almadén, y desde aquellas hasta las atarazanas hispalenses con la preciada carga de mercurio. Con ese nuevo encargo, el regreso desde Sevilla con carga ultramarina abriría su mercado con opciones inimaginables. Sebastián estaba exultante, y transmitía aquella alegría a todos los que le rodeaban. Aquel año de 1682 se presentaba como la confirmación de la Casa Jijón. Su hijo Juan había cumplido quince años y ya viajaba con él en muchas ocasiones. Un chico fuerte y sonriente que a todos contagiaba con su entusiasmo, y ya comenzaba a conocer el negocio. Su hija María acababa de cumplir trece años, y había heredado la belleza de su madre. Martina, desligada ya de sus tareas en la casa principal, atendía el negocio local y la educación de sus hijos.

La reunión en Cuenca tuvo lugar unos días más tarde. El responsable máximo de la Hermandad los recibió de inmediato, conocedor de las pretensiones de los manchegos, y consciente de que su incorporación reforzaría el encargo real de atender las necesidades de transporte de las minas. La demanda de las minas de Almadén para el traslado de mercurio hasta Sevilla obligó a carreteros del área de Cuenca a acudir por indicación regia, quizá a causa de la expulsión de los moriscos, pues en esas fechas dejaron de aparecer los carreteros del área de Granada. El itinerario de la carretería de Almodóvar del Pinar dentro del territorio de Ciudad Real, en su ruta hacia Alcudia y Almadén, se iniciaba entrando en la provincia por Puerto Lápice, continuando por Daimiel, Ciudad Real, Caracuel, Argamasilla y Puertollano, para entrar en el Valle por Puerto Suelta, en Brazatortas. La entrada de los bueyes en Alcudia y sus privilegios de pastos obligaron a la custodia de *ahijaderos, enjugaderos* y *chiqueros* reservados para la época de paridera. De tal manera, que los arrendatarios de la explotación de las minas hostigaban continuamente para mantener las servidumbres sobre las dehesas de Alcudia. La más afectada por la explotación minera era la de Parrillas, que pretendía las yerbas y leñas de los millares de Taberneros, Ornillo, Oyas de la Perdiz, Suerte Ancha, Oyas de Atoquedo, la Gargantilla y Carrasca Alta, más el lindero de la Moheda. También conseguirían autorización para recoger leña fuera de Alcudia en otras dehesas como la de Villagutiérrez en Abenójar y en la villa de Capilla, en Badajoz. Fijada la ruta desde el puerto de Suelta hasta la zona de la dehesa de Parrillas, se realizaba la *pegunta* de los bueyes en Puertollano por espacio de treinta días contados desde el veinte de octubre. Los animales irían marcados con una R coronada evitando así los fraudes en las entradas al Valle. Desde Puertollano los carreteros se dirigían a la dehesa y millares de Parrillas, por lo que cruzaban la mitad del Valle en sentido transversal, hasta establecerse cerca de la aldea de Alamillo.

Los concesionarios mineros, generalmente la casa Fúcar, habían impedido varios años el pasto y disfrute de los siete millares de pastizal que componían aquella dehesa, revendiendo las hierbas por más dinero del que los mesteños pagaban al rey, además del abastecimiento de carbón y leñas. Con aquella servidumbre se habían eliminado dos mil cabezas de pasto, cuando a juicio de los serranos había suficiente para el servicio de las minas con cuarenta cabezas de pasto. Según los alemanes necesitaban tales millares además del aprovechamiento de pastos, para:

> *levantar casas y corrales de xabecas*, para *descargar el mineral para cocer, moler y quebrar dicho mineral, realizar casas para los olleros y otros artesanos, construir casas y aposentos para los encargados de labrar el azogue, pasto para cien mulas que traían el mineral desde la mina, pasto para cien bueyes que acarreaban leña, pasto para otros sesenta bueyes utilizados en transportar madera gruesa para entibar y también era necesario sembrar grano para sostener aquel ganado.*

Pero los millares de pasto iniciales suponían más de mil doscientas fanegas y realmente parecían demasiado terreno para aquellas actividades. A mediados del siglo XVI el Consejo de Órdenes había pronunciado sentencia en el sentido de que los banqueros dejasen libre la cuarta parte de las dos mil cabezas de pasto.

El primer compromiso como nuevos miembros de la Hermandad recibido por la carretería Jijón sería el de participar en el suministro de la madera necesaria para la entibación del interior de las minas y para alimentar los hornos, estimado en más de diez mil carretadas anuales. La carretería de Almodóvar del Pinar cobraba veinte reales por carro de madera de cuarenta arrobas puesto en Almadén, y quince reales el quintal de azogue transportado a Sevilla, a cambio de invernar en Alcudia hasta el quince de mayo comprometiendo más de dos mil bueyes y casi mil carretas a lo largo del año. A ese compromiso se unía el realizado por los principales ganaderos de Alcudia, llevando tres mil carros de madera y conducir hasta Sevilla de ocho a nueve mil quintales de azogue al precio de doce reales cada uno y los mismos privilegios concedidos a los carreteros de la villa de Almodóvar del Pinar. Además, los carreteros tenían comprometido el transporte no incluido en los asientos principales a razón de incrementar dos reales por arroba transportada en carretas en verano y tres reales la arroba transportada en caballerías.

Sebastián debía alternar el nuevo compromiso con la temporada propia comprometida con sus clientes. De mayo a septiembre, el acarreo de leña gruesa y *atocha* para los lavaderos de lana. El transporte de lana de los esquiladeros a los lavaderos y desde estos, una vez ensacada al puerto alicantino o a los mercados de Toledo, además del transporte del carbón de la temporada. El acarreo de madera, para entibar las minas, desde las sierras de la Mancha y el Valle de Alcudia, sería aprovechado de retorno para entregar en Toledo o en la Corte madrileña el solimán producido en los hornos de Almadén. A razón de setenta y cinco ducados por quintal de solimán se pagaba en Madrid.

Con aquella actividad próxima, Sebastián hubo de contar con los carreteros locales, las carretas de bueyes de la zona que transportaban a las minas la piedra necesaria para la entibación desde las canteras situadas al sur de la población, las que traían arena desde el aluvial del río Guadalmez o la cal producida en la calera del Burcio. Incorporaría también a los arrieros y trajinantes de Brazatortas, casi ochenta hombres y doscientas cincuenta acémilas. Puntualmente recibirían el encargo del administrador de las rentas de los once pueblos del estado pacense de Capilla cuando las carreterías albaceteñas de Bonillo y Ballesteros no tuvieran recursos suficientes para completar los encargos, sobre todo de sal, que habría de cargarse en las salinas murcianas de La Pinilla.

En tales circunstancias serían habituales las disensiones y los pleitos con los dueños y arrendatarios de las dehesas de Alcudia, por resistirse a permitir la entrada de bueyes y carretas, y a las innumerables denuncias de los guardas sobre la cantidad de bueyes autorizados. Con ese motivo, muchas carreterías optaron por invernar en Extremadura y en el Reino de Murcia, pero el grueso de aquellas lo haría en tierras manchegas. La aparición en aquellas tierras de tal cantidad de carretas, con sus yugos, sobeos, coyuntas, bujes y cinchos, y sus correspondientes bueyes, de innumerables nombres: Hermoso, Romero, Coleto, Perdigón, Naranjo, Platero, Nevado, Sombrero, Azabache, Limón, entre otros cientos, y con dispares hierros: en forma de círculo, medio círculo o triángulo rematados por una cruz, la Z, y una especie de tres, revolucionaron la economía de la zona donde el aumento de la demanda debía ser atendida por los comerciantes locales.

Todo aquel trabajo necesitaba de la presencia de algunas personas que ayudaran a Sebastián. Cuatro encargados se pusieron a su disposición, cuyo objetivo era adelantar las contrataciones de arrieros, trajineros y carreteros de la zona, comprobar las cargas y asegurar las entregas en destino y sus correspondientes recibos. Damián, ayudado ahora por un joven abogado, se ocupaba de hacer efectivos todos aquellos recibos de pago, atender a los contratos firmados por Sebastián y preparar con los representantes financieros en las diferentes ciudades sus órdenes de pago y cobro. El negocio se auguraba próspero y todos confiaban en el futuro y en hacer bien cada uno su trabajo.

Aquella alocada cadena de suministro, precaria e intermitente en algún momento, permitió transportar mercurio hasta el Nuevo Mundo para extraer minerales por orden real. La Corona incidió en la necesidad de «embarcar para América la mayor cantidad posible de azogue, con el objetivo de beneficiar el metal de la plata con más facilidad y a menor coste». Recientemente se había descubierto en las explotaciones indianas el *método de patio* para la amalgamación de los minerales de plata. La demanda de mercurio aumentó sobremanera y el establecimiento de Almadén se convirtió en un gran centro minero-metalúrgico. Desde que en la segunda mitad del siglo XVI los primeros doscientos sesenta y cuatro quintales de mercurio llegaran al puerto de San Juan de Ulúa, en Veracruz, el flujo de mineral se había mantenido activo. Y para comprometer al mayor número posible de carreteros en el transporte hasta Sevilla, la Corona dispuso que no se abonasen derechos de portazgo, pontazgo, barcajes ni alcabala alguna por «tratarse de hacienda del monarca», así como el embargo de los animales y útiles necesarios durante el camino.

Los envíos a Sevilla iban a cargo de un responsable-comisario que entregaba oficialmente los *baldreses* llenos de mercurio en la Casa de la Contratación. Disponía *vara alta* de Real Justicia con jurisdicción para poder embargar recuas y carretas, y pastar con los bueyes en las dehesas del camino. Aquellas caravanas tenían la potestad de embargar pastos durante el viaje. Igualmente, los carreteros disponían de algunos privilegios para sacar de Sevilla ciertas cargas de mercancías. Cuando la carretería llegaba a Triana, se disponía su entrega en las atarazanas del puerto, y curiosamente, aún bajo la estrecha vigilancia del comisario y sus hombres, siempre debían anotar una *pérdida desconocida*, estimada en dos quintales de cada mil transportados. Desde las atarazanas, el mercurio se transportaba en barcazas por el río Guadalquivir hasta Sanlúcar de Barrameda o Cádiz, donde embarcaba rumbo a Veracruz en la flota de Indias.

Felipe II había consolidado una ruta comercial con objeto de transportar la mayor cantidad posible de mercurio con destino a América. La ruta por tierra mantuvo dos opciones. La primera unía Almadén y Sevilla a través de Azuaga, Llerena y Santa Olalla. La segunda lo hacía entre Azuaga, Constantina, Lora del Río, Tocina y Cantillana, para alcanzar finalmente Sevilla. El recorrido con mulas era más rápido y preferible en detrimento del recorrido de las carretas con mayor capacidad de carga, pero más lentas: cuarenta y ocho leguas recorridas en poco más de veinte días.

Sebastián llegó por primera vez a Almadén en septiembre de 1682 acompañado de su hijo Juan. Le asombró la primera impresión que tuvo del pueblo. La iglesia y unas trescientas casas se agolpaban en un crestón, junto a los restos de un castillo que había protegido la población tiempo atrás. Tuvo ocasión de comprobar la casa que José había construido en el pueblo, y se sorprendió de que se tratara de una vivienda de dos plantas con un patio bastante grande cercana a la casa factoría de los Fúcares. El estado de conservación era bueno, pero necesitaría de algunas reparaciones para su uso continuado. Para aquella ocasión serviría tal cual, pues no esperaban estar mucho en el pueblo. José había ordenado construir la casa acogiéndose a una real Cédula de 1613, por la que los administradores de las minas estuvieron obligados a prestar sesenta ducados a cada vecino que quisiera construir una casa, con obligación de efectuar la obra dentro de los dos años siguientes a la obtención del préstamo y devolver el dinero antes de cuatro años. José no tuvo ningún problema en devolver el préstamo, pues su posición económica junto al ingeniero alemán era bastante holgada.

La intención de Sebastián era participar en aquella caravana de transporte de mercurio a Sevilla bajo la protección de la Hermandad de Carreteros de Almodóvar del Pinar, que aquellos años tenía contratado con la casa Fugger el suministro para Indias. Los alemanes aún mantendrían sus asientos con la Hacienda real algunos años más. Quería conocer de primera mano las vicisitudes del viaje para poder, más tarde, negociar con el grueso de carreteros los precios del transporte. El mayoral había desplazado hasta allí treinta carretas y setenta y cinco bueyes. También lo acompañaba Alejandro y otros dos carreteros de los habituales en su equipo. Pudo observar rápidamente que los habitantes de Almadén eran muy dados a la conversación cuando mediaba un vaso de vino, y como buen viajero Sebastián supo atraer de inmediato a su alrededor a algunos informadores; mineros orgullosos de su pasado y esperanzados con su futuro, que improvisaban tabernas en sus zaguanes y posadas en los dormitorios de sus casas para atender a los forasteros.

Úrsula y Román habían acogido al grupo de Sebastián a cambio de unas monedas. Román mantenía su atención contando historias de las minas. Úrsula salpicaba con pícaras respuestas los comentarios de sus invitados, con la clara intención de sonrojar al joven Juan. Contaba Román que el inicio de la explotación del mercurio en aquella ciudad no se conocía con exactitud, pero si había referencias romanas de trabajos mineros en las zonas cercanas de Guadalperal y Las Cuevas, donde aparecían pozos y socavones sobre los pequeños filones donde el cinabrio afloraba. El uso del mercurio ligado a la alquimia se había extendido por todo el mundo, dando lugar al desarrollo de una nueva ciencia química de la mano de la sociedad musulmana que invadió y gobernó la Península hasta la recuperación de las minas a comienzos del siglo XIII, fecha en la que fueron cedidas por la Corona a la Orden de Calatrava.

Almadén no había conseguido territorio propio y organización administrativa hasta la obtención del Privilegio de Villazgo en 1417, independizándolo de Chillón y obteniendo fuero de jurisdicción independiente de la Orden. Finalmente, las minas pasaron a manos de la Corona, y con ello a personas de confianza de aquella, visitadores y administradores, con las que comenzó un continuo trajín de arrendamientos de su explotación. La familia Salgado, de Génova, abrió paso a banqueros catalanes y genoveses que arrendaron las minas durante varios períodos. Los propios Fugger alternaron sus asientos con la banca Welser y la familia Hoechstetter. No sería hasta 1646 que la Corona pasaría nuevamente a la explotación directa de las minas, dejando la responsabilidad de la misma en manos de *superintendentes*, casi siempre enfrentados con los *visitadores* enviados por el rey para inspeccionar y conocer de primera mano las condiciones de explotación del laboreo y del estado de los mineros, así como los fraudes cometidos por *capataces, mayordomos y oficiales*, con o sin la aquiescencia de los superintendentes, que asumían además los cargos de alcalde mayor, juez ordinario y juez conservador de montes y dehesas.

Mientras el grupo aguardaba la orden de carga de las carretas, estas esperaban y sus bueyes pastaban en la Dehesa de Castilseras, y Román llenaba sus espacios con historias antiguas. El procedimiento de extracción del mineral resultaba muy rudimentario, comentaba. Con martillo y cincel los mineros realizaban ranuras de cierta longitud y profundidad a ambos lados de la galería. En aquellas ranuras se introducían placas y cuñas de hierro que hacían posible desprender grandes bloques de mineral. Una vez extraído el mineral del interior, se partía en pequeños pedazos mediante porrillas de hierro para introducirlos en las *ollas de tostación*. Los hornos de tostación eran de origen árabe y eran conocidos con el nombre de *xabecas*. Consistían en un andén con orificios donde se encajaban las ollas. Bajo el andén se disponía un hornillo alimentado con leña. El mineral, dentro de las ollas, necesitaba de oxígeno para tostar el cinabrio y liberar el mercurio, por lo que resultaba indispensable mezclar previamente el mineral con cenizas, en una tarea conocida como *envolver en prieto*. En el horno se mantenía una temperatura constante gracias al aporte continuo de más leña. Aquel proceso se realizaba en un pequeño valle situado al norte de las minas, en un paraje conocido como la Huerta del Rey.

Román, buen narrador, servía más vino y continuaba sus relatos manteniendo cautiva la atención de sus invitados. Los nuevos hornos, de *reverberación*, fueron introducidos por los alemanes en el primer cuarto del siglo XVII. Estos eran construidos de ladrillo y barro con una bóveda semiesférica. Las ollas de mineral se colocaban en un entrepiso construido con barras de hierro y baldosas de barro. Hacia mediados de siglo llegaron a Almadén los primeros hornos de *aludeles* inventados en Perú, de mayor capacidad, mejores rendimientos y laboralmente más higiénicos. Ambos hornos coexistieron durante algunos años bajo el mando de sus correspondientes mayordomos: el de Buitrones y el de la Cañada. Úrsula, desde la cocina, boceaba la capacidad de las mujeres para participar en las labores mineras: «se partían el coño», gritaba. El trabajo de aquellas se correspondía con el de los *zafreros*, transportando las piedras arrancadas hasta el pie de los tornos junto a otros hombres y niños de nueve o diez años, conocidos como *pintones*, generalmente por cuenta de contratistas externos.

Llamaba la atención de Sebastián y sus compañeros la gran cantidad de oficios que realizaban los habitantes de Almadén, aún más diversos que los propios de pastores y carreteros. Los sufridos *cuadrilleros, zafreros* y *bergantes*, que se dedicaban a arrancar el mineral por destajos previamente convenidos.

Otros con salario fijo, los acomodados *olleros*, *porteros* y *guardas*. Los forzados o condenados de galeras que se ocupaban del interminable trabajo de achicar el agua, *bomberos*, *amainadores* y *charqueros*. Los encargados de la fortificación con madera, *entibadores* y *operarios de hacha*, o la fortificación con mampostería, que realizaban los *alarifes*. Los siempre enfermizos *cargadores* de mineral de los hornos y del vaciado de las escorias de los mismos, o el siempre expectante de la báscula *almijarero* que proporcionaba aceite de oliva para los candiles que alumbraban los trabajos de interior: «una sexta parte de una libra para cada turno de cuatro horas».

Incluso, contaba Román, que debido al desmesurado coste de la leña y su transporte para atender los hornos de mineral, se hizo necesario que durante algún tiempo fueran instalados en el Valle de Alcudia cincuenta hornos de hasta veinticuatro ollas de barro. De aquellas labores se ocuparon los *cocedores*. Una vez tratado el mineral, el *desmijador* sacaba el azogue de las ollas con una cuchara de hierro, que salía mezclado con barro y piedra, por lo que era necesario lavarlo en una alberca o en pequeñas artesas de madera. Como era natural, este sistema de tostación resultaba muy defectuoso, perdiéndose mucho azogue durante la operación. El último censo laboral que Román recordaba se distribuía en alrededor de cuatrocientos cincuenta obreros en la mina del Pozo, trescientos en la Contramina, ciento cincuenta repartidos entre los buitrones, la trituración y la ollería, doscientos cincuenta carreteros para transportar leña, veinte carreteros propios, cuarenta forzados y ochenta y ocho esclavos.

Se celebró especialmente, a mediados del siglo XVI, la instalación de un torno vertical para la extracción del mineral y la entrada y salida de los mineros, conocido como la *Grúa*, bajo el cuidado de un *asnero* y su borrico. Estaba situado en una caña de unas treinta brazas de profundidad, anteriormente utilizada como *resolladero*, por donde entraba el aire fresco al interior de la mina.

Esquivando los continuos ataques de Úrsula, Juan se ofreció para viajar hasta la Dehesa de Castilseras, junto a uno de los carreteros del grupo para verificar el estado de los bueyes. En su despedida, Úrsula le advirtió sobre el peligro que corrían los jóvenes carreteros en manos de las mozas casaderas que rondaban por los caminos, con lo que consiguió avergonzarlo una vez más. A lomos de una mula, ambos carreteros llegaron donde estaban los bueyes bajo la vigilancia de algunos zagales y boyeros. Pudieron comprobar que los animales se encontraban bien, a pesar de que algunos presentaran algún problema de espigas en los ojos. Con suma habilidad, el carretero y la punta de su navaja obraron la curación. Lavaron los ojos de los animales y completaron la inspección.

Llegaron a la casa justo cuando empezaban a cenar. Úrsula tenía buena mano en la cocina, y unas sopas de ajo alegraron la noche, junto a varios embutidos de la matanza anterior, que aún nadaban por las ollas de pringue. Tras la cena, Román sacó una botella de aguardiente que ofreció a sus invitados. Alejandro se mostró interesado por la obtención del *bermellón*, que había oído nombrar en uno de sus viajes a La Bienvenida. Román encontró la ocasión para mostrar nuevamente sus dotes académicas. Para la obtención de aquel preciado pigmento de uso generalizado en la Roma antigua, se envolvía la *piedra sorda*, el mejor mineral, con azufre y se cocía la mezcla en unas ollas hasta que el azufre se embebía en la piedra y la dejaba mucho más blanda. Después tan solo había que machacarla y pulverizarla.

Sin darles ocasión, Román se refirió a los riesgos de trabajar en las minas. El uso de la madera ocasionaba puntualmente accidentes e incendios en las minas. El más importante, recordaba, ocurrió hacía más de cien años, por un hundimiento del *hurto de Ambrán*, principal localización de mineral, falleciendo once mineros, nueve de ellos «aislados soterrados, miserablemente muertos de hambre y tinieblas», bajo los asientos de la casa Fugger, banqueros de la Alemania meridional con sede en Augsburbo, acreedores de considerables sumas que la corona de Carlos I adeudaba a estos, y en cuyo pago recibieron la administración de los maestrazgos, entre cuyas rentas se encontraban las minas de Almadén, y en estas minas los banqueros dispusieron de un factor representante autorizado y responsable de la producción de azogue. En estos primeros asientos, entre 1525 y 1550, se produjo la adjudicación de la dehesa de la Parrilla para surtir de madera a los pozos y hornos de fundición. Los Fúcares repartían el azogue obtenido de Almadén no dispuesto en Sevilla entre sus distintas factorías en España y Portugal: Sevilla, Lisboa, Almagro y Toledo.

El último asiento de los alemanes contemplaba el abono del quintal de azogue extraído a once mil maravedíes. El incremento del precio de coste de obtención del mineral junto a los naufragios de la flota de Nueva España y de la Almiranta del Mar del Sur, y la amenaza continua de corsarios ingleses, franceses y holandeses, impidieron liquidar la deuda real acrecentando el declive de la casa Fugger como arrendatarios de las minas. Cuando finalizan los asientos de los banqueros alemanes y un último contrato del comerciante Ambrosio Rótulo, a quien se le debe la construcción del primer hospital dotado de médico y boticario para atender a los mineros, la Corona española optó por contratar a oficiales alemanes para trabajar en las minas: seis fundidores, veinticuatro plomeros, seis carpinteros, otros seis quebradores de metal, cuatro lavadores y dos mineros conocedores de las nuevas técnicas de laboreo de minerales.

En la mañana del miércoles llegó a oídos de Sebastián que el comisario encargado del transporte de azogue hasta Sevilla había llegado a Almadén, en esta ocasión acompañado de varios hombres de armas que vigilarían y protegerían la caravana; hombres y carga. Intentó localizar al responsable de la Hermandad, Miguel de Feria, pero aquella mañana había partido hacía Castilseras para supervisar el estado de los animales. Sebastián quedó en el encargo de avisarlo y de reunirse con el comisario en el almacén de azogue. Envió a Juan hasta la ya conocida ubicación de los bueyes y trasmitir la orden de regreso inmediato del mayoral para acudir a la reunión convocada. Juan no tardó en llegar a su destino a lomos de una mula y, junto al mayoral de Almodóvar del Pinar, regresaron hasta el pueblo. Una reunión preliminar entre ambos mayorales dejó clara las responsabilidades de ambos, el conquense tomaría el mando y la responsabilidad de la caravana, mientras Sebastián atendería la supervisión del estado de las carretas antes de comenzar la carga.

La villa de Almodóvar del Pinar y sus vecinos carreteros estaban obligados al servicio de las minas de Almadén, bajo instrucción de la Sala de Justicia de la Superintendencia General de los Azogues del Consejo de Indias. Aquella potestad había sido adquirida tras la tasación y deslinde que la Corona ordenó en 1593 de la reserva de diez millares del valle de la Hoya de la Perdiz y Suerte Ancha para la extracción de madera. La Hermandad estaba obligada a disponer tres mil bueyes para la conducción de madera a las minas y de azogue a las atarazanas de Sevilla. Más tarde habían conseguido la concesión de los pastos de la dehesa de Parrillas, manteniendo el compromiso de suministro de leña y conducción de azogue, añadiendo el precio de once reales por quintal, rebajando uno en favor de la Hacienda.

Además de la reserva de madera hecha en el Valle de Alcudia, la Junta de Azogues había ordenado la demarcación, deslinde y amojonamiento general de catorce leguas a la redonda tomando como eje la villa de Almadén para la disposición de madera con destino a las minas en los montes deslindados, por lo que los enfrentamientos judiciales con el duque de Béjar eran continuos. Denunciaba daños e incendios en el condado de Belalcázar, la corta de madera en ciertos términos sin dar aviso a los dueños en Puebla, Herrera, Talarrubias, Casas de Don Pedro, Helechosa, Garbayuela, Capilla, Peñalsordo y otros, realizadas por orden del Comisionado de Montes y Guardas Mayores. Incluso el Santo Oficio de la Inquisición de la villa de Llerena tomó cartas como acusación contra tal demarcación, que ponía en evidencia la contradicción entre el Consejo de Castilla y el Consejo de Órdenes Militares. Hasta el prior y síndico de la Villa de Quintana demandó a los guardas mayores por intromisión en los montes de su término. Contra todas ellas, la Superintendencia de las minas se acogía a la autoridad de la jurisdicción privativa que en tales montes tenía.

La fecha habitual para la partida de la carretería de azogue hasta Sevilla había sido siempre el día veinticinco de abril, día de San Marcos. Aquel año de 1682, las peticiones desde Nueva España obligaban a un segundo suministro en el mes de septiembre. Ambos mayorales acudieron a la llamada del comisario sevillano. Les recibió en el almacén de envasado del azogue, espacio que impresionó sobremanera a Sebastián. Las personas que allí se encontraban tenían un aspecto enfermizo, débil, con rostros pálidos y enjutos. A excepción del que parecía el responsable mejor vestido y con sombrero, todos muy jóvenes. El comisario les presentó al suboficial al mando del pelotón de caballería que protegería la caravana. Era un soldado experimentado y transmitía confianza y seguridad. Ambos mayorales propusieron el orden de la caravana quedando emplazado Sebastián a encabezar la marcha con sus treinta carretas. Le seguirían las carretas de la Hermandad, que llegarían desde Castilseras y el Valle en un par de días. Al día siguiente deberían llegar al almacén las primeras carretas para comenzar la carga.

Aprovecharon para charlar en una de las muchas tabernas que el pueblo ofrecía. De inmediato fueron reconocidos por la clientela habitual que se acercó a saludarles e invitarles. Agradecieron la invitación, pero rechazaron la conversación. Miguel le aclaró que las carretas no esperarían a estar todas cargadas para iniciar la marcha, el primer grupo de diez se adelantarían bajo la supervisión de dos carreteros y un soldado, y así sucesivamente, y a paso de buey, esperarían la incorporación del resto de las carretas. Era necesario ir dando salidas espaciadas por dos rutas alternativas para evitar aglomeraciones, generalmente cada cuatro días para que los animales pudiesen comer en el trayecto. Después de un par de vasos de vino, Sebastián se despidió del mayoral que se dirigió nuevamente a Castilseras, y se reunió con sus compañeros en casa de Úrsula y Román. Había traído de la taberna una botella de vino que el resto agradeció. Úrsula les trajo de la cocina algo de comer mientras bebían y se terminaba de hacer la comida. Tras brindar por la noticia de la pronta partida hacia Sevilla, Román tomó el mando de la conversación y les ofreció una de sus acostumbradas lecciones de historia.

Debido a la extrema dureza de los trabajos, para atraer a más mineros, Felipe II había eximido de tributos a los que se ocuparan en las minas, al tiempo de quedar exentos de ser soldados y de contribuir con bagajes y carretas en las guerras o en la conducción de tropas. Un gran número de aquellos avezados mineros llegados al amparo de las prevendas trabajaban en las zonas en que se extraía el mineral, que eran conocidas como *hurtos,* donde se desarrollaba una explotación selectiva, trabajando las zonas más ricas y abandonando el mineral pobre. En caso necesario volvían a explotar aquellos hurtos en años posteriores. En algunos casos alcanzaban las cuarenta varas de longitud y las cinco de anchura, como los hurtos del *Mercado* y de *Ambrán*. Aquel método, aparte de accidentes e incendios, provocaba un mal aprovechamiento del mineral. El último incendio que Román recordaba comenzó cerca de la *bomba de fuera*, muy cerca del hurto de Ambrán, y, aunque se dio por extinguido a mediodía gracias a la participación de casi todos los habitantes del pueblo, al amanecer del día siguiente se reinició. Cuatro días más tarde, el gobernador ordenó tapar el pozo y el fuego continuó durante tres largos meses. Aquel incendio provocó la reapertura del socavón de Chillón, hundido desde hacía mucho tiempo, situado en la vaguada norte del cerro de Almadén.

Recordaba Román que los fuegos en la mina eran muy habituales. En la Navidad de 1605 un incendio originado en el resolladero de las *Peñas de Palacio* se mantuvo hasta los primeros días de enero. En el año 1617 otro incendio comenzó en la caña agria que bajaba al hurto de Ambrán. Otros dos se anotaron en 1619 y 1620 respectivamente. Un fuego de mayor consideración ocurrió en 1639, iniciándose en la *Contramina*. Los incendios en el interior de las minas se alternaban con los producidos en el valle de Alcudia y en los montes amojonados en las catorce leguas de aprovechamiento maderero, poniendo en riesgo la provisión de leña y los pastos adjudicados a los carreteros.

El socavón de la Contramina, refiriéndose a la antigua mina de Chillón, situado al norte de la población, se comunicaba con el socavón de la mina del Pozo a través de las labores mineras conocidas como Caña Real, y podían medirse entre ambas bocas de acceso unas seiscientas setenta varas. Alcanzaban una profundidad máxima bajo el cerro de cuarenta y ocho varas. La división entre ambas minas se encontraba cercana al hurto de Ambrán, y consistía en una reja metálica cuya llave estaba en poder del *veedor* y de los *capataces de boca adentro*. En la primera década del siglo XVII fue abandonada la mina del Pozo, a las ciento cincuenta varas de profundidad. Los técnicos estimaban que había quedado sin explotar gran cantidad de mineral de muy buena ley, desestimado por el excesivo coste de desagüe y fortificación. En las fechas en que Sebastián y su grupo andaban por Almadén ya se oía hablar del descubrimiento de la *mina del Castillo*, situada en la parte alta junto al castillo de Retamar, y que resultó providencial ante la escasez de producción de las labores del Pozo y de la Contramina. Se hablaba de explotar aquellos filones mediante un socavón de grandes dimensiones que desplazaría las labores hacía el este de la población.

Después de comer y de la obligada siesta, el grupo se puso en marcha hacia Castilseras con el fin de preparar las primeras carretas para acudir a la mañana siguiente a la *puerta de carros*, donde se iniciarían las tareas de carga. Aquella noche algunos carreteros quedaron en los pastos para regresar al pueblo a primera hora con las diez primeras carretas uncidas. Sebastián, Juan y Alejandro se ocuparían de ir trayendo el resto de carretas. Aquella mañana desayunaron copiosamente y bebieron vino que Ramón subió del sótano de la casa. Úrsula quería despedir al grupo con unas generosas migas acompañadas de algún pescado, chorizos y mucha leche de cabra. Todos celebraron la partida y agradecieron a la pareja el trato recibido durante su estancia en Almadén, prometiéndoles visitarlos cuando regresasen de su viaje. Los besos de Juan, imbuidos sin duda por el recuerdo de su madre y su hermana, y los elogios a aquellas migas se repetían de uno a otro comensal, señalando que con aquella carga en el estómago podrían iniciar sin penurias el viaje hasta Sevilla. Úrsula, como era su costumbre, cortó de forma radical tanto empalagamiento: «lo mejor que entra en barriga es el cipote de mi Román».

Después de recuperarse de las carcajadas originadas por la *espantada* de Úrsula el grupo salió de la casa con comida y vino preparado por sus anfitriones. Aquella peculiar pareja, pensaba Sebastián, confirmaba por excepción el resultado de la continua convivencia del matrimonio observado en sus padres, una larga relación que terminaba embruteciendo a los hombres y vulgarizando a las mujeres. Sebastián dejó a Román y Úrsula, en custodia, la llave y la casa de José, así como un documento que autorizaba su uso, para sí lo creían necesario la utilizaran para alojar algunos viajeros.

Los tres carreteros llegaron a la puerta de carros a primera hora. Custodiaban la entrada dos soldados armados. Un momento después aparecían las carretas por el este. Debían esperar a la llegada del guarda-almacén para proceder al registro de la carga por el escribano de las minas, para legitimar la relación contractual entre los transportistas y la superintendencia. Entre tanto, los carreteros acondicionaron las carretas para el transporte de aquella carga. Forraron interiormente las carretas con serones de esparto y pequeñas gavillas de ramaje menudo para amortiguar las irregularidades del camino. La primera de las carretas llevaba uncidos a los hijos adoptivos, que mantenían el nombre de sus padres, de los bueyes insignia de la casa, los veteranos Jacinto y Moreno que hicieran el primer camino a Villacastín.

Los baldeses que debían alojar el mercurio durante su traslado a Sevilla estaban clasificados tras su reconocimiento en tres clases. Una primera que no tenía ningún defecto y que recibía el azogue; la segunda, que forraba y protegía aquella primera *talega* y una tercera que envolvía las dos anteriores y para lo que podría servir cualquiera de los curtidos. Los cueros eran atados con cordeles de entre cinco y seis pies de longitud. Plegado el primer baldés, un *atador* ejecutaba el atado:

> entrando el nudo que tiene el cordel en un extremo por la lazada de la otra punta y tirándolo con las manos, ahorca el atado dándole una patada y mientras el que está en pie va recogiendo el moño, entra el cordel en la abertura de la machota y le va dando vueltas alrededor del moño, sin que se carguen una sobre otra, hasta que al fin le da dos nudos con el mismo cordel.

Un *registrador* introducía un palillo por los pliegues del moño y comprobaba que no hubiera pérdidas de azogue. Colocaban entonces un segundo baldés del mismo modo que el primero, y un tercero de la misma forma que los anteriores. El grupo de manipuladores de azogue se alternaron en el siguiente proceso de envase y atado de baldeses, sin duda influenciados por lo perjudicial de los vapores que inhalaban.

Una vez empacado se cargaban las carretas a razón de diez quintales cada una de ellas. Tras la colocación de los baldeses que contenían el azogue se cubrían con serones para protegerlo de la lluvia. Especial atención se ponía al cierre de la culata de la carreta, el *cobujín* del serón se aseguraba con una soga de esparto, después de comprobar que la *cimera* del serón estaba bien cosida, este era el lugar por donde habitualmente se producían los robos de azogue. Sebastián procedió a firmar el contrato ante el *escribano de minas*. Un contrato que no suponía una tipología muy diferente de las que el mayoral estaba acostumbrado a ver, donde figuraba la fecha en que se realizaba el registro, el nombre del compareciente ante el escribano y su localidad de origen. El texto del contrato obligaba:

> en aquella forma que más firme sea y haya lugar en derecho ante Su Majestad y su Real Hacienda y del Señor Superintendente y Administrador general de las Reales Fábricas y Minas de Azogue, tanto presente como quien lo fuere en

el futuro, a conducir y entregar en Sevilla tal cantidad de quintales de azogue,
empacado en sus correspondientes baldeses, amén de los cordeles, esportillas,
serones y baldeses de repuesto que se le habían facilitado.

En aquellas fechas el cargo de superintendente recaía en Antonio Muñoz de Castilblanque, aunque su sobrino, Juan Collado, ejercía interinamente. A partir de noviembre de ese año, sería Pedro de Ayala Rojas y Juárez de Castilla quien ostentaría el cargo. Constaba en el contrato que se había recibido la carga bien pesada en los almacenes de buitrones por mano de su *mayordomo*, el precio que cobraría por cada quintal, comprometiéndose a entregarlos al *comisario de azogues* sevillano y sacar el recibo de entrega para presentarlo después en la contaduría almadenense. Se hacían constar también las penalizaciones caso de no entregar la carga o si faltaba alguna medida, a razón de treinta y dos reales de vellón por cada libra no entregada, así como cuatrocientos maravedíes de salario por cada día que la administración hubiera de destinar a que otras personas cumpliesen lo acordado. Aquellos contratos suponían un amparo jurídico que daba cobertura legislativa, tanto en derechos como en deberes.

Los carreteros se sometían a la jurisdicción de la Superintendencia, renunciando a cuantas leyes regulasen su oficio y aceptando que pudieran ser intervenidos los bienes declarados. Un contrato abierto que cerraba lógicamente el último carretero que cargaba. En aquel caso, Miguel de Feria ratificaría la firma inicial de Sebastián en nombre de la Hermandad de Carreteros de Almodóvar del Pinar, que comprometería la partida total a transportar a Sevilla. Era evidente que el transporte del azogue contenía aspectos que era necesario tener en cuenta. En primer lugar, su acondicionamiento para evitar derrames, ya que las pérdidas repercutían en el bolsillo del transportista; calcular adecuadamente el peso de la carga, y por último evitar en lo posible los meses centrales del año para su manipulación por el riesgo de exposición a los vapores producidos a temperatura ambiente.

Miguel llegó a la puerta de carros a primera hora de la tarde. Verificó el estado de la carga y ratificó la firma de Sebastián. Las primeras carretas habían partido a media mañana, una vez cargadas, y estimaban que serían alcanzadas a última hora de la tarde para pernoctar juntas. La duración del viaje se estimaba en veintidós días, para no estar bajo presión, cuarenta y seis leguas a recorrer a razón de un mínimo de dos leguas diarias. Aquel ritmo permitiría a los animales pastar lo suficiente tras el camino diario. Cuando la última carreta salió de Almadén a cargo de Alejandro, Sebastián se adelantó al grupo para alcanzar las primeras de la mañana, y buscar el mejor lugar para descansar aquella noche.

Ambos grupos de carretas viajarían por el mismo camino hasta Azuaga para después partir el grupo y viajar por las dos vías alternativas. El grupo de Sebastián lo haría por el camino oriental y el grupo de Almodóvar del Pinar lo haría por el camino occidental. La caravana conquense saldría cuatro días más tarde por lo que difícilmente tendrían contacto alguno. A los dos soldados que a la mañana partieron con las primeras carretas se unirían otros dos por la tarde que acompañarían a la caravana hasta Sevilla. Hasta Azuaga les separaban veinticuatro leguas, varias jornadas que se intuían sin dificultad, pero que para Sebastián significaban mucho.

Sus esperanzas de avanzar en el negocio del transporte se consolidarían tras aquel viaje, y trataría de que nada se escapara de sus previsiones. El grupo estaba concienciado de la importancia de aquel viaje y todos estaban dispuestos a poner lo mejor de cada uno. El joven Juan esperaba con aquel viaje obtener la confianza de su padre para que depositara en él la responsabilidad pretendida. La primera jornada le acercaría al cruce de la población de Guadalmez cruzando tierras del término de Chillón por una mal llamada *calzada roma*na, a veces empedrada, que vadeaba varios arroyos de distinta consideración. Las carretas acamparon en *redondela* en la gran explanada de la vega de San Ildefonso, y allí esperaron la llegada del resto de la caravana. Las treinta carretas se agruparon antes de anochecer. Sebastián ordenó la revisión de carretas y animales y repartió las guardias, dejando para sí la última de ellas. Cinco carreteros y cuatro soldados compartirían algunos días. Alejandro, más experimentado en la cocina, dispuso la cena. La noche trascurrió sin novedad.

La rutina de la caravana comenzaría a repetirse diariamente; desayunar migas o gachas, comprobar el estado de carga y carretas, la salud de los animales y uncir para caminar otra jornada que los iría acercando a tierras andaluzas. Las dos jornadas siguientes les llevarían hasta Hinojosa del Duque. La caravana se adentraba en la llamada *Ruta de la Plata*. Pasaron delante de la ermita de San Isidro y comenzaron la subida del puerto del Salado. Desde el puerto la ruta baja hasta la Casa de la Zarza y después vuelve a subir hasta alcanzar el Collado de las Caballeras. Desde allí a buscar el vado del río Guadamatilla. Cruzarían varias fincas en cuyos cortijos reposar y abastecerse de algunas mercancías; el cortijo de los Collados, la casa de Medioqueso o el cortijo de Fuenlabrada. El paisaje había cambiado su fisonomía de dehesa a campos de cereales interminables.

Desde lo alto de las lomas podían adivinar el perfil del magnífico castillo de Gahete, construcción militar de finales del siglo XV, propiedad de los Sotomayor y Zúñiga. De su estructura cuadrangular, con altos y robustos muros rematados por torres prismáticas, destacaba sobremanera su torre del homenaje de más de cuarenta y cinco varas. El castillo estaba delimitado por una muralla exterior adaptada al terreno. Hasta veintiuna torres tenían los lienzos, en la que destacaban notoriamente dos de ellas, la torre de los Vargas y la torre de coracha situada junto al arroyo para abastecer a la fortaleza. No tenían tiempo de desviarse para visitar la ciudad, así que pernoctaron en una gran explanada a una legua del cortijo de Fuenlabrada. La siguiente jornada les llevaría hasta Hinojosa del Duque, situada a mitad de camino de Azuaga, donde pudieron visitar la ermita de Santo Domingo de Guzmán. Villa dependiente del condado de Belalcázar, ligado por matrimonio al ducado de Béjar, la ciudad hacía gala de su importancia en la industria lanera extremeña y contaba con una gran cabaña ovina, a la que se unía una gran riqueza agrícola y ganadera, que celebraba con una extraordinaria feria de ganado en las fiestas de San Isidro. Tenía una antigua tradición en la industria de la piedra. Buenos canteros que trabajaban artísticamente granitos y mármoles. Las labores de forjado del hierro y la producción alfarera completaban la economía de la ciudad que destacaba como la más floreciente del condado.

Trece leguas les separaban de Azuaga, destino inicial para la reunión con las carretas de la Hermandad y separar en ese punto sus caminos de acceso a Sevilla. Las dos siguientes jornadas los acercarían hasta Valsequillo. Desde Hinojosa tomando la Cañada Real de la Mesta alcanzarían la ermita de Nuestra Señora de la Antigua, que se encuentra en el cerro de la Antigua, a tres leguas de la población. Allí harían noche aquella jornada, y aprovecharían para visitar la pequeña ermita. Se encontraban en uno de los lugares más hermosos del Valle de los Pedroches, que presentaba una perfecta armonía entre la dehesa, el olivar y el monte mediterráneo, enclavado en un punto neurálgico por donde cruzaba la antigua calzada romana que unía la Bética con Lusitania. La construcción de la ermita estaba documentada entre finales del siglo XIII y principios del XIV. Su estructura, diseñada en una sola nave, poseía cuatro cuerpos separados por arcos apuntados, con una bóveda de estilo barroco. La imagen de la virgen, descubierta en un pozo cercano, conocido como la Fuensanta, presidía el presbiterio, construido bajo una bóveda de crucería policromada. Tras la visita a la virgen la velada transcurrió con normalidad, y durante la cena algunos ganaderos de la zona acudieron al calor de la hoguera, alargando la conversación hasta pasada la medianoche.

Por la mañana, la caravana emprendió el camino por la subida a la sierra de la Patuda, en la parte occidental del término de Hinojosa, desde la que podían ir observando extensas llanuras interrumpidas ocasionalmente por hileras de sierras que constituían algunos reductos de manchas de matorral. En la umbría de aquella sierra crecía un monte salpicado de encinas, coscojas, madroños, cornicabra y madreselva, mientras en la solana abundaban los jarales, aulagas, lentiscos y encinas achaparradas sin alcanzar porte arbóreo. Cumplida la jornada, el descanso de animales y hombres les llevó a las cercanías de Valsequillo, situado en el valle del Guadiato, emplazado sobre la antigua venta que mediaba en el camino de Fuente Obejuna a Belalcázar, y donde se podían apreciar los restos de algunos lienzos de muros del castillo de Aljozar, situado en el extremo noroccidental de la sierra del Torozo. En aquella población confluían las cañadas mesteñas de Los Blázquez y La Granjuela.

Casi cuatro leguas les esperaban en la jornada siguiente, que los acercaría hasta la aldea de Cuenca. Desde Valsequillo el camino discurría con dificultades por el llamado *Camino Original* que se desvía hasta Los Blázquez siguiendo la vereda del Camino Real de Sevilla. Sebastián había recibido instrucciones de no utilizar aquel camino y hacerlo siguiendo la Vereda de la Plata, conocida como Ruta de las Grullas, que les permitiría conocer las antiguas minas romanas de plomo de Santa Bárbara. Alcanzada Cuenca, aldea de Fuente Obejuna, retomaron el Real Camino del Azogue con dirección a Granja de Torrehermosa, donde pudieron contemplar algunos vestigios romanos en el Cerro de la Socorra, centro metalúrgico con lavadero de mineral incluido. Curiosamente hacia finales del XVI la aldea formaba parte de la *provincia de León de la Orden de Santiago*. La aldea recibió carta de villazgo segregándose así de Azuaga, a la que había estado adscrita, en términos muy claros:

> *corresponde a la Granja la quinta parte de todo el término y una séptima parte más de un quinto y, lo restante, a la dicha villa de Azuaga.*

Pernoctaron aquella noche en una explanada al sur de la villa, donde aguardarían el reencuentro con los carreteros conquenses. Los días de espera transcurrieron con calma y Sebastián tuvo tiempo de visitar la aldea y conocer a sus vecinos. Un carpintero local revisó el estado de las carretas y hubo de reparar alguna deficiencia de escasa importancia. Los animales pastaron tranquilos aquellas tres jornadas en tierras del concejo local. Sebastián animaba a su hijo Juan a participar en todas las tareas, bajo la supervisión de Alejandro y los demás carreteros, y así pudo dominar el uncido de los bueyes y desarrollar una extraña habilidad con los animales, pues ante la sorpresa de Alejandro, aquellos mostraban una docilidad y obediencia fuera de lo común con el muchacho. Su voz se hacía habitual en las voces de partida y detención de la caravana, y al unísono todos los animales reaccionaban a sus órdenes.

La mañana del domingo, tras asistir al servicio religioso en la iglesia de la Purísima Concepción, una construcción gótico-mudéjar del siglo XV donde destacaba su hermosa torre, que bien hacía gala del nombre de la villa, uno de los carreteros dio aviso de que ya se veían las carretas de la Hermandad. Miguel accedió al campamento a caballo antes que el resto, y saludó a todos los que esperaban con ansiedad el reagrupamiento. Sebastián le informó de la normalidad con que el viaje se estaba desarrollado y la falta de incidencias destacables. Tras un breve descanso, ambos revisaron personalmente el estado de la carga anotando en el libro guía que portaban los soldados la aprobación correspondiente.

Cuando las carretas conquenses llegaron a la explanada, todos se saludaron. Los carreteros manchegos ayudaron a situar las carretas restantes y desuncieron los bueyes, acompañando a sus compañeros hasta los pastos donde descansaban. Ambos mayorales se reunieron con el suboficial al mando y tras felicitarse por el buen desarrollo del viaje hasta la fecha, comenzaron a trazar la segunda parte del trayecto. El grupo de Sebastián tomaría el camino oriental, tal como habían decidido en Almadén. El grupo de la Hermandad lo haría por el camino occidental, pues dado que esta caravana contaba con un número mayor de carretas evitarían de aquel modo las zonas más abruptas de Sierra Morena. A la mañana siguiente se presentó a caballo, escoltado por tres soldados, el comisario de la caravana, el caballero de la Orden de Calatrava, Pedro de Ayala, acompañado del síndico de Puertollano, Cristóbal de Cáceres.

Un día de descanso para todos, y la caravana conquense se puso en marcha aquella fresca mañana. Su ruta les llevaría desde Azuaga hasta Monesterio, durante casi dieciséis leguas, recorriendo los términos de Berlanga, Ahillones, Casas de la Reina, Llerena, Ribera de los Molinos, Montemolín, Monesterio, Santa Olalla de Cala y El Ronquillo, a lo largo de ocho rutinarias jornadas. Desde allí hasta Castilblanco de los Arroyos, a diecisiete leguas, y por último otras cinco leguas más hasta Sevilla. Al transportar esta caravana más azogue que la manchega, el grueso de los soldados acompañarían a este grupo, los cuatro que acompañarían a Sebastián fueron relevados por sus compañeros de armas.

El grupo de Sebastián inició el camino al día siguiente. En dirección norte abandonaban las estribaciones de Sierra Morena desde la encrucijada que Azuaga había sido desde el siglo XVI, y en el vado del río Bembézar el camino se dirigía hacia Malcocinado, a unas tres leguas, a lo largo del conocido camino de carretas hasta cruzar el río Sotillo, frontera natural entre Extremadura y Andalucía. Continuarían por la Cañada Real de las Merinas y el Cordel del mismo nombre hasta alcanzar la ermita de Guaditoca, donde pasarían la noche.

Otras tres leguas recorridas en la siguiente jornada los llevaría hasta Alanís. Los carreteros utilizaban generalmente el Cordel de los Carros o del Robledo, bordeando la población por el este, hasta Constantina, en plena sierra norte; la sierra de Constantina. Alanís formaba parte del reino de Sevilla a finales del XVI y había sido escenario de enfrentamientos nobiliarios entre los linajes de Guzmán y Ponce de León. Su castillo, de finales de siglo XV, estaba situado en un montículo estratégico al sur de la villa, con torreón, barbacana y muros de casi tres varas de ancho y seis de altura. Un abrevadero natural con una alberca se situaba en el camino de acceso a la villa, llamado fuente de las Pilitas, de construcción árabe de ladrillo, donde aprovecharon para descansar y saciar al ganado.

Las siguientes cuatro jornadas los llevarían hasta Lora del Rio, a trece leguas, siguiendo primeramente el carril de las Navas para tomar de nuevo el Cordel de los Carros y alcanzar la villa de San Nicolás del Puerto, después de cruzar el puente de piedra de origen romano sobre el río Galindón, desde donde avistaron los restos de una torre musulmana conocida como El Torreón. En la entrada de la villa de San Nicolás pudieron admirar un crucero de piedra del siglo XVI y varias construcciones mudéjares muy comunes en la zona entre las que destacaba la iglesia de San Sebastián. Tras pasar la noche sin incidencias destacables, el grupo acometió la siguiente jornada hasta Constantina, villa muy importante perteneciente al concejo de Sevilla, sobre todo por su situación estratégica en relación con las vías que comunicaban el valle del Guadalquivir y la Lusitania romana, y el aprovechamiento de los minerales de cobre y plata.

Un día de descanso en la población permitió a Juan y su padre contemplar las maravillas de la ciudad. Su núcleo estaba configurado al modo islámico, con un barrio de la Morería situado en el arrabal de la ladera sur del cerro del castillo, junto a otros enclaves fortificados, como el cerro del Almendro, el baluarte de la ermita de Yedra o el castillo de la Armada, junto a algunas torres *albarranas* creadas para reforzar el control del paso natural, en una actuación defensiva llamada *cora de Firrish*. Disponía de un antemuro adelantado construido durante el siglo XV.

El camino hasta Lora del Río discurría básicamente por el cordel de Constatina, cruzando en varias ocasiones el arroyo de Navalahondilla y, llegando a Lora, el arroyo del Manzano. El paisaje aquí había cambiado totalmente, de las suaves lomas cubiertas de encinas y alcornoques que acompañaron a la caravana por la sierra, entraron en la zona llana y agrícola del valle del Guadalquivir. Una vez en el valle, las últimas jornadas los situarían en San José de la Rinconada, a un paso de Sevilla, cinco jornadas durante las que la ansiedad alteraba la condición de los carreteros al querer concluir el viaje sin incidentes destacables, sobre todo sin pérdidas de carga.

El trayecto discurría por el Camino Original hasta la localidad ribereña del Guadalquivir de Alcolea del Río, de origen árabe, *Al-Qulaya,* con antecedentes romanos en los poblamientos de Arva, situado en la zona del molino de la Peña de la Sal, y Canama, en la zona de la Mesa, al norte de la villa, dedicados al comercio fluvial y a la alfarería, surtiendo de ánforas de vino y aceite al comercio entre la Bética y el imperio romano. Varios molinos harineros habían destacado durante el siglo XV, el más importante el de la Peña de la Sal, situado junto a otros en la zona de la Aceña, donde también pudieron ver restos de algunos hornos alfareros. Era muy importante en la población la celebración de la fiesta de la Rosa, en honor a la virgen del Rosario.

Otras tres leguas, y otra anodina jornada les llevaría hasta la villa de Tocina, cruzando tierras de Villanueva del Río y vadeando el arroyo de Galapagar, donde un pequeño embarcadero cruzaba a los viajeros y comerciantes a la otra orilla del río. Las carretas debían continuar por la margen derecha hasta el puente de barcas de Sevilla. Llamó la atención del grupo de carreteros una peculiaridad de aquella población que la hacía diferentes a las demás, tenía cuatro patronos. En su honor se celebraba la feria coincidiendo con el primer domingo de septiembre, San Amiano, San Océano, San Juliano y San Teodoro.

Desde Tocina la caravana continuó dirección a la Monta sin dejar el camino original hasta San José de la Rinconada, bordeando la villa de Brenes, siempre en la zona agrícola de la vega del Guadalquivir. Brenes mantenía vestigios romanos procedentes de una importante explotación agraria que se desarrollaba en extensas propiedades. También era próspera su elaboración de ánforas concebidas para el transporte del aceite que se obtenía en esas tierras. Era reconocible igualmente su pasado musulmán, la población se recordaba como Alquería de Qulumbira, es decir, alquería de la paloma o del palomar dependiente de Alcalá del Río dentro de la Kora o *Taifa* de Sevilla. La mayor parte de sus tierras estaban destinadas a *tierras de pan*, el resto se ocupaba con la vid, el olivar y algunas huertas de frutales e higueras. Su pertenencia al Arzobispado de Sevilla fue confirmada en el siglo xiv, cuando se produjeron los mayores movimientos de repoblación que se formalizaron en una comunidad de pequeños municipios de señorío con su concejo dependiente del arzobispo.

A mediados del xvi la villa había pasado del señorío eclesiástico al laico, adquirido a la Corona por el conde de Cantillana y marqués de Brenes. Sus impuestos correspondían al conde-duque de Olivares por compra al rey, a excepción de los generados por los permisos de fabricación y venta de jabones que pertenecían al duque de Medinaceli. La Iglesia mantuvo mucho tiempo sus rentas sobre la producción agraria: el *diezmo* que correspondía al arzobispo, la *primicia* para el párroco de Brenes y el *voto de Santiago* para la catedral de Santiago cobrado en las parroquias del reino de Castilla. Con tales rentas se construyó a finales del siglo xv la parroquia de la Purísima Concepción.

Tras pasar la noche en las afueras de Brenes se pusieron en marcha con dirección a San José de la Rinconada, donde estaba prevista la reunión de las dos caravanas. Tan solo dos leguas habían de recorrer, de tal modo que la marcha se ralentizó para alcanzar su destino a media tarde. Una vez acampados, los animales pastaron en las tierras del concejo, y las carretas se dispusieron reagrupadas en redondela, como acostumbraban. No tardó demasiado en aparecer el resto de carretas. El grupo celebró con una caldereta y más vino de lo habitual el agrupamiento y el final de su viaje. Las historias, el cante y las risas se alargaron hasta pasada la medianoche. Los carreteros descansaron y fueron los soldados quienes se ocuparon de la seguridad del grupo. A la mañana el comisario aparecería de nuevo para confirmar el estado de la carga antes de llegar al puente de barcas donde el azogue sería embarcado hacía las atarazanas sevillanas.

A media mañana del día siguiente, el comisario de la caravana, don Pedro de Ayala, y el síndico, don Cristóbal de Cáceres, revisaron nuevamente la carga antes de hacer entrega de la misma a los primeros *pesadores del río*. Gratamente comprobaron que las pérdidas habían sido mínimas ya que tan solo un par de baldeses se habían perforado y se había derramado algún azogue, que pudieron recoger con paciencia de los serones que protegían la base de las carretas. Cada carretero, tras la revisión, recibió su justificante de entrega, y en ese momento Sebastián alcanzó a vislumbrar la diversidad que el transporte del azogue llegaba a reunir. La caravana conquense, bajo la dirección del mayoral Miguel de Feria, natural de Almodóvar del Pinar, agrupaba a diecisiete carreteros de diferente procedencia bajo la protección de la Hermandad: Almadén, Almodóvar del Campo, Alcolea, Cabeza del Buey, Campanario, Castuera, Esparragosa de Lares, Hinojosa del Duque, Pozoblanco, y Puertollano.

Una vez a las puertas de Sevilla, la última dificultad era el cruce del río Guadalquivir por un puente de barcas, de doscientas cuarenta varas de longitud y doce de anchura, muy frecuentado por gentes y cabalgaduras. Al estar prohibido el paso con carretas por el puente de Triana, construido sobre barcazas, era necesario embarcar la carga hasta las atarazanas alfonsíes, con el consabido riesgo de pérdida y fraudes en el trasiego de las embarcaciones. Con la llegada a las orillas del Guadalquivir se alcanzaba el principal objetivo de la carretería: poner a disposición de la Real Hacienda el mercurio destinado a Indias. En las atarazanas sevillanas de la Casa de la Contratación, naves XVI y XVII concretamente, en presencia de un escribano se pesaba y empacaba el azogue, para su embarque hacía las Indias.

No obstante, aún quedaba un largo periplo para el mineral y los carreteros. El primero debía viajar para quedar a disposición de los mineros hispanoamericanos de la plata. Los segundos debían volver a Almadén para rendir cuentas de los recibos de entrega asignados y más tarde a sus lugares de origen. Los baldeses entregados, ahora en un atado de medio quintal, pasaban al interior de un barril de madera que en grupos de tres eran alojados en un cajón de madera guarecidos con cáñamo y *trallas* de esparto, que se sellaba con las armas reales. Todas las protecciones utilizadas durante el transporte, serones, esportillas y sogas eran reutilizadas como resguardo de los baldeses de azogue. Además del suministro desde Almadén, puntualmente se remitía azogue desde Ydra hasta el Perú, caso concertado con Federico Oberolz para el transporte de 16.000 quintales en el plazo de cuatro años.

Sebastián y Miguel tuvieron ocasión de presenciar el largo proceso de preparación del azogue para su viaje a tierras indianas. El soriano mostraba su interés añadido: poder conversar con alguno de los regresados del Nuevo Mundo y conseguir información sobre la mina donde José estaba destinado, y sobre todo si tenían alguna noticia sobre él. Tuvo ocasión de poder hablar algún tiempo con el *alcalde del río* o *teniente de capitán del puerto,* cuya función era buscar los barcos y asistir al embarque de los cajones, «para que vayan en la debida forma marineros y con la cinta fuera del agua», cajones que los oficiales recibían desde Alemania, el último encargo de 2.200 unidades comprados a Antonio Balvi por algo más de 97 millones de maravedíes. Por su trabajo había tenido ocasión de conversar con gran cantidad de marinos que volvían o marchaban a la Nueva España y casualmente en las atarazanas se hallaba el segundo de un galeón atracado en Cádiz con destino a Tierra Firme, Nombre de Dios y Portobelo, en Panamá, y no tendría inconveniente en presentarlo a Sebastián.

A la mañana siguiente Sebastián acudió de nuevo a las atarazanas y el alcalde lo esperaba acompañado de un hombre de mediana edad con la piel curtida por el sol y ataviado con una zamarra de piel oscura. Los hombres se presentaron y aquel marinero le confirmó que sí tenía conocimiento del ingeniero alemán, que estaba a cargo de la explotación de la mina de Huancavelica, por sus visitas al puerto. A aquel ingeniero le acompañaban varios ayudantes, y tras la descripción que Sebastián hizo de José, el oficial lo reconoció como uno de aquellos. Sebastián se alegró mucho de tener noticias e interrogó al marino sobre el trabajo de los técnicos. La mina de Santa Bárbara, como era conocida, sorprendía porque siendo tan pequeña estaba produciendo el mercurio suficiente para amalgamar la producción de la mina de plata de Potosí, Oruro y otros lugares, que tanta importancia tenían para la Corona española.

A principios de siglo, en aquellas labores mineras, se inició el largo socavón de Nuestra Señora de Belén, que había sido finalmente calado con los trabajos subterráneos desarrollados hacia mediados de siglo. Con aquella galería habían conseguido resolver uno de los mayores problemas de la mina, la ventilación de algunas zonas abandonadas en un fondo de saco lejos de la inicial entrada de ventilación, la bocamina de San Pedro. La mina ahora bajo la supervisión de un gobernador portugués pretendía mejorar su plan de explotación. Aquel gobernador se rodeó de arquitectos portugueses e ingenieros alemanes con experiencia en otras minas que profesionalizaron las labores que hasta entonces estaban programadas por veedores y mineros en un yacimiento, que ocupaba entre las denominadas Caja del Sombrío al oeste y Caja del Sol al este, una media de ochenta varas; oficiales entre los que no encontró el portugués «un agujón (brújula), nivel ni plomada ni otro ningún instrumento ni en ellos capacidad de hacerlo».

La propuesta de explotación del portugués fue aprobada por Acuerdo General de Hacienda y comunicada para trabajar bajo aquellas indicaciones, aunque se encontró de cara con la oposición de los mineros. En esa misma época la veta principal desapareció debido a una fractura, y ahí intervinieron con acierto los ingenieros alemanes, localizando vetas puntuales que confirmaban que el yacimiento era una diseminación de cinabrio en areniscas de riqueza proporcional a la mayor o menor permeabilidad de la roca, de algo más de sesenta varas, y que bautizaron con el nombre de *Gran Farallón*. Bajo las órdenes de los ingenieros trabajaban en las minas unos seiscientos indios, entre los destinados a las labores de desmontes y limpieza, lo encargados de atender a los hornos y los propios mineros, además de los ocupados en las caleras y en el suministro de madera, entre los que había una gran cantidad de afectados por el azogamiento y el polvo de sílice que provocaba muchas muertes en aquellas minas. Sebastián quedó muy satisfecho de saber de José y su próspero futuro junto al ingeniero alemán.

Terminados los trámites de entrega de la carga, a su vuelta las carretas regresaban cargadas mayormente de hierro para entregar en las minas de Almadén, maderas procedentes de las Indias con destino a las obras que la Corona estaba realizando, e incluso algunas de las carretas volverían cargadas de plata con destino al tesoro real en Madrid, escoltadas por el grueso de los soldados.

X
SOR MARTA Y EL CONVENTO MADRE DE DIOS DE CHILLÓN

La Casa Jijón había mantenido durante aquellos años su compromiso con la Hermandad de Almodóvar del Pinar, y dos veces al año, carretas o reatas cumplían con el traslado hasta Sevilla de los quintales de azogue ordenados en los asientos de la mina. Alejandro y Juan se habían hecho cargo de aquellos viajes, en tanto Daniel hacía lo propio con el transporte a lomos de bestias. Sebastián, localizado más a menudo en Almodóvar del Campo, se ocupaba del día a día de los negocios. Don Diego había caído enfermo el año anterior, y delegó los asuntos en su sobrina Rosa, que mantenía la confianza en el mayoral y su esposa para el grueso de los negocios de la casa. Rosa despachaba con su tío según la importancia del tema y consultaba con el nuevo abogado, Domingo, la forma jurídica necesaria en los negocios. Damián, también aquejado por la edad, dejaba en manos del joven abogado la práctica totalidad del papeleo de los negocios de la familia.

Sebastián había conseguido rodearse de experimentados profesionales en cada rama de los asuntos de la casa, y a la cabeza de cada uno de ellos disponía a alguien de suma confianza. La venta de carbón recaía en su esposa Martina. De la campaña del carboneo se ocupaba su cuñado Servando supervisado por su suegro Manuel, que cada año conseguía contratar más cortas en las dehesas del Valle y en las limítrofes. Antonio continuaba al frente del negocio ganadero, y varios comerciantes comprometían el ganado para las *tablas de carne* de Toledo y Almagro. Moshé mantenía los contratos de compra de la lana, a pesar de su avanzada edad.

En la mente de Sebastián se mantenía la diversidad de negocios ligados a las minas, y entre todos, por el poco riesgo que entrañaba, destacaba el suministro de baldeses a los almacenes de azogue. Ya había tenido contacto con los curtidores de pieles, normalmente de oveja y últimamente con los curtidores de cueros bovinos. Las pieles de cabra utilizadas para proteger el transporte del azogue continuaban suministrándose desde Madrid, bajo el monopolio del gremio de guanteros. Sebastián era consciente de la dificultad que entrañaba competir con aquel gremio, pero en su cabeza no rondaba eliminar del mercado al proveedor oficial, sino acaparar sus suministros.

En el Madrid de los Austrias las corporaciones organizaban sus propios mercados de trabajo cualificado, a pesar de la apertura que el Consejo de Castilla mostraba hacia la libertad de mercados, obsesionado con que los gremios habían obstaculizado el desarrollo del Viejo Continente. Aquellos gremios se comportaban como una prolongación de la organización medieval del trabajo que ahogaba la innovación a base de un nepotismo desorbitado. Así las corporaciones gremiales, que ocupaban a casi la mitad de los trabajadores madrileños, aparecían como monopolistas, ineficaces, restrictivas y excesivamente conservadoras. Para Sebastián los gremios debían ser capaces de crear mercados laborales propios y reducir los costes de transacción, en consonancia con las ideas más liberales europeas:

> *invirtiendo en el adiestramiento de las generaciones futuras, coordinando procesos más complejos de producción y acercando la relación entre productores y consumidores, elevando al mismo tiempo la calidad de los productos y la cualificación del trabajo.*

Sin saberlo, Sebastián se estaba anticipando a las ideas liberales del economista y abogado argentino Manuel Belgrano, quien postulaba, concluyendo, que:

> *los países civilizados no exportan materia prima sin antes transformarla localmente, de lo contrario estarían creando ocupación en el país comprador y desocupación en el país proveedor. No exportemos cuero, exportemos zapatos.*

Aquellas corporaciones aún mantenían la llave de entrada a los oficios artesanos en el aprendizaje, mediante un acuerdo entre el maestro y el tutor del aprendiz que fijaba las condiciones que debían cumplir las partes. Los aprendices iniciaban su formación a partir de los catorce años y acababan su adiestramiento entre los dieciocho y los veinte años. Pero para alcanzar satisfactoriamente la formación necesaria hasta poder ejercer el oficio se presentaban multitud de inconvenientes, desde la falta de capital para abrir talleres propios a las cuotas de examen o las cuotas de sostenimiento de su cofradía, muchos de aquellos oficiales obtenían la carta de maestría con treinta años. El gremio concreto de curtidores exigía además la presentación de un fiador.

Sebastián era consciente de la dificultad que entrañaba entrar en un mercado como el de los curtidores protegidos en un gremio cerrado, pero confiaba en que la nueva generación de maestros guanteros y talleres de sastrería afincados en Madrid desde mediados de siglo, procedentes de Salamanca o Valladolid y en mayor grado desde las grandes urbes manchegas, y su conocimiento sobre la calidad de los cueros mesteños, le permitirían competir en igualdad de condiciones al resto de proveedores. Sebastián estaba al corriente de las técnicas de curtido, aprendidas durante todos sus años de pastor. La más estandarizada era la de *cuero crudo,* que requería la limpieza de la piel y la remoción del pelaje; raspar, humedecer y estirar mientras la piel se secaba proporcionaría rigidez. Este tipo de piel era requerido para arreos y sillas de montar. La técnica más antigua era el *curtido con sesos*, que consistía en mezclar los sesos del animal sacrificado en agua formando una emulsión en la que se sumergía la piel durante una jornada completa, de esta forma el cuero obtenía una buena impermeabilidad al agua, resistencia y elasticidad. Este tratamiento era especialmente requerido por zapateros, guanteros y para la confección de prendas de vestir.

En tierras castellanas, Sebastián había observado el *curtido vegetal* de las pieles, a base de *taninos* procedentes de la corteza, la madera y las hojas de diferentes especies arbóreas. Este proceso era especialmente largo y muy delicado, y en su tratamiento habrían de participar los artesanos más especializados. Se obtenía de esta forma un cuero con acabado suave y delicado, con tonalidades muy naturales que era muy demandado por los talabarteros. Sebastián había oído hablar de otros tratamientos con productos químicos, pero no había observado ninguno de aquellos procedimientos, en los que se utilizaban sales de cromo o aluminio, procesos de los que se hablaba como los más novedosos. El cuero procedente de ganado ovino o caprino era el mayormente seleccionado, por su delgadez y resistencia, de estructura compacta y gran flexibilidad, aunque para el destino que Sebastián tenía en mente no sería necesario acudir a cueros de alta calidad, el envasado de azogue no requería de cueros *cordobán, tafiletes o dóndolas*, utilizados para la confección de acabados destinados a otros usos.

El proceso de curtido había variado muy poco desde tiempos ancestrales. Tras retirar el pelo o la lana, comenzaba el proceso de *salado* para poder conservar la piel. Después el cuero desnudo necesitaba de hidratación, en un proceso conocido como *de ribera*, sumergiendo la piel en agua. Posteriormente se introducían en pequeñas balsas junto con una serie de extractos vegetales procedentes generalmente de árboles como el quebracho, la mimosa, la acacia, el roble o la encina. Los curtidores procedían más tarde al *devenado* y estirado de la piel, al *secado* y por último a realizar los *aprestos* y acabados. Aquellos tratamientos conseguían dotar a los cueros de una calidad excepcional y una gran resistencia.

En Madrid, un grupo de artesanos y trabajadores del cuero se agrupaban en la parroquia de San Justo y Pastor, zapateros, tratantes, curtidores, agujeteros, zurradores, así como empleados y oficiales del Rastro, tras ser conminados a abandonar los barrios de El Pozacho y la cuesta de San Lázaro, que eran sus feudos tradicionales de asentamiento, junto a otros ya clausurados, como Valnadú, Las Hontanillas, Puerta de la Vega, San Francisco o Barranco de las Fuentes. A la mayoría de ellos les faltaba trabajo y le sobraban hijos. En la calle Bastero vivía un curtidor venido a menos por pleitos de acreedores, Francisco de Quintana, al que Sebastián accedió a través del abogado de la familia. Su taller, valorado en mil quinientos ducados se encontraba embargado en tales pleitos. Y como en todas las relaciones comerciales, aquellos que mantenían una posición negociadora fuerte aportaban liquidez a las partes con menos recursos. El mercado de la piel era un claro ejemplo de aquellas estrategias que fomentaban la cohesión comunitaria.

La llegada de la Corte, hacía casi un siglo, repercutió en la industria de la piel madrileña como en todos los aspectos de la vida social de la villa. Se produjo una reestructuración de las bases productivas del sector, motivada por la llegada masiva de nuevos *artesanos del lujo* para satisfacer a nobles, cortesanos y acompañantes. El entorno urbano se mostraba propicio para albergar multitud de pequeños talleres artesanales con instalaciones reducidas, con medios de producción limitados, y una de las actividades que sobresalían por su complejidad eran las empresas de curtido. Así, las tenerías madrileñas suministraban cueros y pellejos curtidos a todos los oficios en que se dividía horizontalmente el sector de la piel. No obstante, las tenerías requerían unas amplias instalaciones y un desembolso de capital importante, más elevado que la media de las necesidades de un taller dedicado a otras actividades.

Madrid reunía a mediados del siglo XVII todos los elementos para fomentar la producción de curtidos: el aprovisionamiento de materias primas se encontraba relativamente cerca, los curtientes se extraían de los bosques circundantes de encinas, robles y carrascas, la sal provenía de las salinas de Guadalajara y la cal de la tierra de Madrid o Toledo. Las compras de las *corambres* de las carnicerías locales estaban dominadas por el oligopolio de los curtidores. Todas las tablas de carne que abastecían Madrid y las poblaciones de alrededor suscribían escrituras de obligación con los curtidores madrileños, en unas condiciones y precios indiscutibles. Los primeros datos económicos que Sebastián barajaba se repartían entre los costes cercanos a las dos terceras partes de la materia prima y el transporte, y la parte restante repartida entre los gastos de retirar pelo o lana y el propio proceso de curtido, a lo que había que añadir los impuestos. Sebastián determinó una cifra de inversión nada desdeñable, y había consultado su idea de negocio con don Diego, que para estos asuntos sí atendía a sus empleados.

Las tenerías debían reunir en un mismo espacio físico todas las fases de producción del cuero, aunque las corambres llegaran despojadas de restos orgánicos, lavadas y limpias. La mayor parte del recinto era dedicado al almacenaje de pieles y pellejos, además de otros materiales imprescindibles, la leña para avivar las calderas, la cal, los mordientes vegetales, los productos tintóreos, de tal manera que aquellos espacios estaban ocupados por *noques, pelambres y calderas* por las que iban pasando los cueros en el proceso de curtido. A aquellos gastos debían añadirse los costes de extracción de agua, mantenimiento y reparación de las instalaciones. A aquellas dificultades se sumaba la reglamentación que, desde principios de siglo, la Sala de Alcaldes de Casa y Corte reguló los lavaderos de corambres. La Sala ordenó que los curtidores que no dispusieran de pozos propios «lavaran los pellejos media legua desviado del tramo del río al pasar por la villa, hacia el puente de Toledo». Anteriormente la obligación de lavado se centraba entre la puerta de Lavapiés y la puerta de Toledo.

A Francisco de Quintana, el curtidor madrileño, los negocios le fueron favorables hasta el primer cuarto del siglo XVII. A partir de entonces fue incapaz de afrontar los créditos, y las deudas se le fueron acumulando. Los plazos para el pago de sus obligaciones se le fueron haciendo cada vez más difíciles de cumplir. A aquellas deudas se añadieron los réditos de los censos otorgados para comprar casa y tenería. A pesar de la solidaridad de los compañeros de oficio para sacarle del apuro económico que atravesaba, la ejecución de sus bienes se presentaba como la única salida que encontraban sus acreedores para cobrar lo que se les debía. Aquellos habían elevado una petición al corregidor de la Villa para que se intervinieran judicialmente los bienes del curtidor. La propuesta de Sebastián para resolver los problemas de aquel no podía ser desestimada. El acuerdo obligaba a Francisco de Quintana a curtir en la tenería de su propiedad «todas las docenas de pieles» que le suministrase la Casa Jijón. El curtidor debía aportar la mano de obra necesaria para entregar el trabajo a satisfacción de todos; aprendices, criados, mozos y oficiales, durante un plazo prorrogable de diez años. A cambio, la Casa Jijón se comprometía a cancelar la deuda del artesano y pagar los trabajos de curtido a razón de «dos reales cada docena», asumiendo los gastos para realizar las labores necesarias; leñas, cal, mordientes y tintes, así como el mantenimiento y la reparación de las instalaciones y el abono del sueldo de dos oficiales que sirvieran un año completo con una retribución de «catorce ducados en dinero y dos pares de zapatos». El curtidor podía igualmente aportar todos los cueros que pudiera tratar provenientes de las *tablas* madrileñas por los que recibiría «dos reales por cada pellejo», quedando en su beneficio «el sebo y la lana». En caso de incumplimiento de la obligación de curtir las pieles facilitadas, la propiedad de la tenería pasaría a la Casa Jijón.

Una vez acordadas las condiciones, Domingo redactó el correspondiente contrato que sería registrado en los protocolos notariales de la Villa. Sebastián ya había negociado la producción de la tenería con el gremio de guanteros de Madrid, quienes tenían comprometido el suministro de baldeses a las minas de Almadén al precio de treinta reales la docena y a nueve maravedíes los cordeles. Aquella operación mantenía beneficio suficiente para todos los comprometidos.

Sebastián acababa de cumplir cincuenta y tres años y en su mente se agolpaban las ideas de negocio relacionadas con los suministros a las minas. Para contar con el apoyo suficiente se hizo acompañar de su cuñado más joven, Luis, en su segunda visita a la tenería madrileña. El curtidor, más tranquilo que en la reunión anterior y con la mayor parte de sus problemas resueltos, acudió acompañado de varios compañeros del gremio. Sebastián y Francisco firmaron el contrato en presencia de todos los testigos y el compromiso recíproco comenzó un largo periodo de colaboración. Sebastián aprovechó la ocasión para hacer extensivo el acuerdo a todos los curtidores madrileños que tuvieran problemas económicos y que quisieran acogerse a su protección. Los artesanos prometieron extender la noticia entre sus compañeros y se marcharon agradeciendo el ofrecimiento.

Luis explicaba a Sebastián sus limitaciones en cuanto al negocio del cuero. Su cuñado lo tranquilizaba aduciendo que aquello no sería su responsabilidad. Tan solo debía cuidarse de que los encargos llegaran con normalidad hasta Almadén. Allí debería ocuparse de otros negocios. Estuvieron en Madrid un par de días más en tanto el abogado formalizaba la inscripción del acuerdo. Ambos cuñados vagaron por la ciudad sorprendidos de la actividad de sus calles, sus artesanos, sus talleres y comercios. Un continuo trajín que engrasaba la maquinaria de la Corona y que funcionaba con la precisión de uno de aquellos relojes portátiles que el emperador Carlos había traído de los talleres de Nuremberg.

De regreso en Almodóvar, Sebastián dio cuenta a don Diego del resultado de la gestión y entregó a Damián la copia firmada del contrato de compromiso y el registro correspondiente. Damián, ya con demasiados años, se refugiaba en su despacho de la casa y dejaba en manos de su ayudante los viajes y las reuniones. Don Diego autorizó el desplazamiento de Luis y su familia hasta Almadén, para hacerse cargo de las nuevas actividades relacionadas con los suministros a las minas. Una semana más tarde la familia de Luis estaba de camino en una pequeña carreta y dos mulas propiedad de la casa. Habían trasladado sus escasas pertenencias hasta su nuevo destino. Isabel, la mujer de Luis, era natural de Navacerrada. Una muchacha morena a la usanza de las carboneras de la zona. Se habían conocido de niños, jugando en las eras de carbón de las sierras del Valle, y habían crecido juntos ayudando a sus familias. Tenían una hija, Ana, aún más morena que la madre, de largo cabello negro como el azabache y ojos grandes como ciruelas, era más bien alta, la nariz y la boca muy proporcionadas, la frente espaciosa, la mirada muy dulce y penetrante. Los tres competían en el moreno de sus rostros, quizás por los largos años de exposición al carbón o por herencia genética de sus ancestros.

La familia llegó a Almadén la mañana del jueves después de haber pernoctado en Fontanosas. Traían instrucciones de visitar a Úrsula y Román y entregarles una carta de Sebastián. En la misiva el mayoral les hacía saber de la nueva pareja que se incorporaba a los negocios de la familia y solicitaba su ayuda hasta su instalación en la casa de José. Ambos acogieron a los nuevos vecinos y los invitaron a compartir su casa hasta que se ocuparan del traslado. Román se ofreció para acompañar a Luis y ayudarle a evaluar las reformas necesarias para el nuevo negocio. Úrsula acogió a Isabel y Ana en su cocina, donde las últimas rompieron su timidez a base de aguardiente y dulces. Isabel también era buena conversadora, al contrario de su hija que se mantenía en silencio y expectante. Mulas y carreta pasaron al corral de la nueva casa, donde los hombres descargaron las pocas propiedades que la familia había traído consigo. Ambas mulas fueron despojadas de los arreos y encerradas en una de las cuadras después de abrevar en un pequeño pilón junto al pozo. Un costal de harina de cebada les serviría hasta que pudieran conseguir paja y cereal para ellas.

Los anfitriones sirvieron la mesa para la comida. Isabel también dispuso algunas viandas que había llevado desde Navacerrada. Tras la comida, ambas parejas intercambiaron noticias sobre los conocidos comunes. Luis informó sobre los nuevos negocios que Sebastián había emprendido en Madrid, y sobre las gestiones que debía realizar hasta que aquel viniera en un par de semanas. Úrsula puso a ambos al corriente sobre las estancias de Alejandro y Juan en su casa, cuando venían desde el Valle con leña y marchaban con carga de solimán hasta Toledo o de regreso a Almodóvar del Campo cargados de cántaros y ollas procedentes de la villa de Hinojosa del Duque. Por la tarde, Román y Luis acompañados de un albañil conocido del primero repasaron la vivienda para encargar las reformas. La zona habitable de la vivienda se encontraba en buen estado, tan solo algún repaso de las carpinterías y la limpieza de la cubierta. En cambio, en el patio se debían realizar algunas obras orientadas al almacenaje de género. Mantendrían la fachada interior de cuadras, donde la pareja podría tener algunas gallinas y un cerdo, dejando libre dos establos donde albergar hasta ocho mulas, un pajar y un pequeño almacén para granos. Las dos fachadas restantes serían habilitadas con un techado que permitiera acopiar evitando la lluvia, pero permitiendo la ventilación de los productos almacenados.

En aquellas tareas pasaron las dos semanas siguientes. Román ayudó a Luis todos los días para terminar los trabajos antes de la llegada de Sebastián. Por su parte Úrsula también ayudaba a Isabel a establecerse en la nueva casa, y juntas acudían al servicio religioso diario bajo la insistente solicitud de Ana, que mostraba una apasionada devoción por la virgen y los patronos locales. Ana contaba con catorce años, y había sido educada en el cristianismo, sobre todo por su abuela Adriana de la que había aprendido todo sobre la vida de los cristianos, sus sacramentos, sus misterios y la veneración a la Santísima Virgen. Con ella rezaba el santo rosario cada tarde, cuando las tareas se lo permitían. También aprendió con su abuela a leer y a escribir. En uno de los viajes a Almodóvar del Campo pudo asistir a la iglesia de Nuestra Señora de la Asunción, y allí adquirió aquella firme determinación de consagrarse a la Virgen y su Hijo. Tal era la devoción que mostraba la joven que el sacerdote de Almodóvar en una de aquellas visitas le dijo: «Aquí no hay que enseñarle sino al Hijo, pues al Padre lo conoce», a lo que Ana respondió sorprendiendo a todos: «Porque lo conozco lo vengo buscando». Tanto a Isabel como a Luis sorprendió mucho el afán religioso que Ana mostraba continuamente, y en más de una ocasión les había insinuado su interés por ingresar en un convento donde pretendía guardar vida retirada y penitente. Úrsula tranquilizaba a su madre alegando cosas de jóvenes, y que desaparecerían en cuanto un mozo se cruzase en su camino.

Sebastián llegó a Almadén tal como preveían, y lo hacía acompañado de su hijo Juan sobre sendas yeguas tordas, una de ellas cargadas con un enorme serón de esparto. Después de saludar a todos, descansar un rato, descargar y dejar las yeguas en las cuadras, Román descorchó una botella de vino y sirvió cuatro vasos. Juan, que dormitaba frente a la lumbre, se sorprendió al ver a la muchacha, pero Úrsula que lo observaba desde hacía rato le despertó de su letargo con su acostumbrado descaro: «esta no es para ti, ya tiene la marca del Hijo». Juan no alcanzaba a entender el mensaje de Úrsula entre el sueño y la sorpresa. Sebastián viendo el cariz que tomaba la reunión se ofreció para invitar a Román y Luis en una cercana taberna, e hizo señas a Juan para que se sumara al grupo. A la mañana siguiente revisaría las obras de la casa y marcharían hasta Chillón, donde quería hablar con algunas personas.

Tras el primer vaso de vino, Sebastián les habló de las necesidades de suministro de las minas que había tenido ocasión de tratar con capataces y mayordomos, y entre ellas se hacía eco de las que figuraban en los inventarios que estos realizaban. En aquellos siempre se recogían piezas de alfarería. Las minas se abastecían de gran cantidad de elementos de barro, entre ellos los de mayor consumo eran los *caños ovados* con destino a los hornos, que llegaron a gastarse por miles provenientes de los talleres de los alfareros locales o comarcales. A su lado, los tejeros fabricaban tejas y ladrillos para todas las labores internas. Los artesanos olleros contrataban con las minas la fabricación de aquellos *aludeles* de forma genérica, donde no se especificaban ni el número de caños, ni las medidas exactas que debían tener, y con el tiempo dejaron de ser parte activa entre el personal de las minas para ser considerados meros contratistas.

Entre 1657 y 1682 aquellos alfareros habían fabricado casi ciento cuarenta mil caños ovados, unos mil medios caños y algo más de cuatro mil trescientos caños largos. Esta producción se completaba con la fabricación de moldes de bolas, botes, macetas y ollas. Aquella fabricación se estuvo desarrollando mayormente en la villa cercana de Chillón, en el taller propiedad de Juan de Tejada, y en menor medida en el de Martín López Ollero, entre ambos más de una tercera parte. Casi la mitad de la fabricación total fue realizada en los talleres de Juan Gómez Talaverano y de Diego Carrasco en Almadén, el resto se contrató en las poblaciones de Herrera del Duque, en el taller de Juan Corral, e Hinojosa del Duque, en el taller de Pedro Montero.

Era evidente que esta oportunidad de negocio no sería despreciada por la Casa Jijón, y de hecho Sebastián optó, con la aprobación de don Diego, por postular la fabricación y el suministro de aquel material. A la mañana siguiente, el grupo se desplazó a Chillón para contactar con el alfarero local Andrés López Merino. Sebastián le hizo una serie de proposiciones que incluían las mejoras necesarias en su taller para comprometer, en exclusiva, la producción de los siguientes veinticinco años, unos ciento cuarenta y cinco mil aludeles. Su intención era mantener la relación con el taller de Hinojosa del Duque e incorporar al alfarero de Puertollano José Rodríguez, para garantizar el suministro de otros veinte mil.

El precio de venta que alcanzó finalmente el suministro de los caños fue de ocho maravedíes por unidad entregada y aceptada por los mayordomos, o sea, «con la calidad de que han de tener media vara de largo y una corta diferencia de ovalado, con un dedo de grueso, bien cernida la tierra y sin china alguna», obteniendo un margen más que razonable tras el abono a los alfareros de seis maravedíes por unidad. Con aquel beneficio, pudo añadir a su oferta una hornada de gracia para la Hacienda. Para la consecución de aquel contrato hubo de utilizar a un testaferro almagreño. Luis debía hacerse cargo de aquel negocio ocupándose de revisar la fabricación y el cumplimiento de las condiciones impuestas por los mayordomos mineros y que el suministro no se retrasase en ningún caso y por ningún motivo. Le propuso también contratar a un alfarero y sus aprendices para la fabricación de macetas de barro, usadas para el envase y transporte del azogue a los estancos y hospitales. Para la instalación del taller podrían ocupar puntualmente el corral de la casa y debía comprometer la compra en las cercanías de alguna vivienda con un gran patio y un pozo de servicio.

De regreso en Almadén, el trío se dirigió hasta la casa donde para sorpresa de los presentes, Sebastián mostró la carga que venía oculta en aquel enorme serón de esparto. Juan había deducido que aquella carga no pesaba mucho pues el volumen del serón doblaba a los habitualmente utilizados para el carbón. Desenvolvió varios paquetes que contenían algunas varas de paño colorado traído desde Zamora, y que habían llegado con las últimas carretas cargadas de sal. Sebastián lo había mantenido oculto en la casa de Almodóvar hasta que encontró la ocasión adecuada. Con aquel paño, de baja calidad, los responsables de la explotación de las minas confeccionaban la ropa para los forzados y esclavos. Hasta su llegada a Almadén, los condenados a galeras utilizaban prendas de uso cotidiano, razón por la que se mezclaban entre la población civil sin llamar la atención cuando no iban cargados de cadenas. Un reglamento militar de mediados del siglo XVII señalaba como vestuario de marineros y galeotes, *casaquilla, calzón, camisa, chaleco, polainas, alpargatas y sombrero*.

Debido a la animadversión que los condenados sentían hacia la autoridad de las minas y la posibilidad de fuga existente, los responsables de las minas optaron por vestirlos de color rojo para distinguir a los forzados de los mineros que prestaban sus servicios bajo sueldo. Escritos de la época documentaban las prendas de las que hacían uso:

> *se les da cada dos años un vestido que es ropilla y calzones, medias calzas y caperuza colorada, y dos camisas y tres pares de zapatos en cada un año, de manera que en lo que toca al comer, vestido y calzado no les falta lo necesario.*

Anteriormente, los condenados a trabajos forzados vestían como el resto de ocupados en otros destinos, carreteras o canteras. El vestuario de cada presidiario se componía de chaqueta, pantalón, gorro de paño, dos camisas y alpargatas. Los *cabos de vara* vestían igual, pero llevaban dos galones de estambre encarnado en el brazo derecho. Las ordenanzas indicaban que:

> *las ropas debían confeccionarse anchas para que los confinados pudieran trabajar con desahogo y mudarse cada domingo.*

Sebastián había solicitado una reunión con los responsables mineros para presentar el paño que podría suministrar a un precio razonable para todos.

El otro nicho de negocio que Sebastián había observado eran los elementos de esparto utilizados en las minas, que puntualmente compartían agricultores y ganaderos, aguaderas para el transporte de cántaros, albardas o aparejos, serones que se terciaban en las bestias y se utilizaban para llevar el estiércol al campo, esteras para las casas y cinchos para los quesos. Con esparto se fabricaban esportones para transportar el metal, seras para traer carbón, espuertas, serones grandes y pequeños, maromas gruesas y sogas de toda índole. Habitualmente los artesanos fabricaban en los talleres habilitados al efecto en las propias dependencias de las minas. La propuesta que Sebastián tenía en mente agruparía el suministro de la materia prima desde los campos de Montiel y de maromas y cuerdas para los tornos.

Sebastián había recorrido el Campo de Montiel donde existía una larga tradición de trabajar con el esparto. Aunque la recolección podía hacerse durante todo el año, era conveniente recoger el esparto en primavera, donde la calidad es óptima, o bien pasado el verano, y lo hacían extrayéndolo de dos plantas: la *atocha* o esparto fino y el *albardín* o esparto basto. Debían recogerlo entero, incluida la raíz. Normalmente lo arrancaban con una *maja* consistente en un palo de poco más de un pie de largo que se sujetaba con una mano y con la otra se le enrollaban las hojas de esparto que se arrancaban con un fuerte tirón. Tenían por costumbre, una vez recogido el esparto incendiar el campo para regenerar con mayor fuerza la producción de los siguientes años. En los patios de las casas era habitual que toda la familia participara en la limpieza y selección en pequeños mazos que se exponían al sol durante cuarenta días para secarlo, tras los cuales adquiría su típico color dorado. Una vez seco se volvía a reunir en gavillas y se cobijaba en algún establo, donde se almacenaba para protegerlo de la lluvia y la humedad, de tal manera que así resguardado podía soportar el paso de varios años. Cuando los artesanos reclamaban los mazos en color blanco, las gavillas eran sumergidas en agua salada durante cuarenta y cinco días. Una vez secas adquirían el color blanco demandado.

Los maestros artesanos separaban el material según la utilidad que fueran a darle. Podían trabajar directamente sobre él como esparto crudo o en forma de esparto picado. El primero requería de hidratación durante uno o dos días para recuperar la flexibilidad necesaria. Lo tejían en *pleitas* anchas formadas por ramales impares, normalmente trece o diecinueve. Aquellos ramales se formaban a su vez por cuatro, cinco o seis espartos. Cosiendo aquellas pleitas elaboraban cestas, capazos, tizneros y otros objetos. El esparto picado requería tras el secado sumergirlo en grandes balsas de agua durante unos cuarenta días para aumentar su resistencia. Pasado ese tiempo eran nuevamente secados y se procedía al picado de las hojas, trabajo tradicionalmente realizado por las mujeres con una maza de madera de encina golpeándolo contra un tronco de almendro hasta separar las fibras. Con ellas procedían a confeccionar *lías* o trenzas. Algunos artesanos habían innovado el proceso de picado mediante varios pesados mazos reforzados con hierro que golpeaban a modo de batanes mecanizados. La operación de picado producía mucho polvo, especialmente dañino en zonas poco ventiladas, provocando graves problemas de salud a aquellas mujeres y sus hijos pequeños, que atendían mientras trabajaban. El rastrillado final conseguía separar los haces de fibra sobre un tablero de madera con numerosas púas de acero cuyo excedente se utilizaba para estropajos, rellenos y cordelería basta. El artesano seleccionaba el material que acabaría en la sección de hilado, mediante el cual el esparto rastrillado se convertía en cordeles o cuerdas de diferente aplicación. Una rueda montada verticalmente sobre un caballete movido a mano transmitía mediante correas a un juego de carretes montado sobre un pie de madera con un cruce superior el movimiento necesario para hilar las fibras.

No hay duda de que con estos negocios la Casa Jijón obtuvo grandes beneficios a pesar de contribuir con donaciones a la Hacienda y a los bolsillos de mayordomos y capataces. Durante muchos años Luis estuvo al cargo de estos suministros, con algunas alteraciones, pero siempre satisfaciendo las demandas de las minas y las de sus proveedores; curtidores, alfareros y artesanos del esparto, además de atender los suministros de leña, cal o piedra. Solo un asunto tuvo a Luis de cabeza durante algún tiempo. Su hija Ana insistía en ingresar en un convento, su fe iba en aumento y sus deseos de congraciarse con la Iglesia primaban sobre todo en su vida.

Debemos tener en cuenta que, durante el antiguo régimen eclesiástico dominado por completo por los varones, el convento se convirtió en el único espacio donde las mujeres podían llevar una existencia autónoma, donde las interferencias de las autoridades masculinas, confesores, obispos, o visitadores, eran bastante coyunturales y limitadas en el tiempo. Por otra parte, su condición religiosa se convirtió en el único sistema de promoción intelectual de la mujer, donde ellas decidían su gobierno y administración, al igual que su influencia en el conjunto de la sociedad ya que muchos conventos se convertirían en *faros de alma*s y muchas personas se acercaban a ellos buscando consuelo y auxilio espiritual. Así, los conventos acogían a las mujeres que ofrecían su vida al sacrificio mundano y les facilitaban una autonomía y educación que no hubieran podido alcanzar en sus localizaciones terrenales.

Ana se había informado, a través del sacerdote de la parroquia de San Sebastián, de las distintas congregaciones a las que podría acceder. En Ciudad Real se localizaban dos conventos de carmelitas descalzos, uno de ellos perteneciente a la rama femenina, que fue construido en los primeros años del siglo XVII sobre el solar que ocupaba el hospitalillo de San Andrés, llamado de San Antón y Santa Isabel, gracias a la generosidad del caballero de la Orden de Montesa y regidor de la ciudad Antonio Galiana Bermúdez y su esposa doña Isabel Treviño, quienes destinaron parte de su patrimonio para la construcción del convento. La Orden de los Carmelitas Descalzos nació en España en el siglo XVI por la reforma que Santa Teresa de Jesús y San Juan de la Cruz hicieron de la Orden de Nuestra Señora del Monte Carmelo. No muy lejos de Almadén, en la villa de Hinojosa del Duque, que era condado de Belalcázar, se ubicaron en tiempos dos conventos de monjas. Uno de advocación de la Madre de Dios y el otro de la Concepción, ambos autorizados y unificados en un Breve de 1573 por el papa Gregorio XIII y alojados en un edificio que construyó don Luis de Sotomayor, consagrado en el último tercio del siglo XVII, y que acabó denominándose Convento de las Madres Concepcionistas.

Mucho más cercano, en la villa de Chillón se encontraba la congregación de las religiosas de Madre de Dios, que Juan García de Obregón fundara en 1523 en la originaria ermita de Santa María de Gracia, que pasó posteriormente a beaterio y convento de la Sagrada Orden de Santo Domingo de Guzmán, y contaba con un reducido número de monjas. El convento se encontraba intramuros de la villa, localizado al final de la calle Mayor al este de la población, situado en una plazuela con fachada a dicha calle. El clero regular se completaba con un monasterio situado a una legua, cuya comunidad la constituían alrededor de cincuenta monjes franciscanos alojados en lo que fue inicialmente la ermita de San Antonio de Padua y que sirvió de iglesia para el monasterio. La fundación de la congregación se solicitó en 1514 y fue aprobada mediante una bula del pontífice León X y licencia del obispo de Córdoba Juan de Fonseca. Las reformas necesarias fueron acometidas bajo la protección económica de Diego Fernández de Córdoba, III marqués de Comares y VII alcaide de los Donceles. Ana y sus padres entendían que por proximidad el ingreso en el convento de las dominicas sería la opción más factible.

Luis pidió a Sebastián una reunión con don Diego para consultar el apoyo que la familia tendría de la Casa para que Ana pudiera entrar en la comunidad dominica. Don Diego delegó en su sobrina Rosa aquellas diligencias, pues su estado de salud era realmente precario y era consciente de que en aquellos asuntos Rosa podría hacer bastante más que él. En primer lugar, sería necesario conseguir el apoyo del corregidor de Almadén en el sentido de solicitar que la niña fuera recibida en la congregación. Un escrito en ese sentido apoyaría la petición de la familia. Sería necesario igualmente el escrito del vicario local. Con ambos documentos, Rosa solicitó audiencia con la superiora del convento. La priora recibió a Rosa agradeciendo la petición de la niña y se comprometió a pedir autorización del obispo. La solicitud firmada de conformidad por todas las hermanas se dirigió al señor obispo pidiendo la admisión de la aspirante. Con la conformidad de todas las hermanas, la madre superiora quería asegurarse de que todas estaban conformes con la incorporación de la novicia y que el expediente de pureza de sangre cumplía las obligadas normas: «haber sido todos cristianos viejos, limpios de toda mala raza de moros, judíos o berberiscos», probado mediante documento del vicario de Almodóvar del Campo. Un mes más tarde concedió el prelado la licencia, y se acordó el ingreso para el mes siguiente.

Los miembros de la Orden Tercera de los Hermanos Predicadores, también conocida como Orden de Penitencia de Santo Domingo, aspiraban a la perfección cristiana mediante el cumplimiento de regla propia aprobada por la Iglesia. Había sido fundada el día veintidós de diciembre de 1216 en Toulouse por Domingo de Guzmán y Aza con la confirmación del papa Honorio III. Los medios para alcanzar la pretendida excelencia cristiana eran la guarda de la regla, la asidua oración, la práctica de la penitencia, el apostolado en la propagación de la fe y de la Iglesia y las obras de caridad. Las cualidades exigidas a todos sus miembros pasaban por el juicio prudente del director responsable:

> conste ser buen católico, de vida honesta y buena fama, de sincero deseo de seguir la perfección cristiana, y además debe garantizar el deseo de permanecer en su buen propósito, sobre todo si es joven, fiel guardador y defensor de la fe y devoto hijo de la Iglesia y del Romano Pontífice.

Llegó el día en que Ana debía ingresar en el convento, y al hacerlo, la muchacha, que ya contaba diecisiete años, volvió su mirada hacia el altar donde se hallaba la imagen de la Virgen y agradeció que hubiera sido favorecida por el oficio. Avanzó acompañada de sus padrinos, tíos y abuelos, y de los amigos que llenaban la pequeña iglesia del convento. Al contrario de otras hermanas, Ana no había tenido la oposición de sus padres, por lo que la separación no aumentaba el dolor: «la hija monja con su felicidad», se decía Luis. Para la nueva Ana se producía la rotura con su sangre, el olvido de los suyos. Ana había firmado momentos antes un documento en el que solicitaba formalmente ser revestida con el hábito de dominica, para lo que no había sido «impelida, aconsejada o conducida, sino decidido libre y espontáneamente declaraba no tener ningún impedimento y expresaba su deseo de guardar la vida común, para lo que debería ser probada con un año de noviciado».

La bandeja de plata que sobre el altar recogía su hábito blanco, bendecido por el vicario del convento, recibió a la muchacha. Las monjas en dos filas, precedidas de cruz y ciriales, la esperaban y, mientras sonaba *Veni sponsa Christi*, Ana besó la cruz, se volvió hacia sus padres y se despidió con una reverencia. La puerta se cerró tras ella y los actos celebrados a continuación ya eran para disfrute de las internas. Las monjas la llevaron al coro. Una monja portaba la bandeja con la ropa bendecida. De mano de la priora se presentó ante la reja, donde la esperaba el celebrante, por la parte de afuera, quien le hizo tres preguntas: «qué pedía, si tenía algún impedimento y si se atrevía a vivir la vida que la esperaba». Acto seguido, Ana recibió el noviciado y la priora echó los velos de la reja.

Sus compañeras cortaron su pelo a tijeretazos y cambiaron sus ropas de calle por las de novicia. Se hizo cargo de ella la maestra de novicias y la devolvió a la reja donde el vicario le preguntó si quería cambiar de nombre. Escogió de viva voz el que ya había elegido por escrito: «sor Marta del Amor de Dios». Por último, abiertos de nuevo los velos de la reja, de rodillas besó la mano del vicario y de la priora y abrazó al resto de monjas. Pero tanto la recién estrenada sor Marta, como sus padres, nunca supieron que dedicarse a la vida religiosa tenía un coste. La mayoría de las órdenes, y las dominicas no eran una excepción, exigían una cantidad económica para aceptar a las adolescentes. La mayor parte de los conventos no disponían de medios propios para su subsistencia, y vivían de las donaciones de terceros: bienes dejados en herencia por los feligreses, donaciones *pro anima* para la salvación de sus almas, pagos para ser enterrados en los terrenos del convento y las aportaciones que hacían las nuevas religiosas, mayoritariamente hijas de nobles o familias acaudaladas.

Las dotes *en religión* constituyeron una importante fuente de ingresos para las cuentas de las congregaciones religiosas, principalmente a partir de su entrega en dinero y no en géneros, foros o bienes agrarios. Aquellas acciones se convirtieron en obligatorias también en las comunidades femeninas por indicación del arzobispo de Milán. A finales del siglo XVI, en Castilla la Iglesia decretó la obligación de que cada religiosa entregara dinero al convento antes de su toma del hábito. La comunidad religiosa no podía tocar ese dinero ya que su objetivo era asegurar la subsistencia de la postulante durante toda su vida religiosa. En esa misma época los obispos recibieron el poder de establecer el importe en metálico de la dote, entendida como una exigencia material triple: la dote monetaria, las pensiones y el ajuar, exigencias que contemplaban alimentos, propinas de entrada y profesión, la compra de los hábitos, el pago a los curas que participaban en la ceremonia, los gastos de enfermería, cera para el altar, gastos de sacristía, ornamentos y ropas de lino, muebles, vestidos y ropa de cama.

Calmados los nervios iniciales, sor Marta visitó en su celda a la madre más antigua del convento. Sor Antonia de Jesús vivía postrada, y sin duda por poco tiempo. Ella había sido priora durante cuarenta y dos años, cargo que fue renovando cada tres años, lo que demostraba su talla extraordinaria. La vieja priora siempre había rebasado con mucho los dos tercios de votos exigidos durante los catorce trienios de su mandato. Algunas veces faltaba un voto, y finalmente sus compañeras caían en la cuenta de que era el suyo propio. La última instrucción eclesiástica ordenaba conseguir la totalidad de los votos para repetir un cuarto trienio.

Tras la cena, llegó la hora de recogerse y encerrarse en las celdas. De las vacías paredes de la habitación colgaba una cruz, una imagen de papel y una benditera. Ni tan siquiera un arca donde guardar sus pertenencias, porque no las tendría. Todo sería de todas y estaría guardado en un arca común. Solo la priora disponía de una arquilla para papeles y otras cosas necesarias para la comunidad. La dotación de la celda de sor Marta se completaba con una mesita muy rústica y sobre ella un candil. La cama consistía en unas tablas elevadas del suelo apoyadas en unos pequeños escabeles, y sobre ella un colchón de paja. La novicia apagó el candil y se introdujo en las sábanas, «ásperas como paño de forzado». Las ideas se agolpaban y entrecruzaban en su cabeza. Aquel día su vida se había partido en dos. Quedaba atrás la seguridad y la protección de la familia. A cambio, podría dedicar su nueva vida a Dios en aquel refugio para el resto de sus días. El silencio era total. Ningún ruido, ni dentro ni fuera. Habían sido demasiadas las emociones del día y pronto una pesada somnolencia se adueñó de ella.

A la mañana siguiente, sus compañeras la despertaron. Tuvo que realizar un tremendo esfuerzo para adivinar dónde se encontraba, como ocurre cuando se duerme por primera vez en un sitio nuevo. Había dormido siete horas. Las monjas se levantaban con puntualidad militar y sagrada. La maestra de novicias le iba indicando lo que tenía que hacer, y tras ella penetró en el coro, presidido por la priora. Eran las cinco de la mañana. Las diecisiete monjas rezaron un salmo, colocadas cada una donde le correspondía. La priora en el lugar principal, la novicia en uno de los extremos. En el extremo contrario la monja más joven, cuatro años mayor que ella. Sus manos se posaron sobre el *totum*, un voluminoso libro que contenía la oración oficial de la iglesia, escrito en latín. Para la lectura del día, sor Marta se sentó en el suelo, y a cada *gloria Patri*, debía ponerse en pie, lo que convirtió aquella primera lectura en un duro ejercicio. La priora, según la costumbre, dio un golpe con los nudillos en su sitial. Sonaron los libros al cerrarse. La maestra puso a sor Marta al frente de una de las filas que se formaron para salir.

Sus compañeras, y especialmente la priora, eran todas solemnes y muy generosas, a pesar de que los decretos de los obispos las apremiaban a presionar a los feligreses, y es que la priora no ponía interés en cobrar las rentas a los colonos, y el Obispado lo notaba en sus ingresos, y aquellas humildes religiosas en sus platos, pero la monja era consciente de las dificultades que los labriegos tenían para llevar comida a sus mesas. Aquella priora era de trato alegre, no solo con las religiosas sino con cuantos la conocían. Tenía habilidad para todo, aunque en aquellos años su salud se mostraba quebrantada y padecía desvelos, que le hacían levantarse a hilar cada noche.

Sor Marta ya era novicia, condición que le duraría un año, tiempo suficiente para aprender el oficio de monja y entrenarse en él. Cuando terminara su formación estaría preparada para moverse en el convento con naturalidad y convencimiento. Estaría bajo la responsabilidad de la maestra de novicias, el cargo más delicado de cuantos se ejercitaban en la congregación. Aquella monja reflejaba una autoridad necesaria, pero a la vez mostraba confianza, alegría, bondad y seguridad. Las novicias debían ejercitarse en la observancia de la regla, para que conocieran sus propias obligaciones y se formaran en el espíritu de Santo Domingo. Al finalizar el año de noviciado, la hermana Marta podría profesar, es decir, integrarse de pleno derecho en la comunidad religiosa. Para ello necesitaría la aprobación de las monjas, de todas las monjas. La madre priora convocaría a las hermanas y aquellas debían aceptarla como tal, firmando el documento que daba su aprobación: «hermana de muy buenas prendas, muy humilde, obediente, de buena salud para seguir nuestro santo Instituto y con particular vocación al estado religioso, pues desea con las mayores ansias completar su sacrificio por medio de la profesión», a lo que la maestra de novicias añadiría de su puño: «viva, alegre, agradabilísima y sufrida, modesta y pronta a las humillaciones, sumamente fervorosa para la oración, el coro y los actos de religión, para la santa pobreza. Sor Marta al verse con la aprobación de todas sus hermanas daría saltos de alegría.

Ahora necesitaría once mil reales para la dote, y no los tenía. Y sin su conocimiento ni el de sus padres, su tía Martina hizo efectivo en el Obispado la cantidad necesaria para la ordenación de la muchacha, añadiendo otros mil para los pobres. Sebastián y ella habían acordado realizar la donación en agradecimiento a la ayuda que habían recibido de toda la familia Osoro durante aquellos años al servicio de la casa.

Sor Marta profesó con gran solemnidad el día veintiuno de julio de 1694, y le pusieron el santo velo el día veintidós, fiesta de Santa María Magdalena. Sería el vicario quien le «diera y aceptara» la profesión. El primer día, a la mañana, después de una misa solemne, sermón incluido, el oficiante se acercó al coro, reja interpuesta, donde ya estaba la novicia de rodillas con la vela encendida en la mano. Le preguntó si se ofrecía toda a Dios, si hacía la profesión obligada o por miedo, si se hallaba con fuerza y determinación para guardar los votos. Después, la maestra de novicias llevó el hábito a la ventanilla. Un hábito de tela de lana ordinaria, que constaba de túnica blanca, correa de cuero ceñida a la cintura y manto negro con velo y toca de lino, además del reglamentario escapulario. Lo bendijo el vicario, lo roció con agua bendita y lo incensó. Lo tomó la priora y vistió con él a la novicia. Una vez vestida, la priora le hizo entrega de las *Constituciones* y el *Libro de las Profesiones*, y ella, a su vez, las entregó al vicario. Leyó con voz clara la profesión:

> *A honra de Dios Omnipotente, Padre, Hijo y Espíritu Santo, de la Bien-aventurada Virgen María y de Santo Domingo: Yo, Sor Marta del Amor de Dios, ante Vos Priora de la Hermandad de la Tercera Orden de Penitencia del Bienaventurado Padre Santo Domingo de esta villa, en representación del Reverendísimo Padre Maestro de la Orden, prometo de aquí en adelante vivir según la Regla y Estatutos de los Hermanos y Hermanas de la misma Orden de Penitencia de Santo Domingo hasta la muerte.*

Acto seguido la nueva monja sería inscrita en el libro de registro de la Hermandad, donde figuraría su nombre y el día de su toma de hábito y profesión.

En ese instante, Sor Marta sintió la libertad que significaba elegir la vida monástica. Ella vio que aquella vida en el convento era lo que había elegido. Inmediatamente, el vicario la declaró incorporada al cuerpo místico de la sagrada religión del glorioso padre Santo Domingo, haciéndola hija de aquel convento. *In nomine Patris*: ya era dominica de pleno derecho. Desde la parte exterior de la reja, la familia de la nueva monja había seguido el proceso de profesión: sus padres, sus tíos y abuelos, Rosa y María, algunos amigos de la familia, Úrsula y Román, Daniel, Alejandro y Juan, todos mostraban en sus rostros una alegría inusitada, y en sus ojos los restos de lágrimas de emoción, sería la última que vez que verían a la joven. Para finalizar, se tendió en cruz sobre la alfombra, mientras en el campanario, para conocimiento de la villa, se tañía a difunta, y el vicario pedía a Dios que la ayudara en su nueva vida. La maestra de novicias se acercó a ella, le quitó la vela que sostenía, la acercó al resto de monjas y, de igual a igual, para siempre, las fue abrazando, mientras cantaban el himno de Santo Domingo.

A partir de aquel momento, la rutina diaria se apoderaría de su vida hasta que Dios quisiera llevarla a su lado. Su jornada comenzaría a las cinco de la mañana en verano y a las seis en invierno, siguiendo la hora solar. Durante el día acudiría a toque de campana a todos los actos de comunidad sometidos a un horario muy riguroso: oración, comidas, horas de recreo. Por *maitines y laudes*, después de un Credo en voz baja, veintiocho Padre Nuestros y Ave Marías; por las *vísperas*, catorce; por cada una de las demás *horas*, siete. Debían diariamente rezar un Padrenuestro, una Avemaría y un *Réquiem* por los vivos y difuntos de la Orden. La regla obligaba al decir el Símbolo de los Apóstoles: «Creo en Dios Padre», al empezar los maitines, antes de prima y al fin de completas. Los maitines podían decirse la víspera del día, o muy de mañana, las horas menores antes de finalizar el día. Deberían acercase al sacramento de la Penitencia y Comunión al menos dos veces al mes y asistir diariamente al Santo Sacrificio de la Misa, ayunar en las vigilias de las fiestas del Santísimo Rosario, del patriarca Santo Domingo y de Santa Catalina de Sena, además de los viernes de todo el año.

Y entre aquellas horas debería hacerse cargo del cuidado del convento. Cada monja tenía su trabajo encomendado, renovado cada trienio; priora, subpriora, maestra de novicias, sacristana, tornera, portera de la puerta del campo, enfermera, vicaria de coro, refitolera, ropera o consultora. Las Constituciones les encomendaban y así debían cumplirse y aplicarse a la obediencia y la humildad. «échense por tabla las semanas de fregar comenzando por la priora», procurando que no estuvieran ociosas. A lo largo de los años a sor Marta se le encomendarían casi todos los oficios, a excepción del de priora, que ella nunca quiso, según cuentan los libros, mayormente en el cuerpo de consultoras, sin cuyo consejo no tomaba la priora ninguna decisión grave o de importancia; refitorela, ropera segunda, enfermera segunda, tornera segunda fueron otras de sus ocupaciones. Sor Marta mostró durante toda su vida monacal un espíritu valiente, una entrega sin reservas, un espíritu contemplativo, de abnegación y caritativo, contagiando de entusiasmo a las personas que la rodeaban. Alegría que tan solo se vio rota ante la noticia que su madre Isabel transmitió a la tornera del convento. Las lágrimas afloraron a sus ojos y, tras una oración por el alma de su padre, regresó a sus tareas diarias.

XI
MIRANDA, JUAN Y EL SANTO OFICIO

Durante algunos años, Juan estuvo participando en las caravanas de azogue hasta Sevilla. Algunas junto a su padre y otras bajo el mando de Alejandro. Incluso un par de años viajó junto a Daniel por el camino arriero. Los años de 1687 y 1689, Juan acompañó a una reata de setenta y tres mulas, propiedad de la Casa Jijón, cada una de ellas con dos quintales de azogue. La ganancia en el plazo de entrega sacrificaba la carga. Como en otras ocasiones, para completar el contrato habían recurrido a muleros de El Viso, Monterrubio, Alamillo y Zarza Capilla. El envío con reatas de mulas era más rápido pues el camino arriero era más corto que el usado por las carretas cruzando perpendicularmente Sierra Morena. El primer trayecto de la ruta arriera discurría por el mismo trazado carretero que recordaba hasta Azuaga. En aquel punto se separaban acémilas y bueyes, y las primeras se dirigían a su destino por tramos de camino estrechos y muy abruptos. Las mulas recorrían el camino desde Azuaga hasta Cazalla de la Sierra a lo largo de trece leguas. Desde allí otras catorce leguas les acercaba hasta Cantillana, pasando por Malcocinado y El Pedroso, y finalmente otras siete leguas y media hasta Sevilla.

Juan había cumplido veintidós años y principalmente se ocupaba del suministro a las minas de leña para hornos y entibación. Aquella mañana de viernes, fría y nublosa, habían llegado desde el Valle quince carretadas de leña para los hornos. En la puerta de carros, el capataz revisó la carga e hizo pasar una a una las carretas hasta la zona de hornos donde descargarían la madera. A la salida el mismo capataz les entregó el justificante de carga entregada, y la caravana salió hacia Villanueva donde cargarían vasijas y cántaros de barro con destino a Toledo y Almagro. En la última carreta Juan saltó al pescante, y al hacerlo tropezó con el timón y cayó entre los bueyes. Los animales no se movieron, pero la caída sobre el hombro le produjo un dolor horrible. El capataz dio aviso a los carreteros y uno de ellos ayudó a Juan a salir de entre las patas de los mansos. Juan le pidió que lo acompañara hasta la casa de Úrsula y Román y después regresara a la caravana. El dolor se iba acrecentando conforme llegaban a la casa de sus amigos y, al tocar la puerta, Román salió y se asustó al ver el rostro dolorido de Juan. Úrsula inspeccionó rápidamente el hombro y apreció que estaba dislocado. El hueso superior del brazo se había salido de la cavidad que lo alojaba en el omoplato produciendo un dolor insoportable. Ya en manos de sus amigos, el carretero se despidió y se marchó en dirección a Villanueva. Úrsula, como de costumbre, se complacía calificando de *flojo* a Juan, y cubriéndose con el mantón se marcharon a casa de la curandera que vivía cerca de la iglesia de San Sebastián.

Llegaron a casa de Lucía, la *sabia*, que tenía buena mano para recomponer huesos y quitar culebrillas. Lucía exploró el hombro del joven, intentando detectar roturas, hinchazón o deformidad. En la mayoría de los casos, la sanadora manipulaba suavemente para intentar que el hueso volviera a su posición. Una copa de aguardiente ayudó al mozo a relajarse. Finalmente, la manipulación dio resultado y una vez encajado de nuevo el hueso en su sitio el dolor intenso disminuyó de inmediato. Lucía llamó a su hija para que inmovilizara el brazo con un cabestrillo. La muchacha entró en la habitación y acaparó la atención de todos. Una joven de piel blanca y cabello rojizo como el fuego, de ojos verdes que obligaban a mirarlos con descaro. Tras colocar la venda alrededor del hombro y el pecho de Juan, la joven curandera le aconsejó sobre reducir la actividad física, el levantamiento de peso y los movimientos por encima de la cabeza durante unos días, pues podría lesionar de nuevo la articulación del hombro y volver a dislocarlo. Después de unos días debía volver para retirar el vendaje y comenzar con algunos ejercicios para mantener la amplitud del movimiento del hombro, que debía completar con estiramientos y fortalecimiento para prevenir que la dislocación se produjera de nuevo. Úrsula había estado observando la actitud del joven durante el vendaje y sonreía descarada ante Juan. «Se llama Miranda y la pretende un capataz de las minas», le dijo muy serio Román. Juan recordaba insistentemente los ojos verdes de Miranda, aquellos ojos que lo cautivaron de por vida.

Miranda, que contaba entonces con diecinueve años, había desarrollado y superado en algunos casos las mismas habilidades de su madre en relación con las curas y atenciones en el hospitalillo de las minas, y en la mayoría de las ocasiones por encima de los varones ocupados en esas tareas. Pero como tantos otros trabajos, también primarían por muchos años los roles de género en el área sanitaria: «la medicina es de hombres y la enfermería de mujeres», se aseguraba en la universidad castellana, confirmando los comportamientos apropiados en determinados contextos socioculturales, que hacían que muchos conocimientos hubieran de ser heredados de madres o abuelas. Las mujeres también tenían vetado el acceso a la formación farmacéutica, por lo que tenían que recurrir a la transmisión oral para dominar los beneficios de plantas y raíces. Tan solo las viudas de los boticarios tenían permitido elaborar *oficinales*, siempre bajo la supervisión de un regente varón. De su abuela había aprendido las composturas de huesos y la atención a las fiebres. De su madre aprendió la elaboración de tisanas, cremas y ungüentos de toda índole, además su carácter afable y cariñoso le hacían ganar la confianza de los enfermos y accidentados a los que trataba.

Los curanderos eran generalmente bien recibidos en la sociedad local, pero siempre se mostraba un resquemor hacia ellos, pues se situaban fuera de la medicina diplomada. Siempre sentimos miedo a lo desconocido y muchas veces ese miedo acaba convirtiéndose en odio hacia algunos grupos sociales. El desconocimiento sobre su trabajo siempre hacía que se mostrara una inicial reticencia a pedir su ayuda. Solo el agravamiento de la enfermedad obligaba a recurrir a sus servicios. Y así era, que las acusaciones de usurpación o incluso de brujería, llevaran a muchos curanderos a terminar en manos de la justicia o del Santo Oficio. Históricamente, curanderos y sanadores, hombres y mayormente mujeres, eran acusados de haberse inmiscuido en las labores de los facultativos, llegando a producirse causas criminales contra ellos, y eran vinculados a prejuicios muy cercanos a lo ilegítimo: *la vagancia, el mal entretenimiento, el juego o el amancebamiento.*

Mayormente aquellas acusaciones se priorizaban sobre las mujeres sanadoras. Las prácticas de aquellas sanadoras se encontraban fuera de los límites de la legalidad y legitimidad médicas otorgadas por la Corona, aunque contaran con la aceptación de la comunidad donde se desarrollaban y muchas de aquellas prácticas curativas se encontraban autorizadas por los curas vicarios. Lucía y su hija Miranda tenían el reconocimiento de sus vecinos, a los que trataban de sus dolencias, incluso ayudaban en el hospitalillo de las minas y también habían luchado contra las epidemias que asolaron a la población en varias ocasiones. Las mujeres de la familia de Lucía tenían una larga tradición como sanadoras en Almadén, pero también tenían sus detractores que las tachaban de hechiceras y brujas, supersticiosas y embusteras.

Los problemas de las sanadoras no pasaban por mostrar las capacidades e incapacidades femeninas para acceder al conocimiento facultativo, sino en las muchas desventajas que las mujeres vivían frente a los hombres. Donde el oficio de ejercer la medicina se presentaba como elogiable y colocaba en una posición social elevada a sus practicantes, ejercer la sanación fuera de la protección educativa las rebajaba a aquel rango social, acercándolas casi al oscurantismo. Durante muchos años las autoridades civiles y religiosas habían insistido en que las mujeres se limitaran a vivir de manera discreta y silenciosa dentro de sus hogares y comunidades domésticas, relegarse a los espacios privados y alejarse de los públicos.

No obstante, en la sociedad convencional había muchas mujeres que tenían una importante presencia en la vida pública relacionadas con la práctica de la medicina no *alopática* convencional. Mujeres que no solo cumplían con las obligaciones propias de su condición femenina, como esposas y madres de familia, sino que ejercían un oficio que les permitía recorrer calles y plazas con dinamismo y participación activa en la vida de sus comunidades. Aquellas actividades les aportaron una suma de conocimientos que las enriqueció como personas y les ofreció una perspectiva particular de la vida, las alejó de los estereotipos de sumisión y subordinación y consiguieron fama, prestigio y autoridad. Y fueron muchas las curanderas que se movían por la zona, algunas de ellas ya fallecidas: Catalina la Coja, la Juliana, Ana Marín, la Landera, la Tita, Antonia la Rincona, la Tierna, la Lorcana, María Antonia Tamaral,

Ana la Fresna, María la del Maestro, Francisca Amador la Sola, todas ellas ejerciendo en Almadén. También en Chillón: María la Segadora, la Rabanera o las hermanas Lasas; de Almadenejos, la Pepa; o muy reconocidas en otras poblaciones: Manolita, de Hinojosa o Elesina, de Navalosa. Pero no solo las mujeres accedían al oficio de sanadores: José Melchor, José Santisa, Miguel de Paz, Bartolomé el de la Joya, de Siruela, Manuel Azaones, de Gargantiel, o Alonso, el sacerdote de Agudo.

Lógicamente aquel estatus se construyó de acuerdo a la satisfacción o la insatisfacción de las expectativas sociales que se tenía de aquellas mujeres. De tal manera que, cuando cumplían con lo que sus vecinos esperaban de ellas, adquirían reconocimiento y respeto. Cuando no lo lograban, la mirada pública las transformaba en brujas o hechiceras.

Su condición les permitía resolver problemas relacionados con experiencias femeninas en torno al amor, el deseo y la vida sexual, también la vivencia de la salud y la enfermedad, así como las prácticas relacionadas con el embarazo, el parto y la maternidad, y es que, en gran medida, aquellas mujeres sabían conducir y guiar los deseos, los anhelos, las preocupaciones, sueños, miedos, gozos, amores, sufrimientos, odios, envidias y alegrías de los que solicitaban sus servicios. Y aquella condición reconocía los límites del conocimiento y pericia profesional de algunos médicos, que llegaban a afirmar «que en su oficio ellos no entendían algunas enfermedades, pero que la cura más parecía de mujeres que de médicos». Quedaba patente que las curanderas, en general, hallaron el modo de ejercer su sabiduría y su experiencia en una sociedad patriarcal que no tuvo problema en reconocer que aquellas mujeres tenían capacidades y conocimientos muy valiosos.

Lucía se jactaba de no haber tomado aquella ocupación con el fin de atesorar bien alguno, pues jamás había pedido un real a los tratados, a pesar de que era consciente de que resultaba más fácil engañar a una persona en cosas de su propia salud que en una falsificación de monedas. Su marido era barrenero en las minas y el jornal de aquel les permitía vivir relativamente bien. Lucía tenía otro hijo, Cristóbal, de dieciocho años, que vagaba por la villa sin oficio alguno. Su padre había intentado meterlo como aprendiz en los talleres, pero el joven no tenía mucha disposición al trabajo. Pasaba los días de una taberna a otra y en compañías no deseadas. En alguna ocasión había sido acusado de robar pequeñas cantidades de dinero o ganado que algún *receptador* aceptaba en otro pueblo, pero siempre había salido airoso de aquellas acusaciones. Era pendenciero y continuamente se encontraba envuelto en riñas y peleas con cualquier pretexto.

Cristóbal avalaba el cortejo del capataz minero a su hermana Miranda, de tal manera que su insistencia a la aceptación del compromiso incomodaba a la muchacha. Sus padres tampoco veían con desagrado al capataz, pues su posición produciría un ascenso en la condición social de la familia. Juan Manuel Montenegro era un valenciano de Liria, que había llegado a Almadén hacía más de diez años. Era capataz de las minas, al mando de los cabos de vara, y bajo su supervisión se encontraban los forzados ocupados en sacar el agua del interior de las explotaciones. Damián, padre de Cristóbal, por su condición de barrenero conocía bien al capataz y sus formas, un tanto despóticas, con aquellos desgraciados. Juan Manuel era un hombre de treinta y muchos años, alto y de aspecto fiero, amigo de tabernas y de la compañía femenina a la que accedía desde su posición y rompiendo la confianza que aquellas depositaban en él. Su rosto moreno resultaba muy atractivo, por lo que muchas de sus vecinas competían con Miranda en atraer la mirada del valenciano. Él mostraba públicamente su interés por la joven y se hacía acompañar por su hermano Cristóbal para poder acceder a la vivienda de la familia.

En algunas ocasiones, los dos hombres habían terminado provocando más de una riña en las tabernas. El vino les animaba contra sus vecinos y, conscientes de la protección que su condición de capataz les proporcionaba, aprovechaban para menoscabar a cualquiera de aquellos. Casi nunca habían obtenido respuesta, algún borracho se había enfrentado a ellos y había recibido por respuesta una soberana paliza que recordaría durante mucho tiempo. Juan Manuel despertaba rechazo entre sus compañeros, y él siempre mostraba un desmesurado desprecio por todos ellos. Oportunista y traicionero, aprovechaba para despachar sus venganzas cuando no había posibilidad de defensa. En alguna ocasión había ordenado a algunos desgraciados propinar una paliza a algún minero que había llamado su atención públicamente respecto del trato que daba a aquellos condenados a galeras, que sustituían sus penas por el servicio en las minas.

Aquellos forzados se ocupaban del torno del agua, pues era necesario desaguar diariamente la mina, y así estaban «obligados a sacar entre cuatro forzados trescientas zacas de agua sin cesar». A este duro trabajo estaban destinados la mayoría de los presos, sufriendo castigos por parte de los capataces cuando se reducía el objetivo. Generalmente obsesionados por el rendimiento de aquellos galeotes, los capataces castigaban duramente a aquellos desgraciados, pero en el caso de Juan Manuel se unía un sadismo que le hacía desorbitar sus ojos y babear con rabia cuando los castigaba «con un manojo de mimbres, hasta que se quebraban los mimbres y les saltaba la sangre, al modo de la ley de Bayona», decía siempre riendo. Acompañaban a este sadismo una bajeza y ruindad innombrable cuando mostraba disposición a aceptar de aquellos hombres sobornos para aliviar los trabajos asignados, conseguir mejores dietas o aumentar los plazos de estancia en la enfermería.

Miranda no tenía conocimiento de hasta dónde llegaba la condición del capataz valenciano, pero siempre mostraba ante él una repulsa inmediata. Su sola presencia desencadenaba un malestar que tan solo desaparecía con su despedida. Juan Manuel se comportaba con una seguridad generada sin duda por la aquiescencia de sus padres y hermano, que no veían más allá de la mejoría económica de la familia. Miranda evitaba el contacto con Juan Manuel, no obstante, aquel siempre la sorprendía cuando salía del pueblo con dirección a los montes cercanos para buscar las hierbas necesarias para la confección de sus medicinas. No tenía duda de que era su hermano quien le informaba de sus movimientos. Así que Miranda se veía obligada a acortar aquellas salidas para evitar la compañía del valenciano, que ya había intentado en alguna ocasión tomarse alguna licencia con ella, a la que había respondido con una frialdad y un desprecio que hacían a Juan Manuel temblar de rabia por cada rechazo. El capataz se reía después a carcajadas cuando Miranda se ofuscaba de aquella manera, y le decía que acabaría respondiendo a sus peticiones de forma voluntaria.

De aquellos montes cercanos, Miranda obtenía los recursos que acompañaban su sabiduría. El uso de ciertas hierbas, las tradiciones, los rezos y los rituales religiosos aprendidos de su abuela se completaban con la preparación de medicamentos, ungüentos, pócimas, aguas y pociones con recetas tradicionales, con el único objetivo de conseguir resultados curativos eficaces en un proceso de hibridación cultural dinámico, cotidiano y en constante movimiento en contra del estancamiento de las teorías galénicas. Las curanderas de Almadén, que fueron varias, no formaron gremio ni corporación que las identificara, sin embargo, la sociedad local sí reconoció la identidad particular de cada una de ellas. Estas se diferenciaban claramente de otros oficios sanadores: «no hacían lo mismo los médicos que los cirujanos, ni los barberos que sabían practicar sangrías que los boticarios que conocían bien las recetas para fabricar remedios y medicinas», y en tal sentido las curanderas pasaban sobre los aspectos curativos entrando en aquellos donde la experiencia les daba la certeza de asegurar la sanación. Miranda se había vinculado con el oficio de sanar desde su infancia, y desde niña había observado como la cultura local había considerado a su familia como poseedora de un vínculo particular con lo sagrado, una habilidad para comprender algunos secretos de la naturaleza, e incluso una relación cercana con lo mágico.

Pero no solo parte de la sociedad local tachaba de charlatanas a las curanderas locales, y especialmente a Lucía, también lo hacían varios médicos de la comarca en sus alegatos sobre la medicina oficial contra los remedios milagro y las prácticas estafadoras utilizadas por aquellas, generalmente oficiadas por oportunistas del mal ajeno. Y es que aquellos médicos se hacían eco de las publicaciones que realizaba especialmente la Chancillería de la ciudad de Valladolid donde se ubicaba la primera universidad de medicina española, creada a principios del siglo XV gracias a un privilegio de Enrique III de Castilla. Una de aquellas publicaciones aclamaba a los practicantes de la medicina no oficial como charlatanes, diferenciando ocho tipos:

> *los que aseguran conocer un remedio que sirve para curar todas las enfermedades; los que andan vendiendo elixires, orviétanos y quintas esencias a las que atribuyen grandes propiedades para determinadas enfermedades; los que resucitan antiguas recetas peligrosas, abandonadas muchas veces por sus malos*

resultados, y cambiándolas el nombre las presentan como creaciones propias; los que una vez conocido el diagnóstico del médico instan al enfermo a cambiar lo recomendado por el galeno por otros remedios que ellos saben y que dicen ser mejores; los que aseguran ser capaces de curar determinadas enfermedades con un don que han recibido de Dios, especialmente las curaciones de huesos y de la esterilidad; los que desde dentro de la misma cirugía arruinan la carrera de compañeros haciendo correr el rumor de que tienen malas manos, y los boticarios que se meten a médicos echando mano de lo que dicen las farmacopeas.

Y es que aquellos facultativos catalogaban a las foráneas de la medicina únicamente como partidarias del veneno, cuando hacían uso del mercurio, o partidarias de remedios, cuando lo hacían de la artemisa, y tan solo especializadas en secretos femeninos, o en aspectos astrológicos, eligiendo días propicios para la aplicación de sus sanaciones, como si tan solo se movieran por los caminos de remedios y ponzoñas, de secretos y de la virtud. En el primero de ellos se agruparían plantas, piedras, animales, frutos, metales y sustancias con atributos medicinales repetidos por toda Castilla. En el segundo señalarían la concepción médica asociada a la menstruación o la esterilidad femenina, generalizadas como *males de madre*, incluso compartiendo algunos malestares con el influjo de los astros. En el tercer apartado estimarían el alejamiento de la vida virtuosa a pesar de recurrir habitualmente a rezos y credos.

Existía en el pueblo una botica, en la que se elaboraban medicinas de mediocre calidad y precio elevado. Había otra botica en la enfermería del monasterio de San Antonio de Padua, regido por la Orden Franciscana, a las afueras de Chillón, fundado a principios del siglo XV. Las enfermedades de los mineros eran muy comunes, mayormente atribuidas a la falta de ventilación y a las altas temperaturas soportadas en los lugares de arranque del mineral y producían en la salud de los trabajadores nefastos resultados. A los llamados azogados se unían los accidentes, generalmente provocados por hundimientos y desprendimientos de rocas, o caídas por las calderas y coladeros existentes en las labores subterráneas. Más tarde los temblores, la presencia de polvo de sílice en los pulmones, la tisis, la pulmonía o el ataque de las encías, enfermedades que produjeron los mayores efectos sobre la población minera, a las que se unían puntualmente las epidemias de paludismo o malaria. El temblor que se producía en los enfermos era más dramático cuando mayor era el envenenamiento. Esta enfermedad afectaba por igual a niños y mayores. Conforme la enfermedad iba avanzando, aparecían síntomas de parálisis, deteriorando las fuerzas y convirtiéndolos en verdaderos tullidos. La única forma conocida de parar el proceso era la separación de la tarea del enfermo, la higiene y limpieza corporal del minero y su vivienda, y acudir a la sudoración como único método de disminuir la gravedad. Gran cantidad de enfermos eran tratados en la enfermería de la Crujía. Para ayudar a los mineros retirados de sus puestos de trabajo no existía ninguna partida o montepío alguno para alivio y socorro de las viudas y huérfanos.

Juan acudió dos días más tarde para retirar el cabestrillo de su brazo. En esta ocasión tan solo Román lo acompañó. Al entrar en el vestíbulo de la casa, Lucía estaba sentada en una mesa camilla pequeña. Se levantó y lo invitó a pasar a la habitación del fondo. La mujer pudo observar la ansiedad que reflejaba el rostro del joven, y pudo adivinar de inmediato que no era a ella a quien quería ver. Lo hizo sentar en una silla de madera junto a la ventana, donde había más luz, y salió de la habitación. Unos minutos más tarde, Miranda entró en la sala y el rostro de Juan aún mostró mayor ansiedad. Con un nudo en la garganta apenas pudo sonreír, y poco pudo hacer por evitar su cara de bobo. Miranda se rio descarada y trató de tranquilizarle con un vaso de agua. Le ayudó a quitarse la chaqueta y muy despacio cortó el cabestrillo de lienzo. El brazo de Juan se liberó y una mueca de dolor apareció en su rostro. Miranda estuvo evaluando el hombro con diferentes movimientos y tranquilizó a Juan, indicándole que podría comenzar con algunos movimientos aquel mismo día. Lucía y Román entraron en la habitación y se alegraron de que todo estuviera bien. Su presencia liberó la presión que sentía Juan y por fin pudo pronunciar algunas palabras, sobre todo de agradecimiento.

Cristóbal irrumpió en el cuarto gritando a su madre y pidiendo ropa limpia con exigencia. Lucía se disculpó y salió para atender a su hijo. Aquel se quedó en silencio en mitad de la puerta de entrada, con los brazos en jarra y actitud desafiante. Román le recriminó su proceder con su madre y le conminó a que su comportamiento fuera más respetuoso. La respuesta del joven fue aún más despectiva, y terminó con un empujón que derribó a Román. Juan se incorporó de la silla y se enfrentó a Cristóbal retándolo con la mirada. Tras unos segundos de titubeo, Cristóbal abandonó la habitación y la casa vociferando y maldiciendo hasta la calle. «Te traerá problemas, no lo dudes Juan», le dijo Miranda.

Juan dejo unas monedas encima de la mesa, en agradecimiento por sus atenciones. Miranda las recogió ofendida y se las devolvió, pensando para sí que, visto el comportamiento de su hermano hacía Juan, como compensación, podía aprovechar para pedirle que la acompañara a recoger hierbas sin temor a ser molestada. Juan asintió encantado, y aquella misma tarde los dos jóvenes salieron a la cercana sierra de Cordoneros para recoger algunas hierbas.

Juan recogió a Miranda después de comer. Llevaba una mula del ramal por si en algún momento la muchacha deseaba descansar del camino. Preguntó primeramente el porqué de su interés por los cuidados de los demás. El fruto principal de las observaciones de Miranda era el de la aplicación de los tratamientos medicinales a los diferentes ejercicios de la vida, los daños que las personas más débiles padecían, a menudo causados por sus particulares trabajos, y pretendía incrementar sus conocimientos para continuar ayudando a sus vecinos. Miranda era consciente de que jamás tendría oportunidad de asistir a la universidad, por lo que debía nutrirse de la tradición oral de su familia y de los consejos de los médicos a los que ayudaba puntualmente y que sí estaban dispuestos a enseñar a sus discípulos, pues el misterio en la medicina no solo retrasa los progresos, sino que hace ridícula la profesión y se enfrenta con el verdadero interés de la sociedad. Igualmente, le preocupaba mucho que, unido a la conservación de la salud mediante terapias medicinales y quirúrgicas, tenía mucha importancia, y así lo compartía cada vez que tenía ocasión, que se evitara el hacinamiento de las viviendas, se procurara la limpieza de la ciudad, de sus calles, se revisaran las provisiones que acudían al mercado, se comprobara la pureza de las aguas, la higiene personal y la disminución de los malos hábitos ligados a la bebida y las relaciones sexuales con prostitutas. También solía leer todo lo que encontraba relacionado con la medicina. Juan hizo una nota mental para recordar conseguir algunos libros para regalar a Miranda.

Casi al ocaso la pareja regresó a Almadén después de recorrer zonas de la sierra que Miranda mantenía en secreto para evitar el saqueo de las plantas medicinales. Subiendo la cuesta divisaron a Cristóbal apoyado en la jamba de la ventana en actitud de censura. Antes de llegar a su altura, aquel les señaló con el dedo índice mientras se marchaba hacía la iglesia de San Sebastián. Era evidente que pretendía recriminar a su hermana su disposición de rechazo para con Juan Manuel. La amenaza quedaba tácita en el ambiente. Miranda invitó a entrar a Juan, y Lucía lo recibió a la puerta de la casa. Aún no había tenido ocasión de conocer a su padre, pero ahora se encontraba sentado en el zaguán lavándose los pies en una palangana machacada de golpes. Juan esperó a que terminara y le ofreció la mano en señal de saludo y respeto. Asensio, que así se llamaba el barrenero, le estrecho la mano y le hizo pasar a la cocina donde le ofreció un vaso de vino. Tenía referencias del joven por los mayordomos de las minas, que habitualmente trataban con él entregas de leña y madera para entibar. La conversación se mantuvo en aspectos poco relevantes y al cabo de media hora Juan se despidió de todos. Miranda lo acompañó a la puerta y le pidió que volviera al día siguiente para mirar de nuevo el hombro.

En la taberna, Cristóbal había informado del paseo vespertino del carretero y su hermana a Juan Manuel, y aquel mascullaba amenazas bajo los efectos del aguardiente. Añadía a su condición pendenciera el vicio de los celos, que provocaban en él una desazón que tan solo calmaba con la bebida. Su ira aumentaba en proporción al alcohol consumido y siempre acababa pagando algún desgraciado al que tomara ojeriza.

A la mañana siguiente Juan acudió a la casa de Lucía y en esta ocasión Miranda se encontraba en el mercado, por lo que fue su madre quien tuvo que revisar el estado de su hombro. Con el visto bueno de la curandera Juan se despidió y se dispuso a hacerse el encontradizo con Miranda. La encontró en los puestos de verduras que venían de las huertas cercanas de Guadalmez. Juan se ofreció a cargar la cesta y durante un rato acompañó a la chica hasta terminar la compra. De regreso a su casa, la conversación se centró nuevamente sobre las inquietudes de Miranda, y en esta ocasión sobre las plantas que llegadas desde el Nuevo Mundo acaparaban su curiosidad: las hojas de *tabaco*, el *copal* y el *estafiate*. Todas ellas muy oportunas para hacer friegas, limpieza, emplastes e infusiones, por sus grandes propiedades narcóticas y curativas. También se hablaba de nuevos purgantes como la pulpa de *coloquíntida*, el *ruibarbo*, la *jalapa*, la *mana*, la *escamonea*, el extracto de *heléboro* o la raíz de *Mechoacán*. El *llantén*, utilizada como emplaste, contaba con muchas virtudes para cortar hemorragias, cicatrizar heridas profundas, disminuir el dolor, curar mordeduras de perro, sanar quemaduras y reducir los flujos de sangre; cocidas sus hojas con lentejas actuaba como remedio para la retención de líquidos, el asma y la gota. El zumo de sus hojas, utilizado como enjuague bucal, reparaba las llagas de la boca.

De panacea trataban muchos curanderos la piedra *bezoar*, obtenida generalmente de los estómagos o de los intestinos de algunos rumiantes, en los que se formaban unos cálculos, unas concreciones de cal que convertían en polvo. Mezclado con vino, remediaba el pasmo; diluido en agua caliente eliminaba las viruelas; molido sanaba el resfriado y el dolor de ijada; actuaba como antídoto en caso de envenenamiento por comida. Aquella piedra era muy solicitada entre las curanderas, y Lucía la obtenía de los comerciantes portugueses que llegaban a Almadén buscando solimán de contrabando. Los marinos lusitanos la traían del Nuevo Mundo donde decían obtenerla del vientre de cierta cabra salvaje.

> *(sic)es de color olivastro y como de verengena, y es toda escamosa, quiero decir compuesta de varias costras, como cascaras de bellotas, las quales viene unas sobre otras; empero la primera dellas es muy lisa y lustrosa.*

Miranda conocía la planta gemela en Castilla del llamado estafiate americano: la artemisa, que en su familia se prescribía para el parto, las irregularidades del menstruo y la inflamación de los genitales. También la utilizaban como remedio para el cansancio y bálsamo para la melancolía, contra la urticaria y como antídoto de algunos venenos. Sobre aquella planta Miranda guardaba unas notas copiadas de la memoria de su abuela:

> *cocidas muy bien las hojas de la yerba para curar la retención de la regla o menstruo de las mujeres; contra el flujo de las partes íntimas métase en la natura de las mujeres con un poco de lana; para que las mujeres echen las pares detenidas después del parto, molidas sus hojas; para concebir, colocadas en la boca de la madre y que beba el zumo de las hojas también; para la criatura muerta en el vientre, convertida en zumo bebido con un huevo; para el cansancio, atada a la rodilla; para el que va a caballo, dentro de la camisa.*

Mientras caminaban Juan trataba de asimilar aquel bombardeo continuo de remedios que para Miranda resultaba de lo más liberador. Hacía mucho tiempo que no podía hablar con nadie de aquello, pues los médicos del hospitalillo no necesitaban ahora de sus servicios. Su madre prefería los remedios clásicos utilizados con buenos resultados y no era muy atrevida con los nuevos productos. Miranda había aprendido desde niña, junto a su madre y a su abuela, la preparación de infusiones, cataplasmas, emplastes, cocimientos, compresas, enjuagues, jarabes, enemas, polvos y tinturas. Las plantas utilizadas habían variado de las que utilizara su abuela, que siempre lo arreglaba todo con *diente de león*, *ortigas* y *pamplinas*. Su madre incorporaría gran variedad de plantas como resultado de la información recibida de otros sanadores de comarcas cercanas, y de viajeros que acudían a Almadén por diversos motivos.

Miranda había tratado de reunir toda aquella información en escritos que poder consultar en cualquier momento. «Y dejar espacio para estudiar otras plantas y minerales», decía, y mostró a Juan una decena de hojas que contenían datos sobre algunas plantas y su conveniencia de uso: la *albahaca*, como infusión para tratar problemas de corazón y de nervios, cuyas hojas se consumían contra las flatulencias; el *ajenjo*, para dolores estomacales y la descongestión del hígado; la *manzanilla*, en infusión trataba la diarrea, los parásitos internos y los estados nerviosos, servía para prevenir el asma, los dolores de huesos y la migraña; el *amargón*, también conocido como achicoria, diente de león o lechuguilla, para el tratamiento de afecciones de estómago, los dolores de riñón y los problemas urinarios; y cuya planta fresca se aplicaba contra las mordeduras de serpientes; el *apio*, que tenía propiedades antiinflamatorias, aliviaba los gases y estimulaba el flujo de orina; el *berro*, utilizado como purgante o estimulante digestivo; la *borraja*, para catarros e infecciones respiratorias, también útil para bajar la fiebre; la *caléndula*: para los dolores de barriga, la indigestión o la inapetencia. También para los problemas menopáusicos; la *canela*, para el tratamiento de gripes y resfriados, detenía el vómito y contenía la diarrea; el *cardo de María*, para tratar dolores de hígado y problemas respiratorios, varices y congestiones uterinas; la *cebada* se usaba en el tratamiento de la tos irritativa y combatía el estreñimiento; la *cebolla*, para la indigestión, la coloración amarillenta de la piel, cólicos, estreñimiento, resfriados, pulmonías y el sangrado por la boca, además contra una enfermedad en los niños que provocaba erupciones en la piel y fiebres durante tres días; el *clavo,* para enjuagues bucales y el dolor de muelas; las *campanas de San Juan,* a pesar de resultar extremadamente venenosas, con la atención adecuada se utilizaba contra los trastornos del ritmo cardiaco; el *eucalipto* se aplicaba a heridas, lepra, llagas, quemaduras y úlceras, además inhalando su infusión se utilizaba en el tratamiento de asma y tos, incluso contra la malaria; las *fresas*, en infusión se aplicaba contra la retención urinaria, la diarrea y la gota, y los emplastos de esta fruta se utilizaban en heridas, llagas y úlceras; el *gordolobo*, contra la tos y la inflamación de las mucosas; la *granada*, la cocción de su corteza o raíz se utilizaba para tratar las infecciones por tenia, su cáscara contra la diarrea, el jugo del fruto para expulsar parásitos, también la decocción de sus semillas se usaba en el tratamiento de la sífilis; la *hierba Luisa* en infusión era muy utilizada como digestivo y contra los dolores de estómago; la *hierbabuena*, utilizada como antiséptico y calmante, para la indigestión e inflamaciones del hígado; el *hinojo*, para aliviar flatulencias, indigestión y cólicos, molestias de garganta y encías, también aumentaba el flujo de leche para amamantar a los bebés; el *lino,* utilizado contra el estreñimiento crónico; las *nueces,* muy usadas sus hojas para afecciones de la piel, inflamaciones de los ojos, contra diarreas y como tónico para la anemia; el *romero,* para favorecer el crecimiento del cabello, contra catarros y reumas, indigestión y pérdidas de memoria; el *saúco,* contra el dolor de pecho, el dolor de estómago y la caída del pelo; el *tomillo,* contra la tos y la diarrea, como cicatrizante y sobre afecciones de la piel. Unas notas finales hacían referencia a un hongo que Miranda y su familia venían usando contra los parásitos producidos por larvas en la carne porcina, muy frecuente durante la época de la matanza.

Pero Miranda sentía una especial atracción por el uso de sustancias minerales en la sanación de algunas enfermedades, entusiasmo que le había inculcado uno de los médicos del hospitalillo de las minas. Más de un centenar de productos le hizo memorizar aquel facultativo, que aplicaba con mucha cautela, pero a los que en muchas ocasiones se les atribuían propiedades mágicas, como talismanes y amuletos, y virtudes terapéuticas de extraordinarios resultados: tierras, gemas, metales, piedras, betún, sales, nitro y alumbre, algunas de ellas utilizadas generalmente como *contravenenos contra la mordedura de animales ponzoñosos,* y otros por sus condiciones medicinales: *la cerusa, el litargirio, el alumbre, la arcilla, la cadmia, el minio, el mercurio, el azufre, la cal, la caparrosa o el solimán.*

Entre sus notas se agolpaban muchas de aquellas aplicaciones farmacológicas y en varias ocasiones ella misma las había utilizado sobre sus enfermos: *ferrete* o cobre quemado, para cicatrizar las heridas; *cerusa,* carbonato de plomo que obtenía mezclando plomo y vinagre muy fuerte, usado para corregir inflamaciones, y mezclado con grasas para las quemaduras y las úlceras por su gran poder astringente; *almagra,* mezcla de alúmina y tierra usada por su poder desecativo; *litargirio,* mezcla de plomo y de tierra de cobre utilizado para constreñir, ablandar y encorar las llagas, y como emplaste mezclado con manteca y aceite de oliva; *brea,* obtenida de la destilación de la madera de haya, para utilizar como emplastes contra las infecciones de la piel ; *alumbre,* para tratar hemorragias, inflamaciones y flujos, y usado como gargarismos con agua, vinagre y miel, era beneficioso para las hemorragias de encías y faringe; *antimonio,* empleado como expectorante al estimular las glándulas salivales y bronquiales; *arcilla,* mezclada con agua se utilizaba contra la diarrea, la disentería y el cólera; *minio* o bermellón, mezcla de azogue y azufre calcinado, con el que se elaboraba un ungüento para las quemaduras, llagas o heridas malignas; *azogue,* a pesar de su riesgo era utilizado para los dolores de *ijada desesperada,* pues su peso arrastraba las heces y mataba las lombrices de los niños, también se sometía a los sifilíticos a vapores de azogue en unas estufas; *azufre,* utilizado contra las mordeduras de serpientes, contra la sarna, la tiña y otras infecciones de la piel; *cal viva,* lavada con agua y mezclada con aceite rosado sanaba y cicatrizaba las quemaduras, hacia caer el pelo en la tiña y actuaba contra el herpes y los sabañones; *coral,* básicamente carbonato cálcico, muy utilizado en las hemorragias nasales y contra las posesiones de demonios; *escoria* de hierro, molida y mezclada con vinagre, y cocida después, se utilizaba contra los problemas de oído; *salitre*, nitrato de potasio utilizado como diurético; *solimán*, obtenido sublimando mercurio con *caparrosa verde*, alumbre y sal común, muy empleado para el tratamiento del *morbo gálico*; *tierra sellada*, arcilla pura de alfarero con muy poca arena, utilizada contra venenos y para cortar flujos sanguíneos.

Ni que decir tiene que Miranda aplicaba siempre estos productos aconsejada por el médico y bajo su supervisión, excepción hecha de aquellos tratamientos muy repetitivos cuyo resultado no podía presentar complicaciones. La medicina mineral se postulaba con muchas reservas en la época y solo el conocimiento y el uso continuado permitían administrar tratamientos sin riesgos controlados. Todos aquellos productos se suministraban al hospitalillo desde boticas de Madrid, Sevilla o Almagro. Para su uso personal, Miranda se había ido haciendo con pequeñas cantidades de muchos de aquellos productos que aplicaba a enfermos que por su posición y recursos no podían acudir al facultativo de las minas.

Llegaba la hora de las despedidas, Juan partía al día siguiente hacía Almodóvar del Campo para continuar atendiendo a sus compromisos de trabajo. Dormiría aquella noche en casa de Úrsula y Román. El joven se despidió de Lucía y de Asensio, prometiéndoles volver a verlos cuando regresara con alguna caravana. Miranda debía visitar a una vecina por lo que se ofreció para acompañar a Juan hasta la casa de sus amigos. Úrsula los vio entrar juntos en su casa y con una sonrisa los recibió en el zaguán. Insistió en que se sentaran a la mesa camilla, y Román aprovechó para servir un par de vasos de vino. Miranda se excusaba pues debía acudir a su visita sin tardanza: «Es la María, que tiene mal de madre». «Pues para el mal de madre, meterle al padre», añadió Úrsula sin pensar en las molestias del dolor de útero, y todos sonrieron.

Juan llegó a Almodóvar después de recorrer dieciséis leguas con la mula. Desde Almadenejos pasó junto a la venta de la Cruz para llegar a Fontanosas y continuar dirección al puerto del Jinete. Aprovechó su paso por La Bienvenida para descansar aquella noche allí, y obtener información del paso de comerciantes y carretas. Cenó y se acostó pronto, quería madrugar y llegar a casa cuanto antes. Al amanecer se encaminó hacia la venta del Molinillo y acto seguido hacia la fuente de la Pizarra, junto al nacimiento del río Taldillas. En tres horas estaría en Brazatortas donde cargaría la mula con aceite que su madre prefería al de la casa. Cuando llegó, sus padres estaban sentados a la mesa, y le conminaron a comer con ellos. Su hermana se levantó a abrazarlo y le dejó su silla mientras le colocaba un plato y un vaso. Su padre le preguntó por el hombro, y Martina, de inmediato le liberó de la chaqueta para ver por sí misma el estado de su hijo. Juan contó la ayuda de Úrsula y Román, y la de sus tíos durante su estancia en Almadén. También les contó cómo lo atendieron en casa de la curandera donde había conocido a Miranda. Sebastián le indicó que en cuanto se sintiera bien tenía pendiente un viaje a Madrid acompañando a Domingo para ultimar unos asuntos. Sebastián atendía últimamente los asuntos de la Casa junto a Rosa, pues la salud de don Diego había decaído mucho, y tan solo recibía para asuntos de suma importancia. Juan le pidió a su padre que trasmitiera al comerciante sus respetos y su deseo de una pronta mejoría.

Durante su viaje a Madrid, Juan pudo convencer al abogado para que le gestionara con sus compañeros de universidad la compra de algunos libros de medicina usados, para regalar a Miranda. Domingo consiguió hacerse con un libro de anatomía y otro de farmacia. Juan sabía que la chica se pondría muy contenta con el regalo. En esos días Madrid se veía asolado por una epidemia de *tercianas*, por lo que decían en la posada, «una calentura intermitente que se repite cada tercer día». Aquellas fiebres habían sido muy comunes a mediados de siglo y afectaron mayormente a Levante y Andalucía, pues los pasos de Sierra Morena actuaron de cordón sanitario para preservar a Castilla del contagio. En aquella ocasión la epidemia venía acompañada de una plaga de langosta y la consiguiente crisis de subsistencia. Era frecuente la alusión a la falta de grano, y así la Corona ordenó obtener las tercias de los maestrazgos para suministro de trigo a la ciudad. Juan recordaba cómo su padre le había contado una crisis similar ocurrida en Almodóvar del Campo. Allí el duque del Infantado recabó más de setecientas fanegas de grano para alimento de sus pastores, oponiéndose la villa de Almodóvar, viendo peligrar el suministro de pan a la ciudad, que recibía diariamente dos libras de pan para los hombres y una para las mujeres y niños. Los criados quedaban excluidos del suministro al considerar las autoridades que eran mantenidos en las casas de sus amos. Para aliviar aquella situación se trajo trigo desde Almagro, por el que se llegó a pagar alrededor de cincuenta mil reales, solicitados a la Corona a través del marqués de la Ensenada.

Los responsables de la villa de Almodóvar enviaron al intendente de La Mancha, entonces residente en Almagro, un informe médico sobre la situación de la ciudad, al que contestaba en estos términos:

> *(sic)interesado S.M. de todo y habiendo oído a sus Médicos de Cámara, ha resuelto que si ay capacidad se pongan los enfermos en barrio separado, que se los asista con alimento correspondientes, que se los apronte de la ropa preziza para la limpieza y que los médicos cuiden de rezetar a los mismos enfermos bebidas antimalignas, vulnerarias balsámicas para oponerse al lvirus, depurar los líquidos y conservar el debido later en los sólidos, absteniéndose de evacuaziones si se consideran debilidad esencial; pero que si las fuerzas lo permiten, se use de los purgantes benignos para disponer los vicios de primera rigión.*

Para llevar a cabo aquella separación se habilitaron las dos ermitas de San Antón y La Soledad, situadas al final de la calle Real, la primera para mujeres y la segunda para los hombres. A los más de cinco mil reales de coste para camas y ropas, la Corona dispuso cuatro mil reales de vellón destinados a la asistencia y curación de los enfermos más pobres. El médico local añadió una epidemia de carbunco motivada por el consumo de carnes de reses muertas. El tratamiento para la epidemia se realizaba suministrando a los enfermos quina superior, a sesenta y cuatro reales la libra, suministrada por boticarios madrileños. Del cuidado de los enfermos se ocuparon médicos ayudados por sangradores y curanderos. La Corona hizo un llamamiento a los ganaderos acaudalados de Alcudia para que aportaran la cantidad de carne necesaria para el alimento de los enfermos pobres, también ordenó a los carreteros el suministro de cargas de cantueso, romero, mejorana, enebro y tomillo a fin de purificar el aire de los barrios.

Juan y el abogado regresaron a Almodóvar tras gestionar los asuntos pendientes. Aquel estaba deseoso de volver a Almadén con cualquier excusa, y su padre lo sabía, por lo que no podía acceder a sus deseos para evitar la dejadez de los asuntos de la casa. El joven carretero debía aprender a separar la vida personal y la profesional, y si ciertamente quería a aquella muchacha debería tener antes resueltas las futuras necesidades económicas para poder reforzar las afectivas. Un mes tardó Sebastián en autorizar a su hijo a dirigir una caravana de leña hasta Almadén. Cuando Juan llegó a casa de sus tíos Isabel y Luis los encontró con cara de circunstancias y de inmediato les interrogó acerca del motivo de su seriedad. No quisieron alarmarle, pero le aconsejaron que visitara a Miranda en cuanto terminara sus quehaceres. No quiso presionarlos más pues era evidente que no querían contarle nada al respecto. Igual le ocurrió con Úrsula y Román, aunque aquella fue más específica en cuanto a que la chica estaba sufriendo un acoso brutal por parte del capataz. Juan acompañó a Alejandro hasta la puerta de carros y en tanto sus compañeros descargaban las carretas se dirigió a hablar con el mayordomo de hornos. En el pueblo todos se conocían y el encargado estaba al corriente de las actuaciones de Juan Manuel, dentro y fuera de las minas. Muchos de sus compañeros no compartían su forma de actuar, pero tampoco querían enemistarse con el valenciano. El mayordomo le contó que el capataz daba por hecho su compromiso con la muchacha, y ante la respuesta negativa de aquella, Juan Manuel había insistido, la mayor parte de las veces borracho, de que sería suya o de nadie más. Incluso llegó a amenazar a Asensio con destinarle a las labores menos rentables si se seguía oponiendo a la relación con su hija. Contaba con la colaboración de Cristóbal, que incluso intimidaba a sus padres al respecto.

Juan recogió los justificantes de descarga y, después de guardarlos en una cartera de piel que llevaba colgada del hombro, ordenó a Alejandro que la mitad de las carretas se desplazaran hasta Hinojosa para volver a Almodóvar cargadas con objetos de cerámica. Otras volverían con algunos paños tejidos en Chillón, y el resto con cereal de Castilseras para los pósitos de la Orden en Almagro. Se dirigió más tarde hacia la casa de Miranda, donde encontró a la familia en la cocina. Todos se alegraron de verle y después de saludarse se sentaron a la mesa. Lucía sacó de la *taca de abuela un azafate tapado con una rodilla, con tres o cuatro almorzás de artambuces*, que acompañó con una botella de vino de pitarra del pueblo vecino. Asensio le habló de los últimos acontecimientos y cómo Juan Manuel les estaba presionando para que Miranda aceptara su oferta de matrimonio, y que la familia era consciente de la relación tácita que su hija y él habían iniciado, con la que estaban de acuerdo. Miranda, que no se amilanaba ante las presiones de Juan Manuel, le explicaba a Juan el malestar que le producía su acoso. En ese momento entró Cristóbal en la casa, y viendo allí a Juan recriminó a su familia por permitir que el carretero estuviera allí conociendo la prohibición expresa de Juan Manuel respecto de las visitas a la casa familiar. Juan dio un respingo de la silla y sintió como Asensio lo sujetaba por la muñeca. Cristóbal retrocedió varios pasos y encaminándose hacia la calle amenazó a Juan y le advirtió que vigilara su espalda. Salió dando un portazo. La preocupación se reflejaba en los rostros de los presentes. Juan acabó el vaso de vino, y se despidió de la familia no sin antes entregar a Miranda los libros que había traído desde Madrid. La muchacha agradeció muchísimo el regalo y lo acompañó hasta la puerta. Le rogó que no buscara pelea con aquellos dos necios peligrosos, pues conocía la cobardía de su hermano y la crueldad de Juan Manuel. Le hizo prometer que evitaría la provocación. Juan le prometió volver en una semana, pues debía resolver algunos asuntos importantes. Se dirigió hacia la casa de sus tíos, cuando paso por la puerta de la taberna, donde vio a Cristóbal apoyado en el mostrador intimidando a un chiquillo que recogía un cuartillo de vino. Juan entró en la taberna y, al verlo, el rostro de Cristóbal palideció, soltó el vaso y de espaldas se dirigió a la salida. «Ya habrá ocasión», le amenazó, y salió como alma que lleva el diablo. Juan sabía dónde se dirigía, así que no tardarían mucho en aparecer los dos individuos. Juan era consciente que no debía enfrentarse a ellos en público, de tal manera que continuó su camino hasta la antigua casa de José, y al día siguiente marchó nuevamente hasta Almodóvar.

Cumpliendo su promesa, en una semana estaba de regreso en Almadén. En esta ocasión le acompañaban sus padres, Martina y Sebastián, quienes después de saludar a sus familiares y amigos, se dirigieron a casa de Lucía y Asensio, a los que Úrsula ya había advertido. El motivo de la visita era el de manifestar el compromiso de su hijo y si contaban con la aprobación de Miranda y sus padres iniciar los esponsales de la pareja. Si todo resultaba conforme, y para evitar males mayores, la boda se celebraría en Almodóvar del Campo, y el nuevo matrimonio podría vivir allí si así lo deseaban. Si Asensio pensaba que el compromiso pudiera ocasionarle algunos problemas en su trabajo de las minas, la casa estaba dispuesta a acogerle en el puesto más acorde a su posición y experiencia. La oferta se ampliaba para Lucía.

Con la aprobación de Lucía y Asensio el compromiso se hizo efectivo. Martina hizo entrega a la joven Miranda de la pulsera que ella había recibido de doña Rosa el día de su pedida y Sebastián entregó algunos regalos que traía de Almodóvar. Ambos jóvenes estaban muy contentos de contar con la aprobación de sus padres. Harían oficial su deseo de matrimonio al día siguiente en la misa de la mañana, a la que acudirían Lucía y Martina para hablar con el sacerdote. Sebastián aprovecharía para visitar a los mayordomos de las minas, revisar sus compromisos de suministro y entregar los donativos de costumbre; Juan Olmedo Osorio y Alfonso de Campos recibieron con agrado a Sebastián en los almacenes de las minas.

Por la mañana, ambas madres acudieron a la misa de sexta, y explicaron al sacerdote la intención de la joven pareja. Después de misa, entraron en la sacristía, y acordaron decidir dónde sería finalmente la boda, pues así podría iniciarse el proceso. Discutirían el asunto y volverían para comunicarle al vicario la decisión final. A la salida de la iglesia, Cristóbal esperaba en actitud amenazante a su madre. A gritos les anunció que Juan Manuel había denunciado a Miranda por bruja y hechicera ante el Santo Oficio. Juan Manuel basaba su acusación en que Miranda le había ofrecido unas yerbas contra la *rosa ponzoñosa*, una reacción alérgica a una resina producida por la hiedra venenosa, pero estaba seguro que se trataba de un *encanto* para que se enamorara de ella y le regalara todo cuanto ella le pidiese. Además, la acusaba de haberle echado *mal de ojo*, que él mismo había confirmado con la prueba del aceite; la tradición oral estimaba que una persona estaba posesionada si echando varias gotas de aceite en un vaso de agua con el dedo meñique de la mano derecha, aquellas se hundían al fondo.

Como en tantas otras ocasiones, la antigua confianza que los vecinos mostraban en las curanderas se convertía en suspicacia y temor, sentimientos que terminaban por materializarse en una denuncia frente al Santo Oficio de la Inquisición. Pero en este caso, todos sabían que la denuncia estaba basada en el puro rencor por el rechazo amoroso sufrido por el capataz. La autoridad religiosa española pretendía distinguir entre las curanderas que realizaban su oficio a partir de procedimientos empíricos, auxiliados en muchos casos de la oración como método ortodoxo para sanar, y aquellas otras que lo hacían solo mediante prácticas, rituales y saberes mágicos, supersticiosos y sobrenaturales. Normalmente, en el mayor número de casos, el Tribunal no daba gran importancia a las acusaciones de este tipo contra las mujeres sanadoras, y cuando lo hacía las sentencias eran casi siempre las mismas: el destierro, el embargo de bienes o doscientos azotes.

Resultaba evidente que la Iglesia utilizaba medios de persuasión y de represión, especialmente por la jerarquía eclesiástica, con el fin de mantener el control sobre la feligresía, alcanzando un carácter espectacular que acentuaba su componente propagandístico, con el objetivo de enaltecer la grandeza de la Iglesia y el poder de la Monarquía. Las enseñanzas eclesiásticas impulsaban un proceso de disciplina social que inculcaba en el pueblo usos y comportamientos que garantizaban la docilidad. Los púlpitos se habían convertido en puntos teatrales de la oratoria de la época desde donde evocar doctrinas de sumisión mediante sermones y catecismos, compartiendo un papel primordial con el confesionario. Estos últimos acabaron convirtiéndose en elementos de colaboración entre confesores e inquisidores, cuya relación resultó más estrecha y profunda; los primeros atendían al foro interno de la conciencia; los segundos, al foro externo de las acciones, y unos y otros acabaron pareciéndose cada vez más, ya que no se limitaban a interrogar a los penitentes sobre sus pecados, sino también sobre sus cómplices.

El papel del Santo Oficio en el proceso educativo de la Reforma católica se resumiría en tres aspectos: la educación de la colectividad mediante rituales públicos como los autos de fe y la abjuración, la educación de la moralidad individual con el uso de métodos coercitivos y, finalmente, erigiéndose en la voz de la conciencia, utilizando como aliado a los confesores. No obstante, la propia Iglesia trató de limitar la actuación de los inquisidores. El propio Sixto IV intentó limitar el poder de la Inquisición española manteniendo su ámbito de actuación tan solo en Castilla para evitar así que se inmiscuyera en las zonas donde ya existía la Inquisición papal. Una bula de 1482 concedía a los condenados el derecho a apelar las sentencias ante el papa, incluso Roma se oponía a la utilización de testigos dudosos para condenar a los acusados.

El temor se apoderó del rostro de Lucía, y aunque Martina trataba de tranquilizarla no lo consiguió. Hacía muchos años que en Almadén no se realizaba un juicio contra una curandera, y la noticia despertaría el interés de los vecinos. El despecho de Juan Manuel podía traer consecuencias para toda la familia. Recordaba la última sentencia contra Isabel de Cuevas en 1666, una *ensalmadora* que estafaba a sus víctimas con oraciones y tratamientos recurrentes y milagrosos, curaba mediante el uso de sal y romero imponiendo las manos sobre la cabeza y pronunciando oraciones. Cien azotes y cinco años de destierro, aunque también pasó alguno encerrada en la cárcel de Penitencia, de la que salía diariamente a buscar el sustento y volvía por la noche. Otro caso reciente, en mayo de 1667 ocurrió en Peñalsordo, donde Inés Martín de Lobares fue acusada de *hechicera, encomendadera y adivinadora*. El Tribunal de Toledo la sentenció al destierro durante dos años y la pérdida de todos sus bienes. Los últimos casos enjuiciados habían sido en 1668, un proceso contra dos moros esclavos de las minas, que se hicieron pasar por cristianos sin haber sido bautizados.

Aunque todos sabían que hasta que el Tribunal de Toledo emitiera un despacho con la sentencia, siempre que se admitiera la denuncia, habrían de pasar varios meses, Sebastián trató de calmar a todos y les ofreció la ayuda del abogado de la casa, al que daría cuenta a su llegada a Almodóvar del Campo. Aconsejó a Asensio no enfrentarse con su hijo ni con Juan Manuel, pues era evidente que la pretensión de ambos solo era la de hacer mucho ruido y causar las mayores molestias posibles. No había razón para pensar que el Tribunal pudiera encontrar prueba alguna sobre las acusaciones contra Miranda. A su hijo Juan tan solo le dirigió una mirada, entre indiscutible y protectora, que lo decía todo.

La persecución por el Santo Oficio de las mujeres acusadas de brujería, se centró más en la Corona de Aragón, en Navarra y las provincias vascas, con menor incidencia en el reino de Castilla, y aquellas se constituyeron en el blanco perfecto para imputar las desgracias sufridas: mortalidad infantil, enfermedades, malas cosechas, envenenamiento de las aguas, etc. Las brujas encarnaban el espíritu de subversión contra el orden establecido por la Corona y la Iglesia. Su figura fue sinónimo de conspiración contra la sociedad y sus instituciones y su comportamiento provocó la brutal represión para combatir los delitos contra la Doctrina de la Fe. Pero era común pensar que los juicios celebrados por la Inquisición por temas de brujería distaban mucho de ser ejemplos de justicia, pues no había pasado tanto tiempo desde que con una simple sospecha se encausaba a alguien, no se necesitaban pruebas, no existía la defensa y eran muy frecuentes las confesiones bajo tortura. Afortunadamente la corte de Castilla no permitía tales acusaciones sin pruebas, y eso hizo que muchas mujeres, acusadas por miedo o por rencillas personales, se libraran de sentencias condenatorias.

Algo más de un siglo atrás, el Tribunal del Santo Oficio se había establecido en Ciudad Real, tras las experiencias de Sevilla y Córdoba, antes de su traslado definitivo a Toledo donde se había producido un poderoso rechazo de la comunidad judía. Su trabajo se centró básicamente en la detención de la población conversa judaizante y algunos vecinos de origen portugués, y contó con dos inquisidores, un fiscal, un asesor, cuatro pesquisidores y varios colaboradores miembros de la aristocracia local, en agotadoras sesiones que acogían a más de cuarenta acusados. La actuación se culminó con la organización de once *autos de fe* celebrados en la Plaza Mayor y en la iglesia de San Pedro. Tan solo una ejecución se había producido en los últimos años, en 1680, el platero Diego Martínez fue quemado en la hoguera el día 25 de mayo, acusado de falso cristiano.

En la población de Chillón había vivido, a finales del siglo xv, en una casa de dos alturas de puertas y dinteles grandes y dos ventanas pequeñas a uno y otro lado de un gran balcón de piedra, una mujer conocida como la Inquisidora. Cristianovieja de buena posición social, se dedicaba a delatar ante el Santo Oficio a los herejes, judíos y falsos conversos que practicaban su religión a escondidas, acusando también a otros de brujería. En el interior de la casa había un escudo con su imagen, con una cruz en la mano derecha y un rosario en la izquierda. Ella fue la responsable, no solo de los crímenes cometidos contra los judeoconversos arrojados a la hoguera, sino de recordar para la posteridad la incriminación de los reos, la adjudicación del *sambenito* que se colgaba en las paredes de la iglesia para perpetuar la infamia de los condenados y la de todas sus futuras generaciones, prohibiendo así los viajes a Indias, el uso del color carmesí que encarnaba el color de la hidalguía, la prohibición para ejercer trabajos públicos, la imposibilidad de usar armas o montar a caballo, los reducía a meros proscritos y al tiempo convertía el templo en un humilladero público que atentaba contra la dignidad de cientos de vecinos, todo por el supuesto incumplimiento en el ejercicio de una religión que se ha de practicar partiendo de la aceptación libre de la fe. Hasta doscientos setenta y nueve sambenitos colgaron de las iglesias de la comarca. A modo recordatorio de los castigos se conservaba el *rollo* situado en el campo del Bombo.

Muchos judíos prosperaban en Chillón al amparo de sus señores, perfectamente integrados en la vida social y económica de la villa hasta que se decretó la expulsión forzosa de todos ellos. Entre los oficios ocupados por conversos chilloneros destacaban los cardadores, sastres, tintoreros, traperos, herreros, zapateros y carniceros. Muchos de ellos se convirtieron, pero muchos otros huyeron a Portugal con sus familias y sus capitales, y de los que se mantuvieron en su religión el Tribunal de Córdoba obtuvo más de dos millones de maravedíes fruto de la incautación de sus bienes. Hasta Puertollano se persiguió a los *rapaculos* y *arrastracruces* herejes de Chillón, también a otros afincados en Ciudad Real, Almagro, Almodóvar del Campo, Alcázar, Puebla de Alcocer y Herrera del Duque, siempre vinculados al mundo del dinero y de los arrendamientos de impuestos reales. Incluso se persiguió a los *marranos*, judeoconversos lusitanos, de origen chillonero, desplazados a Nueva España.

Hasta los Palacios de Guadalmez se extendió la misión divina de limpiar de judíos conversos de la Inquisidora, que actuaba en connivencia con el capellán nombrado comisario del Santo Oficio. Isabel Sánchez profesó un fanatismo religioso que acabó en locura sanguinaria, y que ocasionó que casi un centenar de judeoconversos de la villa de Chillón fueran conducidos a Córdoba y entregados al fuego purificador en el auto de fe celebrado un martes de Carnaval de hacía casi dos siglos. Se aumentó el auto cordobés con otras sesenta y siete mujeres naturales de las villas de Herrera y de Puebla de Alcocer. Un siglo más tarde, otro inquisidor recorrería nuevamente las villas de Chillón y Guadalmez completando con el resto de las siete villas del Valle de los Pedroches su búsqueda de conversos. De aquella excursión se inculpó a veinticuatro hombres y diecisiete mujeres. A principios del siglo XVI, un caso estremecedor se hizo famoso por toda Extremadura y la zona oeste de La Mancha: el de la niña Inés Esteban, de quince años, natural de Herrera, que murió en la hoguera acusada de declarar que realizaba viajes al cielo, lo que produjo un efecto llamada a la peregrinación de la comunidad judía hasta aquella población.

Agudo concentró el grueso de la acción inquisitorial a mediados del siglo XVI. La sola visión del escudo sobre el dintel de la casa de la Inquisición hacía gala de la presencia en la villa de un familiar del Santo Oficio, generalmente hombres, mayores de veinticinco años y laicos, aunque también tenían prohibido el acceso al cargo los carniceros, pasteleros y herradores.

El tribunal constituido en Almadén para la causa de Miranda, estaba formado por los cargos inquisitoriales de Chillón. Originariamente los acusados eran juzgados en sus lugares de residencia; se les evitaba así la angustia adicional del exilio y la prisión en una cárcel inquisitorial en un lugar extraño y lejano. Un *comisario*, encargado de realizar los expedientes de limpieza de sangre, se ocuparía de interrogar a los testigos. Un *notario*, que había recogido la denuncia se ocuparía de la detención de Miranda si se estimaba necesario como medida cautelar por riesgo de fuga. Les auxiliaba un *familiar*, que actuaba como acompañante y salvaguarda del comisario. El cargo de comisario lo venía ocupando desde el año 1633 el licenciado Miguel Torroba de Negros. Pertenecía a uno de los linajes más destacados de la villa, con fuertes vínculos en varias localidades cordobesas y extremeñas del entorno. La familia había demostrado una continuada vocación y tradición de servicio a la causa inquisitorial. Eran originarios de la villa cordobesa de Ademuz, señorío de los marqueses de El Carpio y llegaron a Chillón en las primeras décadas del siglo XVII. Miguel había optado por el sacerdocio al ser su hermano mayor el que gestionaría el patrimonio familiar, y tras unos años al servicio de la parroquia había presentado las pruebas genealógicas ante el Tribunal del Santo Oficio en Córdoba para postularse para el cargo de comisario en Chillón, mismo puesto que ya postulase su padre en 1619. A la fecha de presidir el Tribunal de Almaden, contaba con cuarenta y nueve años, y se encontraba aquejado de una grave enfermedad. Estaba asistido por el familiar Miguel Torroba y Ortega, hijo de una de sus hermanas. Como notario actuaría Alonso Caballero de la Bastida, otra familia con una larga tradición de asistencia al Santo Oficio.

En Almodóvar del Campo y al corriente del asunto, don Diego había informado a Sebastián sobre la familia Torroba, y su recorrido por el Santo Oficio. No conocía personalmente al comisario, pero encargó al abogado familiar que recabara todo lo que pudiera ayudar a la defensa de Miranda relativo a los Torroba. Don Diego transmitió a Sebastián su preocupación por el destino de Miranda, pues a pesar de que las pruebas no fueran concluyentes para estimar la denuncia, acabaría influyendo en su futuro como sanadora, y sobre todo en la posibilidad de realizar estudios facultativos. Domingo planteó como defensa la desacreditación de Juan Manuel, para demostrar que la denuncia era tan solo la respuesta de un hombre despechado, rechazado en amores cuando estaba acostumbrado a campear a su antojo amparado en su condición de capataz.

Sebastián entendió necesaria la presencia en Almadén de alguno de sus hombres de seguridad. No pensaba que Cristóbal y Juan Manuel se atrevieran a nada, pero mejor sería asegurar. Mandó llamar a su despacho a Guzmán, el viejo sargento que acompañó a Sebastián en el primer viaje hasta Sevilla. Llevaba algunos años trabajando para él como responsable de la seguridad de los cargamentos importantes que debían protegerse de los amigos de lo ajeno. El soldado había liquidado su contrato con la milicia y junto a algunos de sus hombres había formado una pequeña compañía que se ocupaba de los asuntos de la casa. Guzmán había servido en caballería casi todo su periodo al servicio de la Corona, y desgraciadamente había participado de varias acciones de guerra. En su recuerdo se agolpaban acontecimientos que muchas noches no lo dejaban dormir tranquilamente. A su mente volvían los rostros de los moribundos de combate y las lágrimas de los jóvenes soldados que estaban a punto de morir. Había sentido el miedo en innumerables ocasiones, el suyo propio y el de sus compañeros.

Fue reclutado muy joven y tuvo su primera acción hacia 1651, participando en la revuelta que acabó como guerra civil entre catalanes, donde el ejército terminó represaliando a los súbditos más pobres enfrentados con los hacendados y nobles que se protegieron bajo la corona del rey francés Luis XIII. Le gustaba estar cerca de sus hombres, por aquella razón no había querido ascender y se quedó como suboficial destinado a la zona sur. Durante mucho tiempo estuvo asignado a los cargamentos de mercurio hasta Sevilla, donde normalmente no tenían mayores dificultades, exceptuando algún pequeño robo que resolvían con un arresto. Diferente resultó la protección de los cargamentos de plata que viajaban con destino a la Corte. Contra los intentos de robo sí que habían actuado con contundencia, pues el premio era cuantioso y por lo tanto apetecible para las bandas de ladrones que se organizaban alrededor de aquellos traslados. Muchas veces le preguntaron a cuantos hombres había matado, y nunca respondió aquella pregunta: «A todos los que pretendían matarme a mí», respondía siempre. Guzmán entendió que a pesar de que el riesgo no era grande, nada se perdía con enviar a un hombre para que vigilara los movimientos de aquellos dos elementos.

El tribunal quedó establecido en la casa que la Inquisición tenía en Almadén un mes después de producirse la denuncia de Juan Manuel. Durante aquel tiempo Juan no se separó de Miranda, esperando que vinieran a detenerla en cualquier momento. Miranda temía sobre todo que fuera sometida a tortura para conseguir una confesión. Mientras tanto, el hombre enviado por Guzmán vigilaba los movimientos de Juan Manuel y Cristóbal, que tan solo alardeaban por tabernas y prostíbulos. También investigaba sobre cualquier información que pudiera resultar incriminadora para los miembros del tribunal. Juan deambulaba de una casa a otra, sin que se le apartara de la mente la posibilidad de hacer que Juan Manuel se retractara de su acusación, aunque tuviera que comprar su voluntad. Juan recordaba al instante la mirada de su padre y por el momento desistía de sus pensamientos.

Úrsula trataba de tranquilizarlo pues recordaba que los castigos del Santo Oficio en la población no habían pasado de la represión oral por la conducta de algunos forzados de origen musulmán y que escondían su condición religiosa haciéndose pasar por cristianos para no ser castigados. En el peor de los casos, aquellas conductas se habían castigado con algunos azotes públicos. En Almadén tan solo se habían producido cinco autos de fe durante el siglo XVII, entre los que se vieron implicados los alemanes luteranos que venían contratados a las minas. Aquellos tuvieron que adjurar del luteranismo y convertirse al catolicismo por evidentes razones de interés laboral. En el recuerdo de los más viejos quedaba la condena a la hoguera, en los autos de fe de Córdoba del año 1487, de los judeoconversos, vecinos de Almadén, Alonso González y su esposa.

El inquisidor se acompañaba de varios textos con los que realizar sus prácticas de oración y meditación: el *Libro de la Oración y meditación* del místico andaluz fray Luis de Granada, un ejemplar de *Vía Spiritus*, de fray Bernabé de Palma y uno más de fray Juan de Bonilla, *Consuelo y oratorio espiritual*, así como una biblia edición *Virtutum, viciorum*. Puesto que no se trataba de un tribunal al uso que dictara sentencias, tampoco disponía del aparato necesario. Los libros de confesiones y de los testigos serían sustituidos por las transcripciones de las declaraciones recogidas. El comisario haría las veces de juez, aunque sin potestad para sentenciar, pues debería hacerlo el tribunal de Toledo, pero sí tenía disposición para denegar la acusación por falta de pruebas. Tampoco existía la figura del fiscal, ni los examinadores de testigos, función que realizaría el notario apoyado por dos alguaciles. El consejo de defensa estaría constituido por un procurador y el abogado de la Casa Jijón, elegidos y sufragados por la acusada.

La fase indiciaria del proceso había comenzado con la denuncia presentada por Juan Manuel, que el notario trascribió literal en los primeros folios del expediente. El comisario no entendía necesaria medida cautelar alguna, evitando el encarcelamiento y el secuestro de bienes. La base de la acusación no dejaba de ser difamatoria, que en derecho penal romano era inoperante pero que en el ámbito de los tribunales eclesiásticos tenía una notoria importancia. El abogado familiar insistió en que todos fueran conscientes de que el procedimiento partía de la presunción de que las acusaciones eran ciertas, de ahí que hubiera que preparar una estrategia de defensa contra la denuncia.

Miranda extrañaba que el tribunal no la hubiera citado a declarar todavía, pero aquella circunstancia no era un trámite que se realizara en todos los casos, sobre todo cuando no existía riesgo de fuga o bien cuando se trataba de una persona importante en la comunidad, aunque las razones de más peso las disponían las propias instrucciones de la Inquisición: «no tener personas encarceladas sin que se inicie el proceso contra ellos», en este caso la disposición número tres dictada en Ávila en 1498. Para el caso de secuestro de bienes, había que seguir lo dispuesto en la Instrucción de Sevilla de 1485 que obligaba a realizar un inventario con los bienes muebles e inmuebles del procesado. Se pretendía con estos secuestros garantizar el pago de sus gastos de reclusión, así como los salarios de oficiales e inquisidores.

Todo el mundo estaba expectante ante la constitución del tribunal que juzgaría a Miranda. En la mañana del viernes, el notario, acompañado de dos alguaciles, se personó en casa de Asensio y Lucía con la orden de acompañar a Miranda a presencia del comisario para realizar un interrogatorio previo. En la entrada de la casa inquisitorial aguardaba mucha gente. Miranda pasó al interior con aspecto calmado y tranquilo. La acompañaba Domingo, que llevaba unos días en Almadén. En la sala principal la esperaba el comisario, don Miguel Torroba, acompañado de un notario, *el de secreto*, y dos religiosos. El notario del secreto debía levantar acta de las declaraciones de Miranda, «de la esencia de las declaraciones», decía la instrucción. En esta ocasión no estaba presente el *secretario del secreto*, por no entender necesaria su presencia el comisario dadas las características del proceso. La presencia de este secretario radicaba en el secreto del sumario, un principio vital e indiscutible, que hacía que las anotaciones realizadas por este profesional fueran mucho más meticulosas.

El comisario invitó a Miranda a sentarse frente al tribunal y comenzó preguntándole si conocía los motivos de su presencia. La respuesta fue afirmativa y taxativa.

La acusación era falsa, y nunca había practicado *encantos ni mal de ojo* a ninguno de sus enfermos. El notario le hizo saber los peligros de presentar falso testimonio en sus respuestas. Tras la declaración, el comisario estimó que, ante la negativa de la acusación, sería necesario solicitar nuevas declaraciones a los testigos que ambas partes presentaran. El abogado entregó al notario un documento por el que pedía la citación de varios testigos para la defensa de Miranda, que habrían de presentarse el día que el tribunal estimara para realizar las correspondientes testificaciones. Miranda y Domingo salieron del edificio, una vez firmados los documentos que recogían la acusación y su negativa a admitirla. La muchacha arrancó a llorar tras cruzar el umbral y calló en brazos de Juan que la esperaba en primera fila. Los numerosos vecinos que se agolpaban en la calle mayor hacían toda clase de preguntas, de afirmaciones y contradicciones, como si se estuviera desarrollando ya un juicio paralelo donde cada uno de ellos tuviera facultad de acusación, de defensa y capacidad de sentenciar. Llegaron a casa y todos más tranquilos pudieron contar a los familiares lo sucedido. Úrsula y Román, Isabel y Luis también se encontraban allí. El abogado les comentó que aprovecharía la tarde para entrevistarse con los testigos que tenía previsto presentar, después marcharía a Almodóvar para informar a Sebastián y a don Diego.

En la sala del tribunal aun había trabajo. Una vez interrogada Miranda debía emitirse el acta acusatoria, que iniciaba realmente el proceso, constituyéndose en un acto procesal concreto y regulado que permitía dirigirse contra una persona precisa, por lo que la denuncia debía estar correctamente motivada y haber causa suficiente, en un espíritu de defensa de las garantías y protección del acusado. El abogado disponía de un plazo de nueve días para contestar por escrito a la acusación. El escrito de contestación no necesitaba de argumentaciones jurídicas, tan solo negaría las imputaciones.

Domingo se reunió con Sebastián en el antiguo despacho de Damián, que ya se había retirado a su pueblo natal, en la sierra de la Alpujarra granadina. Don Diego no asistiría, pero sí recibiría más tarde la información de boca de Sebastián. El comerciante recibió un informe exhaustivo de lo ocurrido en esos días, incluido el informe de seguridad enviado por el hombre de Guzmán. El abogado aconsejaba contestar a la acusación en el plazo más cercano a los nueve días, y esperar la citación para iniciar la fase probatoria. En su caso se trataría de pruebas testificales, y para ello había pensado en hacer declarar a dos personas muy notorias: el médico del hospitalillo de las minas, que durante mucho tiempo había contado con la ayuda de Miranda, y el mayordomo de interior, que podría ayudar en el intento de descalificación de Juan Manuel. Aconsejó también hacer lo imposible por averiguar qué testigos presentaría Juan Manuel para apoyar su acusación. Entendía que seguramente Cristóbal sería uno de ellos, pero creía que el comisario no lo aceptaría al mostrar el joven una enemistad manifiesta con su hermana. No le preocupaban en exceso los testimonios de los testigos presentados por la acusación, pero había que tener en cuenta que aquellos gozaban de presunción de veracidad.

Después de leer el informe de seguridad y de informar a don Diego, se marchó a su casa, donde Martina esperaba noticias del asunto, y sobre todo del estado de Juan. Sebastián la tranquilizó, pues Juan había mantenido su compromiso de no enfrentarse con aquellos individuos, y esperar que el desarrollo del juicio fuera mostrando el camino a seguir. Ambos decidieron que acompañarían a Domingo en los últimos días del plazo de presentación del documento. Sebastián creía tener información suficiente para tomar la iniciativa, aunque pensaba que la justicia se volcaría del lado de la muchacha, no estaría de más ayudar un poco al fiel de la balanza, y pensaba llevar a efecto una de sus máximas: «si quieres que algo se haga bien, debes hacerlo tú mismo». Hizo venir a Guzmán y le contó cuáles serían sus pretensiones en caso necesario, de tal manera que convendría que se trasladara hasta Almadén por si era necesario contar con él.

Relató a Martina la valiosa información que dos semanas atrás el abogado había traído de tierras cordobesas. Domingo se había presentado en el despacho de Sebastián un sábado a última hora de la tarde. Aunque cansado, la sonrisa que aparecía en su rostro incitaba a pensar en buenas noticias. Sebastián había ordenado al letrado trasladarse hasta la ciudad de Adamuz, lugar de origen familiar del comisario. Le detalló cómo se había desarrollado su estancia en aquel pueblo y como algunos compañeros de profesión le ayudaron en las indagaciones, y tras revisar en la parroquia varios libros de bautismo encontró lo que estaba buscando. Algo interrumpía la limpieza de sangre del comisario. Uno de sus ascendientes, de sexta generación, se había casado con una rica heredera de origen hebreo, nupcias que supusieron el despegue económico de los Torroba. Los cristianoviejos ya no lo eran tanto, y Sebastián sabía que aquella sería su baza oculta llegado el caso. Domingo entregó el documento firmado por el párroco de la iglesia de San Andrés Apóstol en el que se indicaba la fecha de boda de los ancestros, de la señora Ya'akov, rebautizada como Maria, con su tatarabuelo Juan.

Martina y Sebastián, junto a su hija menor María, salieron de Almodóvar del Campo con las primeras luces del día. Domingo lo había hecho el día anterior. Tenían un largo viaje hasta Almadén, así que calculaban llegar a última hora de la tarde. Sebastián había enganchado una de sus mejores yeguas, y a la rabera de la calesa les seguía otro caballo más, por si surgía algún problema. Ambos se mostraban cabizbajos, tratando de no reflejar su preocupación para no asustar a la muchacha. Sebastián le contó a su mujer lo que estaba pensando desde hacía algunos días, y a pesar de tener confianza en el buen resultado del juicio, prefería tener todas consigo. Martina se sentía más preocupada por Juan, pues conocía a su hijo, y no estaba segura que aguantara mucho tiempo las órdenes de su padre.

Llegaron a la casa de Isabel y Luis tal como preveían. Luis salió a recibir a su hermana y entró la calesa, desenganchó a los animales y los dio de beber y comer, dejándolos en el establo. Se unió a la familia en la sala grande que hacía las veces de cocina. Isabel salió para comunicar su llegada a los amigos, e invitar a cenar a todos para celebrar una reunión familiar. Los primeros en acudir fueron Úrsula y Román. Poco más tarde llegaron Lucía y Asensio, junto a Miranda y Juan. Martina abrazó a los dos jóvenes, y trató de transmitirles serenidad. Conforme los días habían ido pasando y se acercaba la fecha del juicio, Miranda se mostraba más nerviosa e irascible. Juan parecía haber envejecido algunos años, se mostraba taciturno e inexpresivo. Después de cenar, Sebastián explicó lo que Domingo le había dicho sobre la preparación del juicio, quiénes acudirían como testigos y la reunión que pretendía tener con el comisario del tribunal. A pesar de la situación la conversación acabó desviándose a otros asuntos más intrascendentes que hicieron la velada más agradable.

No había salido el sol cuando Sebastián salió de la casa. Fue caminando hasta la iglesia de San Sebastián y, tal como le había comentado Román, un mendigo se sentaba a la puerta. En ese momento aparentaba estaba dormido, pero de inmediato se levantó cuando adivinó la presencia de Sebastián. No era otro que Guzmán disfrazado. Después de hablar ambos un buen rato, Sebastián regresó a la casa y desayunó junto a sus cuñados y su familia. Martina también había madrugado y no había despertado a su hija. Román se había ofrecido a acompañarle hasta Chillón para su entrevista con don Miguel, pero Sebastián declinó el ofrecimiento, y le indicó su preferencia por hacerlo solo. Llegó a Chillón a media mañana y se dirigió a la iglesia de San Juan Bautista, un edificio del gótico tardío y decoración de estilo mudéjar construida sobre los restos del castillo de los Donceles. Con la yegua amarrada en la entrada, pasó al interior y oró unos minutos. A continuación se dirigió a la casa de la familia Torroba, muy cercana a la iglesia. Llamó y un criado salió a recibirle. Le entregó un documento y dijo que deseaba hablar con don Miguel.

Unos minutos más tarde, el mismo criado volvió a la puerta y le invitó a entrar. Le dirigió hasta el despacho del comisario que lo esperaba de pie junto a la mesa del escritorio. Su rostro estaba lívido, y sus manos temblaban sobre el documento extendido sobre la mesa. Sebastián lo tranquilizó haciéndole ver que aquello era un regalo que le hacía, para que pudiera conservar su irreprochable línea de sangre y la hidalguía de la familia Torroba. Don Miguel, más tranquilo, pregunto qué quería a cambio. Sebastián, muy sereno, continuó explicando que aquel día tan solo traía regalos. Le expuso a continuación su conocimiento de la terrible enfermedad que le estaba afectando. No existía cura contra la *septicemia* y aunque no resultaba contagiosa, si movilizaría a toda la población en cuanto se hiciera público. Don Miguel llevaba meses con fiebre, escalofríos y hemorragias debajo de la piel, oscurecimiento por tejidos muertos que ya reflejaba en los dedos de las manos, de los pies y comenzaba a adivinarse en su nariz.

Ahora ya, una vez sentados ambos, Sebastián continuó con sus ofrecimientos. Su palabra y su fortuna garantizaban las proposiciones que le haría en esos momentos, y su abogado trascribiría aquellas en el momento que don Miguel estimara oportuno. Primero: apoyaría económicamente la postulación

para comisario de su sobrino Bernabé Caballero de la Bastida, nacido en Chillón en 1663, y en ese momento depositó en la mesa una bolsa de cuero con
trescientos reales que servirían como fianza para iniciar el expediente. Segundo:
apoyaría económicamente a su sobrino Miguel Torroba y Ortega, para que
fuera nombrado familiar del Santo Oficio en la villa de El Carpio, en tierras
cordobesas, igualmente hacía entrega de otros doscientos reales para el mismo
objetivo. Tercero: apoyaría económicamente a su otro sobrino Alonso Caballero
de la Bastida, que ocupaba actualmente el cargo de familiar, para su ascenso
a notario del Santo Oficio. Alonso disfrutaba hábito de la Orden de Calatrava
y se postulaba para agente real de la Administración Central con intención de
trasladarse a la Inquisición de Roma. Por último: apoyaría económicamente a
otro pariente, Matías Torroba, gobernador del estado de El Carpio, para que
tomara el hábito militar de la Orden de Santiago.

El rostro de don Miguel fue cambiando conforme las proposiciones se
iban exponiendo. Con las últimas palabras de Sebastián, su cara se mostraba
tranquila y satisfecha. Se levantó y ofreció su mano para despedirse. Sebastián quedaba a su disposición para detallar lo propuesto. Cuando el criado lo
acompañó a la puerta, don Miguel llamó a su esposa y le contó lo ocurrido. El
comerciante no le había pedido nada a cambio, y su generosidad le hacía intuir
que habría de compensar aquello con algo muy importante para aquel hombre.

Sebastián tranquilizó a todos cuando llegó de nuevo a Almadén, y les
conminó a que estuvieran preparados para el día siguiente. Juan permanecería
en todo momento a su lado. Miranda se quedaría con Martina hasta que tuviera
que declarar en el juicio. Los demás debían intentar transmitir normalidad a
todos los efectos.

La mañana siguiente, en la sala del tribunal se hallaban presentes, junto
al comisario, un notario para dar testimonio de todo lo que allí sucediera,
dos alguaciles y un receptor. Primero declararían los testigos de la acusación:
Cristóbal, tal como había previsto Domingo, y dos amigos de Juan Manuel, de
dudosa credibilidad, cuyos testimonios no serían ni escuchados ni leídos por
la defensa, ni tampoco se desvelaría la identidad de los mismos, aunque él ya
conocía sus nombres. Aquellas declaraciones habían de ser ratificadas en un
acta, conocida como *la publicación*, que tomaría el carácter probatorio y de
especial relevancia en el proceso. En el caso de que Juan Manuel no hubiera
publicado a los cuatro vientos su intención de denunciar a Miranda, esta se
habría enfrentado al tribunal sin conocer su acusación, ni su delator, ni qué
testigos habían declarado en su contra. Ahora contaba con una estrategia clara
en la que basar su defensa.

Miranda dispondría aún de seis días para preparar alegaciones y presentar
pruebas y testigos en las que basar su inocencia. Domingo podría solicitar un
plazo de *tachas* y *abonos*, para invalidar las declaraciones de aquellos testigos, movidos no por el afán de justicia sino por enemistad, malquerencia
u odio. Domingo no entendía necesario disponer de aquel plazo e insistió

al comisario de que se tomara declaración a los testigos presentados por la defensa. El médico del hospitalillo de las minas declaró favorablemente sobre Miranda, elogiando sus condiciones innatas para la medicina, sus conocimientos para la preparación de fármacos y su disposición personal para atender a los enfermos. El mayordomo de interior declaró igualmente sobre las virtudes de la muchacha atendiendo heridos en accidentes de la mina, recomponiendo huesos y soldando fracturas, algunas de ellas muy complicadas. Miranda en su caso, rechazó todas las acusaciones por falsas y denunciadas por rencor contra su persona. Todas las declaraciones pasaron a manos del notario que las transcribió e incluyó en el sumario del proceso. El comisario tenía elementos suficientes para tomar una decisión.

Por la tarde, el comisario no había hallado prueba concreta de la culpabilidad de Miranda, ya que encontraba la acusación falta de motivación y sin causa suficiente. Por lo que informó de manera absolutoria y cerró la lectura del proceso diciendo: «Así lo pronunciamos y declaramos». El procedimiento no llegaría a Toledo. Domingo respiró profundamente, y se levantó agradeciendo al comisario su disposición a la justicia y la verdad. Acompañó a Miranda hasta la salida de la sala donde encontró a todos sus familiares esperando impacientes. Se abrazó a Juan y seguidamente a todos los presentes. La alegría inundaba la calle y los vecinos la felicitaban como si fueran conocedores de antemano de lo que sucedería. Tan solo unos días antes, la daban por condenada a la hoguera. Los alguaciles retuvieron dentro de la sala a Juan Manuel con el fin de evitar enfrentamientos, pero sabían que aquello traería problemas más pronto que tarde. El comisario reprendió al denunciante y le recomendó no enturbiar más el asunto.

Los familiares y amigos de Miranda se reunieron de nuevo en la casa de Isabel y Luis, donde se sumaron muchos vecinos. Isabel y Úrsula habían dispuesto algunas bebidas y comida con que agasajarlos. Lucía se encontraba tan nerviosa que tan solo pudo sentarse y esperar a tranquilizarse. Asensio sonreía también, nervioso pero aliviado. Había visto peligrar la vida de su hija por un momento, y se había indignado sobremanera por el comportamiento de su hijo. Era evidente que tendría que tomar algunas decisiones al respecto. Durante todo el día muchos vecinos estuvieron yendo y viniendo para felicitar a Miranda. Muchos preguntaban para cuando la boda con Juan, mientras otros esperaban la reacción de Juan Manuel.

Con las últimas luces del día, cada familia se dirigió a sus domicilios. Juan acompañó a Miranda a casa de sus padres. Con el rabillo del ojo pudo observar, entre las sombras, que alguien les seguía a cierta distancia. Estuvo mucho rato en casa de sus futuros suegros, hablando de multitud de asuntos, de proyectos de futuro, de ideas de negocio, de hijos, de enfermos y de la posibilidad de negociar la compra de una botica. Sebastián y Guzmán salieron de las sombras para valorar la situación. Se alegraban de no haber tenido que actuar, ni de que Juan Manuel estuviera preparando alguna encerrona. No obstante, por separado, recorrieron las tabernas para ver si todo estaba tranquilo. Y así era. Juan Manuel y Cristóbal no aparecían por ningún lado, y eso intranquilizaba a Sebastián. Le indicó a Guzmán que extremara la vigilancia hasta que Juan llegara a casa. Después de acompañar a Juan hasta la casa, Guzmán y su hombre pasearon por el pueblo durante toda la noche.

El sol trajo un nuevo día resplandeciente para el futuro matrimonio. Sus problemas se habían esfumado y podrían comenzar a preparar su vida en común. Miranda siguió recibiendo vecinos durante toda la mañana. Juan acompañó a su padre a visitar algunos negocios. Estuvieron visitando el taller de fabricación de los aludeles, de la confección de esparto y revisando el estado de los bueyes que se habían destinado ilimitadamente a las carretas y que pastaban en la dehesa de Castilseras. También estuvieron visitando, por la tarde, al encargado de la puerta de carros y del almacén de mercurio. Allí obtuvieron la fecha prevista para el próximo transporte a Sevilla. Juan se despidió de su padre y se dirigió hasta la casa de Miranda. Sebastián se pasó por la taberna, donde pudo observar en una mesa del fondo a un adormilado borracho. Paró en la siguiente taberna y en esta ocasión le llamó la atención un mendigo alto que reclamaba a voces un vaso de vino. Ante la insistencia del tabernero porque abandonara el local, Sebastián le invitó a un trago y se despidió de la parroquia. Llegó a casa y se sentó. Parecía cansado, y finalmente se relajó. Martina y su hija se sentaron a su lado, y le acompañaron durante la cena.

Después de despedirse de Miranda, Juan se dirigió hacia la casa de sus tíos. Habría recorrido poco más de cincuenta pasos cuando, de la oscuridad, dos sombras emergieron y se abalanzaron sobre él. Guzmán hizo un disparo de intimidación y los dos individuos se alejaron corriendo. Cuando Guzmán corriendo llegó a la altura de Juan, este se sorprendió y cayó desplomado al suelo. Los atacantes habían conseguido apuñalar por la espalda al joven. Guzmán gritó pidiendo ayuda, y con el chico en brazos irrumpió en la casa de Miranda. La relajación del día se convirtió en horror ante el apuñalamiento de Juan. Miranda se deshizo de la camisa del herido, y pudo ver la naturaleza de la herida. La puñalada había alcanzado el riñón, pero a pesar de la pérdida masiva de sangre, no seccionó la vena renal, que hubiera producido la muerte en pocos minutos. Mientras Miranda trataba de taponar la herida, Guzmán corrió a avisar a Sebastián, y Asensio hacía lo propio para avisar al médico del hospitalillo. Miranda no pudo dejar de apretar la herida hasta que el médico llegó, y entre ambos lograron parar la hemorragia. Sebastián acudió de inmediato, pero al tratar de impedir que Martina le acompañara, ella desobedeció por primera vez a su marido. La vida de su hijo estaba en peligro y nada ni nadie impediría que fuera a verlo.

Guzmán le contó a Sebastián lo ocurrido y cómo, a pesar de disparar sobre ellos, aún pudieron asestar la puñalada. No pudo reconocerlos, pero no dudaba de que habían sido Juan Manuel y Cristóbal. Sebastián le ordenó buscarlos por todo el pueblo si era necesario, pero sin detenerlos. Quería la confirmación de que efectivamente habían sido ellos por la mañana a primera hora. Acto seguido entró en la casa de Lucía y se interesó por el estado de su hijo. La hemorragia ya estaba contenida, por lo que el estado de Juan a pesar de la gravedad era estable. Había perdido mucha sangre, pero con los cuidados adecuados podría recuperarse pronto. Era un hombre fuerte.

De madrugada, todos más tranquilos, regresaron a sus casas. Juan no tenía fiebre, y Miranda había retirado el primer vendaje compresivo y el emplaste de alumbre que habían colocado para cortar la hemorragia. La herida volvió a sangrar, pero no con el ímpetu inicial. Miranda preparó un nuevo emplaste y después de colocarlo volvió a vendar la herida. Juan recuperó la consciencia un rato más tarde, y su rostro aparecía entre dolorido y sorprendido. Volvió el médico para ver su estado, y tranquilizó a todos, pues el hecho de que no hubiera fiebre decía mucho en favor de la recuperación de Juan. Le aconsejó a Miranda continuar con el emplaste y los cambios regulares de vendaje, y tratar de alimentarlo con un caldo potente de carne.

Sebastián madrugó aquella mañana. No había podido dormir nada. Martina tampoco; el resto de la casa tan solo había dormitado a ratos. Estaban todos ansiosos por conocer del desarrollo del estado de Juan. Así que Sebastián y Martina salieron para ver cómo se encontraba su hijo. Miranda les informó de la visita del médico, de sus recomendaciones y de la confianza en la re-cuperación de Juan. Sebastián salió de la casa y fue directo a la iglesia de San Sebastián. En esta ocasión no tenía intención de rezar. Vio al mendigo de la taberna sentado a la izquierda de la puerta de la iglesia, y al pasar a su lado vio en el suelo junto a una escudilla de barro, escrito en la tierra, una afirmación. Dejó caer cuatro monedas. Ni siquiera entró en la iglesia. Dio media vuelta y regresó a ver a su hijo.

Sebastián y Martina pasaron casi todo el día en casa de Lucía. A últi-ma hora de la tarde le pidió a Asensio que lo acompañara a dar una vuelta por las tabernas del pueblo. En varias de ellas les informaron de que Juan Manuel y Cristóbal andaban todo el día de *coplas*. Era noche cerrada cuando ambos individuos aparecieron en la plazoleta de la iglesia de San Sebastián, vociferando y en actitud intimidante. Observaron al mendigo, medio dormi-do sobre la pared de la iglesia, y se acercaron a él con intención de pasar un buen rato: «Solo nos visitan forasteros cobardes», le decía a voces Juan Manuel a Cristóbal.

El mendigo se levantó de un salto: «Quién ha dicho miedo, habiendo galenos y camposantos».

EPÍLOGO

Después de desayunar, Sebastián le encomendó a Luis que revisara la calesa y colocara en el interior un colchón de lana donde acomodar a Juan y en el techo un baúl donde colocar las medicinas y cacharros de Miranda. La familia pretendía marchar a Almodóvar al día siguiente. Visitó a Úrsula y Román y se despidió de ellos, tendrían todo el día ocupado y marcharían al día siguiente temprano. Más tarde, en casa de Miranda, abrazó a Lucía y refirió a Asensio la conveniencia de que la chica marchara con ellos a Almodóvar. Ambos padres consintieron en que era lo mejor para todos. Pronto tendrían noticias de boda.

Se dirigió primero al hospitalillo con la intención de preguntar al médico la conveniencia de viajar para Juan. Aquel consintió con reservas. A continuación, se encaminó hasta la puerta de carros donde había pedido entrevistarse con el responsable del almacén. Tenía algunos recibos de las atarazanas sevillanas que aún no se habían registrado ni cobrado. Estuvieron conversando un buen rato cuando se escucharon voces y mucho movimiento alrededor del almacén. Ambos salieron a la par de los que se hallaban trabajando. Unos hombres gritaban y dirigían a los demás hacia el vertedero de los aludeles usados. Sebastián y el encargado llegaron al unísono a la escombrera. Los obreros se agolpaban en la cabecera del terraplén. Aparecieron un par de vigilantes de hornos que bajaron hasta donde parecían encontrarse dos cuerpos tendidos. Al momento, uno de los vigilantes subió corriendo para avisar al mayordomo y al ingeniero.

«¿Qué ocurre?», preguntó Sebastián:

«Dos cadáveres, con monedas en los ojos. Uno más joven tiene un corte en la garganta, de oreja a oreja. El otro más mayor tiene abierto el vientre, desde el ombligo hasta la barbilla».

BIBLIOGRAFÍA Y CONSULTAS

ÁLVAREZ VÁZQUEZ, J. A.: *Notas sobre el comercio y precios de paños y lienzos en Zamora desde el siglo XVII al XIX,* Madrid, Universidad Autónoma, 2002.

AMEZCUA, P.: *Sin límites* (guionista), Simón West (ESP. 2022, 240 min).

APARICIO GONZÁLEZ, F.: *Carboneros. Cómo fabricar carbón vegetal.* Documental (ESP. 2018, 56 min).

ARCHIVO GENERAL DE SIMANCAS, Valladolid.

ARCHIVO HISTÓRICO DE MINAS DE ALMADÉN, Ciudad Real.

ARCHIVO HISTÓRICO NACIONAL PARES, Madrid.

ARCHIVO HISTÓRICO PROVINCIAL DE CIUDAD REAL, Ciudad Real.

ARCHIVO GENERAL DE INDIAS, Sevilla.

ARRANZ MATA, M. M. y otros: *Apuntes sobre trashumancia y pastoreo (Paisajes y Rutas del Quijote)*, Toledo, Junta de Comunidades de Castilla-La Mancha, 2005.

ASOCIACIÓN PARA LA RECUPERACIÓN Y DIVULGACIÓN DE LOS CAMINOS DEL AZOGUE, Almadén. Ciudad Real.

BARCELÓ JIMÉNEZ, J.: *Descripción de las cañadas reales de León, Segovia, Soria y ramales de la de Cuenca y del valle de La Alcudia*, Madrid, Ediciones el Museo Universal, 1984.

BEINART, H.: *Los conversos ante el Tribunal de la Inquisición*, Barcelona, Riopiedras Ediciones, 1983.

BUCHAM, J.: *Medicina Doméstica*, Madrid, Imprenta Real, edición facsímil, 1785.

BURGOS LUENGO, F. J.: *Inquisición: la caza de brujas*, Granada, Innovación y Experiencias Educativas, 2011.

CAMPIS CHALER, A.: *La cocina del Quijote*, Madrid, Cultural S.A. Madrid, 2005.

CELA TRULOCK, C. J.: *Mis rutas escondidas. Tomo II. Castilla-León*, Madrid, Guía Campsa, 1994.

DIAGO HERNANDO, M.: *El problema del aprovisionamiento de lanas para la manufactura pañera castellana a fines de la Edad Media*, Madrid, Instituto de Historia, Consejo Superior de Investigaciones Científicas, 2008.

FERNÁNDEZ MEJÍAS, J. F.: *Minas del Horcajo. La aldea olvidada*, Ediciones Puertollano, 2019.

FERNÁNDEZ RODRÍGUEZ, M y C. GARCÍA BUENO: *La minería romana de época republicana en Sierra Morena: el poblado de Valderrepisa (Fuencaliente, Ciudad Real)*, Madrid, Revista Mélanges Casa Velázquez, 1993.

FIALHO CONDE, A.: *La dote monástica en las comunidades religiosas femeninas de Évora en el período post-tridentino*, Portugal, Universidad de Évora, 2013.

FRESQUET FEBRER, J. L.: *El uso de productos del reino mineral en la terapéutica del siglo XVI. El libro de los medicamentos simples de Juan Fragoso (1581) y el Antidotario de Juan Calvo (1580)*, Madrid, Consejo Superior de Investigaciones Científicas, 1999.

GARCÍA ALONSO, M.: *Hoyas humizas y ahogadizas. A propósito de las diversas tradiciones culturales del carboneo de la madera en los montes cántabros*, Bilbao, Diputación Foral de Bizkaia, 2018.

GARCÍA SANZ, A.: *Antiguos esquileos y lavaderos de lana en Segovia*, Segovia, Real Academia de Historia y Arte de San Quirce, Diputación Provincial de Segovia, 2001.

GASCÓN BUENO, F.: *El Valle de Alcudia durante el siglo XVIII*, Ciudad Real, Diputación Provincial de Ciudad Real y Ayuntamiento de Puertollano, 1978.

GIL BAUTISTA, R.: *Las minas de Almadén en la Edad Moderna*, Alicante, Universidad d'Alacant, San Vicent del Raspeig, 2015.

GIL BAUTISTA, R y M. F. GÓMEZ VOZMEDIANO: *Chillón en los tiempos modernos (siglos XV-XVIII)*, Madrid, Libros Mundi, 2016.

GIRÓN PASCUAL, R. M.: *Lana sucia, lana lavada. Los lavaderos de lana y sus propietarios en la España de la Edad Moderna (siglos XVI-XIX): Un estado de cuestión*, Córdoba, Universidad de Granada, 2019.

GÓMEZ VOZMEDIANO, M. F.: «La minería en el Valle de Alcudia y sus aledaños durante el Antiguo Régimen (1250-1860)», *Campo de Calatrava*, núm. 2, Puertollano, 2000.

HERNÁNDEZ SOBRINO, A.: *Los mineros del azogue*, Ciudad Real, Fundación Almadén-Francisco Javier de Villegas, 2007.

—: *Los caminos reales en España y en la América colonial: los caminos del azogue*, Ciudad Real, ARDCA, 2018.

HEVIA GÓMEZ, P.: *El patrimonio minero del Valle de Alcudia y Sierra Madrona*, Ciudad Real, Mancomunidad de municipios del Valle de Alcudia y Sierra Madrona, 2003.

INSTITUTO GEOLÓGICO Y MINERO DE ESPAÑA, Madrid.

JORDÁ BORDEHORE, L.: *La mina de plata de Bustarviejo. 500 años de historia bajo tierra*, Madrid, autoedición, 2011.

LÓPEZ-SALAZAR PÉREZ, J.: *Mesta, pastos y conflictos en el Campo deCalatrava (siglo XVI)*, Madrid, Centro de Estudios Históricos, 1987.

MARÍN BARRIGUETE, F.: *La legislación de la trashumancia en Castilla. (siglo XVIII)*, Madrid, Instituto de Metodología e Historia de la Ciencia Jurídica (UCM), 2015.

MATA SÁNCHEZ, R.: *Apuntes sobre el Campo de Calatrava y la Encomienda de Castilseras*, Ciudad Real, Diputación Provincial, 2019.

MATUTE Y LUGUIN, G.: *Colección de los autos generales y particulares de Fe celebrados por el Tribunal de la Inquisición de Córdoba*, Córdoba. Imprenta de Santaló, Canalejas y Compañía, 1836.

MORENO CASTAÑEDA, S.: *Los carboneros en el Valle de Alcudia*, Ciudad Real, Asociación para el Desarrollo de la Comarca de Almadén «Montesur», 2006.

MORGADO GARCÍA, A.: *El clero en la España de los siglos XVI y XVII. Estado de la cuestión y últimas tendencias*, Cádiz, Universidad de Cádiz, 2007.

NIETO SÁNCHEZ, J. A.: *El acceso al trabajo corporativo en el Madrid del siglo XVIII*, Madrid, Departamento de Historia Moderna, Universidad Autónoma, 2012.

NOMBELA RICO, J. M.: *Auge y decadencia en la España de los Austrias: la manufactura textil de Toledo en el siglo XVI*, Toledo. Premio Ciudad de Toledo, 2003.

QUIRÓS LINARES, F.: *La minería en el Valle de Alcudia y el Campo de Calatrava*, Madrid, Artes Gráficas Clavileño, 1958.

RAMOS DÍAZ, M.: *Veneno, secreto y virtud en textos novohispanos de Yucatán*, Chetumal, Universidad de Quintana Roo, 2017.

ROSELLÓ SOBERÓN, E.: *El mundo femenino de las curanderas novohispanas*, Coyoacán, Universidad Nacional Autónoma de México, 2016.

SÁNCHEZ FONSECA, I.: *Inquisición. Procesos criminales y de fe (siglos XV-XVII)*, Barcelona, Librería Bosch, 2018.

SANJUÁN VICENS, G.: *Ollas, sartenes y fogones del Quijote*, Madrid, Libro Hobby Club, 2005.

THEISSLING, L.: *Regla de la venerable Orden Tercera de Santo Domingo de Guzmán, aprobada por S.S. el Papa Pío XI*, Barcelona, Vergara, 1947.

TRAPERO TORRES, D.: «El clero en la villa de Chillón en el siglo XVIII», Blog En tiempo de los Donceles, Chillón, 2018.

Zofio Llorente, J. C.: Las culturas del Trabajo en Madrid, 1500-1650: familia, ocio y sociabilidad en el artesanado preindustrial, Madrid, Universidad Complutense, 2002.

GLOSARIO

ALAMBRE: Conjunto de cencerros, campanillas, etcétera, de una recua o hato de ganado.

ALCABALA: Impuesto que debían pagar los vendedores en un contrato de compraventa y las dos partes en un contrato de permuta.

ALGARA: Tropa de a caballo que salía a recorrer y saquear la tierra del enemigo.

ALMAGRE: Óxido rojo de hierro, más o menos arcilloso, y que suele emplearse en la pintura para marcar el ganado.

ALOPÁTICA: Sistema por el cual los médicos y otros profesionales de la atención de la salud tratan los síntomas y las enfermedades por medio de medicamentos, radiación o cirugía.

ALUDEL: Cada uno de los caños de barro cocido, semejantes a una olla sin fondo, que, conectados con otros en hilera, se emplean en los hornos de Almadén.

ANDOSCA: Oveja que tiene de dos a tres años.

AÑINO: Cordero que no llega a un año.

APERADOR: Persona encargada de reparar carros o galeras y aparejos para el acarreo y trajín del campo.

APIADERO: Información relativa a la producción y mercadeo de la cabaña ganadera.

APRISCO: Paraje donde los pastores recogen el ganado para resguardarlo de la intemperie.

ARROBA: Peso equivalente a 11,502 kilogramos.

ATALAJE: Conjunto de guarniciones de las bestias de tiro.

AYUDADOR: El ayudador, o compañero, es el que atiende a los mansos que forman parte del rebaño, llevando además la dirección y cuidado del primer atajo, más conocido como «temprano», especialmente durante la paridera. También sustituía en su ausencia al rabadán.

BALDÍO: Dicho de la tierra: Que no está labrada ni adehesada.

BALDRÉS: Piel de oveja, curtida y suave, que servía como contenedor de mercurio.

BARBACANA: La doble torre levantada sobre una puerta o un puente.

BATÁN: Máquina generalmente hidráulica, compuesta por gruesos mazos de madera, movidos por un eje, para golpear, desengrasar y enfurtir los paños.

BENDITERA: Utensilios que contienen un recipiente con agua bendita y que se cuelgan de los muros de la vivienda.

BONETE: Especie de gorra, comúnmente de cuatro picos, usada por los eclesiásticos y seminaristas, y antiguamente por los colegiales y graduados.

BORRA: Oveja de entre uno y dos años.

CABAÑA: Se denomina cabaña al conjunto de ganaderos y más propiamente conjunto de ganado reducido a pastoría (yeguadas, rebaños, hatos, piaras, etc.).

CAÑADA: Vía para los ganados trashumantes, que debía tener 90 varas de ancho.

CAREA: Perro que se utiliza para dirigir el ganado en una determinada dirección.

CÁRCAVO: Hueco en que engrana el rodezno de los molinos.

COBUJÍN: Cada una de las dos puntas que se forman en el fondo de los sacos, colchones o almohadas.

COLLERA: Collar de cuero o lona, relleno de borra o paja, que se pone al cuello a las caballerías o a los bueyes para que no les haga daño el yugo.

CONTENTA: Se llamaba contenta a la gratificación que se daba a la autoridad municipal del lugar por donde transitaba el ganado.

CORAMBRES: Conjunto de cueros o pellejos, curtidos o sin curtir, de algunos animales, y en especial del toro, de la vaca, del buey o del macho cabrío.

CORDEL: Servidumbre de paso para el ganado, más estrecha que la cañada y más ancha que la vereda, cuya anchura no sobrepasa los 37,5 metros.

CUNDIDO: Aceite, vinagre y sal que se da a los pastores.

DONADÍO: Conjunto de bienes que los reyes cristianos de la Edad Media española concedían en propiedad a una persona o institución.

ENFITÉUTICO: Censo que se produce cuando una persona cede a otra el dominio útil de una finca reservándose el dominio directo y el derecho a percibir una pensión anual en reconocimiento de ese dominio directo.

ESPURIO: Hijo bastardo, nacido fuera del matrimonio.

EXCUSA: Derecho que concede un ganadero a sus pastores para que puedan apacentar ganado propio como parte de la retribución.

Harinas de falla: Roca de falla sin cohesión, de grano fino o muy fino y rica en arcillas.

Hatajo: Grupo pequeño de ganado.

Hato: Porción de ganado mayor o menor. Ropa y otros objetos que alguien tiene para el uso preciso y ordinario.

Herbajero: Arrendatario del herbaje de prados o dehesas.

Factor: Alto oficial nombrado por el rey para que ejerciera funciones de gobierno y control en la Casa de la Contratación de Indias.

Fanega: Medida de volumen tradicional de España, para granos, legumbres y otros áridos, equivalente a 55,5 litros o doce celemines en Castilla. Así, una fanega de terreno serían unos 6.560 metros cuadrados.

Gamella: Artesa que sirve para dar de comer y beber a los animales.

Ganado estante: Ganado que permanece habitualmente en el mismo territorio, en oposición al trashumante, que se desplaza de un lugar a otro.

Gavilla: Conjunto agrupado de sarmientos, cañas, mieses, ramas, hierba, etcétera, mayor que el manojo y menor que el haz.

Hoya: Era de tierra sobre la que se montaba la carbonera.

Lambedero: Lugar salitroso adonde acude el ganado a lamer.

Lazareto: Establecimiento sanitario para aislar a los animales infectados o sospechosos de enfermedades contagiosas.

Legador: Sirviente que en los esquileos ata de pies y manos a las reses lanares para que las esquilen.

Limonera: Se trata de un enganche de carruaje cuyo tiro está formado por un solo caballo.

Machorra: Hembra estéril, especialmente entre los animales de granja tales como ovejas y cabras.

Majada: Lugar donde se recoge de noche el ganado y se albergan los pastores.

Majadeo: Dicho de las ovejas: abonar la tierra con estiércol cuando están recogidas en una majada.

Mayoralía: Rebaño de ovejas que cuidaba un mayoral. Salario y precio que cobraba el mayoral por su trabajo de pastor.

Mesteño: Propio de la Mesta o de la asociación de ganaderos de la Mesta castellana.

Millar: Terreno de unas 500 hectáreas de extensión que se aprovecha alternativamente en invierno y en verano con un millar de ovejas o con cien vacas madres.

Morenero: Jornalero que en el rancho de esquileo lleva la cazuela o plato con carbón molido para echar en los cortes provocados a los animales esquilados por las tijeras.

Morueco: Carnero semental, destinado a la procreación.

Mostrenca: Dicho de un animal que no tiene ni señor o amo conocido.

Muladar: Lugar o sitio donde se echa el estiércol o la basura de las casas.

Pámpana: Hoja de la vid.

Pastura: Apacentar, alimentar el ganado.

Pausata: Lugares donde se posaba o reposaba el agua salobre para favorecer su evaporación.

Peguera: Lugar donde, tras ser esquiladas, las ovejas eran conducidas para ser marcadas con un hierro impregnado en pez hirviente

Pitancero: En los conventos de las órdenes militares, religioso refitolero o mayordomo.

Pontazgo: Derechos que se pagan para pasar por los puentes.

Portazgo: Derechos que se pagan por pasar por un sitio determinado de un camino.

Posesionario: Persona que ha adquirido la posición de los pastos arrendados.

Prepúberes: Que no han alcanzado la pubertad.

Primala: Oveja o cabra que tiene más de un año y no llega a dos.

Quintal: Peso de 100 libras, equivalente en Castilla a 46 kilogramos aproximadamente.

Rabadán: Mayoral que cuida y gobierna todos los hatos de ganado de una cabaña, y manda a los zagales y pastores.

Rabera: Parte posterior de las carretas y carros. Trozo de madera que se pone en los carros, con que se une y traba la tablazón.

Rafas o rafadas: Explotación a cielo abierto, en forma de trinchera, de un filón mineralizado donde los mineros extraían el mineral que afloraba.

Receptador: Persona que oculta o encubre delincuentes o asuntos que son materia de delito.

Riberiego: Dicho del ganado que no es trashumante.

Rumbos: Espacios circulares en el suelo donde se vertía el mineral para su decantación.

Sera: Espuerta grande, regularmente sin asas.

Serón: Sera más larga que ancha, que sirve regularmente para carga de una caballería.

Serrano: Ganado que habita en una sierra o ha nacido en ella. Ganaderos que bajaban sus ovejas desde las sierras castellanas hasta el Valle de Alcudia.

Sitial: Asiento de ceremonia, especialmente el que usan en actos solemnes ciertas personas constituidas en dignidad.

Sobrado: Pastor en los rebaños de ovejas merinas trashumantes de categoría inferior al ayudador y superior al zagal.

Sudadero o bache: Sitio donde se encierra el ganado lanar para que sude, antes de esquilarlo

Tabla: Todas las *carnicerías medievales* estaban constituidas por diversas *tablas* o puestos en las que se vendían los distintos tipos de carne.

Talabartero: Guarnicionero que hace talabartes y otros correajes.

Ubio: Yugo de los bueyes y de las mulas.

Vedija: Vellón de lana proveniente de la esquila de la oveja.

Vedijero: Sirviente que transitaba con cestos por las salas recogiendo los pequeños vellones de lana caídos.

Yunta: Par de bueyes, mulas u otros animales que sirven en la labor del campo o en los acarreos.

Zagal: Pastor joven, generalmente a las órdenes de un mayoral.

Zahón: Especie de mandil, principalmente de cuero, atado a la cintura, con perneras abiertas por detrás que se atan a la pierna, usado por pastores, vaqueros y gente de campo para resguardar el traje.